T0278155

Sé mía

Richard Ford

Sé mía

Traducción de Damià Alou

EDITORIAL ANAGRAMA

BARCELONA

Título de la edición original:
Be Mine
Ecco
Nueva York, 2023

Ilustración: © Manuel Marsol

Primera edición: mayo 2024

Diseño de la colección: Julio Vivas y Estudio A
© De la traducción, Damià Alou, 2024
© Richard Ford, 2023
© EDITORIAL ANAGRAMA, S. A., 2024
  Pau Claris, 172
  08037 Barcelona

ISBN: 978-84-339-2425-4
Depósito legal: B. 3114-2024

Printed in Spain

Liberdúplex, S. L. U., ctra. BV 2249, km 7,4 - Polígono Torrentfondo
08791 Sant Llorenç d'Hortons

Kristina

FELICIDAD

Últimamente, me ha dado por pensar en la felicidad más que antes. No es una consideración ociosa en ningún momento de la vida, pero ahora que me acerco a mi asignación bíblica estipulada (nací en 1945) ya no es un tema que pueda pasar por alto. Como soy un presbiteriano histórico (no practicante, no creyente, como la mayoría de los presbiterianos), he pasado tranquilamente por la vida observando una versión de la felicidad que el mismísimo John Knox podría haber aprobado: recorriendo la delgada línea que separa esas dos frases hechas que parecen gemelas: «Lo que no te mata te hace más fuerte» y «La felicidad es lo que no es una lacerante *in*felicidad». La segunda es más agustiniana, aunque todos esos complejos sistemas te llevan al mismo misterio: «¿Qué hacer ahora?». Este camino intermedio ha funcionado bastante bien en casi todas las situaciones a las que me ha abocado la vida. Una sucesión gradual de acontecimientos, a veces inadvertida, a través del tiempo, en la que no ha ocurrido nada grandioso, pero tampoco nada insuperable, y en general todo ha ido bastante bien. La dolorosa muerte de mi primer hijo varón (tengo otro). El divorcio (¡dos veces!). He tenido cáncer, mis padres han muerto. También ha muerto mi primera mujer. Me han disparado en el pecho con un AR-15 y he estado a punto de morir, pero me salvé de milagro. He sobrevivido a huracanes y a lo que algunos llamarían una depresión (fue leve, si es que en realidad lo fue). Sin embargo, nada me ha hundido hasta el fondo, por lo que concederme un merecido retiro me pareció una buena idea. Gran parte de la buena literatura contemporánea, que leo en la cama, trata —si miro la página desde el ángulo adecuado— precisamente de estos temas, con la felicidad siempre esquiva, pero sin dejar de ser el objetivo. Y sin embargo. No estoy seguro de que la felicidad sea el estado más importante al que debemos aspirar. (Hay estadísticas sobre estos temas, posgrados, campos de estudio que ofrecen becas, un grupo de expertos en la UCLA.) Al parecer, en la mayoría de los adultos la felicidad disminuye en las décadas de los treinta y los cuarenta, toca fondo a principios de la cincuentena y, en ocasiones, vuelve a aumentar a partir de los setenta, aunque no hay certeza sobre tal cosa. Saber qué nos da miedo en la vida puede ser una medida y una habilidad más útil. Cuando un entrevistador le preguntó al poeta Philip Larkin: «¿Cree que podría haber sido más feliz en la vida?», este respondió: «No, no sin ser otra persona». Así pues, por término medio, diría que he sido feliz. Lo bastante feliz, al menos, para ser Frank Bascombe y no otra persona. Y hasta hace poco eso ha sido más que satisfactorio para ir tirando.

Recientemente, sin embargo, desde que mi hijo vivo, Paul Bascombe, de cuarenta y siete años, ha enfermado y presenta síntomas bien definidos de ELA (la enfermedad de Lou Gehrig, aunque se especula que el Caballo de Hierro no la padeció realmente, sino que tenía otra cosa),[1] el tema de la felicidad ha requerido más mi atención.

---

1. Lou Gehrig fue un famoso jugador de béisbol de los Yankees, cuyo diagnóstico consiguió que todo el mundo conociera esa enfermedad. *(Esta y todas las notas son del traductor.)*

Durante los últimos dieciocho meses he tenido un trabajo a tiempo parcial en House Whisperer, en Haddam, Nueva Jersey, donde llevo una vida solitaria, de jubilado casero y con carnet de biblioteca. House Whisperers es una inmobiliaria boutique que forma parte de una inmobiliaria más grande, integrada verticalmente y propiedad absoluta de mi antiguo empleado Mike Mahoney, de mis –y nuestros– años locos de vendedores de casas en Jersey Shore en los noventa. Como es tibetano acreditado –hace tiempo que cambió su nombre de Lobsang Dhargey por «algo más irlandés»–, Mike se hizo muy rico al descubrir un nuevo mercado de inversores tibetanos con abundantes fondos, ansiosos por comprar viviendas de propietarios que no podían pagar la hipoteca en la playa de Nueva Jersey, que quedó afectada por el último huracán. (Hacerse rico casi siempre implica identificar un mercado antes que los demás, aunque ¿quién iba a saber que los tibetanos contaban con tal liquidez, ni cómo la habían conseguido?)

De la venta de esas propiedades en la playa, Mike pasó rápidamente a utilizar su nueva posición patrimonial para apalancar la compra de cientos de casas familiares en Topeka, Ashtabula, Cedar Rapids y Caruthersville (Georgia), viviendas que se habían convertido en un problema para sus propietarios por culpa de embargos fiscales, falta de mantenimiento, enfermedad del propietario, contrariedades con la renta fija, pensiones alimenticias impagadas, etc. Esas viviendas las arreglaba –y las arregla– a bajo precio subcontratando equipos de construcción, y asignando su mantenimiento a empresas especializadas de su propiedad; después tituliza los edificios en *widgets* que vende como acciones en la bolsa de Tokio a cualquiera (a menudo, otros tibetanos) que esté dispuesto a correr el riesgo. Finalmente los alquila, a veces a sus antiguos propietarios. Todas esas artimañas son perfectamente legales tras «la década perdida de la vivienda», cuando el sector bancario se dedicó a buscar filones más lucrativos. HSP, así se llama la empresa paraguas de Mike. Himalayan Solutions Partners. (No hay partners.)

House Whisperers, donde en teoría trabajo es el proyecto «nicho» de Mike, separado y más pequeño, en el que se dedica a localizar y atender a compradores de viviendas de alto nivel que, por sus propias razones, desean permanecer en un anonimato total, nivel servicio secreto, cuando compran una casa. En todas las fases del proceso de compra, hasta el punto de venta y más allá, hay mucha gente que no quieren que el mundo conozca sus tejemanejes: gente que quiere comprar una casa y no vivir nunca allí, ni visitarla, ni entrar en ella siquiera; gente que quiere comprar una casa para el abuelo Beppo hasta que «fallezca» y se resuelva el testamento. O personas que quieren comprar una casa para *vivir* en ella, pero son estrellas del rock famosas, políticos caídos en desgracia o disidentes rusos a los que no les gusta la publicidad ni que se arme un alboroto. House Whisperers sirve a ese mercado a cambio de una contraprestación económica considerable. (No me refiero a personas en el programa de protección de testigos ni a exhibicionistas convictos que no encuentran refugio en la población general. De esos casos se encargan las agencias gubernamentales; no es nuestra clientela.)

En lo que a mí respecta, hace años que dejé que mi carnet de agente inmobiliario caducara, pero me decidí a asociarme con Mike para no amuermarme y para salir de mi casa tras el divorcio y la decisión de mi segunda esposa, Sally Caldwell, de consagrar su vida a servir a los afligidos en costas lejanas (donde presumiblemente hay muchos). No hace mucho se ha ordenado monja laica, por lo que no se vislumbra una feliz reconfiguración de nuestra vida matrimonial.

12

Nuestra pequeña oficina de House Whisperers está en el segundo piso de Haddam Square, encima de la zapatería Hulett, frente al August Inn. En realidad, solo trabajo allí a medias; no es que sea un trabajo esporádico, pero tampoco deja de serlo. En realidad, hago poco más que atender el teléfono y pasar información de contacto privada a mis superiores. Sin embargo, mis obligaciones mínimas me proporcionan, como uno de sus atractivos secundarios, la oportunidad de ofrecer información inmobiliaria detallada, a pie de calle y en tiempo real, a personas que han malinterpretado nuestro reclamo en internet, que dice que somos: CONSULTORES CONFIDENCIALES QUE OFRECEN ESTRATEGIAS ÚNICAS DE COMPRA DE VIVIENDAS A UNA CLIENTELA EXCLUSIVA. Los ciudadanos que creen (erróneamente) que eso los describe suelen llamarme en busca de información sobre los dilemas inmobiliarios más comunes, y yo estoy encantado de ayudarlos a resolver sus dudas basándome en mis años de experiencia: «¿Cómo funciona realmente una hipoteca inversa? A los noventa y dos, con comorbilidades, ¿debería meterme en una?». No. «¿Cuál sería el inconveniente de instalar paneles de yeso chinos en el apartamento de mi suegra?» Habrá pleitos. «¿Cuál es el umbral de rentabilidad para la casa que voy a poner en alquiler, pero que necesita sofitos nuevos?» ¿Cuándo ha dejado de ser un mercado de propietarios? Haz dinero gastando dinero.

La mayor parte de esta información la puedes sacar del *New York Times*. Solo que la gente no quiere molestarse, y por eso los demás tenemos trabajo. Además, pocos ciudadanos, incluso en el mercado de gama alta Haddam, leen los periódicos.

Como de costumbre, Mike Mahoney, mi presunto jefe, es una máquina empresarial casi honesta y adorable que cree que en todas sus operaciones para hacer dinero se muestra «sensible» al sufrimiento de los demás al liberarlos de sus cargas –sus hogares–, todo ello de acuerdo con algún dictum dhármico que le inspiró algún bardo. Simpatizo con él, aunque solo sea porque se juega su flaco culo tibetano en apuestas arriesgadas y gana. Y sin embargo. En mi edificio sombreado de Wilson Lane, la vieja atmósfera de los auténticos residentes casi ha desaparecido –como en muchos vecindarios cercanos de toda la zona– y ha dejado la puerta entreabierta a los propietarios absentistas, a las empresas de capital privado, a los airbnbs y a los apartamentos para ejecutivos. Donde antes ciudadanos farmacéuticos, maestros, bibliotecarios y profesores de seminarios pagaban sus impuestos y se enorgullecían de ello, ahora pocas veces sabes quién es tu vecino. Si alguien muriera en uno de esos falsos domicilios, no aparecerían coronas de flores en la puerta, ni se llamaría al párroco, ni se presentarían vecinos con un plato caliente. En mis tiempos, vendía casas como rosquillas. Pero siempre a seres humanos que querían vivir en ellas, criar hijos, celebrar cumpleaños y fiestas, divorciarse. Y morir, casi siempre felices.

El pasado octubre, sentado en mi despacho de House Whisperer, mientras miraba por la ventana hacia Boro Green, donde dos chicas con pantalones cortos de gimnasia colgaban pancartas para la Oktoberfest, me ocurrió algo bastante insólito. Sin llamar a la puerta, cruzó el umbral de mi pequeño despacho mi madre, que, por lo que yo sabía, llevaba muerta cincuenta y seis años. No era mi madre de verdad, sino su gemela; siempre y cuando, claro, no hubieran transcurrido todos esos años, y mi madre hubiera tenido una gemela, que no la tenía.

Desde detrás de mi mesa, me quedé embobado como un borracho. Puede que con la boca abierta. Eché la silla hacia atrás, alarmado: tuve la impresión de que me estaba dando un ataque. «No pareces muy contento de verme», dijo mi madre, o la mujer que se parecía a ella la última vez que la vi con vida, allá por 1965. Me miró con falsa seriedad y esbozó una sonrisa enigmática. Tenía sesenta años (casi la edad que tenía mi madre cuando murió) y la cara compleja y alegre de mamá, así como su denso pelo plateado con un corte a lo paje, y esos rasgos animosos que la hacían parecer vivaz y dispuesta a aceptar cualquier tontería que le vendieras más o menos bien.

–Lo siento –dije, recuperando una sonrisa aliviada–. No viene mucha gente sin cita. Me recuerda a alguien a quien quise mucho y que murió hace mucho tiempo –solté como si estuviera en un sueño.

–Ajá, la historia de siempre –dijo la mujer, escéptica–. Bueno, no soy su exmujer Delores, ni su segunda esposa, si es a ellas a quienes me parezco. Mi marido se troncharía con usted. Estoy buscando la consulta del dentista. El doctor Calderón. Quizá me he equivocado de entrada. Los carteles que hay junto a la zapatería están mal colocados. –Abrió un reluciente regimiento de dientes postizos–. Son implantes nuevos –aclaró–. Vuelvo a ir a un dentista de verdad.

–Muy bien.

Calderón había sido mi dentista durante treinta y cinco años, debería haberse jubilado hace una década, pero no tenía nada mejor que hacer. Llevaba tiempo sin visitarle y necesitaba que me rehicieran la funda.

–Está en el número doce –le dije–. Vuelva a la calle y gire a la izquierda. Es la siguiente entrada después de la zapatería. –Volví a ofrecerle mi recuperada sonrisa, pero en el pecho el corazón me iba a mil.

–¿Qué es este negocio? –preguntó la mujer, mirando a su alrededor–. ¿Qué es un susurrador de casas?[1] ¿Es usted un detective privado?

---

1. El nombre de la inmobiliaria se basa en *horse whisperer*, «susurrador de caballos»: gente que se comunica bien con los caballos y es capaz de manejar casos problemáticos.

–No. Esto es una inmobiliaria –dije.

–Ah, ya. –Hizo un gesto con la boca–. Bonito nombre. ¿A quién me parezco tanto?

–A mi madre.

No quería admitirlo. A saber por qué.

–¡Vaya! ¿De verdad? Es monísimo. ¿Le hace feliz volver a verla? A mí, quiero decir. A veces, en sueños, veo a personas que han fallecido. Siempre me emociona. Al menos, un rato.

–Bueno, sí. Me hace feliz –respondí, porque era verdad.

–Ya ve, se puede derrotar a la muerte solo soñando. Mi madre sigue viva, y es el terror. Sigue en Manalapan. Tiene su propia tienda. Conduce su pequeño Kia. No la veo, pero mi hermana sí.

–Eso está bien.

–Bueno –dijo mi madre–. No podemos elegir a nuestros padres, ¿verdad? Ellos tampoco nos eligen a nosotros. Así que... Es la vida.

–No, no podemos elegirlos. Quiero decir..., supongo que funciona así.

–Probablemente, no elegiríamos a los mismos padres, ¿verdad?

Mi madre estaba en mi pequeña oficina hablándome: muy bien podría haber perdido el conocimiento, o haberme puesto a gritar.

–No lo sé –respondí.

–Sí que lo sabe. Pero lo entiendo –dijo la mujer–. Yo... lo entiendo. Está usted muy ocupado. Que tenga un buen día, ¿de acuerdo? Yo me voy al dentista. ¿Cómo se llama?

–Frank –dije.

Estuve a punto de decir «Bascombe».

–Vale, Frank. Intente recordar aquellos septiembres.

Con esas palabras (una de las cuales era mi nombre; las otras, la letra de una canción), mi madre salió por la puerta, la cerró tras de sí y desapareció. Como un fantasma.

Bastó con eso para introducir el concepto de «felicidad» en mi cerebro, donde no había estado durante mucho tiempo. La gente mayor –tengo setenta y cuatro años– puede dejar de pensar en la felicidad por completo (igual que la rana en la cacerola no piensa en el agua que se va calentando lentamente hasta que se ha convertido en sopa de rana). Si alguien me hubiera preguntado si soy feliz, habría dicho: «Por supuesto. Más feliz imposible. Eso no me lo quita nadie». Pero si esa misma persona me hubiera preguntado qué me hace tan feliz, o cómo experimento la felicidad, lo habría tenido más difícil. La palabra «feliz» no formaba parte de mi léxico cotidiano, como sí lo hacían cien significantes de una felicidad neutra (por ejemplo: todavía oigo bien, mis neumáticos están en perfecto estado, nadie me ha robado hoy).

Pero ahí estaba mi «madre» diciéndome: «No pareces feliz» (de verme). Y: «¿Estás feliz de ver a tu madre?». Lo estaba, solo que no se me notaba. A menudo, cuando me hacen una foto nueva para renovarme el carnet, la mujer que está detrás de la cámara me suelta: «Ponga una gran sonrisa, señor Bascombe, para que la policía no le detenga». Siempre tengo que decir: «Creía que estaba sonriendo».

Cuando mi madre agonizaba en un centro de cuidados paliativos de Skokie y yo era estudiante de primer año en Michigan y viajaba en el New York Central para visitarla los fines de semana –el disgusto de verla demacrada, de comprobar que ya no era ella, era inmenso–, un día, en medio del estupor de la morfina, se despertó de golpe y me vio de pie junto a su cama, aterrado y sobrecogido. No estaba seguro de que supiera que era yo, y literalmente se echó para atrás, alarmada. Había abierto mucho sus ojos oscuros, que miraban fijamente hacia arriba. Fue como si hubiera visto un espectro; sus fosas nasales se dilataron como si respirara oleadas de azufre; sus labios se aplanaron para juntarse en un esfuerzo feroz. De repente, me gritó:

—¡Solo tengo una cosa que decirte, amigo!

—¿Qué es? —dije, temblando, cagado de miedo y absolutamente consternado. Incluso habría sido capaz de gritarle, de tan aterrorizado como estaba.

—¿Eres feliz? —me preguntó acusadoramente—. Tu padre era un hombre muy feliz. Era un jugador de golf fantástico. ¿Y tú? ¿Lo eres?

No se refería a si yo era un jugador de golf fantástico (que no lo soy), sino a si era feliz. Parecía lo más importante del mundo para ella en aquel momento incomparable, algo lo bastante trascendental como para sacarla del olvido y plantearme la pregunta de forma directa. (Murió al día siguiente, después de comer.)

—Tienes que serlo —dijo de un modo aterrador—. Lo es todo. Debes ser feliz.

—Lo soy —le contesté, temblando; aunque podría haber dicho: «Vale, entonces lo soy», como diciendo: «Si quieres que lo sea, lo seré».

Le estaba mintiendo. Era cualquier cosa menos feliz: mi madre se estaba muriendo delante de mí, algo trascendental y terrible; no me iba bien en la facultad; no tenía novia ni perspectivas de tenerla; esperaba entrar en los Marines después de graduarme para huir de mi vida luchando en Asia. ¿De qué podía alegrarme? Hubo otras cosas que podría haberle dicho, cosas quejumbrosas y juveniles como: «¿Qué quieres decir con "feliz"? ¿Por qué me preguntas eso? No estoy muy seguro». Pero ella estaba en su lecho de muerte, así que le dije que sí.

—Qué bien. Me alegro mucho —dijo mi madre—. Esperaba que lo fueras. Estaba muy preocupada. A ver. Déjame dormir un poco. Tengo un largo camino por delante.

Un camino que no recorrió. Se derrumbó en su cama casi sin vida. No estoy seguro de que volviera a hablarme, aunque supuestamente nunca olvidamos las últimas palabras que nos dicen. Pero puede que lo hiciera. Eso sucedió hace mucho tiempo.

Otro acontecimiento significativo, que sacó la felicidad de la nevera y la insertó en el primer plano de mi cerebro, llegó con algo que ocurrió el verano pasado. En junio decidí asistir a un encuentro de la promoción del 63 de la Academia Militar de Gulf Pines (Lonesome Pines), en la descuidada costa del golfo de Misisipi. Antes nos reuníamos en la antigua plaza de armas. Pero en la última década y media –durante la cual vendieron la escuela a una secta religiosa, después la revendieron y después la demolieron para construir el aparcamiento de un casino– nuestras reuniones se han celebrado en los terrenos sombreados por robles de la casa solariega de Jefferson Davis, que el huracán Katrina redujo a añicos, aunque la mayoría de los grandes robles, aferrados tenazmente a su musgo español, se salvaron. A lo largo de los años, he asistido varias veces a estas reuniones y siempre me he ido perplejo, pero medio eufórico. Perplejo porque la mayoría de mis compañeros de clase eran unos imbéciles redomados, y encontrarlos años después, en su estado apagado, inexpresivo, de pies medio arrastrados y aspecto dejado, ligeramente hostiles, solo servía para comprobar que superar los propios comienzos era cuestión de pura chiripa. Muchos de nuestros compañeros de clase habían ido a Vietnam y habían vuelto a casa desconcertados, espiritualmente marchitos, prematuramente ajados (los que no habían volado en pedazos o medio volado en pedazos). A casi todos nos habían desperdigado por el continente para ser vendedores de John Deere, profesores de gimnasia, enfermeros, escultores abstractos de metal en Hayden Lake o, como yo, expertos del sector inmobiliario de Nueva Jersey. Unos pocos habían conseguido forrarse gracias a una habilidad innata alimentada en gran medida por la derrota y la ira. Pero no hablé con ellos porque la historia de su vida es la única que conocen.

En el lado positivo, me pareció que podría resultar estimulante acercarme y estrechar la mano de algunos de estos compañeros de viaje –a ninguno de los cuales recordaba realmente–, aunque solo fuera por una reseña de un libro que había leído en el *New York Times*. Era la reseña de una novela de una famosa escritora con dos nombres y un apellido, una novela que seguía la vida de un personaje que había perdido la memoria a largo plazo (cosa que podría parecer una bendición, pero no en ese libro). Lo que la reseñista decía sobre la novela hizo resonar algo en mi cerebro. La novela parecía gustarle a regañadientes, y, para justificar que le gustaba, había escrito: «¿Qué clase de persona podemos decir que somos si carecemos de la capacidad de hilvanar una narración personal coherente?». Y eso pretendía ser un elogio.

En estos días, por supuesto, todo es un relato. Y el mío me importaba una mierda. Es bien sabido que la gente vive más y es más feliz cuantas más cosas puede olvidar o ignorar. Además, mi idea del relato personal no coincidiría con la de la mayoría de los demás: mis dos exmujeres y mis dos hijos vivos podrían creer que son, en parte, víctimas de «mi relato». A diferencia del personaje de la novela, yo estaba feliz de dejar escapar gran parte de mi relato, pues solía impedirme dormir y me hacía infeliz.

Sin embargo, la invitación al encuentro llegó casualmente justo en el momento en que había cogido la *Book Review*. (Nuestras razones para ir a las reuniones nunca representan lo mejor de nosotros mismos.) En un capricho algo perverso decidí que si volaba a finales del caluroso agosto, me hacía un poco el chulo por el sombreado césped de Jeff Davis bajo el calor abrasador, me mostraba simpático, saludaba con un golpecito de codo, daba palmadas en los hombros, parloteaba como una cotorra, asentía con la cabeza y reía, incluso derramaba una lágrima con todos esos viejos imbéciles, podría llegar a tener una idea más clara y precisa de «qué clase de persona era» a medida que mi relato se acercaba a la línea de meta. (También reconozco que esto pudo ser una excusa disfrazada para salir de Haddam en plena canícula, cuando nuestro negocio inmobiliario se echa a dormir.)

Cada vez son menos los antiguos compañeros que asisten a estas monótonas reuniones. Esta era la número cincuenta y seis, y acudieron muy pocos de nuestro grupo original, apenas un puñado de los que viven cerca, o en Nueva Orleans, o Pensacola: gente que no tenía nada más que hacer un sábado de verano y no quería sentarse en casa y ver béisbol por televisión. Se habían colocado largas mesas plegables de metal con papel de estraza azul y blanco (los colores de la escuela). Había un montón de sillas plegables, pues muchos de nosotros no podemos estar de pie demasiado rato. Alguien había gastado dinero en comida baja en calorías: gambas frías, ensalada de repollo caliente, ensalada de patatas y sandía. Además de una larga cuba de cerveza helada. Éramos unos treinta de una clase de setenta. No habíamos planeado nada del otro mundo: dos horas de comida, quizás hablar con alguien (pero no necesariamente), tomar una cerveza o dos, ir al casino Gulf Shores, al otro lado de la autopista, jugar a las tragaperras durante una hora y desaparecer.

Y lo que pensé que haríamos todos fue precisamente lo que hicimos todos: vigilarnos un tanto incómodos, establecer un contacto visual vacilante y luego apartarnos; avanzar con la mano extendida y luego volver a desvanecernos, asentir con la cabeza, esbozar una media sonrisa, fingir una carcajada, intentar averiguar quién era aquel tipo y cómo había sobrevivido al tiempo transcurrido desde nuestro cincuenta aniversario (al que yo había asistido y del que había disfrutado, porque mi esposa Sally me había acompañado y había declarado que tanto él como el resto de mis compañeros de clase eran «tronchantes»). Se encontraron y se pronunciaron algunas palabras –muy pocas–. Asentías con la cabeza al enterarte de que alguien había abandonado esta vida. Los cumplidos y las muestras de simpatía se esparcían con parsimonia: el «aspecto» de uno, lo que otro había sufrido y de lo que se había recuperado bastante bien, dónde vivían los hijos de otro, cuándo había muerto la esposa de uno (mi primera mujer falleció hace solo dos años). Nadie se arriesgaba a hablar de política, no se mencionaba la guerra que se estaba librando, no se aventuraba nada sexual, ni siquiera nada semijocoso. Las perspectivas de los equipos universitarios de Misisipi, Luisiana y Alabama se abordaban con rapidez y sin emoción alguna. Primero desapareció la comida. Luego, la cerveza. Y más tarde nos fuimos todos, sin que yo supiera nada de mi relato ni de qué clase de persona era, salvo que no me parecía a ninguno de ellos, cosa que, en realidad, ya sospechaba.

Lo único diferente fue un diálogo –una extraña, inesperada y casi reveladora conversación– que mantuve con Pug Minokur, que era de Ferriday, Luisiana, ciudad natal del viejo paleto Jerry Lee Lewis, que se lió con su prima, y una ciudad dura en sus mejores días. Pug –al que se reconocía sin problemas porque no había cambiado nada– estaba de pie junto a un gran roble, completamente solo, con una cerveza en la mano, vestido con unos pantalones cortos de color canela, una camisa blanca de cuello abierto, calcetines largos de nailon negro y mocasines blancos de charol. Lo vi solitario y necesitado de alguien que penetrara en su aislamiento, le dirigiera la palabra, salvara la situación, ya que la fiesta estaba llegando a su fin. Pug parecía cariacontecido. Solo al verme sus ojos se iluminaron y sonrió como si estuviera dispuesto a compartir algún inocuo sentimiento de camaradería antes de marcharse a casa. Y en mis manos estaba la pelota que podíamos echar a rodar, aunque fuera brevemente. Tiempo atrás, en la penumbra de 1961, Pug había sido la estrella del equipo de baloncesto Marinos de Combate Gulf Pines. Pug, que medía un metro setenta, era un base astuto, duro, así como un tirador irregular que podría haber ido a Baton Rouge y empezado como novato en los Tiger, de no ser por su afición a entrar en las casas de los suburbios y robar objetos que no le servían para nada y que inmediatamente tiraba al río Misisipi, antes de que lo atraparan. La mala suerte no llevó a Pug por el brillante camino del equipo universitario de Luisiana, sino a Lonesome Pines, donde muchos de los cadetes eran delincuentes en ciernes a los que un juez de menores había dado una última oportunidad para ahorrarse el problema de encarcelarlos o enviarlos a morir a una zona de combate. Como yo era un pueblerino sin amigos e inepto para los deportes que vivía en una pensión, por un breve momento fantaseé con que mi oportunidad de triunfar en la facultad fuera (inexplicablemente) hacerme con un puesto en el equipo de baloncesto. Medía casi metro ochenta, lo cual era mi única aptitud para ese deporte. Lamentablemente, era lento de pies, propenso a cometer faltas y torpe, incapaz de saltar más allá de la altura de mis tobillos. Por otro lado, no podía hacer un mate y no encestaba ni a un palmo de la canasta. Sin embargo, resultaba útil, junto con otros dos «zoquetes», como miembro del «pelotón de los torpes». Nunca se nos permitía jugar partidos de verdad, solo colocarnos –quien lo hacía era Shug Borthwick, el antiguo entrenador de los Marinos– en posiciones vagamente baloncestísticas en la cancha de entrenamiento, lugares que los jugadores contrarios ocuparían en los partidos reales; luego no hacíamos otra cosa que dar vueltas, dejar que lanzaran por encima de nosotros, nos hicieran pantallas y, de vez en cuando, nos derribara cualquiera del equipo universitario que de-

23

cidiera que eso podría ser divertido. Pug era nuestro capitán: una figura imponente y amenazadora vestida de azul con un llamativo número 1 en la camiseta. Nunca me había dirigido la palabra y, al parecer, no tenía motivos para hacerlo. En una ocasión, pasó por delante de mí mientras yo estaba inmóvil porque me hacían una pantalla cerca de la línea de fondo y consiguió darme un codazo salvaje en el esternón, lo bastante fuerte como para que llegara a temer que me había magullado el corazón. Fue muy humillante. Yo, por supuesto, hice todo lo que pude para no demostrar ninguna emoción ni darle satisfacción alguna: me aguanté, encajé el golpe de Pug y no dije nada. Eso sí, en secreto, quería arrastrarme y morir, no volver a ponerme la equipación ni volver a cruzarme jamás con una pelota de baloncesto.

Sin embargo, al día siguiente, mientras mi pelotón de los torpes «entrenaba», lo que significaba coger los rebotes y pasarle un balón tras otro a los héroes del equipo universitario, que estaban ocupados perfeccionando sus tiros desde el exterior y sus ganchos, y no podían hacerse con los balones por sí mismos, Pug se me acercó y me dijo:

–Charlie –él creía que me llamaba Charlie–, creo que deberías quedarte. Eres lo bastante alto y fuerte. Si trabajas duro en lo básico durante el verano, puedes ganarte un puesto en el primer equipo el año que viene. Hablaré con el entrenador, si quieres.

–Me gustaría mucho, Pug –le contesté con desgana–, eres un gran jugador.

–Lo sé –dijo Pug–. Pero todos albergamos grandeza dentro de nosotros, Charlie. Estoy seguro de que tú la tienes.

Y eso fue todo.

Nada –puedo afirmarlo sin duda– había significado tanto para mí como aquellas palabras de semielogio, injustificadas y probablemente falsas. Pug se alejó –lo observé– y fue a decirle algo posiblemente parecido al entrenador Borthwick.

24

Ambos se volvieron para mirar de refilón cómo yo cogía los rebotes, procurando que no me golpearan en la cabeza. Creía que Pug había cumplido con su palabra. Al año siguiente, posiblemente, podría estar viviendo, prosperando, sobresaliendo en un plano totalmente nuevo de la existencia (porque no había duda de que durante el verano me dejaría la piel en trabajar los fundamentos del baloncesto, fueran estos los que fueran). El glamur de esta nueva vida provendría no del sufrimiento de estar en el pelotón de los torpes (cuyos uniformes ni siquiera tenían número), sino de toda una nueva métrica de puntos anotados y rebotes atrapados de verdad, no como ahora, cuando cogía y pasaba la bola enseguida, como un puto autómata.

Que nada de eso hubiera ocurrido, que cuando llegó la siguiente temporada yo me hubiera convertido en un neófito cronista deportivo del *Poop Deck* (el periódico del colegio), que nunca le hubiera vuelto a dirigir la palabra a Pug Minokur (aunque escribía sobre él como si fuera Bob Cousey), que nunca hubiera vuelto a encestar salvo con mis dos hijos en aros diferentes, en ciudades diferentes, en etapas diferentes de la vida: nada de eso tenía la menor importancia. Yo había oído lo que había oído. Aquello había sido un juramento. Se me había dibujado un futuro glorioso en el mundo del baloncesto, si así lo deseaba, lo cual resultó no ser el caso. Pug Minokur se me había acercado en un momento crucial. Era un gigante, tan duro y ágil como el que más, tenía el corazón de un guerrero, pero aun así podía rebajarse a ayudar a otro chico cuando este necesitaba unas palabras de compañerismo y ánimo. Aunque fueran una absoluta gilipollez.

En aquellos días de confusión, jamás le dije nada de todo eso a Pug. Me avergonzaba no haber «aprovechado mi oportunidad» al año siguiente y haber elegido practicar un deporte de no contacto en el *Poop Deck*. Pug jamás pareció fijarse en mí, ni siquiera me reconocía (el viejo Charlie). Habíamos tenido un momento brillante y no volveríamos a tenerlo. Hasta aquel encuentro.

A pesar de los años, el tipo al que estaba observando era claramente Pug: la misma frente aplastada, el mismo corte de pelo militar pasado de moda y esa barbilla demasiado pequeña, como si su creador hubiera decidido ahorrar en esa parte de la cara. Una chica de instituto que hubiera buscado algo de reconocimiento por salir con un gigante del deporte habría considerado guapo a un chico con los rasgos de Pug. Sin embargo, ahora, a sus setenta y cuatro años, subdirector de una empresa de reparación de parabrisas en Bastrop, una pequeña ciudad de Luisiana, Pug solo parecía un triste pueblerino que antes tenía muchos amigos y ahora se pasaba la vida solo en el porche.

No obstante, no iba a dejar que una emoción tan poco prometedora me disuadiera. Si al acudir a esta reunión de medio pelo mi objetivo había sido certificar que había algo que valía la pena conservar de mí, y luego conmemorarlo («Bascombe no era tan malo, o no tan malo, al menos»), esa sería mi oportunidad de hacer lo correcto. Justicia postergada, pero no denegada para toda la eternidad.

Me abrí paso por el sofocante césped hasta donde Pug estaba apoyado contra uno de los robles supervivientes. Su expresión ya había cambiado. Ahora contemplaba la eternidad, con los rasgos imperturbables, las rodillas arrugadas y brillantes ligeramente dobladas por debajo del dobladillo de los pantalones cortos y por encima de los calcetines, como para mantener el equilibrio. Sus ojos se fijaron en mí cuando me acerqué, pero no me prestaron mucha atención. Su lata de Schlitz no se había acercado a sus labios, solo colgaba a su lado.

–¿Pug? –dije, tendiendo una mano en dirección a él–. Franky Bascombe. Yo era tu mayor fan en el 61. Te vi jugar para los Birmingham Lutheran en el 64, cuando derrotasteis al Huntsville Normal en su pista y les metiste treinta puntos.

Porque finalmente jugó, y fue la estrella, en una facultad de tercera división. Luego se alistó en la Marina.

Los ojillos pequeños oscuros de Pug repararon en mi presencia y me sostuvieron la mirada, como si yo fuera alguien que estuviera hablando lejos, posiblemente con otra persona, no con él. No me dio la mano, así que la retiré.

Pug nunca fue de muchas palabras. Las que me dirigió cuando me dijo que debía aguantar, perfeccionar mis habilidades, porque todos conteníamos grandeza, etc. –palabras que yo había ido a conmemorar como un detalle sin importancia, pero que me habían cambiado la vida y que aún en ese momento apreciaba–, fueron las únicas que me dirigió, aunque yo le había dedicado miles en letra impresa.

–Tengo algo que agradecerte, Pug –le dije.

Su verdadero nombre era Rodney Jr. Ahora parecía mucho un Rodney Jr., con aquellos pantalones cortos de cintura alta, aquellos calcetines negros y ese corte de pelo de centro comercial. Yo aún sabía algo sobre los sureños blancos, que la mirada poco comunicativa de no-pases-de-aquí de Pug era su «mirada de Pug». Así era Pug; era la cara con la que saludaba al mundo desde que las luces del escenario se habían apagado y lo único que le quedaba por hacer era sustituir parabrisas agrietados y volver a casa a cenar durante el tiempo que le quedara. Si hablara, podría poner en peligro lo poco que quedaba del viejo Pug, y yo no quería eso.

–Es probable que me haya pasado de la raya, Pug –dije rápidamente con una sonrisa de vendedor de zapatos, listo para retirarme.

Hacía un calor brutal. Estaba sudando a mares debajo de mi camisa de madrás, aunque Pug no parecía tener nada de calor. Algo lo mantenía fresco. El golfo, al otro lado de la Ruta 90, estaba cocido, gris y densificado como el barro.

A lo lejos, se balanceaban cabecitas de nadadores. Una bandera confederada colgaba lánguidamente de un lúgubre mástil donde había estado la antigua finca del viejo presidente traidor.

–Tienes que entenderlo –dijo Pug tranquilamente, como si hubiéramos estado charlando como un par de urracas sobre ventanillas polarizadas hechas para que no te ases en tu viaje de vacaciones a Weeki Wachee.

–¿Qué quieres decir, Pug?

Ahora me miraba a los ojos, la cara suave y flexible, desbordante de alguna emoción que había abandonado su habitual yo no-comunicador para tratar de expresarse. Y, por supuesto, entonces lo vi. Me di cuenta. Entendí. Tonto, tonto, tonto. Yo.

–Estoy muy feliz –dijo Pug, y sonrió mostrando sus dientes pequeños, alineados, cuadrados y descoloridos. Sus ojos oscuros brillaban. No había dicho nada importante, tampoco lo haría ahora–. Ha sido una vida maravillosa, maravillosa, Franky –(no Charlie) dijo Pug–. Y no deberíais haberos tomado tantas molestias. Yo he... –Se calló y me miró fijamente, como si le hubiera interrumpido. Sus ojos parpadearon; su pequeña boca formó un esbozo de sonrisa. Asintió con la cabeza–. Lo entiendo –dijo Pug, igual que la mujer que se parecía a mi madre me diría seis semanas después–. Lo entiendo. –Pug parecía asombrado–. Ese relojito no funciona si no lo enchufas, ¿verdad? –añadió–. Así que...

Era toda la conversación que Pug y yo teníamos asignada para ese día. En realidad, para lo que nos quedaba de vida. Le había dado las gracias por una vida llena de recuerdos. Cogí su mano increíblemente blanda, increíblemente pequeña y antaño hábil –su mano de encestar–, y le di un amable apretón por los viejos tiempos. Un adolescente –su nieto, un joven Pugster– se acercó a nosotros en ese momento y pronunció unas palabras en voz baja, a las que Pug no respondió. Me saludó con la cabeza. Luego, ambos se alejaron juntos hacia donde estaban aparcados los coches bajo aquel sol achicharrante.

Y poco más que decir. ¿Cómo consigue una idea, dormida durante mucho tiempo, revivir y enarbolar su brillante estandarte para convertirse en una meta totalmente renovada? Ser feliz... antes de que caiga el telón gris. O al menos plantearse por qué no lo eres, si es que no lo eres. Y preguntarte si merece la pena preocuparse por ello. Y yo sostengo que sí. Vale la pena preocuparse, aunque estoy seguro de poco más. Pero salir por la puerta, como sabía mi madre y como «sabía» incluso Pug Minokur (si es que sabía algo), y no preocuparse por ser feliz es darle a la vida menos de lo que se merece. Que, al fin y al cabo, es para lo que estamos aquí: para darle a la vida todo lo que se merece, sin importar el tipo de persona que seamos. ¿O me equivoco?

Primera parte

UNO

Rochester, Minnesota. Días nublados de las lupercales. Santos, mártires sangrientos y sacrificio. La promesa de la fértil primavera en el corazón helado del invierno. San Valentín dentro de tres días.

Conduzco con mi hijo Paul Bascombe hacia el Comanche Mall para asistir a la matinée del martes al mediodía en el Northern Lights Octoplex. El dispositivo antivaho resopla, los limpiaparabrisas silban. Nieva como si estuviéramos en Anchorage. Paul mira fijamente por la ventanilla, no dice gran cosa. Creo que le tiembla la mano derecha, y también las rodillas dentro de los pantalones de chándal. No hemos asistido juntos a una matinée desde que él era un dulce pero alborotado niño de doce años. Como ya he dicho, ahora tiene cuarenta y siete y no se encuentra bien.

Que hoy vayamos al cine, sin embargo, para mí es una repetición positivista y nostálgica de mis propios sábados de antaño en la oscuridad fría y maloliente del viejo Bay View Biloxi, dándome un atracón de cuatro largometrajes, otros tantos cortos, seis dibujos animados y un concurso de talentos. Luego, tambaleándome, con los ojos entrecerrados, salía al nauseabundo calor de la tarde con la sensación de que la vida nunca volvería a ser tan maravillosa. Posiblemente, tenía razón.

Los programadores de Naldo Exhibitors (sede central, Mendota) –ocho pantallas en las que rara vez se proyectan películas que alguien pagaría por ver– ofrecen hoy un festín de OFERTAS DE LA SEMANA DE CUPIDO para incitar a los confinados y viejos nostálgicos a que salgan al traumático frío y ocupen unos asientos que, de otro modo, estarían vacíos. Mi hijo está más o menos confinado. Yo soy un viejo nostálgico. Aunque no creo que vea el mundo con nostalgia, no principalmente.

La sala ocho no me interesa lo más mínimo, pero sí a mi hijo, que afirma que le «encanta» *La matanza del día de San Valentín*, la sangrienta película de Roger Corman del 67: la considera «una pasada y un clásico». También quiere quedarse a ver *Pícnic en Hanging Rock*, en la sala seis, un título que le parece «interesante», aunque ninguno de los dos sabemos nada de él, salvo que es una peli australiana y que puede estar relacionada con San Valentín. Debido a nuestra necesidad diaria de consumir el tiempo, está dispuesto a imponérmela. En esto no ha cambiado tanto respecto a cuando tenía doce años.

Fuera, en la intersección de South Broadway con la Ruta Estatal 14, hay veinte grados bajo cero y el cielo está despejado; el gran ciclón Alberta está lanzando agujas de hielo y perdigonadas de nieve, y sacude mi Honda Civic con sus ráfagas. Los minnesotanos se lo toman con calma: «Es un frío seco», «Tenemos ropa para combatirlo», «Nacimos conduciendo sobre hielo», «Siempre puede empeorar». Como habitante de Jersey desde hace décadas, que solo está aquí para acompañar a su hijo en su protocolo experimental de la ELA en la Clínica Mayo, me siento más a gusto en la costa atlántica, donde el tiempo es mejor y una estación apenas se distingue de la siguiente. En Nueva Jersey nadie habla del tiempo: flotan en él como peces de colores. Sin embargo, hay que reconocer el mérito de Minnesota. Congelarse el culo es un asunto que se toman en serio.

34

Hoy comienza una semana de mucho estrés y de asuntos importantes para mi hijo y para mí. Llevamos dos meses, desde antes de Navidad, en Rochester, en la clínica. Él participa en un estudio farmacológico experimental –un «ensayo regenerativo» de fase 1 en el Departamento de Neurología– que yo no entiendo muy bien, pero al que sus médicos se refieren de manera pintoresca como «Pioneros Médicos en las Fronteras de la Ciencia». Su medicamento en particular tiene un nombre rimbombante que suena más o menos como «ciclotrón», que, una vez dentro de su cuerpo, permite a sus médicos aislar y estudiar cosas cruciales (proteínas) y eliminar otras cosas también cruciales que tienen que ver con por qué su enfermedad sí progresa mientras la de otras personas no. No se sabe mucho sobre lo que predispone a una persona a padecer ELA, solo lo que ocurre cuando se contrae, de modo que si el estudio no descubre nada, eso ya será algo. Está garantizado que su «tratamiento» no le salvará, ni siquiera le hará sentirse mejor, ya que su diagnóstico ha llegado demasiado tarde (una buena razón para no involucrarse). La evaluación que le hicieron al ingresar lo clasificó como «altamente cualificado» para someterlo a estudio, e incluso antes de que saliéramos de la consulta ya anunció que se apuntaba. «Es mi legado», me dijo en el coche, aunque él cree, como yo, que los legados son una mierda. Su variante de la esclerosis lateral amiotrófica está relacionada con el cerebro, no con la columna vertebral, y por tanto te jode más rápidamente. Su grado de neurodegeneración ya estaba muy avanzado en el momento del diagnóstico, aunque podría vivir muchos años. La mayoría de los pacientes tienen síntomas durante más tiempo del que creen. De hecho, Paul pensaba (con cierta esperanza) que tenía la enfermedad de Lyme.

En la clínica, con su «equipo» –médicos, enfermeras, terapeutas, masajistas, consejeros, facilitadores, cuidadores, todos ellos proporcionados por la Clínica Mayo–, Paul ha desechado el exterior de toda una vida de excéntrica e inescrutable interioridad. En los libros que he leído, este paso a la extroversión tiene su propio nombre clínico: «autoobjetivación idiopática». Sufrir una enfermedad feroz e inevitablemente mortal te ofrece, argumentan estos libros, un yo especial. Le ha «liberado». No sé muy bien de qué ni para qué; posiblemente de no preocuparse por nada nunca más. Por suerte, no parece tan poseído por su «situación» como en posesión de ella, convertido en su vivo exponente y pregonero. Con su equipo de cuidadores, es tan jovial como un presentador de un concurso de televisión; les regala sus singulares puntos de vista sobre cualquier cosa. (Ahora todos hemos de tener un equipo.) Se refieren a él como «guapo», «profesor Bascombe» o «amorcito», mientras que Paul pronuncia la palabra ELA con cierta delectación, como si fuera el nombre de una mujer («Ella»), y se refiere a la muerte como «aprobar el examen final», «comprar la granja», «adquirir el inmueble» o simplemente su «número mágico» (como cuando dice: «mi número mágico es seis meses como mucho»). Últimamente, por desgracia, también está preocupado por la vida y la música del pequeño cantante cockney Anthony Newley, fallecido hace treinta años. Cuando estamos solos, puede y quiere hacer desconcertantes interpretaciones de karaoke de «There's No Such Thing as Love», «The Candy Man» y «Who Can I Turn To?» –«... contigoooo en un nuevo díaaa»– que yo soporto, aunque a menudo tengo que interrumpirle. «Me estabiliza canalizar a un personaje que no se está (o estaba) muriendo», dice. Sus médicos insisten en que es bueno para él. Relajación asistida por música. A veces, me vuelve loco.

De hecho, Paul no se considera un paciente, una víctima o una estadística viviente, sino un «científico» aficionado que despersonaliza un cuerpo defectuoso que resulta ser el suyo, todo ello en beneficio de personas anónimas. Como un coche averiado, pero que aún se puede conducir. Más de una vez me ha dicho que le «sorprendía» tardar tanto en morir. Aunque estadísticamente no sea así.

Hasta ahora no he visto que tuviera mucho miedo ante la proximidad de la muerte. Parece más intrigado que preocupado. (De hecho, envidio lo inigualable de su experiencia sin envidiar la experiencia en sí.) De vez en cuando expresa recelos ante el sufrimiento, que en su caso es lo que más temor me causa. Aunque, en ocasiones, pienso que el hecho de que mi hijo padezca una enfermedad de lo más mortal no tiene tanto que ver con la muerte (así de singular es él) como con aprovechar la oportunidad de realizar un truco difícil extremadamente bien, un truco de magia que solo puede hacerse una vez. Alguien que no le conociera podría decir que se enfrentaba a la vida preparándose para una buena muerte, como dicen los budistas: las esencias blanca y roja se encuentran en el corazón. Pero puedo afirmar con certeza que lo que le importa es la buena vida; lo de la buena muerte (signifique eso lo que signifique) le importa un bledo. En mis momentos de soledad-silencio, no acaricio la idea de que la enfermedad mortal de mi hijo pueda ser uno de los momentos culminantes de su vida, y a veces me pregunto: ¿sus cuarenta y siete años de vida han sido suficientes? Conozco la respuesta estándar. Sea cual sea la respuesta de mi corazón (algo extraño para un hombre que nunca tiene esperanzas), espero que sí. Es una pena que su buena vida no vaya a ser muy larga.

Esta semana de San Valentín augura cosas buenas emocionalmente, porque mañana a las diez llevaré a Paul a la clínica para la última de sus visitas programadas: el «Meet & Greet con los Pioneros Médicos en las Fronteras de la Ciencia», en la que a los pioneros del estudio farmacológico (originalmente había ocho pioneros, pero ya han perdido a uno), se les recibirá, agradecerá, celebrará, elogiará neurológicamente, incluso se les dará un regalo. A continuación, los médicos les enviarán a un «seguimiento a largo plazo». Es una «graduación» difícil de afrontar, ya que Paul se está muriendo. (Se supone que nadie debe decir que se está muriendo, aunque él, por supuesto, lo hace, y yo también, para que vivir tenga la oportunidad de competir en tiempo real con su enemigo en igualdad de condiciones.) Paul es tenaz en su entusiasmo por los Pioneros. Aunque a la manera de un padre, me preocupa que asome en él una inerradicable esperanza de que, en su estudio de dos meses, se desvele milagrosamente algo que permita hacer algo, algo, algo a otro algo y evitar lo peor, cosa que no ocurrirá. Temo que este previsible fracaso –el destino de todos nosotros– provoque en él un tremendo y estrepitoso derrumbamiento espiritual y psíquico que lo deje hundido. Y a mí también. Los médicos son expertos en dar malas noticias y han perfeccionado «estrategias de comunicación» que se enseñan en Hopkins y Yale, que les permiten apartar la mirada cuando el mundo se pone patas arriba para el paciente. Pero como yo soy su cuidador, debo defenderlo contra tales desastres. Aunque creo que hay mucho que decir a favor de rechazar enérgicamente muchas cosas, y la muerte ocupa un lugar destacado en la lista.

Así pues, como estrategia de supervivencia, he pensado que después del «encuentro» de mañana nos embarcaremos en un viaje en coche semiépico hacia el oeste. Como unos Lewis y Clark de la actualidad,[1] atravesaremos Minnesota en

---

1. La expedición de Lewis y Clark fue la primera en la que unos estadounidenses cruzaron el oeste de lo que hoy es Estados Unidos. Los expedicionarios partieron de cerca de San Luis, Misuri, pusieron rumbo oeste y atravesaron gran parte de Norteamérica hasta alcanzar la costa del océano Pacífico.

medio del invierno y después las praderas de Dakota del Sur hasta llegar al monte Rushmore (que yo mismo visité, con mis padres, en 1954). Es un destino inverosímil, inverosímilmente inmerso en el más crudo invierno, pero es posible que Paul lo encuentre «divertidísimo» y sea capaz de disipar sus temores y su consternación ante el hecho de que ya nada se puede hacer por él. Es lo mejor que puedo hacer: el arte de salvar la situación es el único arte que domino medianamente bien, y eso que no sé qué haremos después. ¿Volver aquí? ¿Conducir hasta Nueva Jersey? ¿Volar a las Seychelles? Hasta ahora se muestra escéptico acerca del viaje, y acerca de mí, y acerca de casi todo, ya que probablemente sea la última vez que pueda elegir algo. Pero, en lo que esté en mi mano, yo salvaré a mi hijo de cualquier daño, aunque finalmente no pueda evitar el peor de todos.

El tráfico que se aproxima a nuestra entrada en el Comanche Mall es frenético. Estamos parados en la abarrotada «milla comercial» de Rochester, aunque nadie toca el claxon. Los habitantes de Minnesota son tímidos con su bocina, mientras que los de Jersey las consideramos instrumentos musicales. Camiones de sal con intermitentes amarillos atascan el tráfico más adelante; además, la policía ha detenido a alguien, y le importa un comino bloquear el cruce mientras sus coches patrulla con intermitentes azules nos dejan a todos amontonados delante de Babies R Us. Paul y yo estamos detrás de una camioneta, que parece estar llena de palos de hockey rotos. Como somos nuevos en la ciudad, he salido con tiempo.

Hasta ahora, Paul no ha pasado una buena mañana: le ha costado abrocharse los botones de la camisa y cepillarse los dientes, se ha tambaleado como un artista de vodevil en la cuerda floja mientras caminaba inestable hacia el coche y ha estado demasiado tiempo en el baño (he tenido que llamar dos veces, hasta que al final me ha gruñido: «Estoy cagando, no es tan fácil»). Nos hemos levantado temprano para que pudiera asistir a su entrevista de salida de la clínica con la doctora Oakes, su neuróloga (una pelirroja sonriente y pecosa, casi una belleza de Menominee, que se formó en Stanford). Paul recibió ayer su última infusión intravenosa, y todos los martes –hoy– se le invita a «revisar sus experiencias»: cómo nota el cuerpo, cómo tolera el riluzol que toma para ralentizar la aparición de la enfermedad (le nubla la vista, le acelera el corazón y orina más, pero no mejora) y cómo ve la vida en general (mejor que yo). Los días que va a la clínica se esfuerza por proyectar un sólido bienestar, le gusta «arreglarse» como si él y la doctora Oakes tuvieran una cita. Sin embargo, esta mañana, en casa, su voz era más «tenue» y aguda, sintomatología que la doctora O. habrá notado, anotado y comentado, aunque Paul no me ha dicho nada al respecto. En la fase media de la enfermedad, los músculos de la laringe se debilitan porque los nervios del cerebro se están muriendo. Algún día, simplemente dejará de hablar. Y en algún momento *todos* los músculos dejarán de traducir los mensajes de su cerebro, aunque este, valeroso, seguirá enviándolos. Después –para todos menos para los interesados en la filosofía– dejará de «ser». Este es un tema que no hemos conseguido abordar, pero tendremos que hacerlo pronto.

Tras diez minutos de retenciones, nos dirigimos al aparcamiento del Comanche Mall, que es más grande de lo que suele permitírsele a las empresas en la mayoría de las ciudades y donde no para de nevar. Las máquinas quitanieves embisten, y los coches y los peatones esquivan estos panzers que lo arrasan todo y escupen nieve, con su silbido y sus luces intermitentes: arrastran carritos de la compra, mercancías perdidas, coches compactos, mascotas y niños hasta la tienda Matterhorn de todo-para-la-nieve que hay detrás de Sears;

allí permanecerán congelados hasta el verano. Las quitanieves gobiernan esta latitud; los conductores barbudos y corpulentos puestos de metanfetamina no perdonan.

El Northern Lights Octoplex, adonde nos dirigimos, está en la parte de atrás del centro comercial, más allá de una imponente pagoda de caza y pesca Scheels y un Penneys que ya está cerrado. Paul lleva su bastón trípode de metal, más práctico para la nieve que su andador, aunque este es mejor para no tropezarte y romperte la cara, como casi le ha ocurrido por la mañana. Por alguna razón, el frío no le molesta tanto como a mí, aunque se está acercando a la frontera entre el momento en que puede caminar y el momento en que no volverá a hacerlo. Para muchos enfermos de ELA, esto puede significar el oscuro paso de una autoestima ya mermada a algo peor. No estoy seguro de cómo lo tolerará. Es difícil saberlo.

En el coche está escuchando a Anthony Newley en su iPhone, que «lleva» en una ridícula funda de plástico con lentejuelas, con los auriculares Bluetooth puestos. Observa en silencio la tundra del centro comercial como desde un avión. Algo en la conversación que ha mantenido esta mañana con la doctora Oakes lo ha dejado abstraído. Los médicos de pacientes terminales deben ser valientes a la hora de decir la verdad y respetar un vínculo sagrado de franqueza con aquellos a los que ayudan a salir de la vida. Pero, claro, no pueden ganar. Cualquier palabra sin sentido, un «y» en lugar de un «pero», un «muy» o un «posiblemente» o un «en mi opinión» mal colocado, y el enfermo de sarcoma o trasplantado de riñón que ha encontrado cierto equilibrio se tambalea hacia un abatimiento del que ya no puede salir. Todo progreso se pierde. Intentaré preguntarle al respecto si se da la ocasión, aunque no suele admitir nada.

En nuestro trayecto hacia el centro comercial, solo se ha animado cuando hemos pasado por delante de sus dos establecimientos comerciales favoritos: Little Pharma Drug y la tintorería Will Dry Cleaners. En ambos casos, me ha mirado con aprensión mientras pasábamos, como si saboreáramos un secreto del que no debemos hablar. Durante toda la vida, nuestro discurso entre padre e hijo ha sido codificado y elíptico: una conversación sostenida y centrada en un tema no es lo nuestro. A veces, hasta el punto del silencio. No creo que sea tan raro.

La tintorería Free Will tenía corazones rojos ondeando en su escaparate y unas palabras estarcidas: EN SECO, LA LIMPIEZA ES BELLEZA. Eso le ha gustado.

–¿Sabes por casualidad –ha preguntado sin quitarse los auriculares– cuál es la talla de pantalón de hombre más común?

–No –ha respondido sin dejar de prestar atención al tráfico y la nieve.

–La cuarenta y cuatro –ha soltado tras tomar una inexpresiva bocanada de aire; pude oír una canción de Tony Newley zumbando en sus oídos.

No ha dicho nada más.

Cuando Paul estaba en Saint Jehoshaphat's, en Connecticut (el instituto de segunda categoría en el que su madre y yo le metimos) y se encaminaba hacia una vida de rarezas, ella y yo lo hicimos entrar y salir de innumerables consultas de terapeutas, institutos de pruebas y campamentos de verano holísticos en Maine, que evaluaban si estaba encerrado en algún síndrome o espectro u «osis» y se le podía ayudar administrándole cualquier cosa que hubiera disponible en los remotos años ochenta. No se «relacionaba». Era alegre y educado, pero no hacía (muchos) amigos. Su meta profesional era ser ventrílocuo. No le interesaban los deportes. Era zurdo. Tartamudeaba. Mostraba vagos síntomas que iban cambiando: Tourette, TOC, posible déficit de atención. Nada se consideraba clínicamente «malo». Su coeficiente intelectual era un respetable 112 (mejor que el mío y el de su madre, pero muy por debajo del de su hermana). No se hacía daño a sí mismo ni a los demás, no se masturbaba en exceso, no le fascinaba el fuego, no suspendía. A menudo, respondía con una sonrisa como la del gato de Cheshire a cosas que a nadie más le hacían gracia, pero, en opinión del doctor Wolfgang Stopler, su comportamiento «no era realmente *tan* raro», teniendo en cuenta el divorcio, la muerte de su hermano y la pubertad. Su madre y yo no estábamos de acuerdo con el diagnóstico, pero nos consolaba el hecho de haber hecho el esfuerzo y de que no hubiera mucho más que pudiéramos hacer, ya que en realidad nos gustaba cómo era y tampoco es que quisiéramos hacer mucho más. Dejémosle vivir su vida. No sabíamos que algún día tendría ELA.

La otra cosa que Paul ha dicho esta mañana, cuando nos hemos encontrado con el tráfico del centro comercial, con la nieve salpicando el parabrisas como gravilla, ha sido:

–¿Cómo te sientes por no haber ido a Vietnam?

He tenido que girarme para mirarle.

–¿Cómo?

–¿Cómo te sientes por no haber ido Vietnam?

Le goteaba la nariz. Se la ha limpiado con la manga y se ha tocado la tachuela de plata que lleva implantada en el lóbulo de la oreja izquierda desde que está en la Mayo.

–¿Por qué demonios me preguntas eso?

–Solo me lo preguntaba. –Movía la cabeza adelante y atrás con la música de Anthony Newley en ambos oídos.

Paul llevaba puesto su «traje de enfermo»: sudadera gris, generosa en el culo para no dificultar aún más su ya dificultosa movilidad. Se había cambiado de ropa después de su entrevista de salida (en la que había llevado una camisa Brooks Oxford, un jersey de cuello en pico de color arándano, pantalón chino y mocasines chinos, todo para impresionar a la doctora Oakes). Ese era exactamente mi uniforme en la casa de la fraternidad Sigma Chi cuando iba a la Universidad de Michigan, alrededor de 1964, y más o menos mi actual ropa de cuidador. Paul ha engordado desde que le diagnosticaron la enfermedad; ahora tiene un aspecto suave y redondeado. Siempre ha llevado gafas y hace una década que pierde pelo, lo que le hace parecerse al viejo Larry Flynt del porno. Tiene los dedos cortos y verrugosos; por otro lado, desde que le diagnosticaron la enfermedad ha desarrollado un tono de piel de interior de frigorífico, y a veces exuda un penetrante olor a metal, posiblemente por la medicación. Siempre ha curvado la lengua dentro de la boca, extendiendo la parte inferior gris rosada más allá de los labios, cosa que yo identifico con el esfuerzo. En el coche, a mi lado, con su larga parka roja con capucha de los Kansas City Chiefs por encima de su sudadera, sus zapatillas suizas especiales diseñadas para los pacientes de ELA y las manoplas que le tejió su madre cuando era adolescente, parecía un indio en miniatura.

–¿Es eso lo que está pasando por tu cerebro? ¿Estás pensando en Vietnam?

–Sí.

–Me alegro de no haber ido a Vietnam. –Los limpiaparabrisas barrían ruidosamente la nieve–. No estarías aquí si hubiera ido. Podrías ser un niño vietnamita.

Sabía que le encantaba esta idea, pero no ha contestado.

–¿Ha supuesto algún tipo de barrera?

Paul piensa (a veces obsesivamente) en términos de barreras; resistencias en nosotros mismos que nos impiden hacer todas las cosas dinámicas que queremos hacer: tocar la armónica, hacer malabares, dar una voltereta desde el trampolín. Él ya no podrá hacer nada de todo esto. Cualquier cosa que se proponga requiere cruzar umbrales dolorosos. Por ejemplo, en realidad, es un ventrílocuo mediocre. Tiene un muñeco profesional con el pelo naranja, una chillona chaqueta a cuadros y unos estúpidos y saltones ojos azules,

«Otto», que se ha traído con nosotros a Minnesota. Aprender ventriloquia, cosa que hizo en el instituto, requería superar poderosas barreras internas. Le llevó años, aunque sigue moviendo los labios para hacer hablar a Otto, y se da cuenta. Su hermana cree que Otto es espeluznante y no lo soporta, cosa que a él lo entusiasma.

–No ha sido ningún obstáculo para nada –le he respondido sobre Vietnam. El intermitente azul de la policía parpadeaba entre la nieve que inundaba el parabrisas. Un pobre somalí estaba entregando su carnet a través de la ventanilla mientras pasábamos–. No elegí no ir a Vietnam –he dicho–. Me puse enfermo y me liberaron de ir. Los marines no me querían. En aquel momento, lo sentí, pero no por mucho tiempo. La guerra fue terrible. Tú naciste el año en que terminó.

–Solo me preguntaba si creaba un síndrome como el mío.

–¿Como el tuyo? ¿Cuál es el tuyo? Tú no tienes ningún síndrome. Tienes otra cosa.

–Vale.

He visto su pesada lengua rosa, lo que me ha indicado que estaba haciendo un nuevo esfuerzo.

–¿Quieres decir una especie de culpa del superviviente? –le he preguntado.

–No lo sé. No. La culpa del superviviente es una mierda.

–Hace una semana me preguntó cuál era el equivalente moderno de *El hombre invisible*, otra de sus películas favoritas. Claude Rains, Gloria Stuart, *et al*. No lo sabía–. Un superviviente de la ELA –ha dicho–. Alguien que no existe. –Se le ha arrugado la boca y ha apartado la mirada.

–Mira –le he dicho irritado cuando hemos pasado junto al coche patrulla–, no haber volado por los aires en Vietnam no ha evitado nada. ¿De acuerdo? He hecho todo lo que he querido, incluido estar aquí ahora. ¿Vale? –No le gusta que me enfade con él.

—Sí.

—Y si vivo más que tú, que puede que no, tampoco me sentiré culpable.

Eso le ha gustado, ya que el hecho de que viviré más que él es casi una certeza.

—Entonces, ¿estás contento de que esté aquí?

Dentro de su parka de los Chiefs ha hinchado las mejillas porque sabe que mi respuesta requiere ingenio. Es su forma de «autolocalizarse», cosa que los médicos dicen que debe hacer.

—Sí, y también no —le he respondido—. No me alegro de que *estés* aquí. En Rochester. Ojalá estuviéramos en una playa de las Maldivas. Pero, por lo demás, sí. Me alegro de que estés aquí. Me alegro de estar aquí. Me alegro de que estés vivo. Casi siempre me he alegrado.

—Vale. —Ha mirado al frente, con la lengua aún ligeramente extruida. Las respuestas sí y no son sus favoritas.

—Esto, por cierto —he dicho, aún irritado—, es una completa idiotez, ¿vale? Te quiero.

Nunca es mala idea incluir estas palabras, por si él piensa que estar enfermo es una barrera para el amor. No estaba seguro de que me hubiera oído con los auriculares puestos.

—Eso está bien —ha respondido—. Sin embargo, no puedes dejar que el genio salga de la botella, Lawrence.

Está siempre en guardia contra todo sentimentalismo, contra toda condescendencia, contra cualquier melodrama o asunto del corazón, que odia y con los que puede ser cruel. Desde que estamos en la Clínica Mayo ha empezado a llamarme Lawrence, por Lawrence Nightingale.

—Es un truco —he dicho para terminar.

—Sí. Tú lo has dicho —me ha contestado, y ha vuelto a mirar hacia el tráfico, congestionado y envuelto en la nieve.

Para cuando conseguimos una plaza para minusválidos y atravesamos la nieve como buenamente podemos hasta llegar a la entrada oeste del centro comercial –Paul se ayuda de su bastón con dificultad–, ya no hay posibilidad alguna de ver una película. Hay una protesta en la entrada interior del Octoplex. Una fila de ruidosos exhortadores –en su mayoría mujeres con parkas de plumas, un par de sacerdotes católicos, un hombre regordete con un traje de cupido rosa con pequeñas alas, algunos ancianos vestidos de estar por casa y una o dos niñas en edad escolar– han unido sus brazos en una cadena humana alrededor de las puertas y la taquilla del local para impedir que nadie entre. Incluidos nosotros. Tenemos entradas virtuales que hemos comprado por internet, pero a los manifestantes les importa bien poco. Agitan pancartas y gritan. PARA MÍ, SAN VALENTÍN SIGNIFICA MALTRATO CONYUGAL, SAN VALENTÍN DEGRADA A LAS MUJERES Y EL AMOR, MI CORAZÓN YA ESTÁ ROTO, SAN VALENTÍN ES UNA VERGÜENZA, SOY UNA SUPERVIVIENTE DE SAN VALENTÍN, CUPIDO APESTA. Una mujer de pelo blanco y ceño fruncido, con una parka de nieve de un color naranja brillante, empuña un megáfono y comienza con un cántico. BASURA MISÓGINA ASQUEROSA, reza un cartel, supongo que en referencia a *La matanza del día de San Valentín*, y no le falta razón, aunque no recuerdo que se ametralle a ninguna mujer, solo a la banda de Mick, a la que abatirían de todos modos.

Paul y yo nos detenemos en la periferia de unos abrigados espectadores, que parecen pasárselo bien pero no estar implicados en la protesta.

–Supongo que, si se quiere, se puede protestar contra dos cabras follando –observa alguien.

–¿Qué es toda esta mierda? –gruñe Paul, con las gafas empañadas por el calor del interior del centro comercial. Con su parka larga y su pasamontañas rojo, zigzagueando sobre su trípode, parece un vagabundo con canas: es su aspecto desde que está enfermo–. Todo el mundo es un puto superviviente –dice.

–A ver qué puedo hacer.

–Sí. Te cubro las espaldas, Lawrence. –Casi pierde el equilibrio sobre su bastón.

Hay un joven de aspecto desaliñado, con camisa blanca y corbata de lazo, de pie detrás de las puertas de cristal del cine, bloqueadas. Habla a través de una rendija con un guardia de seguridad uniformado. Los manifestantes retoman el cántico, hacen el tonto y se sonríen entre sí, con los brazos unidos como si estuvieran con Martin Luther King y Harry Belafonte en el puente Pettus, en lugar de ser unos imbéciles pesados en un centro comercial. Se supone que los habitantes de Minnesota no deben manifestarse. «Impasibles» es el lema del estado.[1]

–Tenemos entradas para *La matanza*, en la sala diez –grito por la rendija para que me oigan.

La camiseta blanca del chico tiene un escudo rojo N de Naldo, para que parezca el Harvard Club. Creo que es el gerente.

–Tienen permiso para una hora –grita el chico, que asiente con una sonrisa vertiginosa, como si todo eso le resultara de lo más divertido.

Los chicos del instituto que están detrás del puesto de caramelos y del contenedor de palomitas señalan al gordo que va vestido de cupido y levanta las piernas como una de las Rockettes.

–¿Cuándo se les acaba la hora?

Miro a Paul, que se tambalea sobre su bastón; le tiemblan las piernas, se quita el pasamontañas y se despeina. Está hecho una furia, sofocado en su parka, con los labios curva-

1. Es un juego de palabras entre *to demonstrate*, «manifestarse», en la frase anterior, y *undemonstrative*, «impasibles».

48

dos, llamando a los manifestantes, estoy seguro, «retrasados», «imbéciles» y «lameculos».

—Vaya a por un café al Starbucks —dice el encargado a través de la rendija de la puerta—. Terminará dentro de media hora. —Está disfrutando con esto y no le importamos una mierda ni la película ni nosotros.

Echo un vistazo a la explanada del Comanche Mall, donde la luz amarilla se difumina por encima de los compradores en movimiento. No hay ningún Starbucks a la vista. Navegar por un centro comercial suburbano con un hijo discapacitado no es algo que haya hecho antes ni que piense hacer.

—Pero ¿pondrán la película? —grito a través del cristal.

Detrás de mí, el ruido es estridente. Me pregunto si el cristal es a prueba de balas.

—Lo que quiera —dice el chico, como si estuviera hablando bajo el agua—. Dese un paseo.

Y con eso quiere decir: «Váyase a paseo». Estamos casi vencidos.

A la una del mediodía, el Comanche Mall está medio lleno, aunque daría la misma sensación si estuviera vacío. Todos los centros comerciales desprenden el mismo clima de desánimo por sus semicavernosas extensiones. (Nunca se concibieron para ser sitios donde la gente se sienta como en su casa.) La luz harinosa emana de ninguna parte. El aire tiene una temperatura cálida-fría que solo se encuentra aquí. Sobre él hay un aroma a algodón de azúcar, como en una feria estatal. Y por encima de todo suena «When You Wish Upon a Star», cantada por un grillo.

Doblamos una esquina en Urban Outfitters, instante en el que dejamos de oír a los manifestantes. Todavía no veo ningún Starbucks. Aunque hay un GNP. Un Foot Locker. Un Caribou Coffee. Una tienda nórdica. Un quiosco de gafas de sol. Pizza al estilo de Minnesota. Tatuajes y piercings. Mascotas exóticas. Diálisis Thousand Lakes. Hormigón decorativo. Optometristas de Twin Cities. The Gap. Y un escaparate de reclutamiento del Cuerpo de Marines con dos soldados de pantalón azul que observan somnolientos el ir y venir de gente del centro comercial desde sus pulcros escritorios.

Los marines han pegado un mensaje de San Valentín en su mostrador: DALE A TU NOVIA LO QUE NUNCA HA TENIDO... *SEMPER FIDELIS!*

A Paul, que ha llamado maricones y gilipollas a los manifestantes, no parece importarle estar aquí y lo mira todo con interés. En este sentido, es el enfermo incurable más equilibrado que uno pueda imaginarse. Tener ELA significa que las cosas no funcionan o no encajan bien, y eso no es un gran problema para él.

Hace años, en un momento de desesperación, di clases de redacción en el carísimo Berkshire College, en Massachusetts, mientras intentaba gestionar simultáneamente: 1) que mi hijo Ralph Bascombe muriera de la enfermedad de Reye a los nueve años, y 2) que mi mujer se divorciara de mí porque no podía gestionar bien lo anterior. Solía desafiar a mis clases de pequeños Aristóteles sonrientes con acertijos. (No sabía nada que pudiera enseñarles, salvo cómo ser yo.). «¿Qué significa *significar*?», les preguntaba con la boca apretada. «¿Qué creéis que estáis diciendo cuando decís que *entendéis* algo?» «¿Qué hacéis realmente cuando le *veis sentido* a algo?» Los había oído eructar estas mismas expresiones mientras paseaba junto a ellos por el campus todos los días: «¿Qué *significa* la ballena blanca?»; «No *entiendo* a mi compañera de piso. Es de Utah»; «No le *veo sentido* a una palabra que dice fulanito, el viejo profesor...». A mí, como su profesor, saber qué significaban realmente las palabras que utilizaban no me parecía pedir demasiado. De hecho, todas esas palabras eran pertinentes para mi vida en aquel momento. ¿Cómo entendía que mi primogénito hubiera muerto? ¿Tenía sentido que una persona a la que quería me echara de su vida? Tales palabras, me parecía, deberían ser piedras angulares de cualquier educación de primer nivel.

Mis alumnos, por supuesto, no mostraban ningún interés y se quedaban sentados en sus pupitres mirándome fijamente. Querían que acabara la clase para volver al patio del colegio y reanudar sus conversaciones sobre sexo y deportes.

Lo que quería que supieran, sin embargo, era que *entender*, *dar sentido*, conocer el *significado* de cualquier cosa tenía que ver con encajar piezas sueltas de la vida que no encajan, y luego crear un nuevo todo con los fragmentos recién unificados. La ballena blanca significaba reunir pruebas de que algo existía y darle un sentido. Eso es lo que hacen todos los descubrimientos científicos, toda la filosofía y todas las grandes novelas..., o eso creía yo. Dar sentido a las cosas es siempre un proceso de reajustar, reajustar y reajustar. Por naturaleza, es provisional, y muy pronto lo cambias por algo mejor. Todo lo encuentras «de camino», que diría el viejo Heidegger. Aunque resultó que no me quedé el tiempo suficiente para contarles esta última parte tan importante.

Para Paul, el arte de encajar lo inencajable, de comprender, significar y dar sentido, es algo que ha aprendido como un catequista desde que le diagnosticaron la enfermedad. Mientras que, para mí, el hecho de que se enfrente a una muerte inminente no tiene sentido, es totalmente absurdo y no lo puedo comprender de ninguna manera. A menudo, me despierto por la noche con la sensación de que podría estar muriendo en sincronía con él. (Al parecer, estas cosas pasan.) De todos modos, espero que no sea así; cuando a esas horas me pregunto qué estoy haciendo (una buena pregunta para plantearse en cualquier momento), mi respuesta es: intento que vivir le gane la partida a morir, permanezco con vida para que en el momento en que mi hijo deje atrás la vida no se sienta solo. Es lo más sensato que puedo decir.

Aquí, en el flujo humano del centro comercial, a Paul le cuesta más desplazarse y ha empezado a emitir ariscos gruñidos, con la lengua fuera por el esfuerzo. Esta semana no camina muy bien, así que cargo con su parka, debajo de la cual lleva su sudadera azul CORNHOLE IS AMERICA,[1] que deja ver que últimamente se le ha dilatado la barriga. Ambos encajamos bien en un centro comercial. Aunque, como ocurre ahora en muchos lugares públicos –y por razones perfectamente justificables–, tengo la sensación de que alguien, desde algún lugar, puede estar a punto de dispararme.

–¿Alguna vez te ha parecido que la vida pasa demencialmente rápida? –pregunta Paul.

Nos hemos detenido, dejando que el tráfico de peatones se arremoline a nuestro alrededor. Me lanza una mirada traviesa. «Loco» es una de sus palabras: «Está loco de celos», «Tengo un hambre loca», «En África hace un calor de locos». Aunque lo cierto es que no hay ninguna respuesta, como cuando me preguntó si lamentaba haberme perdido Vietnam.

–No –le digo–. ¿Está pasando rápido para ti?

–Estoy harto de indignarme –dice, inexpresivo. Le oigo respirar hondo.

–Esta mañana..., ¿ha dicho la doctora Oakes algo que no te ha gustado oír?

Los ojos de los clientes del centro comercial nos ven y se apartan. Al parecer, en Minnesota no es frecuente ver a dos adultos hablándose en público.

–¿Como qué? –dice.

1. El *cornhole* consiste en lanzar una bolsita llena de semillas a una tabla inclinada que tiene un agujero en el extremo, donde hay que encestarla. Se tienen noticias de este juego ya en el siglo XIX. Últimamente se ha vuelto muy popular.

–No lo sé. Yo no estaba.

–¿Como que los errores médicos son la tercera causa de muerte después del cáncer y las enfermedades cardiacas? ¿O que no se casará conmigo porque ya está casada? No hemos llegado tan lejos. –Levanta la cabeza, que parece un globo y va escasa de pelo, y sonríe maliciosamente. Apenas llega al metro setenta, y yo lo sostengo. Sus gafas captan una lentejuela de la luz sin lustre del centro comercial. Parece Larry Flynt, pero un Larry Flynt empollón con gafas–. ¿Crees que la doctora Oakes sueña conmigo? Estoy cachas de cojones.

–Seguro que sí.

–¿Crees que le doy pena? –Vuelve a asomar la lengua, como si eso le ayudara a mantener el equilibrio.

–No lo sé. No.

Mira hacia otro lado, como deseando que yo desaparezca, pero no puedo.

–¿Crees que hay algún comanche por aquí?

Su voz es más fina y ha «subido» a un registro ligeramente más agudo. A nuestro alrededor, muchos transeúntes se parecen a él: gente en silla de ruedas, con bombonas de oxígeno, tambaleándose detrás de los andadores, hablando por un laringófono, avanzando con muletas o embozadas en mascarillas quirúrgicas. El centro comercial es como un hospital donde lo normal es estar enfermo. Temo que él, sin embargo, corra el peligro de lanzarse en picado hacia delante en medio de todo.

–Quizá deberíamos sentarnos un momento –digo.

–Sí. Vale –responde de manera un tanto conmovedora.

El Starbucks está a la vista, pero demasiado lejos. Tenemos que sentarnos *ahora*. Sin mucho problema, maniobro para alejarnos del flujo de gente y nos acomodamos en dos asientos vacíos del Montparnasse in Minnesota, un bistró «al aire libre» al lado del centro comercial, con sillas de respaldo de alambre, suelos de baldosas blancas, camareros alegres con delantales blancos que hablan con fingido acento francés. Paul se deja caer en una silla, agarrando su bastón como un anciano.

Al instante aparece una joven camarera nerviosa, con media melena, los labios morados y un piercing en la mejilla. Como si fuera una prostituta, pregunta con acritud si queremos «tomag algooo». Es del Marais de Owatonna. Le digo que solo estamos descansando y sonrío esperanzado. Se pavonea de una manera que me encantaría ver en otro entorno, y hace un puchero con sus asombrosos labios.

–*Bien sûr, messieurs.* Cuandoo quiegan, a su segvisio.

Y se va con los clientes que pagan.

Paul está agotado, pero de nuevo empieza a mirar a su alrededor como si algo le agitara. Es en su hora de «terapeuta contextual» cuando los dos «compartimos» conversaciones difíciles: qué vamos a echar de menos en la vida cuando muramos, qué aspecto tendremos cuando estemos muertos, qué pensamos que podríamos encontrar en «el otro lado». Podríamos intentarlo ahora. Aunque en uno de los panfletos sobre la ELA que la Mayo proporciona (he leído muchos) se advierte a los seres queridos que no nos «esforcemos demasiado» por ser auténticos. Paul, por su parte, se resiste a que nadie, salvo sus médicos, le pregunte cómo está. Puedo soportar no saberlo hasta que tenga ganas de decírmelo.

Sin embargo, detecto lo que le agita. Al otro lado del vestíbulo, que está medio abarrotado, hay dos auténticos bombones, dos chicas rubias de Minnesota: una pechugona Gudrun y una mohína Astrid. Ambas están concentradas llenando unos globos rosas en forma de corazones de San Valentín, frente a la librería cristiana The Word Is Your Oyster. Utilizan una bombona de aire y se lo pasan en grande con el silbidito que emite cada globo al inflarse. Uno de los reclutadores de marines les ha echado el ojo y ha abandonado su puesto para acercarse a ellas y su labor de inflado con su presencia de marine insinuante. A las chicas les encanta, pero fingen que no.

Esto es lo que está fastidiando a mi hijo. La proximidad de mujeres hermosas siempre tiene efectos perturbadores en él. Desde sus tiempos de preescolar, la presencia del esplendor femenino le hacía tartamudear; luego, guardar un silencio mórbido; después, ponerse a parlotear una especie de caleidoscopio que se disparaba dentro de su cerebro –su colección de monedas extranjeras, la historia del rifle Enfield, los enigmas geométricos de Keops en Giza– hasta que sus compañeros de clase se alejaban confundidos. Más visitas al psiquiatra. Más cheques colosales. Más diagnósticos de normalidad, aunque admitiendo que quizá nuestro hijo no siguiera una vida convencional.

El reclutador, que está delgado como un palo, tiene la cabeza cuadrada, las mejillas hundidas (tipo punta de flecha), el pecho cubierto de franjas de colores y las mangas llenas de galones. Es un sargento mayor –la raza más singular, valiente entre los valientes, duro entre los duros– que ha participado en todas las campañas desde Antietam. Es más viejo de lo que parece, pero a las chicas del globo les fascina (aunque parecen algo recelosas, por una buena razón). El sargento mayor hace aquello para lo que los marines están entrenados: proyectar una imagen de tipo invencible que oculta un alma (falsamente) empática, que te echará el polvo de tu vida y luego no se quedará para el recuento emocional. Cierto tipo de chica del Medio Oeste no puede decir que no a tal cosa.

Eso es demasiado para Paul, que se revuelve inquieto en su silla de alambre y emite sonidos de incomodidad. Le tiemblan los dedos. Me lanza una mirada de halcón y luego vuelve a mirar al trío, para quienes no sería más invisible si estuviera hecho de aire.

–Me preocupa la película. No quiero perderme los créditos por culpa de un puñado de gilipollas –dice.

En la boca se le forma un bulto con la lengua bajo el labio inferior. Detrás de las gafas, sus ojos me miran acusadores. Se espera de mí que ponga remedio a algo que no puedo remediar.

—El encargado ha dicho que pondría la película. ¿Quieres hablar de nuestro viaje de mañana? —Mi optimista expedición de invierno al monte Rushmore, cuyo fin era evitar un tremendo ataque de nervios tras la recepción de mañana de los Pioneros de la Medicina.

—Sí y no. —Paul aparta rápidamente la mirada. Ha observado que los minnesotanos dicen «sí y no» a todo, lo que demuestra que son unos cagados.

El cupido rosa con alas que hemos visto en la manifestación pasa entre la multitud, agitando una varita mágica y portando una pancarta con un corazón rojo de San Valentín que tiene un pulgar negro hacia abajo dentro. El sargento mayor les indica a las dos chicas del globo que echen un vistazo. Sonríen y niegan con la cabeza. Posiblemente, la protesta se esté disolviendo y aún tengamos oportunidad de disfrutar de nuestra masacre.

—¿Piensas mucho en Ann?

Ann es su madre, que murió hace dos años en una «vivienda asistida» en Haddam, donde él la visitaba, y yo también. Llevábamos divorciados treinta y siete años, pero Paul siempre deseó que no lo estuviéramos y sentía que muchas cosas de su vida habrían sido mejores si no nos hubiéramos separado, cosa que habría sido cierta para todos nosotros. Es un tema que saca a menudo. La semana de San Valentín es el aniversario de su muerte.

—Claro. Pienso en tu madre todo el tiempo. —No me refiero a ella como mi «esposa» o mi «exesposa», y nunca como Ann—. Casi todos los días, pienso en todas las cosas importantes que he hecho y en todas las personas importantes que he conocido. ¿Tú no?

56

No le gusta que le devuelvan una pregunta en forma de otra pregunta.

–¿Qué piensas de ella? –Detrás de sus lentes, sus ojos color pizarra se alejan de mí, pero no pierden detalle. Tiene la boca floja y húmeda: su lengua por fin se ha relajado–. ¿Te gustaría haberte vuelto a casar con ella? –Su voz suena débil y cansada.

–No –respondo–. «Sí y no» sería más exacto.

Cuando Ann vivía una cómoda vida de jubilada con párkinson en su «vivienda asistida», en Haddam Great Road, hicimos un intento a medias de renovar nuestro amor, por el tiempo pasado. Yo había sufrido un pequeño ictus, un episodio de amnesia global y se me había detectado un pequeño y recién observado agujero en el corazón (que, según ella, no le sorprendió). Éramos una pareja perfecta de impedidos, añadió. Nos embarcamos en un viaje mal aconsejado para visitar las tumbas de mis padres en Iowa. Ella nunca los conoció y le pareció, por tanto, que yo no los honraba lo suficiente. Fue poco después de enterarse de que tenía un mieloma y que no le quedaba mucho tiempo. Llegamos incluso a intentar hacer el amor, estilo tercera edad, en un Best Western de Davenport, un día de fiesta, y fue como si dos científicos con guantes de laboratorio movieran tubos de ensayo radiactivos dentro de cajas de cristal herméticamente cerradas. Luego bromeamos sobre ello, pero no en Davenport.

Fin de la historia. Ann falleció antes de que tuviéramos la oportunidad de hacer algo más que ponernos de acuerdo en que, si nos volvíamos a casar, Paul y su hermana se indignarían por la vida de la que los habíamos privado al seguir divorciados. Estas palabras fueron nuestra versión de «te quiero».

En su triste final –que fue el final de la historia de amor–, yo era la única persona de confianza que Ann podía soportar tener cerca más de cinco minutos: quizá así es como hubiera resultado nuestro largo matrimonio-que-nunca-llegó-a-suceder. Por lo general, no se pueden arreglar las cosas al final. Aunque Paul suele tomarse a pecho todo lo que pasó entre su madre y yo.

—Escucha, hijo —digo, y apoyo los codos en el tablero de mármol como si fuera un policía—. Supongo que me preocupaba más por tu madre de lo que la quería. Y ella se preocupaba menos por mí que cuando éramos jóvenes. ¿Vale?

Necesito reconducir la conversación; sé que, si seguimos por este camino, acabaremos teniendo una discusión que no tengo ganas de tener en un centro comercial a la una y media del mediodía. Además, eso nos arruinaría la película, si es que llegamos a verla.

—¡No es verdad! —Se anima de repente, golpeando la mesa con el lado blando y carnoso de su mano izquierda. Con su sudadera CORNHOLE IS AMERICA parece ridículo—. Cuando la visité en ese agujero de mierda en el que vivía —la Comunidad para Adultos de Carnage Hill—, me dijo: «Quiero a tu padre. No sé por qué no hace lo correcto y se casa conmigo antes de que uno de los dos nos muramos».

La boca de Paul se arruga y se queda perplejo, una expresión que le he visto a menudo. Es su expresión por defecto, o lo era antes de enfermar. Aunque no está enfadado. A fin de cuentas (expresión que detesto), ¿por qué tendría que enfadarse?

—Nunca me dijo eso —contesto en voz baja.

—Ella quería que tú se lo dijeras. ¿Tú no querías?

—Tal vez un poco —le digo—. Solo que nunca lo hice.

—Vale —dice—. Bueno...

Ha parado de dar golpecitos, está dispuesto a dejar que nuestra conversación termine tan arbitrariamente como ha empezado. Posiblemente, se ha resuelto algo difícil. Aunque no hemos hablado de nuestro viaje. Ojalá lo hubiéramos hecho.

Me doy cuenta de que el sargento mayor Gunnerson (vamos a llamarlos así) se abre paso entre la multitud de compradores en dirección a nosotros. Es una pieza soldada de maquinaria humana de combate: pantalones azules, rayas rojas, corte de pelo a inglete, mandíbula de roble. Me mira fijamente, lo suficiente como para que me incorpore en la silla, preparado para recibir un golpe que, al parecer, me merezco. Pero pasa de largo y se adentra en el interior de Montparnasse, en Minnesota, con la misión de requisar un café para su hermano marine en la tienda. Todo es un asalto y desembarco, incluso en el centro comercial.

Paul no ha dicho nada más que «Bueno...». Las palabras sobre su difunta madre le han conmovido más que a mí. Soy culpable, como siempre, de no expresar mis sentimientos. Esta vez hacia la difunta.

–Será mejor que veamos nuestra película –digo, y le sonrío.

Desvía la mirada hacia la furgoneta de los compradores de ese martes anterior a San Valentín, buscando a las dos chicas de los globos, que ya no se ven. Un pequeño desengaño más al final de la vida.

Cuando llegamos a la zona por donde entran los clientes, el Northern Lights Octoplex está en penumbra por dentro y parece cerrado; los manifestantes se han evaporado. Ni siquiera se ven sus desperdicios en el suelo de la explanada. Las luces de los puestos de golosinas y palomitas están apagadas. Una estatua de P. Bunyan acecha en la penumbra, barbudo, con camisa de cuadros, sonriendo como un maniaco hacia las puertas principales. La taquillera ya no está en su cabina, donde un cartel luminoso tipo Times Square, en miniatura, sigue mostrando los horarios de las películas en verde. Estamos en el lado equivocado de la historia.

En la parte trasera del vestíbulo, el gerente del cine almacena cuerdas de terciopelo y soportes de plata en un almacén junto al lavabo de caballeros. Golpeo el cristal con una moneda, pero él finge que no estoy, cosa que puedo entender. Mi hijo se queda de pie en medio de la explanada vacía mirándome, balanceándose sobre su bastón, resentido. Se ha vuelto a poner la chaqueta de los Kansas City Chiefs. Doy un golpecito más fuerte, al menos para que me dé una entrada para otro día o, mejor aún, para que me devuelva el dinero. Una explicación bastaría.

–Sí. Han cerrado –dice una voz.

Es el guardia de seguridad, al que he visto charlando con el director a través del cristal no hace mucho. Lo suficiente, sin embargo, para que todos nuestros planes se fueran al traste.

–Dijo que pondría la película... –Me refiero al capullo del gerente que mendiga allí dentro–. Hemos comprado entradas.

La placa dorada del guardia proclama que es «Knutsen» (probablemente, «Ka-nut-san»). El agente Knutsen, de cabeza gruesa y con un poblado bigote, es descendiente en segunda generación de la vieja Noruega. Sin duda, un expolicía municipal que ha engordado demasiado para poder seguir siéndolo. (Estos son los que te disparan.) Su equipo de seguridad consiste en la misma parafernalia policial que llevaba en el cuerpo: pistola grande, esposas, pistolas paralizantes, espray de pimienta y micrófono de hombro, pero en una versión más barata. Las hojas de roble doradas de sus charreteras anuncian que es «mayor».

–Supongo que ha habido una amenaza de bomba. Ahora pasa a menudo. –El mayor Knutsen habla mientras contiene la respiración y asiente con la cabeza, intentando parecer preocupado, pero no lo está–. De todos modos, ¿quién querría ir al cine con este tiempo?

Al parecer, la ventisca de fuera sopla dentro del cine. Mete el pulgar dentro del cinturón de policía y le da un tirón en la barriga; acto seguido hace gárgaras, y de su garganta emana el aroma de su almuerzo. Tiene los ojos azules más pequeños posibles.

–Mi hijo tenía muchas ganas de ir. Hemos comprado entradas –repito.

Hablar con ese hombre es como hacerlo con una máquina expendedora.

–¿Es su hijo?

El mayor Knutsen mira fríamente a Paul, que lleva el pelo revuelto y tiene la cara desencajada, con su chaqueta de los Chiefs. Paul me dedica una pequeña y cruel sonrisa que indica que le gusta que hable con el mayor Knutsen. Es lo que *me toca* por no haber conseguido que entráramos en el cine.

–Le encantan las películas.

–Apuesto a que sí.

El mayor Knutsen asiente, refiriéndose a ese humanoide que parece ser Paul. Lo ha visto todo, podría decirme cosas que no creería. No va a decir nada sobre mi hijo.

Poca gente entra y sale por el acceso al centro comercial. Los sitios más concurridos son el Starbucks y el Applebee's. Ahora Andy está cantando a todos los compradores «Hot-diggity, dog-ziggity, BOOM» con un acompañamiento de calíope.

–Vale. Entonces, ¿no hay ningún problema? –El mayor Knutsen olfatea como lo hacen los policías–. Le he visto golpear el cristal. Me preguntaba si...

–¿Perdón? Ah, claro, ningún problema –digo.

Miro a Paul, que mueve los labios diciendo: «Sácanos de aquí de una puta vez». Lleva demasiado tiempo de pie, y eso le perjudica. Estoy bien. Del todo. Incluso sin la película. Sonrío al agente Knutsen, que tiene buenas intenciones pero no está acostumbrado a que le sonrían. *Hot-diggity, dog-ziggity. . .*

–Vaaale –dice, pero no se mueve.

–Vaaale –digo–. Gracias.

–Para eso estamos. –Cambia de pierna de apoyo, se calla y se aleja por la explanada hacia donde hay gente más interesante. Da la señal de «todo despejado» en su micrófono de hombro–. Es un veinticuatro... –dice, o algo así.

El agente Knutsen tiene un andar suave y cadencioso, casi delicado. Sin duda, es un excelente bailarín.

Nuestro día no ha ido como yo quería, para nada. Como muchos días en este invierno excepcional. Pero volvemos a ponernos en marcha. Paul y yo. Sin película.

DOS

Cómo mi hijo y yo nos convertimos en peregrinos de la medicina en una remota e insignificante ciudad del norte del Medio Oeste es una historia que posiblemente merezca la pena contar, pues, al igual que muchas otras historias que merecen la pena –incluidas las de los grandes clásicos–, postula esa sabiduría eterna que dice que si quieres hacer reír a Dios a carcajadas, solo tienes que contarle tus planes.

No es que mis planes del pasado octubre, cuando diagnosticaron a Paul, fueran muy innovadores: estaba «trabajando» en House Whisperers cuatro horas al día, intentando convencerme de que estaba haciendo algo y no nada. Mi trabajo consiste principalmente en facilitar reuniones privadas entre compradores de alto standing y la señorita Evelyn Snowman, licenciada en Derecho, nuestra «asesora de clientes», una antigua especialista en contrainteligencia del FBI (lo que resulta perfecto para el trabajo inmobiliario). El trabajo de Evelyn es reunirse con los clientes –en mi oficina (yo nunca estoy presente, a los peces gordos les gustan estas zarandajas tipo contrainteligencia)–, entrevistarlos, ser entrevistada por ellos, investigarlos y hacerles un perfil. Luego, si todo va bien, les ofrece visitas virtuales a posibles propiedades y, después, visitas en persona ultraprivadas. Si todo sale bien, pasa de la oferta a la contraoferta, a la negociación, al pago por adelantado, al contrato y al cierre. Todo ello sin que los vecinos fisgones se enteren, armen jaleo y obtengan órdenes de alejamiento porque resulta que la casa de al lado se vende a Faisal el Akbar, antiguo jefe de seguridad kuwaití, o a la sobrina de Idi Amin, que se matricula en una universidad para mujeres con la esperanza de empezar de nuevo. Podría llevar a cabo mi parte de este trabajo desde casa, como todo el mundo. Pero a mi jefe, el señor Mahoney, le gusta el ambiente «tradicional» de escritorio, ventana, silla, papelera y teléfono. Me parece bien, ya que así es como vendía casas en mis tiempos, aunque Mike no entienda que la «tradición» no es más que una artimaña.

Haddam, Nueva Jersey, no siempre fue tan tiquismiquis sobre quién podía vivir allí. Hasta 2016, los ciudadanos podían estar seguros de que la mayoría eran hombres blancos adinerados. Cuando Ann y yo llegamos, en los años setenta, en nuestra manzana de Hoving Road la única celebridad rara de la ciudad era la hija de Stalin. La veíamos pasearse cada día por delante de nuestra casa con sus pomeranias, a las que dejaba cagar en nuestro césped como si fuera la dueña. Pero esos días quedaron atrás –las víctimas del boom inmobiliario, la crisis inmobiliaria, el huracán Sandy, el multiculturalismo, el 11-S, el auge de la derecha, el ISIS, los talibanes y la banda ancha–, y mucho más atrás quedó mi capacidad para cambiar las cosas.

El octubre pasado se cumplieron dos años de la muerte de Ann. Mi segunda esposa, Sally Caldwell, se había matriculado como monja laica-orientadora en Suiza, o Suazilandia, desde donde me llamaba de vez en cuando a altas horas de la noche, medio borracha, para decirme que yo era un hombre «luminoso», pero que nunca parecía necesitarla y jamás «daba» lo suficiente. Por eso ella prefería a personas afligidas cuyo idioma no hablaba. (Al parecer, esa gente daba mucho.) En realidad, yo sí la necesitaba y hoy me alegraría que volviera. Solo que creía –y sigo creyendo– que vencer la necesidad es el secreto del amor, y que la mayoría de las veces «dar» significa que la gente quiere que te preocupes más que ellos.

Ninguno de mis hijos vivía conmigo. Mi hija, Clarissa Bascombe (cuarenta y cinco años), está en Scottsdale, donde posee y dirige una cadena de prestigiosos centros de alojamiento y cuidados para perros con su entregada compañera, Cookie Lippincott, que ha heredado la pasta y no intenta controlarla. Paul se había venido a Haddam desde Kansas City durante los últimos y dolorosos meses de vida de su madre, para «estar con ella». Luego se había quedado. Lo visitaba en su mohoso «estudio» del tercer piso de una antigua mansión familiar reconvertida de la calle Humbert, que era deprimente. Aunque, al parecer, antes de caer enfermo consideraba que mi casa era su casa.

Al cabo de un mes, Paul encontró trabajo en internet como «asociado» en el servicio de «logística humana» del seminario teológico; es decir, seguridad subcontratada, como el mayor Knutsen, pero sin pistola, ni esposas (ni siquiera de plástico), ni nunchakus, ni espray de pimienta, ni pistolas paralizantes: solo una placa, una camiseta oficial, un auricular, un micrófono en la barbilla y una sonrisa. Cuando le comenté que me parecía algo poco común, Paul me dijo en el salón de mi casa, mientras veía el telediario de la noche, con su voz oficial de logística humana: «No hacemos más que labores de observación. Todo es de bajo impacto. Ni policía ni seguridad. Nunca usamos esas palabras. Somos una presencia, *per se*».

Resulta que en las mejores instituciones religiosas hay tantos manoseos, acosos, miradas lascivas, escarceos masculinos, exposiciones de genitales y pensamientos inapropiados –además de los típicos robos, asaltos, hurtos, delitos contra

65

la propiedad y la naturaleza– como en las universidades de Columbia y Mount Holyoke. Todo se silencia, me dijo Paul confidencialmente. Eso me recordó mis días de juventud en Ann Arbor, cuando los desmoralizados hijos de los granjeros de Bad Axe y Soo (además de los predecibles chinos nostálgicos) «volaban» desde los tejados de sus dormitorios después de medianoche, libres para siempre de la química orgánica y de sus trabajos trimestrales sobre *La montaña mágica*. El coche fúnebre salía del campus antes de que amaneciera, como si el suicidio fuera contagioso (y puede que lo sea).

Y sin embargo. Me costaba imaginarme a mi poco común hijo como un dedo de la mano añadido al largo brazo de la ley. A veces volvía a casa en bicicleta después de su «turno», todavía con su «camisa de trabajo» verde menta, dispuesto a tomar una cerveza y a comer gratis, y me aseguraba, con esa seriedad del que no levanta la barbilla, que la logística humana (LH) era un campo transformador y que lamentaba haber perdido unos años preciosos escribiendo tontas tarjetas de felicitación en Hallmark, y más tarde dirigiendo una tienda de productos de jardinería de alquiler con opción a compra en Kansas City: ahora consideraba que con eso había «desperdiciado su vida». (Yo siempre había pensado que eran buenos trabajos y me alegraba de que estuviera en Kansas City haciéndolos.)

Paul opinaba que la logística humana es la vocación para la que ha nacido (aún lo opina, en sus mermadas circunstancias). Consideraba que tenía habilidad para resolver conflictos a pequeña escala, saber escuchar, no enfadarse con facilidad, y que básicamente le gustaba la gente. En mi opinión, en su caso nada de eso es cierto. El escollo, me dijo, es que, una vez que «creces» en tu trabajo, la empresa (Gormles Logistics 3.1 Innovations) quiere ascenderte a supervisor, lo que no encajaba con sus aptitudes. Le dije que mi vida nunca había seguido un rumbo parecido, que nunca me

66

había «encontrado a mí mismo», excepto cada mañana en el espejo. Einstein, le aseguré, quería ser carnicero, pero se desvió hacia la relatividad porque, como judío, no podía entrar en el sindicato de carniceros. Al menos, pensé, mi hijo no se había licenciado en biblioteconomía ni había estudiado cocina.

De hecho, lo peor que te puede pasar no es que tus hijos vayan a casa..., siempre y cuando no se vengan a vivir contigo, coman en tu mesa, compartan el retrete, te llenen la basura y vivan frente a tu televisor.

Haddam siempre ha dado cobijo a rarezas como Paul, extraños a los que uno se acostumbra a ver merodeando por la oficina de correos o el quiosco de periódicos, o en las mesas traseras de la biblioteca, leyendo el *China Today* o *Lancet*, y riéndose de cosas que solo ellos saben. Es gente que viste la misma ropa todos los días y siempre parece estar tremendamente entregada a algo, aunque en realidad no está haciendo nada, pues al cabo de una hora la ves entregada a lo mismo a una manzana de distancia. Son (o eran) el hijo ilegítimo o la deprimida hija mayor de algún exgobernador de Nueva Jersey fallecido hace tiempo, o el vástago cetrino y de ojos hundidos de algún seminarista suizo que ha pasado a mejor vida. No son las personas que compran armas automáticas y toman posiciones en un campanario y siembran el terror en un mundo inocente. Son presencias acuosas en la periferia de tu campo de visión y del de todos los demás, que no esperan nada, que aparentemente no tienen amigos (aunque a veces sí), que no hacen daño a nada ni a nadie, que envejecen como tú envejeces y que tienen algún sitio para pasar la noche. Es posible pensar que las personas así no tienen vidas llenas de expectativas y pequeños triunfos, pero las tienen.

Paul Bascombe es (o era) uno de esos marginados, pero más autónomo. Hasta que le diagnosticaron ELA, tenía un trabajo, mantenía un pequeño grupo de amigos poco corrientes con los que jugaba al ajedrez, leían a Robert Heinlein y Philip K. Dick, probablemente escuchaban a Anthony Newley y lo comentaban, y hacían cosas juntos con el ordenador. Es cierto que no está casado, aunque una vez lo estuvo brevemente, en los años noventa, con una chica agradable e inteligente, aunque también extraña, de Cheboygan, en la parte alta de la península inferior de Michigan (sin hijos). En algún momento «pasó algo» y ella dejó de formar parte de su vida y nadie la sustituyó. Se lo pregunté dos veces cuando trabajaba en la tienda de jardinería, pero solo me dijo que era una larga historia y que yo no lo entendería, cosa que probablemente era cierta. De hecho, puede que no sea un hombre hecho para el matrimonio.

Hay que admitir que la vida de mi hijo Paul Bascombe no ha sido una vida de logros: no ha escrito ningún *bestseller*, no ha obtenido ninguna patente de software, no ha conseguido trofeos ni *touchdowns*, ni siquiera domina temas identificables, aparte del tema de sí mismo. Al final, el diagnóstico de su madre fue que nunca «encajó». Aunque, en mi opinión, se ha limitado a vivir esa vida cualquiera que yo y otros vivimos, cosa que hasta su enfermedad no pareció importarle. Por supuesto, es beneficiario de un importante fondo fiduciario de su difunta madre, que administra su hermana. (Me consideran demasiado mayor para eso, aunque sí doy el perfil ideal para llevarlo en coche a la Clínica Mayo.) Así pues, aunque morirá joven, probablemente nunca será indigente, ni vivirá en una caja de cartón, ni lo internarán en un manicomio, por muy excéntrico que llegue a ser. Uno desearía que viviera al menos una vida más convencional, que ascendiera en Gormles, que lo eligieran el mejor hombre de la logística humana, que se casara con una viuda polaca llamada Blaczyowski, de Wall Township, que comprara una casa en Lakewood y que se retirara a Júpiter, la ciudad de Florida, no el planeta. Pero nada garantiza que una vida así le hiciera feliz, y –como a muchos– podría haberle vuelto huraño y malhumorado, algo ajeno a su naturaleza. Aunque nada de todo esto sucederá ya.

El otoño pasado, la semana después de Halloween, emprendí un melancólico viaje que, podría decirse, me llevó hasta Rochester. En su testamento, pero también de viva voz cuando agonizaba, Ann dio instrucciones para que enterraran la mitad de su ser incinerado en el cementerio de Haddam, junto a nuestro hijo Ralph Bascombe, que ahora tendría cincuenta y un años y sería un famoso físico en Caltech, o un poeta lírico, o un prodigio del oboe. Allí hay una parcela reservada para mí y también espacio para Paul y Clarissa, si el espíritu nos mueve.

Ann quería que esparciéramos su otra mitad por el lago Ives, en el refugio boscoso del Huron Mountain Club, en la península superior de Michigan, donde había pasado los veranos de niña y donde más tarde habíamos ido de vacaciones en familia cuando lo éramos. A veces, todavía «subía» hasta allí, se quedaba en la casa de campo de sus antepasados, navegaba en su Starfish, brindaba con salchichas y cortejaba a quienquiera que la acompañara en ese momento. Yo allí soy *persona non grata*, debido a carencias personales de las que jamás se habría podido acusar a ninguno de los viejos oligarcas miembros del club.

Ninguno de nuestros dos hijos tenía la menor voluntad de cumplir con este penoso deber. (Yo tampoco, pero había dicho que lo haría.) Resultó imposible obtener permiso del soviet supremo del Huron Mountain Club para un entierro privado: «Va contra todas las reglas». Así pues, el martes después de Halloween volé solo de Newark a Detroit, y de allí a Marquette, con las cenizas de Ann en una bolsa zip de menos de un litro de capacidad metida dentro de un neceser

Delta. En Marquette alquilé un Lincoln Navigator y conduje hacia el oeste en dirección a Big Bay, me registré en el Comfort Inn y a la mañana siguiente cogí el coche hasta la imponente y rústica puerta principal del Huron Mountain Club. Ya hacía frío y habían caído las hojas. Me preocupaba que hubiera guardias armados en el bosque patrullando en busca de cazadores furtivos, así que continué hacia el lado oeste del gran embalse (ochenta kilómetros cuadrados), encontré un camino de entrada en el bosque y enfilé el Navigator hacia unos alisos secos. Con el paquete en el bolsillo, vestido con botas, mi chaqueta polar y una gorra azul de la Universidad de Michigan, me adentré en el bosque siguiendo instintos que no tenía. No obstante, pronto encontré un arroyo que corría hacia el norte. Hacía un sol frío y un viento que mordía. El arroyo me llevó a un pantano que bordeé. Cuando llegué al otro lado, sentí que aquello se vaciaba de sonidos y vislumbré un espacio abierto hacia arriba en las ramas desnudas, que interpreté como el cielo azul de otoño sobre el agua. Muy pronto, trescientos metros más adelante, apareció el lago Ives, cuyas aguas lamían lánguidamente la rocosa costa occidental, junto a un grupo de alerces. Me faltaba el aliento, el corazón me latía con fuerza, tenía la cara helada, y las manos, sin guantes, entumecidas y rojas. Había corrido por el bosque como si algo o alguien me persiguiera.

No tenía ningún plan claro para completar mi misión. Me había traído dos huevos cocidos y un trozo de salchicha del desayuno continental del Comfort Inn. También había comprado media pinta de Stoli en una tienda de artículos para fiestas. Esos serían mis sacramentos. El lago se extendía frío y ajeno frente a mí, su orilla más lejana estaba a tres kilómetros de distancia, amurallada por bosques como el que tenía detrás. No se veía a ningún ser humano. Los alerces brillaban entre pinos y abetos primigenios, cerca de donde, décadas atrás, Ann, Ralph, Clarissa, Paul y yo habíamos vivi-

70

do idílicamente como una unidad familiar, nadando, navegando en canoa, encendiendo hogueras, cantando canciones y asando nuestras propias salchichas en las frescas noches de verano. Pensé que allí nadie me espiaría: fantasma de tiempos más alegres. Me senté en un tronco frente al lago. Saqué los huevos del bolsillo, quité las cáscaras, las metí en un agujero que cavé con el talón y me los comí, además de la salchicha ahumada, que estaba exquisita. Tomé un trago abrasador de vodka y lo bajé todo. El viento agitaba la superficie del lago y desprendía un fuerte olor a pescado. Llegaba humo de leña de algún lugar posiblemente no muy lejano, pero no me importó. Me quedé sentado en mi tronco como un oso, sacudí un poco los pies dentro de las botas, me calenté las manos en los bolsillos y esperé. Entonces, en un momento imprevisto, saqué la bolsa con las cenizas de su envase. El viento del lago soplaba contra mí, pero cerca había una franja de tierra fangosa y llena de maleza que se extendía hacia el agua, una minipenínsula. Con la bolsa en la mano, me adentré en la llanura de fango y en la brisa. Un avión de reconocimiento que volara bajo me habría divisado. Caminé veinte metros más en el lodazal, donde podía dar la espalda al viento y tener el agua frente a mí. Con cuidado, abrí la cremallera de plástico, me adentré un metro en las aguas poco profundas, me quité la gorra, puse la bolsa boca abajo y dejé que su granulado contenido fuera saliendo poco a poco. Por un momento, las cenizas formaron una nube y luego una mancha de hollín en la superficie del agua, después se disgregaron y quedaron a la deriva, empezaron a asentarse y simplemente desaparecieron. Recité de memoria unas palabras que había buscado en el Eclesiástico, que había sacado de la vieja Biblia del rey Jacobo de mi madre: «De otros no ha quedado recuerdo..., desaparecieron como si no hubieran existido, pasaron cual si a ser no llegaran, así como sus hijos después de ellos».

«No es tu destino, queridísima», le dije a la brisa. «No es tu destino. Hoy no.»

Recogí mi vodka, guardé la bolsa vacía y volví a caminar por el bosque a un ritmo más lento, completamente solo.

Como era de esperar, aquella tarde, cuando llegué al aeropuerto de Marquette, me encontraba de un ánimo muy frágil y complejo: había hecho justo lo que había venido a hacer, algo sólidamente bondadoso. Pero también había hecho justo lo que había venido a hacer, que era algo de lo más triste, lo más triste. Sin embargo, mientras corría por el vestíbulo hacia la puerta de embarque, me asaltó una pregunta –que no me esperaba en absoluto–. Una pregunta que cualquiera admitiría que era oportuna, teniendo en cuenta dónde acababa de estar y lo que acababa de hacer, y teniendo en cuenta el momento de la vida en el que estaba: en su otoño y sin compañía.

A saber: ¿qué hacer ahora? Otra vez.

Todo esto sucedió cuando ya llevaba tiempo pensando en la felicidad. Dedicaba dos horas a la semana a leer para los ciegos por la radio. Aportaba mi granito de arena a House Whisperers. Veía a mi hijo de vez en cuando, pero no a menudo. Sacaba libros de la biblioteca, veía películas y fútbol en la tele, de vez en cuando iba al Red Man Club, pero rara vez pescaba. Incluso yo podía entender que una existencia tan apática no era darle a la vida todo lo que se merece. No era lo que mi madre quiso decir en su lecho de muerte hace tantos años. Se parecía más a Pug Minokur con sus pantalones cortos de vestir.

El año anterior había tenido un accidente isquémico transitorio, aunque nada preocupante (tomaba estatinas). En el hospital de Haddam me habían detectado un agujero microscópico en el corazón, pero no lo consideraron lo bastante grave como para administrarme anticoagulantes (un alivio en el departamento de erección). Tenía un tensiómetro, pero no lo usaba. Tenía cataratas en ambos ojos, pero no notaba nada. Veía moscas volantes en el ojo por culpa de una herida que me hizo una porra durante mi adiestramiento en los marines en los años sesenta; de vez en cuando, sufría ataques de vértigo por las mañanas, para los que empleaba rutinas correctivas que solo se realizan en solitario. A veces, el corazón me latía muy fuerte; a veces me ardían los pies. Las uñas me crecían como a un cadáver. Estos eran los ineluctables hechos de la vida que hacen que las fantasías de «un certificado de buena salud» y de ser «joven para tu edad» sean tan risibles como una exhibición de cabras.

Sin embargo, dormía bastante bien: siempre era joven en mis sueños. No tenía a nadie «en mi vida», y sentía que posiblemente nunca volvería a tenerlo. (Podría haber tenido una o dos candidatas.) Pero seguía pensando en el amor y en su buen vecino, el sexo, con detalles vívidos y sin ambigüedades ni conflictos, aunque ya no como parte interesada. Durante un tiempo, después de volver de mi reunión de antiguos alumnos en Lonesome Pines, pensé en viajar. Aunque el problema con los viajes es que al final llegas –con tu antiguo yo debilitado después de horas, noches o días, ese yo que finalmente se encuentra con la misma mierda en su mente–, y entonces lo único que puedes hacer es viajar a otro lugar.

Durante una semana pensé en apuntarme a una clase sobre el Antiguo Testamento en el seminario. Nunca había pasado de los *tal engendró a cual*, y siempre sospeché que el resto no merecía la pena leerlo. Imprimí un folleto de un crucero para solteros por el Paso del Interior hasta Ketchikan, al final del cual (en mis ensoñaciones) conquistaría a una divorciada canadiense de mediana edad, caería bajo el hechizo del amor y la lujuria, y estaría listo para levar anclas en Nueva Jersey, y conduciría hasta su casa en Kamloops, donde abriríamos un hostal y me convertiría en canadiense. Pensé en muchas cosas: la Cruz Roja, la escuela de árbitros, conducir un autobús escolar. Conseguir algo (lo que fuera) me parecía la fuente de la felicidad, mientras que la irrelevancia y la soledad anónima eran peores que dos paquetes de Luckies al día. Sin embargo, dos semanas después de mi viaje para devolver a mi esposa perdida a Michigan, todavía no había encontrado mi camino.

¿Por qué no hacemos cosas? Es una pregunta mucho más compleja que la de por qué las hacemos.

Sin embargo, dos días antes de mi vuelo a Marquette, estaba en mi despacho de House Whisperer, sin pensar en nada más que en lo que tenía delante. Había estado hablando por teléfono con un antiguo miembro del Club de Hombres Divorciados (ya disuelto), Carter *Cabezachorlito* Knott –que tiene ochenta años–, sobre la venta de una multipropiedad que su hermana «Glad» poseía en Destin, y que él estaba deseando vender ahora que ella había fallecido. («Con estos pedazos de mierda, te la juegas. Aléjate. Deja que esos cabrones te demanden. No lo harán.») Estaba mirando meditabundo a un avispón que, en el cristal de la ventana, acababa de darse cuenta de que la estación cambiaba; en ese mismo momento, por la puerta de mis clientes, exactamente como había hecho mi «madre», entró mi jefe, el señor Mahoney, alguien a quien siempre me alegraba ver.

Mike se ha vuelto más redondo y lustroso con el éxito y tras haber encontrado su verdadero yo. Atrás quedaron aquellos años en que nos dejábamos la piel y el negocio iba viento en popa, cuando acumulábamos propiedades y nunca las vendíamos muy baratas. Le vendí el negocio tras la crisis de 2008, y él se dedicó de inmediato a las viviendas afectadas por los huracanes y ganó tropecientos millones. «Tenaz tibetano escala Everests inmobiliarios», informó regodeándose *The Asbury Press.*

A Mike le gusta aparecer sin avisar en sus diversos negocios inmobiliarios: su negocio de mantenimiento de casas, su negocio de ventas, su negocio de alquileres, su grupo de matones de ejecuciones hipotecarias repartidos por Nueva Jersey. El setenta por ciento de los empleados de Mike son miembros de su familia, y todos ellos sienten pavor de que los envíen de vuelta a Lhasa. Sin embargo, que se pase a verme siempre es un placer. Somos viejos conspiradores de los mismos crímenes. Me cae inmensamente bien.

–¡Uups! ¡Toma! ¡Te pillé! Otra vez.

Su cabeza asomaba por la puerta: ojos pequeños y feroces detrás de unas gafas de diseño tintadas. Había visto su Bentley Flying Spur dando vueltas por el Green cuando hablaba por teléfono con Carter Knott. Su sobrino le hace de chófer.

–Estaba guardando estos cheques tan generosos en la caja fuerte –dije.

Es nuestro numerito de Abbot y Costello de siempre. Yo soy el empleado ladronzuelo. Él es el jefe tiránico, pero con un corazón de oro. Él no entiende nada de esto, cosa que lo hace mejor. Su pelo negro y tupido cortado a lo monje se le ha vuelto quebradizo, y tiene claros. Se lo tiñe aún más de negro, con lo que su cabeza parece un tablero de ajedrez. También luce una buena panza para conmemorar su condición de mago de las finanzas. Este día lucía su atavío informal de negocios de los viernes: un chándal de terciopelo marrón con ribetes dorados y muchas cremalleras. Unas Air Jordan doradas de tamaño enano con cordones plateados, posiblemente plata de verdad. Mike es propietario de una distribuidora de ropa por internet en Karachi y ha reciclado a Sheela, su mujer tibetana divorciada, para que le haga de supervisora. Probablemente, su chándal era de su propia marca. Es rico como Nabucodonosor, casi con toda seguridad un delincuente, pero tan estadounidense como Thomas Jefferson. Es republicano, por supuesto, aunque no le gusta Trump.

Ya casi nunca hablamos de negocios, pero jamás se pasa por aquí sin motivo. Una vez dentro de mi despacho, se acercó a la ventana, se metió las manos en los bolsillos del chándal (sus cortos brazos son ahora gruesos como salchichas) y se quedó mirando el Green y la arcada de tiendas de lujo, pensando sin duda que debería comprarlo todo, ponerme al mando, abrir un Izod o un Patagonia, acabar vendiéndolo a árabes ricos y volver a hacer lo mismo dentro de cinco años. Su mente nunca descansa, aunque me gusta imaginármelo mucho tiempo atrás, cuando era un pequeño niño tibetano con una falda magenta, un sombrero gracioso y sandalias.

—Tengo una idea fantástica. —Mike le hablaba a la ventana como si estuviera ensayando.

—Soy todo oídos —dije.

Su redondo cráneo se inclinó ligeramente para determinar si me estaba burlando de él, cosa que hago a veces. Es un hombre de estrictos cálculos lineales, afectuoso, pero no alegre por naturaleza. Sería un buen cristiano.

—Escúchame, Frank. —Se alejó de la luz de la tarde que inundaba la ventana y tomó asiento en una de las sillas de los clientes, donde suelen sellarse los traspasos de viviendas multimillonarias. Exudaba su habitual entusiasmo de hombre rico—. He encontrado un nuevo mercado que nadie ha detectado y en el que tu hijo puede hacerse un hueco. —Le brillaron los ojos detrás de sus gafas doradas. Se encorvó hacia delante, con sus pequeñas Air Jordan uniendo apenas la silla al suelo. El inglés de Mike está impregnado de la jerga de los *nigosios* de los años setenta, de los días en que se ganó sus espuelas como jefe de telemarketing en Carteret. «Meter baza» (en algo). «Metérsela doblada» (a alguien). «Perder la virginidad en los mercados secundarios.» Balance, capital circulante, fideicomiso, todo ello utilizado como metáfora. Intenté no sonreír y no irritarle. Continuó–: Esto salió en *Real Estate Forward.* ¿De acuerdo? –Es un periódico marginal del sector que se publica en Pakistán y que Mike lee en internet–. Hoy en día, los clientes tienen que conocerlo todo, Frank. No solo la casa que compran, sino todo el maldito barrio. –Su cara se arrugó con la intensidad de los negocios. Le gusta maldecir–. La gente pagará por una investigación previa que a ningún agente le importa una mierda porque las malas noticias ponen en peligro la venta. ¿Me equivoco?

–No te equivocas –respondí.

–Tu cliente rico quiere saber si el tipo de enfrente tiene antecedentes penales, ¿vale? O si el niño de tres casas más arriba tiene problemas de aprendizaje por culpa del suministro de agua. Los vecinos ya no son normales, Frank. Hay que ponerlos bajo el microscopio. No es como cuando empezamos. –El rostro de Mike se puso serio. Se le había formado una perla de saliva de viejo en la comisura izquierda de la boca. Aspiró el dulce aroma del dinero inesperado. Cuando habla de negocios, pierde del todo su acento–. Aquí hay un graaan mercado, fértil y no detectado, Frank. Puedo lanzarlo como un servicio web. Podemos conectarlo con la oficina principal. –Es propietario del edificio–. HSP se quedará el quince por ciento como buscador. Paul y tú os hacéis cargo del resto y os lo quedáis. Me compráis mi parte cuando tengáis bastante. Lo podemos llamar «soluciones de información local». Te harás rico y te mudarás a Bimini.

Parpadeó rápidamente. A Mike le preocupaba que mi hijo no hubiera llegado más alto. Imaginaba a Paul (menos su camiseta verde de los Gormles y su muñeco de ventrílocuo) como un nuevo recurso sin explotar. (Yo sabía que no era así.) Mike ya veía a Paul estudiando a fondo montones de impresos, examinando expedientes judiciales, haciendo grandes investigaciones en línea hasta «descubrir» que el tío misionero de la mujer de algún vecino tiene lepra y vive en el tercer piso, donde nadie le ve, y pensando que esa noticia podría suponer «medio millón menos de lo que se pide» por un granero que queda dos manzanas más abajo y librar a alguien de una demanda por negligencia. Mike creía que el hecho de que Paul y yo fuéramos socios en un campo que tenía un crecimiento sin techo me permitiría dejar de preocuparme por mi hijo (cosa que no solía hacer), al tiempo que aseguraba la estabilidad de mi legado. Los tibetanos piensan así.

—No cuentes con Paul para eso. —Sonreí disculpándome: sabía que lo sacaría de sus casillas.

—¡¿Por qué no?! —Los puñitos de Mike golpearon los brazos de la silla del cliente—. ¿Qué soy yo? ¿El tonto morenito? —Sus compañeros de trabajo de la época del centro de atención telefónica le habían llamado así; luego, cuando compró la empresa, se arrepintieron—. ¡Tienes que ordenarle que lo haga!

Mike sacó un pañuelo de seda naranja brillante del bolsillo del pantalón y se lo pasó por la boca, borrando el escupitajo que intuía. De un segundo bolsillo extrajo un aerosol plateado y se roció la lengua, en lo que entendí que era una distracción por no salirse con la suya.

—Le gusta su trabajo de logística humana —dije, y junté las manos en un gesto de oración sobre mi escritorio—. No puedo decirle lo que tiene que hacer. No es tibetano. Pero es muy amable por tu parte pensar en él.

—No es amable por mi parte. Es idiota. —Mike creía que la logística humana era igual que haber hecho carrera como guardia de tráfico.

—Bueno...

Yo, por supuesto, no quería meterme en negocios con mi hijo más de lo que quería ser canadiense o conducir un autobús escolar.

–¡Habla con él! Díselo.

De repente, escudriñaba los lados de su silla como si pudiera haber cosas en el suelo que amenazaran su siguiente movimiento. A Mike y a mí no nos hacía felices discutir. Desde algún lugar de Haddam oí fuegos artificiales, silbidos y explosiones en el tranquilo cielo otoñal: contra todas y cada una de las ordenanzas. Cuanto más rica se vuelve una ciudad, más obligados se sienten sus ciudadanos a lanzar fuegos artificiales.

–Lo veré la semana que viene. Se lo plantearé –le dije–. Lo agradecerá. Te admira.

No es verdad. En realidad, Paul pensaba que Mike era «raro».

–Solo quiero abrir puertas a la gente, Frank.

Mike daba golpecitos nerviosos con ambas manos en los brazos de la silla. Todos los republicanos creen que quieren abrir las puertas a la gente, siempre que puedan entrar ellos primero, claro.

–Es usted un gran hombre, senador.

Ahora Mike asentía sin motivo, sin saber exactamente cómo realizar su siguiente movimiento de hombrecito. Posiblemente, un soplo de nostalgia había calmado su exuberancia. Nostalgia de la antigua vida, cuando todo lo que hacía le salía bien. Si fracasaba en algo, incluso en esto, se entristecía.

Me puse de pie. Mike era un abrazador empecinado y reflexivo. Había empezado cuando se hizo apestosamente rico. Estaba muy agradecido, agradecido, agradecido por todo lo que Estados Unidos le daba. La oportunidad de «devolver», de pagar las deudas, de ponerse el zapato en el otro pie. Patapam. Pam. Yo no hice ademán de rodear el escritorio. No quería que me abrazaran en mi propio despacho.

–¿Has apostado por los Eagles este domingo? –preguntó, poniéndose de pie; su vestimenta de terciopelo le sentaba como un guante.

Mike tenía un palco en el Lincoln Financial y era un loco del fútbol americano. Me había invitado muchas veces. Pero yo prefería la televisión, que es para lo que está hecho el fútbol.

–En mi opinión, la cagaron con el *quarterback* –dije, encantado de pasar a los deportes, que era un terreno más firme que el de mi hijo.

–En mi opinión, les dieron un caballo regalado y le miraron el culo –dijo Mike.

–Algo así –respondí–. Aunque no están mal.

–Intenté comprar una parte del equipo. ¡Solo un trocito! –Abrió los ojos y sonrió ante el esplendor de todo aquello. Un socio minoritario del Tíbet–. Me dijeron que ya me llamarían. ¡Ja!

–Sabemos lo que eso significa.

Le dediqué nuestro viejo asentimiento cómplice. Habíamos eliminado la nostalgia de la habitación. Había desaparecido.

–¡Ja! –Sus ojos echaban fuego, sus pies empezaron a temblar con un nuevo y feliz entusiasmo–. «Que te jodan, Charley.» ¡*Eso* es lo que significa! Son un puñado de putos viejos blancos. No los culpo.

–Jodeos tú y tu lama, ¿no? –dije. Era uno de nuestros chistes más viejos–. Te echo de menos, don Miguel.

–¡Ja! –Ahora todo esto le hacía feliz–. Yo también –respondió–. Habla con el tonto de tu hijo.

–Lo haré –le contesté.

Luego Mike se marchó, salió por la puerta, bajó las escaleras hasta su Bentley y regresó a Red Bank. Había sido mi buena obra, o casi.

Cuando llegué a la puerta Delta del aeropuerto de Marquette –tras estabilizarme en un estado de fuga disociativa de dolor mezclada con cierto ahogo de bajo nivel que tenía que ver con ciertas preguntas oportunas y relevantes en relación con qué iba a hacer ahora o en el futuro–, la sala de espera bullía de actividad. Los Toros Murciélago de la Universidad del Norte de Michigan estaban a un día de jugar contra su archienemigo, los Cabeza de Yunque de la Universidad de Wisconsin-Eau Claire, en un torneo para decidir el Campeonato del Águila Imperial y quién se llevaría a casa el Orinal de Roble y pasaría a la Copa de Carbón de Duluth el día de Año Nuevo, cuando se decidiría el destino del mundo.

El escuadrón de los Cabezas de Yunque acababa de aterrizar. Los miembros de la banda que los acompañaba se agolpaban en la zona de la puerta –habían llegado en otro avión– con relucientes instrumentos en la mano, todos de púrpura y dorado. Una «escuadra de animación» de grandes bellezas de Wisconsin, con pompones morados y dorados, se había reunido frente a la banda; su aspecto dejaba ver cierto desánimo. El director de la banda, un tipo alto que parecía un ganadero estilo Ichabod, con su maza y sus lustrosas botas hasta las rodillas, observaba con rostro de sufrimiento a las chicas, deseando que una de ellas pudiera ser suya en el vuelo de regreso al país de los quesos.

Yo había empezado a plantearme viajar a Ketchikan, confiando en que hacer algo incorrecto que no sabes que es incorrecto es mejor que no hacer nada porque temes cometer un error peor. (Es el clásico dilema de las personas mayores, que suele decantarse a favor de no hacer nada.) También había decidido que, al llegar a Haddam, sentaría a Paul –habíamos quedado para ver el partido de los Kansas City frente a los Chargers de Los Ángeles del domingo– y le plantearía el asunto de la oferta de Mike de comprar una planta baja con enormes ventajas, además de una exposición mínima, en un sector dinámico e irrepetible que, a primera vista, podría parecer un truco descabellado, pero que, como era un truco de Mike, estaba garantizado que haría rico a alguien, pues los planes de Mike siempre hacían rico a alguien.

Al oír una señal, todos los instrumentos de la banda se pusieron en marcha. Las chicas de los pompones se apresuraron a formar una fila no muy recta delante de la banda, agitando sus pompones y sonriendo mientras las trompetas hacían sonar la obertura de «Fanfare for the Common Man». Un pequeño contingente de entusiastas seguidores de los Cabezas de Yunque había cabalgado con el equipo y ahora se congregaba con pancartas que rezaban NACIÓN YUNQUE, TOREAREMOS A LOS TOROS y VAMOS, YUNQUES. Todo en el mejor fervor universitario posible. Los Cabezas de Yunque empezaron a salir rápidamente del avión: unos cernícalos anchotes, torpes y extrañamente graciosos, con auriculares, manuales de estrategia, corbatas doradas y chaquetas deportivas moradas... La mayoría de ellos eran negros, pero no todos. Parecían soñolientos y algo molestos por el alboroto.

Y ese fue el preciso momento en que mi teléfono empezó a sonar.

Prefijo 480.

Mi hija, Clarissa. Llamando desde el Valle del Sol. Aunque también desde las Ardenas. O Finlandia. O Tierra del Fuego. Ella y su esposa viajan mucho.

Pensé en no contestar, como suelo hacer cuando llama mi hija. Mi avión podría estar llegando. (No llegaba.) Tenía que mear. (No lo hice, aunque suelo hacerlo.) Me había dejado el teléfono en el equipaje. (No lo había hecho.) Podría haber puesto alguna de esas excusas, pero respondí.

–¿Dónde estás? –preguntó Clarissa, a cuyas palabras siguió un silencio de plomo.

¿Por qué necesitaba saber dónde estaba? Mi estómago soltó unos ruiditos agudos y de escasos decibelios, gentileza de la empanadilla que me había comido en el quiosco de Empanadillas de Negaunee aquella misma mañana de camino al aeropuerto desde el Huron Mountain Club.

–Estoy en Marquette. Míchigan –dije.

«Enterrando los restos de tu madre. Incurriendo en un remordimiento empanadillesco. Deseando ser otra persona.» No dije nada de eso. Las lesbianas, por lo que sé, nunca creen nada de lo que dicen los hombres.

–¿Has hablado con tu hijo?

–Hace un par de semanas que no –respondí. Por alguna razón, me faltaba el aire–. Viene para ver a los Chiefs y a los Chargers el domingo. Voy a preparar... –Estaba a punto de decir «pastel de carne». En vez de eso dije–: ¿Por qué?

Los Cabezas de Yunque estaban casi todos fuera del avión. El contingente ya se estaba alejando. La música se reducía a una interpretación del himno del *alma mater*.

–¿No has notado sus síntomas? Está blandito. No quiere decírtelo, cree que te enfadarás con él. No confía en ti. Eres realmente un hombre horrible. Se cayó cuando lo tuve en Sanford Weill esta semana. Fue patético. Tiene miedo de perder su estúpido trabajo de guardia de seguridad. Ni siquiera intentas cuidarlo.

–Yo no cuido de él –respondí–. *Él* cuida de sí mismo. ¿De qué coño estás hablando? Blandito. ¿Qué significa eso?

La empleada de Delta que estaba detrás de la del mostrador de facturación, vestida con su chaqueta roja, frunció los labios y fingió no darse cuenta, pero era evidente que estaba pensando en su lista de comprobación del perfil de seguridad: *Hombre blanco mayor diciendo palabrotas, mostrando agitación, gritando al teléfono. Posiblemente, sin medicación. Posiblemente, armado.* Mi avión estaba llegando. Los pasajeros de primera clase que esperaban se habían agrupado, lanzando miradas cautelosas a los pasajeros de clase turista, como si pudieran aflorar malos sentimientos. Yo estaba en la fila veinte. En la parte de atrás.

Clarissa había olvidado mencionar de qué estaba hablando. De nuevo, aquel plomizo silencio telefónico. Me pegué el Samsung a la oreja y me toqué la otra para silenciar los anuncios de la sala de espera. Oí que Clarissa le decía a alguien —no a mí, pero sí con fastidio—: «Dile que tendré que llamarla yo. Y cobramos por ese servicio. Esto no es la beneficencia».

—¿Qué? —dijo, volviendo al aeropuerto de Marquette mientras mi aprensión crecía—. Ah. Tiene ELA. Me sorprende que sea yo quien tenga que decírtelo. ¿Sabes siquiera lo que es? —Algo, algo metálico, golpeó su teléfono—. ¡Para! —le dijo a alguien, tal vez a un niño—. No podemos usar eso.

—¿Qué *es*? —le dije. Había oído lo que había dicho. Mi hijo tenía ELA. Necesitaba oírlo otra vez. Mi hijo tiene ELA. Mi hijo tiene ELA. Dilo tres veces y no será verdad—. Claro que sé lo que es. Es la enfermedad de Lou Gehrig.

—Lo que sea. Me llamó hace tres semanas, cuando yo estaba en el Cabo. Dijo que tenía unos síntomas raros. Que tal vez tenía la enfermedad de Lyme, ya que vivimos en Connecticut hace cien años. Es como funciona su mente. Cookie y yo estábamos con unos amigos de Harvard en su Hinckley. Uno de los amigos de nuestros amigos, Greta no sé qué, es neuróloga en Brigham. Don Chalado dijo que le habían estado temblando las piernas, que tenía las manos débiles y se sentía torpe. Greta dijo que deberían hacerle un examen. Conocía a alguien en Sanford Weill. Llamó desde el barco. Y eso fue todo.

Eso. Eso. Eso.

—¿Qué quieres decir? ¿Qué es lo que fue todo? —En las rodillas (ahora estaba de pie, me había alejado de otros pasajeros) tenía agujas de hielo; me temblaban—. ¿Qué ha pasado?

–Quedé con él y cogí el avión. ¿Hace dos semanas? Paul vino en tren. Fuimos a Sanford Weill, en la 68. Parecía estar bien. Nos atendieron enseguida. El amigo de Greta, el doctor Bendo (¿te lo puedes creer?), le hizo una resonancia magnética y algunos análisis de sangre. Le clavó agujas en los músculos para comprobar el rendimiento nervioso. Muy doloroso, supongo. Aunque a Paul no se lo pareció. Le hicieron muchas preguntas y le hicieron caminar de un lado a otro, comprobaron su equilibrio y muchas otras cosas. No estaba bien. El médico dijo que probablemente lo tenía desde hace tiempo. Cosa que es normal. Puede que ya tenga disfagia.

–¿Qué es eso?

Eso. Eso.

–Problemas para tragar. ¿Ha sufrido algún trauma gordo en el último año? A veces, dicen los libros, los pacientes mencionan haber sufrido alguno. Solo estoy especulando.

–No lo sé. No.

Clarissa también se había olvidado de que yo era un hombre horrible que no cuidaba de su hijo. Tal vez les había estado contando todo eso a sus amigas de Harvard en su yate de mierda mientras tomaban vino en sus copas doradas de Montrachet.

–... fasciculaciones –dijo.

–¿Qué? ¿Qué es eso?

–Temblores. En las piernas. Siempre fue un patoso.

–No lo sé.

–Se encuentra bien. Dice estupideces, lo cual es estúpido porque él no lo es. Ha vuelto al trabajo. A su trabajo. ¿De qué va?

–A él le gusta. No lo sé –dije.

–Naturalmente.

–¿Naturalmente qué?

–Él..., este doctor Bendo..., cree que puede tener la mala. La ELA mala. La de progresión rápida. Empieza en el cerebro en vez de en la columna. Controla la respiración, entre otras cosas. –Dondequiera que estuviera Clarissa, unos perros empezaron a ladrar con la fuerza de un torrente. Luego, como si hubieran cerrado una pesada puerta, el sonido cesó. Ella no dijo nada por un momento–. Lo siento, estoy en la perrera.

Los Cabezas de Yunque se dirigían a la recogida de equipajes. La banda estaba guardando sus instrumentos.

Le dije:

–¿Qué se supone que va a pasar ahora?

–Va a empeorar. Posiblemente muy rápido. Sus nervios se están muriendo. No podrá ser guardia de seguridad. Eso seguro. Se ha convertido en todo un fanfarrón. ¿Lo has notado?

–Es feliz. Es un ciudadano corriente. Eso saca el fanfarrón que hay en la gente.

–Mmhm –dijo su hermana–. Yo...

–¿Tú qué?

–Nada. –Silencio–. He hablado con Cookie. Podemos traerlo aquí. Hay una Clínica Mayo cerca. Su padre construyó un ala entera. Haremos que lo reevalúen. He hecho algunas llamadas. Conocemos a gente.

–Voy a ocuparme de él –me oí decirle a mi patético telefonillo.

Los pasajeros salían de otro vuelo. Gente sonriente, bronceada, con atuendos de playa floreados, sombreros de paja y guirnaldas hawaianas. Habían estado en Oahu y ahora volvían al norte, listos para divertirse. Mi corazón empezó a acelerarse, mis rodillas pasaron del hielo al agua, mi estómago experimentó dolores al sur de la línea del cinturón. Me apetecía hacer una parada en boxes.

–Eso es imposible –dijo Clarissa con frialdad–. Eres demasiado mayor.

–Ni siquiera te cae bien –dije demasiado fuerte–. Y él te quiere. Actúas como si yo tuviera cien años. No soy tan viejo.

–Tienes setenta y cuatro años, lo mires como lo mires.

–Tengo setenta y cuatro años, lo mires como lo mires. Exactamente. Paul es mi hijo. Si va a morir, me ocuparé de él. Le quiero. No es una mascota.

Morir. Yo había dicho eso.

–Vete a la mierda, Frank. Eres un idiota. Todo gira alrededor de ti, ¿no?

–No. No todo gira alrededor de mí. Ni tampoco de ti. ¿Por qué me llamas ahora en vez de hace dos semanas?

–Me dijo que te lo contaría él. Tenía miedo de que te pusieras como un... lo que fuera. Como si hubiera suspendido algún estúpido examen. No lo sé. Puedo hacer más por él que tú. –Su voz se había vuelto temblorosa, forzada y ronca–. No quiero hablar contigo ahora. Estoy mal. Paul se está muriendo.

–Lo siento. Y no se está muriendo.

–Mmmm-ajá. Bueno, ahora ya lo sabes. Hablaremos en otro momento. Llámale. O habla con él. No sé. –Un suspiro ahogado salió de mi hija, que trató de recuperar el aliento y su preeminente autoridad–. Si no te lo ha dicho, significa que tiene miedo.

–Lo entiendo.

Cata-um, cata-um. Krrrr. Mi pobre barriga asediada por la empanada asesina. Nunca hay un momento ideal para este tipo de detonaciones. Pasaban michiganos recién salidos del avión, carcajeándose de que sus leis eran «auténticos».

–Lo único que yo... –comenzó a decir Clarissa, pero se interrumpió.

–Lo sé –dije.

No lo sabía. Yo también era su padre. No era tan difícil serlo, tras las hostilidades iniciales.

–Probablemente no se morirá mañana –dijo en tono de negociación, casi inaudible desde tan lejos.

–Empezaré por ahí –dije–. Gracias. Te quiero.

–Sí, claro. Vale. No estoy enfadada contigo. Solo estoy enfadada por esto. –Inspiró con la misma fuerza con la que había expirado hacía un momento–. No necesita para nada todo esto.

–Lo sé. Yo...

Creo que quería darle las gracias otra vez. Pero ya no había nadie al otro lado. Pensé que mi hija había dicho algo más, pero no estaba seguro.

Desde la sala VIP del aeropuerto de Detroit, en un arrebato de pánico, llamé a la doctora Catherine Flaherty, que hacía poco había dimitido de su puesto como jefa de endocrinología en el hospital Scripps La Jolla. Catherine. Luz de mi vida, fuego de mis entrañas. Aquí había una larga historia, como la hay para todo si sobrevives.

Desde 1983, Catherine (que tiene sesenta años) y yo nunca hemos perdido el contacto. Desde la marcha de Sally, hemos hablado una o dos veces; la fragancia circular, medio reprimida, de que lo nuestro era viable se podía oler por las líneas cibernéticas. Los casi quince años que nos separaban al principio, cuando ella tenía veintitantos y yo treinta y ocho, no son los que nos separan ahora, un hecho que observo pero no menciono. Solo la había visto en persona dos veces desde que volvimos de «estar juntos en Francia» en el 84: las dos veces en el Century Club, una cuando habló en un congreso sobre la pituitaria y otra cuando se estaba divorciando. En cada ocasión, casi me quedo fulminado al ver lo poco que había cambiado a los cuarenta y pico años: seguía siendo aquella alta y fornida cocapitana del equipo de remo de Dartmouth. Los mismos largos incisivos de Boston, el mismo acento irlandés de Beacon Hill de su padre; el mismo pelo rubio, ni despuntado ni manipulado; la misma piel perfecta como un pétalo y las mismas deliciosas pantorrillas de atleta. Las dos veces, yo me hallaba inmerso en mis propios imponderables: hijos (por supuesto), empresas inmobiliarias en la costa. Y, lo que es más grave, no supe aprovechar el momento que cualquiera que tuviera cerebro aprovecharía: dejarlo todo y llevármela. Naturalmente, Catherine estaba muy ocupada con sus propios problemas: su carrera médica, su divorcio, las causas que defendía, otros pretendientes que rondaban su puerta y a los que nunca tomaba en serio. (Esas mujeres nunca están solas.) Había un reconocimiento tácito de que algo seguía vivo entre nosotros, pero también un acuerdo de que eso era algo natural. Ese algo había tenido su momento. Y había pasado. Una visión innecesariamente pesimista, pensé, ya que un enfoque positivo-gradualista a menudo puede dar sus frutos. A veces no hacemos las cosas porque somos pacientes.

En Detroit, cuando le conté de forma medio coherente lo poco que sabía de la situación de Paul, pareció contenta de oír mi voz, completamente dispuesta a intervenir y al corriente de todo lo que había que saber. Para empezar, no estaba satisfecha con la evaluación de Cornell. («Superficial como mucho. Es demasiado serio.») Estos especialistas de primer nivel solo confían en los suyos: sus enfermeras, técnicos, flebotomistas, escáneres, pipetas, manguitos de presión sanguínea, etc. En casi todos los sentidos, la medicina no es una ciencia ni un arte, sino una masonería gremial que se remonta a la magia negra y la nigromancia. Estoy de acuerdo.

Un tal doctor Karl Pomfret, dijo Catherine, se había trasladado recientemente de La Jolla «a la Clínica Mayo de Rochester» (mi propia *alma mater*: estuve allí con mi próstata enferma en 2000; aún conservo la sudadera y la taza). Su *remit* (Catherine utilizaba ahora estas palabras anglo-francesas: *remit*, *tranche* y *carte blanche* como verbos), su especialidad, eran los trastornos neurodegenerativos. Le habían traído para que se encargara de dirigir ensayos a gran escala que tuvieran que ver con «neuronas motoras que funcionan bien» y averiguar qué material genético contenían que pudiera resultar «interesante» para arreglar las que «se tuercen». «Simplemente», era el mejor. Se habían «entrenado» (como los gimnastas o la gente que practica kickboxing) juntos en Hopkins («especialidades diferentes»), habían salido un tiempo («... una broma: yo siempre le llamaba Pommes Frites»). Ahora, este Pomfret estaba casado con una sueca feliz y regordeta que adoraba la vida en Minnesota porque le recordaba a Norrbotten. Ella, Catherine, «llamaría» a Karl y «haría que vieran a Paul» en cuanto yo pudiera llevarlo. Eso estaba chupado. Cornell era, por supuesto, «absolutamente de primera, no me malinterpretes, pero no es la Mayo, ya me entiendes». Lo sabía.

–¿Qué más? –dijo Catherine. Primer tema solucionado. ¿Qué más?–. Y ahora tú. ¿Qué tienes que decir en tu defensa, jovencito? –Imaginé que oía el estruendo del frío y espumoso Pacífico sobre las rocas adamantinas debajo de donde ella probablemente estaba sentada, bajo una pérgola, tomando el sol en sus bronceadas extremidades sin tatuajes, posiblemente en topless (sola en casa), bebiendo un smoothie que hay que pedir «a las islas» para conseguir la mejor fruta–. ¿Así que Sally todavía está fuera? ¿Adónde se fue?

Yo estaba medio aturdido por la facilidad y rapidez con la que había «solucionado» el tema de mi hijo y lo había dirigido por la rampa de los mejores tratamientos hacia un renovado bienestar neurodegenerativo.

–Chechenia –dije–. Allí hay dolor para dar y vender. Probablemente, nunca la vuelva a ver.

Ella no conocía a Sally Caldwell, nunca había conocido a mis hijos, lo cual no le molestaba. Ella y Sally compartían un punto de vista y probablemente se habrían caído bien, cosa que no me habría favorecido.

–¿Lo pasas bien, Frank?

Un grupo de turistas alemanes, todos con bandoleras de plástico amarillas y pasaportes colgados del cuello, empezaron a salir de la sala, con cara de pasmo, como si no hubieran oído el anuncio de su vuelo y ahora estuvieran perdidos en Detroit y ninguno hablara michiganés. La cara hinchada y de ojos saltones del presidente Trump llenaba la pantalla del televisor situado detrás del minibar, haciendo su imitación de Mussolini de labios protuberantes y brazos cruzados. Yo no podía apartar los ojos de él: sus extremidades regordetas, su mandíbula prognata, mirando en todas direcciones a la vez, buscando aprobación, pero sin encontrar la suficiente.

–He intentado encontrar una manera de pasarlo bien –dije con desgana–. ¿Qué te parece si cojo un avión y voy?

Me quedé de una pieza al escucharme.

–Madre mía. –Una sofocante brisa de tierra sopló junto a su teléfono. Me llegó el olor a eucalipto y pasiflora–. No sé. ¿Qué haríamos juntos?

–Yo me encargaría. –Mi cometido–. Podría llegar con una sorpresa.

–Probablemente no sería tan sorprendente. Conozco tus sorpresas. –Soltó una risita y tomó un sorbo de su smoothie o lo que fuera–. Hum. –Hizo ese ruido–. Aquí mis amigos son todos viejos republicanos. No creo que seas republicano, ¿verdad, Frank?

–Todavía no –dije–. Sigo montado en el burro demócrata.

–Bueno, entonces no te puedo llevar al club La Jolla. A la gente le daría un infarto. Nunca han conocido a nadie como tú.

Registro una primera sombra de reticencia. Aunque podría haber sido lo contrario. A menudo, la edad hace que la reticencia y la aceptación sean indistinguibles, ya que los resultados pueden ser los mismos. No quería ponerme insistente en caso de que pudiera haber una oportunidad para más adelante. La edad también hace que nos inclinemos por los deportes de resistencia.

–¿Cómo está tu cuerpo? Te lo pregunta tu médico.

–De primera –le dije. Me sorprendió su franqueza, típica de entrevista de trabajo; me resultaba familiar desde nuestro primer encuentro, cuando en 1983 yo trabajaba para una revista deportiva y ella era una interna en Dartmouth de veintidós años, una época tensa; me acababa de divorciar y era una esponja andante de pesadumbre existencial, aunque estaba seguro de que lo disimulaba. No iba a revelar mi accidente isquémico transitorio, mi amnesia global, mi agujero en el corazón, la acumulación de mi placa carótida, mis cataratas, mis luchas matutinas con el vértigo..., todo lo cual podría presagiar diversos «problemas» que me provocaban miedo y malos augurios. *Tip-top, tip-top, tip-top*–. ¿Cómo está el tuyo?

–Bien. Algunas cosas de niña. Estoy bien. Entonces, ¿crees que te has perdido algo importante en la vida?

Oí un sonido que significaba que se había levantado y se había acercado a un mirador de piedra desde el que contemplaba la resplandeciente vista del mar.

–Te he echado de menos. He estado leyendo a Heidegger. El cuerpo le importa un pito. Todos cuestionamos, escogemos y autoproducimos.

–Mmmm. ¿No era un nazi?

–No era solo eso –dije–. Pensaba mucho en la existencia humana.

Catherine inspiró, señal de aburrimiento. No sé por qué tuve que decir eso. Eran las nueve de la mañana donde ella estaba. Mediodía en Detroit, a una hora de donde fui a la universidad, conocí a la joven Ann Dykstra, fijé un rumbo que de algún modo me llevaría hasta aquí, al teléfono en el Sky Club para hablar con una mujer quince años más joven que yo a la que posiblemente no le interesaba nada de lo que le dijera.

—¿Has anotado el nombre de Karl Pomfret y la información de contacto? Su oficina te llamará. ¿De acuerdo, cariño?

Cariño. Todavía era eso. Posiblemente, Catherine disfrutaría de emprender un crucero a Ketchikan.

—Vale —dije demasiado fuerte—. Gracias.

Catherine se aclaró la garganta a su estilo de médica.

—Me he unido a los católicos, por cierto. Mi padre se quedaría patidifuso, aunque él lo fue hasta que se casó con mi madre. Probablemente eso cambiará tu opinión sobre venir aquí. Podrías ir a misa conmigo. O podrías quedarte en casa y leer a Heidegger.

—Siempre te he querido —dije espasmódicamente—. No me importa.

—¿Qué es lo que no te importa? —Hizo caso omiso de la parte del amor.

—Si eres una meapilas, o si te has hecho mormona.

Volvió a aclararse la garganta, como si fuera a decir algo más, pero no lo hizo. Podía oír el arrullo de una paloma a su lado: en el mirador que dominaba el mar, bajo la pérgola, junto al ave de paraíso, entre los eucaliptos. La brisa marina canturreaba en el espacio vacío.

—Entonces, ¿puedo ir a verte? ¿Alguna vez? De verdad eres lo que más he echado de menos. O a quien más he extrañado.

—Oh, no sé. Tendría que hacer un poco de limpieza en casa.

Su actual y majo enamorado: que se vaya lo viejo y entre lo más viejo.

—Está bien.

Mejor que bien.

—Y tienes a tu hijo, por quien lo siento. De verdad que lo siento.

Bum-bang. ¡Patapum-bang! No hacía ni una hora que conocía la grave situación de mi hijo y ya estaba planeando un vuelo a La Jolla en una misión de amor, no de compasión. ¿Qué me pasaba? Posiblemente nada.

–Me alegro mucho de que hayas llamado. –La voz de Catherine era líquida y repentinamente alegre y escéptica al mismo tiempo, como la recordaba de cuando era joven.

–Me muero de ganas de verte.

De repente me di cuenta de que me había equivocado de pasillo y tendría que darme prisa. Pero quería quedarme en Detroit, ciudad de los sueños automovilísticos rotos, vagabundear lunáticamente hasta Catherine por siempre jamás.

–Adiós –dijo ella, todavía divertida.

–Adiós –respondí–. Adiós. –Lo dije de nuevo y posiblemente una vez más.

Y ese fue el tono en el que nos despedimos.

Karl Pomfret llamó la tarde siguiente. Yo ya había vuelto a casa, y oí su voz inexpresiva y formal, con ese tono remilgado de médico-al-teléfono, como si no le gustara hablar con otros humanos, o como si algo en la engañosa voz de Catherine hubiera abierto la caja de ciertos truenos, provocando la reapertura de ciertas costuras de añoranza que ambos conocíamos bien. Sentí empatía hacia él. Había salido perdiendo. Él no se mostró tan empático conmigo.

No pude contarle casi nada útil sobre el estado de mi hijo. Los médicos de Cornell habían sospechado, pero no habían llegado a ninguna conclusión en firme, etc.; posiblemente, era esclerosis «de la mala»; le parecía bien conocerlo. Toda la información me había llegado a través de su hermana, y yo sabía que no era información real. Yo mismo no le vería hasta el domingo, cuando nos juntáramos para ver el partido entre los Chiefs y los Chargers. Catherine había dicho, etc.

Pomfret me preguntó si se habían realizado «pruebas de conductores nerviosos». Le dije que creía que sí. Me contó que las enfermedades neurodegenerativas eran en realidad muchas enfermedades que a menudo se metían en el mismo saco. Como el cáncer. (Le dije que yo lo había padecido, que había estado en la Mayo, cosa que no pareció interesarle.) Me preguntó si se había utilizado la palabra «hirayama». No delante de mí. Me preguntó si había notado algo raro en la movilidad de Paul, en su destreza, su musculatura, su postura. Le dije que Paul era torpe, un chico «particular» (dije «chico») en su mejor tarde, por lo que puede que uno no se diera cuenta de inmediato. Yo no lo había hecho. En realidad, no le había visto mucho: la última de estas palabras me hizo sentir un zumbido de insuficiencia que me vació el pecho, posiblemente una sensación de culpa, incluso de merecer la cárcel. Anteayer no sabía que tuviera nada. ¿Cómo sabes algo antes de saberlo? Como cuando el tío Malachy cae muerto de repente, pero minutos antes estaba sentado comiéndose un trozo de bizcocho de limón en la cocina.

–¿Su hijo le ha comentado algo de la enfermedad, señor Bascombe? –Pomfret no parecía estar anotando nada.

Cuando alcanzas cierto nivel en la Mayo, ya has visto y oído diez mil repeticiones de una sola cosa. Los mismos defectos en todas las fases de la obra de Dios. ¿Qué había que escribir?

–No. Habló con su hermana. Ella lo llevó a Sanford Weill, supongo. –Me estaba convirtiendo en uno de esos bocazas que dicen «supongo» al final de cada frase, en vez de: «¡Sí! Será mejor que te lo creas, joder».

Pomfret exhaló un esforzado suspiro en el auricular, como si llevara una mascarilla quirúrgica.

–De acuerdo –dijo–. ¿Su hijo puede venir a Rochester? ¿Dónde está usted, señor Bascombe? ¿O dónde está su hijo?

–¡Aquí! –Como si me acabara de despertar–. En el centro de Jersey. Donde vivimos. Donde él vive.

–¿Cuántos años tiene Paul?

–Cuarenta y siete.

Hubo una pausa durante la cual por fin oí el golpeteo de las teclas de un ordenador. Me había hecho un retrato mental del doctor Pomfret: pequeño, demasiado anguloso, pelo corto y áspero, remaches en lugar de ojos, aficionado a correr, posiblemente remaba su propia embarcación ligera. Y vivía, respiraba, comía y dormía la muerte neuronal motora. No entendía cómo esas cualidades podían colocarlo a la altura de la doctora Flaherty. También intuía algún rastro de Renania en sus consonantes. O, peor aún, de Suiza.

–Señor Bascombe, ¿quién acompañará a su hijo a la Mayo?

Tap, tap, tap.

–Yo. Yo lo acompañaré. ¿Sabe cuánto tiempo tendrá que quedarse?

–Depende. –Herr Bascombe. Ja, ja, ja. Más tecleo–. Cuando veamos a su hijo, puede que tengamos más cosas de las que hablar, dependiendo de lo que encontremos. ¿Le parece bien? –*Tap, tap, tap, tap, tap, tap*–. Estupendo, estupendo.

–Claro que sí. Estupendo.

De repente, me puse nervioso, como si hablara con un enterrador. Estaba deseando decir: «Si metes a Paul en tu estudio experimental, ¿puedes curarlo y enviarlo de vuelta para que siga dedicándose a la logística humana, con la que es tan feliz?». Ese nunca había sido mi objetivo para mi hijo, pero ahora sí.

–Muy bien –dijo Pomfret–. Ya lo he puesto en marcha. Mi enfermera, la señorita Boykin, le llamará para concertar una cita. Le ingresaremos lo antes posible.

–A *Paul.*

–Eso. Ingresaremos a *Paul.* –Ja, ja–. Tranquilícese. Cuidaremos bien de Paul.

–Muy bien. Estupendo. Gracias.

Una pausa momentánea.

–Si habla con Kate, salúdela de mi parte.

–¿Quién es Kate?

–Catherine. La doctora Flaherty. Estuvimos juntos en Hopkins. En aquella época estaba colado por ella.

–¿En serio?

–Pero a ella no le interesaban los médicos. Le interesaba la pasta de verdad. Y la consiguió.

Cierto. Su exmarido, Gilles, un rufián de Lazard Frères, era propietario de su propia isla volcánica en el océano Índico y estudiaba en la Sorbona. Naturalmente, seguían siendo «la mar de amigos».

–¿Dónde se conocieron? –dijo Pomfret–. ¿Fue su profesor?

–Sí –dije solo por engañarle.

–¿En la secundaria?

–Sí. En Dedham, Massachusetts. Éramos los Clavos de Dedham. Le enseñé a leer a Chaucer en chino.

–Ah. Vale. Genial. –Algo cercano a Pomfret emitió un ruido sordo–. Estaremos en contacto muy pronto.

–Estupendo –dije–. Todo me parece estupendo. Es realmente estupendo. De verdad.

–Gracias.

Y ahí se acabó la conversación.

TRES

Embarcarnos en nuestro viaje al monte Rushmore conlleva, por razones obvias, el alquiler inminente de una autocaravana (de lo que hablaremos más adelante). Y con nuestra película de *La matanza del día de San Valentín* cancelada, hoy, martes, tengo la oportunidad de conseguir ese vehículo y estar preparado por si Paul se anima a emprender nuestra aventura de mañana. Además, con solo un poco más de tiempo, puedo atender a mis necesidades privadas de una manera que también quedará clara.

No me resulta difícil sentirme a gusto en Rochester. La mayoría de los días me las apaño bien. Mi jefe, el señor Mahoney, a través de su entidad Himalayan Solutions, y con su dedicación a aliviar el sufrimiento de los demás, nos ha prestado a Paul y a mí, para nuestra estancia en la Mayo, una de sus «casas» titulizadas, que salpican la nación y quizá pronto salpicarán el mundo, y que nos viene muy bien. Nuestra casa prestada se encuentra en un barrio cómodo, antiguo y cercano, a pocos minutos de la clínica: una calle de viviendas de ladrillo y estuco y de casas de madera de los años veinte, treinta y cuarenta, en su mayoría todavía bonitas, que poco a poco se van convirtiendo al abigarramiento de «uso mixto» del Medio Oeste –vestigios de olmos, bordillos inseguros, raíces que se cuelan por las grietas de los paseos laterales–, todo ello con una evidente necesidad de reconversión urbanística.

El uso mixto nunca ha tenido una carga negativa para mí. Vivir enfrente, como ahora, de un estudio de acupuntura, donde antes un urólogo vivió un siglo (y murió) en su casa colonial de ladrillo blanco, o a una manzana de la iglesia abisinia para sordos que ocupa un antiguo cuádruplex Tudor donde vivía un vendedor de zapatos, conserva, en mi opinión, lo mejor de la aleatoriedad urbana. No le he preguntado a Paul qué opina de vivir aquí mientras su vida se reduce a lo estrictamente necesario: deambular, tragar, hablar, respirar. Pero, como ocurre con muchas cosas, es probable que sus sentimientos sean congruentes con los míos: consentimiento con reservas.

Una vez a la semana, en las siete semanas transcurridas desde que llegamos, Paul y yo hemos conducido desde nuestra vivienda para peregrinos de la medicina en la calle New Bemidji, hacia el este, saliendo por la Ruta 14, hasta donde se extiende la rica tierra de cultivo, el terreno baja de nivel y desde cierta altura obtienes una buena panorámica. (No queda lejos el centro médico federal donde el jeque Omar, Lyndon LaRouche y el Unabomber han recibido atención sanitaria de vanguardia a costa del erario.)

Cuando doy media vuelta con el coche y lo aparco en el arcén junto a la señal de ADOPTE UNA CARRETERA de los Masones Estadounidenses –manteniendo en marcha el motor y la calefacción–, se nos permite contemplar Rochester como lo haría un ejército allí reunido. Es bueno tener una visión cartográfica de los lugares en los que vivimos, con independencia del tiempo que pretendamos permanecer en ellos. Una de las auténticas ventajas de entre las pocas que tiene viajar en avión (cosa que no hicimos cuando vinimos, en diciembre) es contemplar un lugar como si nos acercáramos a una isla y pudiéramos asimilarlo en su totalidad antes de poner un pie en él. Las vistas aéreas proporcionan datos importantes que nunca obtendríamos si llegáramos montados en una mula como Johnny Appleseed, mirando hacia atrás. Me acuerdo de la primera vez que volé a Nueva Orleans y pude ver, debajo de mí, el corazón de esa metrópolis chabacana y herida, dispuesta precariamente a lo largo del épico giro del gran río hacia el golfo. Enseguida supe que detrás de todo lo que ocurría había un sentimiento de negación, que ardía como la fiebre, y de pertinaz osadía; posiblemente, una obsesión. Estos eran sus tótems.

Todas las ciudades y pueblos sobreviven y prosperan orientando el comportamiento humano hacia una idea poco definida e inventada –por ejemplo, la pertinaz osadía– para que los habitantes que vendrán no sufran por el azar que los confunde. La mayoría de las ideas e instituciones que apreciamos e incluso consideramos icónicas son tan artificiales como las Torres Watts, Miss Liberty y Babe the Blue Ox.[1]

Personalmente, nunca me ha importado tener una sensación de aleatoriedad de baja intensidad, y he procurado, en la medida de lo posible, mantenerla alimentada. Viviendo como vivo, con mi hijo –cuya vida está ahora orientada hacia la vida (y la muerte) con ELA, pero que a menudo no sabe exactamente qué *hacer*–, a menudo no sé exactamente cómo *ser*, una sensación que considero la esencia de la aleatoriedad y que no siempre es mala, con moderación. De este modo, Paul y yo hemos alcanzado una especie de tolerancia complementaria entre lo que hay que hacer y lo que hay que ser, que nos ha servido de mucho hasta ahora.

1. Las Torres Watts son diecisiete torres escultóricas, estructuras arquitectónicas y esculturas construidas por Sabato Rodia e instaladas en su residencia. Miss Liberty es una forma de referirse a la Estatua de la Libertad. Babe the Blue Ox es un buey azul que acompañaba al gigantesco leñador Paul Bunyan en algunos relatos del folclore norteamericano.

Desde la altura en que nos encontramos, mirando hacia abajo, no es fácil comprender por qué Rochester –la ciudad– está aquí, ni cuáles son sus tótems, más allá de la intrincada y monumental clínica. Es posible que aquí vivieran indios, ahora olvidados por la mayoría. También es posible que se encuentre en la intersección de antiguas rutas comerciales pioneras, también olvidadas. Como tal, es uno de esos puntos en el mapa donde, cuando ciudadanos inocentes son tiroteados a la salida de una escuela de los suburbios, otros ciudadanos se alinean rápidamente para decir: «Estas cosas no pasan aquí». Como si este *aquí* se convirtiera en un lugar. Como la mayoría de las ciudades, Rochester suele ser elegida (no está claro por quién) como una de las «mejores ciudades para vivir en Estados Unidos». Sin embargo, no me parece una verdadera entidad cívica –ni mucho menos–, sino una designación provisional laberíntica, zumbante, como una ameba, para la vivienda humana y el tráfico, donde los negocios brotan como dientes de león. Cuando he hablado con el equipo médico de mi hijo, la mayoría de ellos me han dicho que estarían encantados de que la ciudad de Rochester se trasladara a otro lugar para que solo quedara la Clínica Mayo, Mayo y más Mayo: valiente y salvadora y dedicada a la enfermedad (o, si se prefiere, a la buena salud sin límites) y sin necesidad de nada ni de nadie más.

De ahí el valor de nuestros paseos en coche para contemplar la topografía, la forma y la tendencia de todo lo que podemos ver: para poder decir, a pesar de todo: «Sí, este es un espacio adecuado para hacer lo que creemos que estamos haciendo. Hay un pequeño río. La dirección hacia la que miramos es el oeste. Las Ciudades Gemelas están por allí (no las vemos, pero no te las puedes perder). Allí están las arterias principales. Allí, los suburbios de primera, de segunda y de tercera. Ese coloso de cristal y acero en el centro, las balizas rojas, el vapor blanco que sale de las chimeneas ocultas, un helicóptero que acaba de aterrizar: esa es la clínica donde todo lo que ocurre es de la máxima importancia. Y ese espacio de arces sin hojas, olmos y robles justo más allá es donde se asienta nuestra casa, apenas visible junto a un gran abeto azul. Y todo lo que hay más allá de eso es pradera. Expandiéndose y expandiéndose». El azar, en otras palabras, está bien en las porciones que puedas soportarlo. Pero en algún momento conviene, y posiblemente sea necesario, establecer tus propias coordenadas.

Con esto en mente, en las semanas que llevamos aquí he intentado –y por si Paul sintiera de repente pánico por que no estuviéramos en ninguna parte (el azar en su peor momento)– promover una atmósfera de «vivir de verdad» en Rochester. Desde el principio me suscribí al *Post Bulletin*, abrí una cuenta corriente con los archiladrones de la Wells Fargo, he solicitado carnets de la biblioteca a nombre de los dos, nos he inscrito en un club de café con descuento por «puntos» y me he apuntado al gimnasio por si decidimos hacer ejercicio. He alquilado un apartado de correos. He elegido una tintorería (Free Will), un taller de reparación de coches (Babbitt's Mostly Mufflers), una farmacia (Little Pharma), además de descubrir el Octoplex, que, desgraciadamente, hoy nos ha fallado. Sin llegar a unirme a los luteranos de Sión, plantar capuchinas y registrarme para votar, he hecho todo lo que he podido para consolidar la idea de una «vida normal» para nosotros, de modo que no estemos constantemente asomándonos a los lados de las cosas para enfrentarnos a los estremecedores avances de la vida. Posiblemente a esto se refería el poeta cuando dijo: «... Hay otro mundo, pero está en este».

Por eso, cuando por la noche pongo la cabeza en la almohada y, más allá de las espectrales ramas vacías, veo por la ventana la clínica que se cierne ominosa a tres manzanas de distancia, como una gran nave espacial que no deja de zumbar, con el cielo blanco oscurecido detrás y miles de ventanas iluminadas de amarillo esperando a que descienda la ambulancia aérea, en los momentos previos a pronunciar mi mantra de paz y que el sueño me encuentre, no me preocupo mucho. Leo en el periódico que Minnesota tiene el «impuesto turístico» más alto de toda la región de los Grandes Lagos. Un lugar perfecto para cualquiera en cualquier momento. Un anhelado equilibrio entre la azarosidad y un aquí no insistente. Así pues, cuando ya esté todo el pescado vendido –y algún día estará todo el pescado vendido–, puede que incluso sea un aquí adecuado para mí. Un último asalto a la felicidad.

Cuando ni habíamos salido aún del aparcamiento del Comanche Mall, Paul me ha pedido que le llevara «a casa». En el coche, ha cogido su iPhone, ha llamado a Mejoría Integrativa Mayo y ha solicitado una sesión individual de estiramientos, fortalecimiento y meditación en casa –esta tarde– con su terapeuta favorita, la señorita Wanda Stiffler, enfermera titulada y fisioterapeuta. (La clínica ha puesto este servicio a su disposición como parte de su estudio.) La enfermera Wanda es una rubia teñida, de unos cuarenta años, alegre y un poco caballuna, hija de mineros de Biwabik, Minnesota, de manos ásperas y fumadora de Marlboro, que canta en una banda de polca femenina en la que imita con los labios el sonido de una trompeta y que, cuando está en nuestra casa, somete a Paul a un ritmo de castigo en nombre del restablecimiento de una salud física y mental de primer nivel..., que en realidad no funciona. (Para esos interludios, nunca me invitan.) Wanda vino a las Ciudades Gemelas para obtener su título de enfermera después del 11-S y se especializó en enfermedades «neurodegenerativas», para lo que tiene un don. Posteriormente la Mayo la contrató, antes de que volviera a Biwabik. Luego pasaron veinte años como quien no quiere la cosa. Todas las semanas Wanda se presenta en nuestra casa con una bata rosa, zapatos de enfermera de goma y el pelo recogido, oliendo a cigarrillo y guiñándome un ojo cuando la dejo entrar. «Bueno, ¿cómo está nuestro paciente hoy?», dice con su pronunciación incomprensible. (He visto la pegatina de la serpiente enroscada «Don't Tread on Me»[1] en su Jetta aparcado en la calle, lo que excita a Paul, ya que nunca ha conocido a una persona así y le gusta fingir que estar cerca de ella es peligroso. También ha mencionado –porque no puede soportar *no* mencionarlo– que a lo mejor podría engatusar a la enfermera Wanda para que le haga un «trabajito» extra de cortesía si juega bien sus cartas. A ese respecto, le he explicado que podría perder inmediatamente sus privilegios en la clínica, entrar en la lista negra de pervertidos discapacitados y acabar siendo el único paciente con ELA en la cárcel de la ciudad de Rochester. Estoy seguro de que Wanda se reiría, le daría un codazo en el hombro, le echaría un mal de ojo típico de Biwabik y posiblemente le diría: «Tío, no te pases un pelo». Aunque no es inconcebible que decidiera complacerle.

Paul también se ha vuelto a inscribir esta tarde en un «webinar compartido» (palabras que le encantan) sobre la ELA patrocinado por la clínica, en el que pacientes en diferentes estadios de la enfermedad procedentes de todas partes (de Kiev a Encino) relatan sus historias en una pantalla de

---

1. Es una bandera de fondo amarillo, en la que se ve una serpiente cascabel en espiral y en posición defensiva. Bajo esta se lee la frase «Dont [sic] tread on me»,[1] que puede traducirse al español como «No me pises». La bandera lleva el nombre del general Christopher Gadsden (1724-1805), que la diseñó en 1775 durante la Revolución americana. La bandera de Gadsden es conocida en la cultura popular estadounidense y también en otros países. Simboliza el constitucionalismo, el liberalismo clásico y el libertarismo. Puede representar también sentimientos de rebeldía, normalmente frente al Estado.

ordenador llena de las caras de otros pacientes, a la vez que se ofrece un «contexto revelador» para el aislamiento y la impotencia de los que casi todos los enfermos de ELA son víctimas, sin importar que la Madre Teresa y Jonas Salk estuvieran cuidando de ellos.

No he asistido a estas sesiones, pero los webinars de la ELA no pueden ser muy diferentes de las reuniones de alcohólicos anónimos: perfectos si eres tú el que habla, pero los beneficios disminuyen cuando estás sentado en silencio echando humo porque nada de la mierda que están contando coincide con tu situación, y planeas todo lo que vas a decir cuando llegue tu turno, mientras finges escuchar, «ser comprensivo» y no parecer enfadado cuando cómo no vas a estarlo.

Paul ha sido «denunciado» (dos veces) por incomodar a sus compañeros enfermos de ELA con sus opiniones. Se supone que no se debe incomodar a los demás, pues los enfermos de ELA ya se sienten suficientemente incómodos. Uno de los moderadores de la web, a través de mi «portal de apoyo al paciente», me sugirió que Paul no se conectara tan a menudo y, en su lugar, optara por hacer un curso de meditación a distancia. Si finalmente decide seguir asistiendo, se entiende que deberá recordar que la experiencia de los demás con la devastadora enfermedad neurodegenerativa no es uniforme. (Paul, creo, no es tan empático como podría.) Le dijo a un grupo de participantes en el webinar –muchos de los cuales están inmovilizados, sujetos con cinturones a sillas de ruedas motorizadas de la era espacial, con el ceño fruncido ante sus pantallas, incapaces de expresar lo agradecidos que están excepto con voces robóticas– que para él la experiencia de «descubrir» que tenía esta terrible enfermedad fue como estar en un avión y darte cuenta de que el motor se ha apagado, y estar ahí arriba esperando a que la gravedad haga de las suyas y comience la caída. «No estuvo tan mal», les dijo. «Lo disfruté un poco. Me sentí auténtico.» Después le invitaron a asistir con menos regularidad. Hoy le dan una segunda oportunidad, tras hacerle prometer que participará menos y será más respetuoso. Está ansioso por intentarlo. No sé muy bien por qué.

De todos modos, en defensa de mi hijo debo decir que él, a quien ahora observo cada día, cuyas comidas intento cocinar, de cuyos chistes intento reírme, cuyas iras privadas, a menudo alarmantes, oigo por casualidad, cuyos pedos y excrementos huelo, cuyo sueño vigilo cada noche en busca de signos de que su vida no se ha apagado, cuya ropa lavo, cuyas hostilidades defiendo, cuyo andar vacilante estabilizo, cuyas caídas intento evitar (a menudo no lo logro), cuya vida persistente me maravilla cada vez más, hasta que creo que desapareceré cuando él desaparezca... Diré que cuando uno se está muriendo, su vida no es como la de los demás, ni siquiera como la de aquellos que pueden estar muriendo en la misma habitación o en la misma pantalla. Los moderadores del webinar nos quieren hacer creer que todo se puede compartir, que a la miseria le gusta la compañía, etc. Pero en estas semanas que hemos estado solos, unidos inconscientemente en el corazón, creo que Paul ha hecho todo lo que ha podido, aunque también está pasando por todo ello solo, incluso conmigo aquí..., quizá especialmente conmigo aquí. Un gran hombre dijo que todo el mundo sabe lo que es la luz, pero es difícil *decir* lo que es la luz. Y lo mismo ocurre cuando el tema no es la luz, sino las tinieblas.

En consecuencia, comprendo por qué las enfermeras privadas torturan a las viudas ancianas y matan de hambre y clavan alfileres en los dedos de los pies a los millonarios comatosos. A todos los cuidadores se les hace la boca agua. Morir hace que los no moribundos se sientan excluidos e indignos, ya que la lucha de los moribundos no se parece a ninguna otra. Hace mucho tiempo, cuando era un escritor condenado al fracaso de relatos al estilo norteamericano de mediados de siglo como los que publicaban en *The New Yorker* John Cheever y John Updike (los míos no aparecieron ni una sola vez), practiqué la «regla» que me enseñaron en mi curso de escritura en Michigan y que decía que insertar una muerte en algo tan frágil como un relato no estaba permitido, ya que la muerte debe tener una importancia proporcional a la vida que se acaba, y los relatos cortos, según mi profesor, no eran buenos para relatar la enormidad de la vida humana. Ese era el terreno de la novela. Y como a mí no se me daba muy bien dar una importancia desmesurada a los personajes, mi destino estaba decidido. Pero ahora, como últimamente he tenido cada vez más trato con la muerte (la muerte en mayúsculas y en minúsculas), he llegado a la conclusión de que la regla de mi profesor era errónea. No es la vida la que es casi insondable y necesita amplificación y más luz. En el caso de la vida, hay muchos datos con los que trabajar, ya que todos tenemos una. El misterio profundo y la historia real es la muerte. Pensadlo: yo lo hago a menudo, escuchando la respiración de mi hijo durante las horas trascendentes de cada noche, cuando pienso que estoy muriendo junto a él. Extrañamente, nunca he sentido que tengo menos en común con él que en estos días y semanas de su evanescencia. Aunque puedo decir que le conozco mucho mejor, nunca he tenido menos «relación», nunca he estado más a oscuras sobre cómo piensa y siente las cosas. No es tan diferente a contemplar el espacio exterior, que intentamos imaginar pero en realidad no podemos. Como dice el viejo y genial Heidegger, solo la plena conciencia de la muerte (que solo se consigue de una manera) permite apreciar la plenitud y el misterio del ser. Bla, bla.

Ahora son las dos y diez en la zona horaria central. La amenaza de tormenta de nieve procedente de las Rocosas canadienses se ha desplazado hacia el sur y ha dejado de nevar. El sol de finales de invierno se refleja en el parabrisas mientras conduzco por la 52 Norte hasta Alquiler de Vehículos A Fool's Paradise. El frío aún es tan gélido como en Nome, pero muchos habitantes de Rochester van a cenar a las Ciudades Gemelas en la víspera de San Valentín. Ojalá fuera yo uno de ellos.

A cuarenta y cuatro grados latitud norte, solo dispongo de menos de dos horas de luz del día para mi uso personal. Nunca he sabido administrar bien el tiempo. Aunque, como cuidador de mi hijo, estoy obligado a administrarlo de manera que parezca que no lo administro, ya que el tiempo diurno le importa poco y, sin embargo, es precioso. Paul pronto estará en las manos neurodegenerativamente competentes de la enfermera Wanda, hasta las cuatro, y luego en su webinar de almas en pena hasta las cinco y media (a menos que lo echen). Llegado ese momento, ya estará oscuro como la medianoche, y él y yo podremos poner las noticias y pedir una pizza, y yo podré volver a intentar venderle el viaje al monte Rushmore, tras lo cual cerraremos el día en la sala de estar con una partida de *cornhole*, que él juega desde su silla de ruedas y que no se le daba muy bien al principio, pero en el que ahora es un completo desastre incluso con el brazo izquierdo, que es el bueno, pues esparce las bolsas por todas partes como si ese fuera el objetivo del juego. Creo que, en realidad, solo juega para tener la oportunidad de decir *cornhole* una y otra vez.

Durante años, Paul ha cultivado el deseo (rico y diverso) de que él y yo alquilemos juntos una autocaravana y viajemos a todas las ciudades de Estados Unidos con nombres que él considera hilarantes, y que, por tanto, requieren una visita: Whynot, Misisipi; Stinking Springs, Nuevo México; Cheat Falls, Virginia Occidental; Cape Flattery, Washington; Froid, Montana; Sopchoppy, Florida; Horseheads, Nueva York. Y terminar en Carefree, Arizona, donde pueda com-

109

prarse una «casita» y vivir para siempre. Si las buscas, descubres que hay un gran número de poblaciones como esas.[1]

Cuando se enteró del terrible alcance de su enfermedad y de que habíamos ido a Rochester para iniciar el estudio experimental, empezó a insistir de nuevo en que emprendiéramos nuestro viaje largamente aplazado, que él llama el Periplo del Holandés Errante y para el que cree que se inventó la ELA, ya que, una vez que llegas al final, no hay nada. Todo está en el viaje, no en la llegada. Es una medio fantasía, y sobre todo le da para reírse, como muchas cosas que pasan por su cabeza y que parece tomarse a broma. No obstante, ha encontrado una autocaravana de segunda mano en el *Post Bulletin* y cree que podremos «embarcarnos» en cuanto termine (mañana) la reunión de los Pioneros de la Medicina en las Fronteras de la Ciencia y poner rumbo a Stinking Springs, un nombre que se repite en tres estados colindantes: Utah, Wyoming y Colorado; hay dos más, en Nuevo México y California. Todo ello le hace feliz.

De mala gana, aquí debía hacer de poli malo y le he dicho que tal expedición es imposible. Por un lado, nos llevaría el resto de nuestras ya abreviadas vidas. En segundo lugar, él no está para hacer ese viaje, y yo tampoco. Llevarlo de un lado a otro ya es problemático, cosa que él reconoce. Y un viaje así podría ser un desastre: acabar con una avería en un paisaje nevado de Wyoming, sin cobertura de móvil, a kilómetros de la asistencia médica, sin la ropa adecuada, débiles y sin conocimientos de supervivencia.

---

1. Whynot significa «Por qué no»; Stinking Springs, «Manantiales apestosos». Cheat Falls quiere decir «Cataratas del Engaño», y Cape Flattery, «Cabo Adulación». Froid suena como Freud, y lo humorístico de Sopchoppy deriva también de su sonido (*choppy*, por otra parte, significa «picado, agitado», en referencia al mar). Horseheads, por su parte, significa «Cabezas de caballo», y Carefree, «despreocupado».

En cambio, mi plan alternativo de ir al monte Rushmore cuenta con la sencillez, la brevedad y el sentido común como argumentos de venta. Alquilar la autocaravana en el lugar que él quiera; por ejemplo, en Fool's Paradise, un emporio de carretera que ya hemos visitado una vez y donde se venden o alquilan carritos de golf, fosas sépticas, orinales portátiles, motos de nieve, plataformas elevadoras, enormes banderas estadounidenses, lápidas en blanco, piezas de toboganes de agua y una serie de veinticinco autocaravanas usadas dispuestas en hileras sobre la nieve helada. Paul puede elegir la autocaravana que quiera. Y, en cuanto termine su evento de Pionero Médico, podemos cargar y partir hacia el monte Rushmore, en Dakota del Sur, haciendo paradas en los lugares más disparatados que encontremos (he investigado en internet). Está el «Único Palacio del Maíz del Mundo», en Mitchell, Dakota del Sur, donde mis padres pararon en nuestro único viaje transcontinental, en 1954, y del que guardo buenos recuerdos. En Murdo se exhibe la Harley de Elvis. Hay muchos parques de dinosaurios. Está el macro-complejo Wall Drug. Un museo de tractores. Una auténtica reserva india crow. Un Parque Nacional de Misiles en Philip. Además del Parque Nacional de las Badlands. La ruta termina al sur de Rapid City, en el lugar donde se encuentran los rostros de los cuatro presidentes, clavados en una montaña como marionetas de la Edad de Piedra. «Cuenta la historia de toda la nación», dice Rushmore.gov. «Es lo que significa ser estadounidense», etc. No es Cheat Falls ni Stinking Springs, pero en cuanto a extravagancia está a la altura, y lo mejor de todo es que se puede hacer más o menos en tres días, si el tiempo lo permite. Yo conduzco.

Hasta ahora, Paul se muestra evasivo, no le gusta que sea idea mía y no suya, como si yo me pusiera al frente y le engañara para que hiciera algo inapropiadamente serio. Morir es la última de las grandes escapadas de su vida, y la última que querría emprender con un ánimo inapropiado. De este modo, aspira a estar más lleno de vida que nadie que yo conozca: no puedes imaginar que la muerte es algo que le va a ocurrir.

Y sin embargo. He de ir con mucho cuidado para que nuestro viaje no se convierta en el emblema de toda su escueta vida. Una cosa más de la que huir, en la medida en que no quedan muchas oportunidades para hacer las cosas bien.

Como ya he dicho, la semana pasada hicimos una visita de prospección a Fool's Paradise. Paul, apoyado en su trípode, con su parka de los Chiefs, se tambaleaba con un andar pesado entre las filas nevadas de vehículos de alquiler, mirando boquiabierto el interior de muchas de estas bestias, seguido por el propietario, el señor Engvall (Pete, un afroamericano enorme con una sudadera con capucha de los Minnesota Gophers, que podría haber jugado al fútbol para los granatedorados). Paul le dijo que estábamos aquí «viendo autocaravanas» y añadió que tenía preferencia por las antiguas de época tipo C (él conoce estos términos), viejos cacharros atornillados al chasis de una camioneta, no muy aptos para la carretera. La «autenticidad», anunció Paul, volvía a ser la regla de oro. La que más le gustaba era un viejo mastodonte beis con una desvaída ola oceánica aguamarina en el lateral y la palabra «Windbreaker» pintada en rojo desde hacía mucho tiempo, todo el conjunto sujeto a un Dodge 1500 rojo con matrícula de Florida, la verde y blanca con naranjas. En la ventanilla trasera, una pegatina translúcida rezaba: «En cariñosa memoria de Norm Cepeda».

Me quedé de pie sobre la capa de nieve a una temperatura bajo cero, con la penumbra del final del invierno descendiendo bajo las luces encendidas del aparcamiento, mientras Paul se esforzaba por ver el interior (no podía subir los escalones metálicos, pero no quería ayuda). El señor Engvall iluminó el interior con una linterna gigante.

—Alucinante. Acojonante que te cagas —dijo Paul, que luego me fulminó con la mirada, como si yo le estuviera desanimando, cosa que no se me había ocurrido—. Todo está incorporado en el interior —dijo arrastrando los pies por debajo de la puerta abierta—. Todo es accesible. El espacio es el factor restrictivo, pero en realidad no lo es. —Volvió a mirarme—. ¿No crees que es cojonuda?

—Sí —le dije—. Es genial. La palabra es «impresionante». ¿No te importa que sea tan vieja?

—Ya no fabrican cosas así. Yo las prefiero —dijo Pete Engvall.

Era un hombre alto, de hombros anchos, cuerpo robusto, ojos apagados y salidos, de frente abultada. Su mujer, había dicho, era enfermera de oncología en la clínica. Su padre, Gunnar (un hombre con inclinaciones literarias), fundó el negocio de vehículos recreativos en el 68, y él —Pete— había tenido la idea de añadir los carritos de golf, las plataformas elevadoras, las banderas, etc. Ya estaba cansado, se había comprado una casa prefabricada en Arizona. Quería comprar una franquicia. Posiblemente, un Jiffy Lube o una tienda de donuts.

—Esto debería ser mío —dijo Paul, mirando con admiración la palabra Windbreaker—. Conducir hasta Alaska y quedarme allí.

—Puedes conducirlo hasta Alaska si quieres —dijo Pete Engvall—. Puede ser tuyo. Te haré precio.

—Ir con mi novia, Cheryl, no con él.

Se refería a mí. Yo no sabía lo de Cheryl. Paul es muy reservado sobre sus asuntos amorosos, como si no debiera tener ninguno. Me hubiera gustado saber más. Posiblemente podríamos haberla llevado al viaje. Si es que existía.

—Vale —dijo Pete Engvall, y me dirigió una sonrisa irónica.

Paul me miró, amenazador de nuevo. En su labio superior había un poco del hielo que le había caído de la nariz; sus gafas, sucias, se le habían resbalado. Estábamos a doce bajo cero y la oscuridad era tenebrosa en el Fool's Paradise. Se agarraba al asidero cromado del panel lateral del vehículo. Habíamos llegado a una especie de callejón sin salida, como si lo único que pudiéramos hacer fuera quedarnos mirando fijamente las cosas.

–¿Quién es este Norm Cepeda? –preguntó Paul.

–Sí. No. No sabría decirte –respondió Pete Engvall, bajándose la sudadera con capucha de los Gophers sobre la frente y frotando sus grandes manos enguantadas para entrar en calor–. Supongo que murió. En Florida. Su hija vive en Red Wing. Se lo compré a ella.

A mí, por supuesto, solo se me ocurrió pensar en el antiguo jugador de béisbol que se hizo famoso en San Francisco y acabó en el Salón de la Fama de Cooperstown: Orland *Cha-cha* Cepeda, un veterano y excontrabandista de drogas en su Ponce natal, Puerto Rico. Puede que Engvall lo conociera, pero Paul no.

–*Windbreaker*. Cortavientos –dijo Paul, pensándoselo–. Es la hostia. Prrrpt. –Hizo un ruido de pedo húmedo con los labios y me miró lascivamente.

–Supongo –dijo Engvall–. No puedes culparme. Yo no le puse el nombre. Solo las alquilo.

–Prrrpt. Un golpe de genio.

Paul hizo su ruido de pedo una vez más, tras lo cual emprendimos el camino de vuelta al coche, sin haber tomado decisión alguna respecto a nada.

En el viaje de vuelta a la ciudad, bajo un cielo de nubes bajas y blancas que tapaba la luna de invierno, Paul se puso como loco, quizá porque el Periplo del Holandés Errante no iba a llevarse a cabo jamás. Nos dirigíamos al Minnesota Pizza, al otro lado del río.

–Ya no podré conducir ese pedazo de mierda –dijo sobre la Windbreaker–. Hemos esperado demasiado.

114

–Claro que podrás –repliqué–. Nos pararemos en alguna carretera rural de Dakota del Sur y te daré las riendas. Puedes hacerlo. Los niños de granja conducen a los cuatro años.

–No tengo cuatro años. La edad no es un estado mental. –Me lanzó una mirada apretando los ojos para ver si yo estaba de acuerdo–. Necesitaremos uno de esos ascensores para meterme dentro.

–Alquilaré una yunta de mulas.

Se quedó mudo cuando giramos de la Cincuenta y dos a la Segunda, que nos llevó a South Broadway, desde donde podíamos cruzar el río hasta nuestra pizzería. El tráfico de las primeras horas de la tarde de febrero era denso y lento, y los faros encendían el hielo de la carretera.

–Quéééé penaaaa –dijo Paul–. Algo que podríamos hacer juntos. ¿Sabías que Lou Gehrig hablaba alemán con sus padres?

–Sí, lo sabía.

–Fue a Columbia. No terminó.

–No le hacía falta. –Algo olía a humedad dentro del coche. Su ropa. Las rodillas le temblaban. Me dije que a lo mejor se sentía mal y quería olvidar lo de la pizza–. ¿Quién es Cheryl?

–Una bibliotecaria del servicio de referencia en Jersey. –En un falsete agudo e histérico añadió–: Ella me ve como realmente soy. O como era antes. Ahora nunca podré echar un polvo.

–¿Te duele?

–Como dos campos de fútbol. –Lo que significaba que no se sentía tan mal. Cinco campos de fútbol sí que era algo serio–. Ese tipo, Engvall. ¿Cómo es que es negro? Es un zoquete.

–No creo que sea un zoquete. Es negro porque el Señor lo hizo así. Lo mismo que tú. Solo que tiene un nombre noruego.

–*Quie, quie quie*, eso, como los del Medio Oeste pronunciáis el *que*. Eso ha dicho. *Quie, quie, quie*. Lo mismo *quie* tú. Quiero *quie* me den una de esas salchichas polacas.

–Le has caído bien –le dije.

–¿Le contaste que estaba enfermo? Pete. Pete. Petey. Pete. Peter. Pete.

–No estás *enfermo* enfermo –contesté–. Lo tuyo es otra cosa.

–¿Y qué cosa es *etzzo?* –dijo con su voz de Bela Lugosi–. ¡Qué! *¿Pir quié no ditzzes quié tzoy?* No hables en húngaro. *Tzolo tindrás* una oportunidad *di risponder.*

–Eres un tonto. ¿Quieres ir al monte Rushmore conmigo en la Windbreaker?

–Probablemente ibas a ir de todos modos. –Miró hacia el sibilante tráfico vespertino. Le temblaba la mano derecha–. ¿Sabías que los perros adiestrados pueden oler la ELA? Los usan en Canadá en todos los puertos de entrada. Para la cuarentena.

–Avísame cuando te decidas a ir. ¿De acuerdo?

–¿Alguna vez imaginaste que vivirías tanto, Lawrence?

–No. La verdad es que no.

–Tu vida no ha sido lo bastante dura. ¿Alguna vez piensas en eso?

–Todavía hay tiempo para que sea más dura.

Sabía que eso lo haría callar. Casi.

–Ooooh, sííí –dijo–. Has acertado.

Después nos fuimos a cenar.

Cuando hoy entro en la parcela a la luz helada de la tarde, el Fool's Paradise parece más pequeño que hace una semana. Su hilera de bombillas en la fachada que da a la autopista no está encendida; solo se ve un cutre cartel sobre ruedas aparcado en la nieve del arcén que anuncia GRANDES GANGAS DE SAN VALENTÍN. No está claro qué pueden ser. Las autocaravanas se extienden sobre un campo de matorrales nevados como barcos anclados, todas con la nieve de esta mañana brillando en el parabrisas. En la parte de atrás hay montones de árboles de Navidad de la temporada pasada y una barraca Quonset de hierro corrugado donde se almacenan todas las cosas sensibles a la intemperie. Una bandera norteamericana tan grande como Utah cuelga de un mástil en la parte delantera. Es un lugar desolado. Parece que no pasa nada.

La cabaña de la oficina está a la izquierda, con un coche al lado y humo saliendo de una chimenea metálica. No me había dado cuenta de que los vecinos de al lado son una tienda de Gunz y un Adult Outlet que vende «juguetes» y vídeos «atrevidos». Los coches de los clientes están aparcados enfrente. Es una de las mejores zonas comerciales. Dentro de un año podrían levantar un Best Buy o un Trader Joe's: Pete y su mujer se habrán ido a Tempe, Arizona.

Solo he venido para ver más de cerca la caravana que le gusta a Paul, para comprobar si es adecuada para nuestro viaje y el tiempo que va a hacer, así como para rellenar el papeleo y tenerlo listo para mañana, si Paul está de acuerdo. He de tomar una decisión.

Resulta que Pete Engvall no está. Cuando salgo del frío asesino y me dirijo al interior, que es como un alto horno, veo en su lugar a su guapa y menuda esposa, enfermera oncóloga de la Clínica Mayo. Está detrás de la mesa del propietario y como fuente de calor tiene en un rincón una pequeña y feroz estufa de leña Jotul. Con su bata rosa, es rubia en la misma medida en que Pete es una sólida losa de obsidiana. Sin embargo, ella, Krista (como reza la placa de su escritorio), sin duda se alegra de perderse una mañana pinchando a la gente y llenándola de toxinas para curarla.

–Se ha ido al lago –responde Krista cuando le digo que estoy buscando al señor Engvall, y sacude la cabeza por lo escandaloso que le parece–. Mete al chaval en una cabaña de hielo con una botella de aguardiente y unos cigarros baratos, y no lo busques hasta que anochezca. Pero está bien. El invierno puede pasarte factura.

En la pared que tiene detrás veo un gran muscallonge disecado de aspecto falso (con un ánade real entero disecado en la boca), encima de una pequeña galería de fotos de primera calidad enmarcadas. Pete, en pantalones cortos, con un pez similar en la mano, en el muelle de un lago en verano. Pete –más delgado, con camuflaje del ejército, una camiseta con la lengua de los Rolling y una boina verde– sonríe con su M16, junto a un vehículo blindado de transporte de tropas. Krista, también con uniforme del desierto (chaleco antibalas, arma de mano, casco), sonríe al sol desde la entrada de una tienda de campaña. Preciosa pero letal. A ambos lados, sobre un fondo de terciopelo verde enmarcado, medallas y galones que estos ciudadanos guerreros se han traído a casa. Lo mejor que Estados Unidos puede ofrecer. Espero ver una foto satinada y dedicada de «W» Bush, sonriendo con la autoridad que usurpó. Pero no hay ninguna. Sin embargo, sí que veo una licencia inmobiliaria enmarcada encima de una foto de Krista delante de una oficina de Edina. Sin duda, son republicanos moderados. Nerviosos por los impuestos y la posición de Estados Unidos, pero no les molesta que un inmigrante compre A Fool's Paradise y lo transforme en un Chili's.

–Mi hijo y yo miramos una autocaravana para alquilar hace una semana –le digo–. El señor Engvall nos la enseñó. Solo quiero echarle un segundo vistazo, a la luz del día.

Asiento con la cabeza para mostrar total transparencia. Los republicanos suelen sospechar que intentas engañarlos, aunque te conozcan.

–¡A por ello! –dice Krista, radiante–. Puede ir a verla ahora mismo. Le daré las llaves. ¿Cuál es?

–Una de las viejas. La Windbreaker.

–Lo añejo siempre es lo mejor –dice, girando en su silla con ruedas en torno a una caja de pared en la que no había reparado, que al abrirse revela hileras de ganchos de los que cuelgan llaves–. ¿Cuál es la matrícula?

–No lo sé. Es de Florida.

–¿Florida? –Vuelve a esbozar una sonrisa sorprendida, como si Florida tuviera algo de travieso–. Ojalá estuviéramos allí ahora, ¿no?

–Desde luego –digo.

–Estoy en Oncología Maxilar, en la clínica, y hay una Mayo en Jacksonville. A veces voy allí a enseñar a las enfermeras. Pero tengo debilidad por esa. Aunque son todas buenas.

–A mi hijo lo tratan aquí. –Más bien lo estudian, como a un jerbo.

–Genial –dice Krista con la nariz en la caja de las llaves. Ya estoy sudando con mi parka de alta montaña y mi gorro de lana–. Lo arreglarán –dice, aún buscando en la caja–. ¿Qué tiene?

–Eso espero. –No hay razón para contarlo todo.

–A ver. Llave, llave, llave, ¿dónde estás, maldita? ¡Ah! Aquí. Florida. Justo donde no podía encontrarte, delante de mí. –Se gira en la silla y levanta un llavero con forma de pez rosa, como si sujetara a un ratón por la cola–. Una ranchera Dodge Ram 1500 de 2011. Que tiene un pequeño asiento trasero. –Lo dice sin levantarse, acercándome la llave a través del mostrador, donde hay un ejemplar abierto de *Elle*–. Está en oferta especial de San Valentín. Veinte por ciento de descuento si se la queda una semana.

–Puede que no tanto –digo.

–Como quiera. –Guiña un ojo, sacude la cabeza con fingida sorpresa. No renuncia a su buen humor fácilmente–. No le he oído decir lo que tiene su hijo.

–Tiene ELA.

–¡Oh, vaya! –Su cara bonita y chispeante se vuelve diagnóstica y seria. Solo la plena conciencia de la muerte permite apreciar la plenitud y el misterio del ser–. Eso es serio. Le haré el veinte por ciento de descuento. –Gira para cerrar el armario de las llaves–. Pete tenía una hija cuando lo conocí.

–Me da la espalda–. También una esposa. Nos conocimos en el ejército. Primera guerra de Irak. Los dos éramos de Minnesota. Nunca pretendimos llegar a ninguna parte. –Se gira y me sonríe con glamur desde detrás del escritorio–. Entonces mataron a Janelle. Un tiroteo en una escuela de Saint Cloud, mucho antes del de Red Lake. Su matrimonio no sobrevivió a aquello. Un día se presentó aquí. –La punta de su lengua hace un recorrido por su mejilla para certificar la emoción–. Fuera, en la penumbra, suele haber alguna luz encendida.

–Creía que llevaban casados toda la vida. –No podrían ser una pareja más incompatible.

–Hace mucho tiempo, sí. –Krista pone los ojos en blanco–. A veces parece una eternidad, señor...

–Bascombe. Frank.

–Frank Bascombe. Un nombre muy estadounidense. Supongo que no está buscando una casa para comprar.

–Ahora mismo, no.

–Hago un poco de todo. –Señala su licencia de agente inmobiliario sin mirarla–. ¿Cómo se llama su hijo?

Me dedica su «sonrisa verdaderamente interesada», que ofrece a todas las almas descarriadas que necesitan consuelo, incluido Pete Engvall. Es una sonrisa maravillosa.

–Paul.

–Apuesto a que es un cachondo.

–Eso es exactamente lo que es.

–Y estoy segura de que usted lo adora.

–Desde luego.

Debería irme en este instante, pero no lo hago.

–Vaya a ver su casa rodante, Frank. Luego vuelva y negociamos.

Es el viejo chiste del agente inmobiliario de cuando las bromas eran legales: «Traiga a su mujer y negociamos». Eso ya no volverá.

—De acuerdo —digo—. Allá voy. —Y salgo rápidamente por la puerta de vuelta al mundo helado.

Al cruzar la dura nieve que hay bajo la enorme bandera me doy cuenta de que el calor de la oficina me ha mareado, tengo las manos sudorosas y heladas, un frío que me baja hasta el pecho, mientras paso junto a las plataformas elevadoras, un depósito de fosas sépticas apiladas de plástico y hormigón, cinco motos de nieve nuevas, una colección de orinales reacondicionados con nombres diferentes. «Tronos de Minnesota», «Somos el número 2», «Para el peque». A Paul le encantaría esto. Los carritos de golf, más banderas grandes, los monumentos funerarios, posiblemente un tanque, algunos misiles tierra-aire y un minisubmarino están guardados en la barraca Quonset por si las próximas elecciones se tuercen, que podría ser. Aquí fuera, entre la parafernalia y la artillería, hace más frío. En lo alto del azul helado, un avión regional Delta deja una limpia cicatriz blanca en la esfera vacía.

No es difícil encontrar la Windbreaker, allí donde la parcela se convierte en campo. Como todo lo que uno ve dos veces, ha asumido una escala más humana, más amigable y más estructurada. No tendré problemas para conducirla. Entro unos pasos en la caravana, donde el aire está viciado, huele a frigorífico y a propano, y hace más frío. La luz que se filtra por la ventana no contribuye a hacerla más acogedora. En el interior solo veo una posible cama: un banco de formica que hace las veces de sofá y de mesa, pero sobre el que se puede dormir. Quizá haya una segunda cama disfrazada de otra cosa, pero no la veo. La «cocina» son solo dos hornillos eléctricos del tamaño de un poni sobre una superficie de aglomerado del tamaño de un poni. La parte delantera está delante de la puerta exterior, así que los usuarios deben renunciar a la intimidad. El suelo es de linóleo azul moteado de blanco, y todo el interior está acabado en un pálido marrón asilo que no es realmente un color.

En otras palabras, la Windbreaker no se parece en nada a un sitio en el que puedan vivir dos personas, sobre todo si una de ellas choca constantemente con las cosas y cada vez necesita más ayuda. La única comodidad es que, una vez dentro, es imposible caerse del todo. Aunque, si consiguieras caerte, necesitarías que vinieran los de Urgencias para levantarte y salir. Paul no ha pensado en estos aspectos de la vida en una caravana. Mi Honda sería muchísimo mejor, pero no sería ese vehículo especial para el Periplo del Holandés Errante.

Sea como sea, si esta noche, durante nuestro partido de *cornhole*, le revelo que en la Windbreaker solo cabe una persona —almas solitarias en misiones solitarias—, Paul podría cancelar fácilmente todo mi proyecto. Un ejemplo más de por qué no hacemos lo que no hacemos. Está claro que no es esencial que alquilemos este pedazo de mierda y lo conduzcamos hasta el monte Rushmore. Sin embargo, acercándonos al teatro de las últimas cosas, parece básico intentar que esto funcione, ya que me estoy quedando sin ideas de lo que podemos hacer después de mañana. Podríamos quedarnos quietos. Pero no debemos quedarnos quietos.

Mis pies son ahora dos lingotes de hielo. Vuelvo a bajar al césped helado. La mayoría de las otras autocaravanas, a la luz del día, son más nuevas y bonitas, y tienen nombres como Interceptor, Monarch, Molester. Nomenclatura recreativa norteamericana. Aunque carecen de la autenticidad que Paul exige.

Doy la vuelta y abro la puerta del conductor del Dodge con la llave. Subo y entro. El interior está aún más helado y rígido, y mi aliento vivo empaña al instante el parabrisas. Apesta a cigarrillos, y hay latas de Dos Equis y papeles en el suelo. Pero no es realmente incómodo estar detrás de este enorme volante. Los asientos de cuero son espaciosos, tanto delante como detrás, y el panel de mandos es nuevo y curvado como el de un caza. Todo es compacto y amplio a la vez. Nunca me había sentado en una máquina así.

Por alguna razón, abro la guantera, esperando encontrar no sé qué. ¿Una pistola? ¿Un mapa del tesoro? ¿Una mano cortada? Hay papeles, documentos, una guía del propietario, una caja de condones de distintos tonos y sabores; falta uno. Hay una citación oficial para comparecer en el Tribunal del Condado de Osceola el 4 de mayo de 2012, emitida a nombre de una tal Lorenza Amelia Cepeda. También está el correo a la «señora Cepeda», que al parecer alguna vez vivió en Kenansville, y no abre las cartas de un tal M. Jeffers, de Lake Wales, ni del abogado de oficio de Kenansville, ni del Departamento de Bienestar Infantil del Condado de Osceola, ni de la Granite State Life Insurance Company de Concord, NH 03301. Solo Dios sabe dónde podría estar hoy la señora Cepeda. ¿En Red Wing? En silencio, le deseo una buena navegación por las aguas de la vida y devuelvo sus papeles a la guantera donde los dejó.

Uso mi llave para darle al gran Dodge un arranque en frío. No la deben de haber puesto en marcha recientemente, a menos que Pete Engvall haga rondas para mantener las baterías, cosa que dudo. Me gustaría saber qué significa 1500. La gran máquina, sin embargo, después de varios ruidos de metal sobre metal estilo T. Rex (una aguja señala que no hay ni gota de aceite, los elevalunas ni se inmutan, un solenoide hace no sé qué...), se pone en marcha de alguna manera. La radio se enciende al máximo de potencia, al igual que el ártico aire de descongelación, que me quema la cara. Por un instante, se produce un estruendo estremecedor y ligeramente terrorífico, antes de que lo apague todo y el motor empiece a soltar chasquidos y luego se calme hasta llegar a un ralentí estruendoso. Le doy al motor un par de revoluciones, meto la palanca en «D», la transmisión traquetea y las ruedas se tambalean y parten el hielo bajo los neumáticos. Despertar a semejante bestia es una sensación intimidante, pero a la vez te llena de poder, ultraestadounidense-para-que-sea-simple, pero creo que puedo manejarla, e incluso es posible que me guste. Pete Engvall puede calentarla para nosotros mañana, llenar los depósitos, comprobar sus constantes vitales, limpiarla. Hay un mando para poner la tracción en las cuatro ruedas..., no debe de ser tan difícil manejarla. Podemos comprar un purificador de aire y conseguir que todo huela a coco, cosa que entusiasmaría a mi hijo. Solo tendré que convencerlo para que no se aventure a dormir en la caravana, donde podría morir congelado o hacerse daño. Un hotel Best Western o un Hilton Garden cubrirán mejor todas nuestras necesidades humanas. Todo esto no es muy distinto de vender una casa, donde sustituyes la casa que *tienes* por la que el cliente cree que quiere. He leído que un optimista es una persona que cree que lo inevitable es lo que tiene que ocurrir.

Cuando vuelvo a entrar en la oficina, la enfermera Krista ya se ha puesto la bata para su turno de las tres de la tarde. Su Smart amarillo está aparcado fuera. El atuendo de invierno que lleva sobre la bata consiste en un chaleco de plumas rosa y unos botines del mismo color con piel de conejo. Esta gente sabe cómo vestirse para el tiempo que hace. Seguro que también lleva ropa interior de la que abriga.

Todavía está animada, como probablemente lo esté todos los días: sus pacientes de oncología están ansiosos por verla llegar, les encanta que sea veterana de Irak, les encanta que sea tan mona, buena y competente. A mí también me encanta, aunque aquí dentro nos estamos cociendo.

—Pete, el pescador invencible, no se ha molestado en llamar —dice con un brillo alegre en sus ojos azules—. Se lo está pasando demasiado bien ahí fuera, con su culito negro congelándose. Tengo que cerrar, Frank. ¿Qué le parece?

—Está bien. Nos la quedamos.

Acepto todas las condiciones. Tendré suerte de que no me duela la cabeza cuando salga. Estoy casi sin aliento, como si algo me excitara.

—¡Vale! —dice Krista, buscando las llaves de su oficina.

—¿Puede decirle al señor Engvall que recogeré el vehículo mañana al mediodía? Si lo revisa, lo limpia y lo hace entrar en calor... Haré el papeleo cuando venga con mi hijo.

También está la cuestión del prometido descuento de San Valentín, aunque me basta con la posibilidad de volver a estar aquí, cerca de Krista, enfermera del ejército.

—Probablemente, Petey se lo dará por nada cuando le cuente lo de su hijo, que será hacia las dos de la madrugada, cuando tomemos nuestra copa de Drambuie al volver a casa del trabajo. No duerme bien desde que murió su hija. Le vienen demasiadas cosas a la cabeza. Por eso va a pescar.

Ensancha los ojos para dar a entender que eso no es todo lo que pasa a las dos de la madrugada, y, si es así, me alegra saberlo.

—No es necesario —digo sobre el descuento, aunque no digo que no.

—¿Tiene esposa en algún lugar, Frank? —Krista cierra el tiro de la estufa de leña, que está convirtiendo aquello en un horno. Ahora va a lo práctico—. Ya sabe, para que cuide de su hijo.

Se incorpora, sus rasgos de duendecillo muestran una profunda imparcialidad de enfermera. Es incalculable lo que las mujeres pueden dar y quitar en un abrir y cerrar de ojos.

—Tengo esposas en un par de sitios. Pero ninguna está aquí.

—Entiendo. Pero al menos está usted aquí –dice Krista. Krista y Pete. Sólidos. Agradecidos. Optimistas. Plausiblemente interraciales. Religiosos casi seguro, pero sin hacer ostentación de ello–. Tengo que ponerme en marcha –dice–. Le diré a su excelencia que estará aquí mañana al mediodía. Habrá hecho entrar en calor a esa vieja Windbreaker para que eche a trotar.

No hay nada sobre el nombre que le parezca divertido. Los minnesotanos tienen un sentido del humor diferente.

—De acuerdo –digo–. Estupendo.

Y terminamos. En un santiamén. Krista y yo. Igual podría ser Pete.

—¿Listo para cazar tigres? –Krista se pone los guantes de piel de conejo; es lo que les dice a cada uno de sus pacientes de la clínica, por terribles que sean los tigres a los que tengan que enfrentarse.

—Listo –digo aguantando la puerta, y me voy con los asuntos básicos resueltos.

La mitad del plan de mañana está cerrado, aunque aún no esté firmado y entregado. Ojalá mi hijo diga que sí.

A la segunda fase de mis previsiones de la tarde no le irá mal algún comentario mientras me dirijo hacia el norte a través de la zona comercial de Rochester (un Microtel, un concesionario gigante de Kia, una tienda de telefonía Verizon desierta). El sol ya se ha escondido entre los árboles del oeste y las sombras caen de lado sobre la autopista. La mayoría de los conductores de Minnesota llevan las luces encendidas a las tres de la tarde, lo que reduce las posibilidades de cruzarse con un ciervo a medida que los extrarradios se reducen y las granjas toman el relevo. A mi alrededor, todo estaría cubierto de maíz genéticamente alterado si no estuviera cubierto de nieve.

Pasar casi todas las horas de tu vida despierto con alguien que se está muriendo –incluso si ese alguien es tu hijo– debería exigir al menos cierta atención a las propias prerrogativas. (Por supuesto, los buenos samaritanos liberales no estarían de acuerdo.) La semana que llegamos –justo antes de Navidad– asistí al coloquio opcional para «nuevos cuidadores» en una sostenible sala de conferencias de la Clínica Mayo, de paneles de roble y cero agresiva, donde yo y otras unidades familiares de ELA estábamos reunidos con aire tristón. La mayoría de los familiares parecían más desgraciados que yo, pero fingían estar animados y tener ganas de hablar para no ponerse a aullar y a rechinar los dientes por todo lo que no pueden hacer por la persona a la que quieren. Mi papel, por razones que no puedo explicar, consistía en ofrecerme como el optimista omnipresente, aceptar todas las opiniones, asentir, hacer bromas, anotar los «pensamientos» más destacados en una Moleskine, entrecerrar los ojos, plantear preguntas innecesarias que inevitablemente empezaban por «entiendo». «Entiendo. ¿Así que la atención corporal puede influir...?» Tal vez otras familias sospecharan que yo era cómplice de la Mayo, pero se alegraban de tenerme allí para mostrar su resentimiento hacia mí, en lugar de hacia sí mismas o, peor aún, hacia sus desdichados seres queridos. El dolor, me dijo Sally Caldwell antes de irse, puede ser una paradoja.

En la primera sesión (yo duré dos), nuestra moderadora, la señorita Duling, una mujer elegante, menuda, de ojos verdes, de unos setenta años –como yo–, con un vestido de flores naranjas, pelo blanco que le quedaba como un tapete de encaje y una etiqueta con el nombre de la Mayo en su chaqueta roja que decía ASESORA DE COMPASIÓN, le dijo a nuestro grupo que todos debíamos «cuidar de nosotros mismos, así como de nuestro familiar afligido. No seamos una prolongación», sonrisa conspiratoria, «de la muerte de otra persona. Esto puede ser una forma de –lo habéis adivinado– egoísmo sublimado. Intentad utilizar el tiempo para vuestra mejora personal. Fijaos objetivos en el presente, aunque pueda parecer extraño fijarse objetivos con alguien que pronto no va a estar. Los objetivos, por supuesto, no tienen por qué ser a largo plazo. Quitadle importancia al pasado. También es vuestra vida.» Incluso citó a ese viejo farsante degenerado de Faulkner (yo fui el único familiar que lo reconoció) cuando dijo: «No hay *fue*. Solo existe el *es*». Anoté casi todo lo que dijo, pero hasta ahora no he aplicado demasiado las lecciones.

En esta tarde de martes sin sol –muy en el buen espíritu de supervivencia de la señorita Duling–, me dirijo a toda prisa al Vietnam-Minnesota Hospitality. El nombre no indica de inmediato que se trate de un centro de masajes, pero lo es; ocupa un espacioso y próspero local de tablones blancos típico de una granja familiar de Minnesota (antaño, la Lechería Orgánica Pieter Amdahl) junto a la Ruta Estatal 52 Norte, en Provender Road. Asoma sobre una colina por encima de las hileras de maíz, a medio camino entre Rochester y Zumbrota. A medida que envejezco, cada vez menos cosas me parecen incoherentes.

Encontré el Vietnam-Minnesota Hospitality la semana que Paul y yo llegamos, mientras hojeaba la sección de «servicios» del *Post Bulletin* en busca de un lugar donde me alinearan los faros. El anuncio decía: «Especialidad en masaje vietnamita. Mujeres y hombres bienvenidos. De propiedad local. Amigable. De confianza. Seguro».

Puede que no haga falta decirlo, pero nunca he frecuentado los establecimientos de masajes. Lo más cerca que estuve fue una vez, en la Infantería de Marina, cuando visité un burdel llamado El Burro en Ensenada: ha sido mi único contacto con el «comercio sexual». (Solo Dios puede explicar por qué los seis que fuimos no morimos de la peste negra.). En las afueras de Haddam, en la Ruta 1 hacia Trenton, siempre ha habido escaparates con carteles que anunciaban «spas» y «servicio completo de masajes», que todo el mundo conocía. Varias veces, los miembros del Club de Divorciados dejaron caer que lo habían «visitado», normalmente en los estertores de un divorcio ponzoñoso o en el duelo por la muerte del cónyuge. Admitían que estas visitas eran, sorprendentemente, «justo lo que necesitaban» para liberarse de las presiones y el estrés de la vida posmatrimonial moderna. Aunque no solían dar muchos detalles. ¿Fue un masaje de verdad? ¿Fue un quiqui? ¿Fue un masaje completo con todos los extras? (Una información que te morías por saber, pero que por delicadeza masculina nunca preguntaste.) «Vale, Bascombe, pásate por ahí un día. Ya veo lo que piensas. Bueno, piensa lo que quieras.» Guiño, guiño. Un miembro, Flip Baxter, incluso me regaló un vale para Navidad, una tarjeta que llevaba filigranas rosas de flores de loto en la parte inferior y que te podían perforar en cada visita. Como en Starbucks.

Nunca fui. Aunque no porque me pareciera mal. No creo que esté mal. No se trata de la profesión más vieja del mundo, después de la política, porque no satisfaga ninguna necesidad humana vital. La mayoría de los actos que conllevan un estigma ético deben reevaluarse periódicamente.

La razón por la que nunca lo «visité» fue, por supuesto, el miedo, simplemente. Miedo a que me atracaran y me dejaran muerto en un contenedor. Miedo a entrar, perder los nervios, confundirme y no saber cómo salir (como en un parque de atracciones). Miedo a que, aunque todos estos establecimientos estén regentados nominalmente por asiáticos, en realidad sean propiedad de italianos del condado de Union, confabulados con la policía. Estos locales deben «aceptar» que de vez en cuando se realicen redadas y que todos los clientes —jueces, profesores de escuela dominical, gastroenterólogos, guardias de prisiones, herreros, peleteros y agentes inmobiliarios– tengan que someterse, sin camisa y con el pelo alborotado, a ese patético paseo delante de la prensa escoltados por la policía, para luego ser procesados en West Windsor. Después los sueltan para que se vayan a casa y en silencio cometan *seppuku* en el jacuzzi.

Por qué no hacemos lo que no hacemos también suele obedecer a una buena razón.

Admito que una vez, volviendo a casa desde el restaurante italiano Pete Lorenzo's, en Trenton, tomé un desvío en Province Line Road, volví hacia el sur por la Ruta 1 y me metí en el aparcamiento de Little Saigon Tulip Massage, entre el puesto de sándwiches de Bennie's Grinders y un RadioShack ya cerrado para siempre. Era la primera vez que Sally Caldwell partía hacia Chechenia, yo me sentía aburrido y desesperado, y necesitaba lo que decidí que era «compañía».

El escaparate (había luces rosas encendidas en el piso de arriba) era tan vulgar como el de una zapatería, solo que con gruesas cortinas opacas tapando las ventanas y un cartel de neón rojo que decía MASAJE-ABIERTO. Había anochecido, un húmedo viernes de julio en Nueva Jersey. Se oía el chirrido de las langostas. El tráfico de la Ruta 1 bullía hacia el norte. Delante había aparcados un par de coches con los vidrios tintados. Nada parecía abiertamente libidinoso, aunque sabía que con ochenta dólares (que casualmente llevaba en el bolsillo) podría conseguir lo que quisiera. Podía *hacerlo* fácilmente, como alternativa irreprochable a no hacer nada. Muchos deben hacerlo por esa razón, como lo de alistarse en la Marina.

Mientras estaba allí sentado, encajado en mi Crown Vic en la oscuridad del invierno, se abrió la puerta principal del Little Saigon Tulip (detrás había otra cortina que ocultaba la luz) y salieron dos hombres gordísimos, jóvenes, me pareció

130

a mí. Hombres de unos veinte años. Podrían haber sido gemelos. No se reían ni se tambaleaban borrachos, ni siquiera estaban animados ni hablaban. Solo salían del local impasibles, como si hubieran parado a buscar sus medias suelas. No había nada extraño ni erótico en verlos desde el oscuro interior de mi coche. De hecho, me pareció alentador que esos dos tuvieran un lugar en el que atendieran sus necesidades humanas, por poco ofensivas que fueran, probablemente. Un simple masaje, casi seguro. Después de dar media vuelta, volver y pensármelo otra vez, el resultado ideal fue que decidí no hacerlo. No tenía ningún sentimiento de superioridad, solo de separación, que sentía de todos modos. Cuando los dos grandullones, que habían venido juntos, se metieron en su Explorer, dieron marcha atrás y se adentraron en el tráfico de la Ruta 1, los seguí como si fuera un coche patrulla, hasta el carril que iba hacia el sur, con sus dos cabezas redondas perfiladas en el asiento delantero. Me di cuenta de que se habían puesto a hablar mientras se dirigían a Trenton. Yo, sin embargo, giré a la derecha en McGinty Lane y tomé el largo camino de vuelta hasta Haddam, sintiéndome menos desesperado y aburrido; de hecho, contra todo pronóstico me sentí animado. Resulta que no hace falta gran cosa para mejorar la propia actitud.

En primer lugar, hay que decir que el Vietnam-Minnesota Hospitality no se parece en nada al Little Saigon Tulip. Para empezar, está en Minnesota, no en Nueva Jersey, lo que significa que queda en la otra cara de la luna. En segundo lugar, puedo conducir al Vietnam-Minnesota Hospitality cada semana, en ocasiones dos veces por semana, para un masaje real (aunque no estoy seguro de lo «vietnamitas» que son esos masajes, salvo que, al parecer, los dan vietnamitas). En tercer lugar, lo lleva de verdad una familia, no la mafia. Los propietarios, la familia Tran, de la cercana Kiester, Minnesota, son vietnamitas de cuarta generación que escaparon de una muerte segura en Saigón en 1968 y ahora son tan estadounidenses como el Tío Sam. En Kiester, donde el abuelo Tran fue «insertado» por nuestro Departamento de Estado en 1970, los Tran no solo han prosperado, sino que han florecido tremendamente en sus cincuenta años de vida en una pequeña ciudad de Minnesota. Son propietarios del cine Key (de Kiester) y del único Shop'n Save de la ciudad. Tienen un Motel 6 en Albert Lea y dos Family Dollars en Iowa. Y hay más en proyecto. Todos los hijos y nietos han ido a la universidad o podrían haberlo hecho si hubieran querido. El hijo del abuelo Tran, Jeff, estudió en Bowdoin y es miembro de la comisión de planificación del condado de Faribault. Un primo muy inteligente es anestesista en la Mayo. Todos son luteranos de Sión y demócratas moderados, tras haber dejado de ser bautistas y republicanos en el primer mandato de Reagan. En mis siete semanas de residencia temporal en Minnesota, me he convertido en un cliente regular y satisfecho del Vietnam-Minnesota Hospitality, implacablemente educado, que da generosas propinas..., todo menos un *habitual*. Pago con billetes verdes y me aprecian, respetan y aceptan como si yo mismo fuera de Minnesota (o de Vietnam).

Que la familia Tran sea propietaria del Vietnam-Minnesota Hospitality, en el quinto pino camino de Saint Paul, no es algo que se comente demasiado en Kiester. Aunque nada podría ser más normal y respetable: unos agradecidos Estados Unidos rescatan en avión a un valioso activo extranjero vinculado a la CIA; se le traslada al peor y más extraño lugar imaginable (en términos de clima y jerarquías sociales), se espera que fracase y probablemente perezca, pero se las apaña –aunque los primeros años son ciertamente duros– para ser (más o menos) aceptado por la burguesía local y asciende gradualmente; con el tiempo, triunfa y se convierte en alcalde, gobernador o senador (o presidente). No es tan diferente de las historias sobre los orígenes de Andrew Carnegie o Elizabeth Taylor. O de la saga de Mike Mahoney en Red Bank.

De cerca, por supuesto, pocas cosas son realmente sencillas. Mi razón más personal para recorrer los treinta kilómetros que me separan del Vietnam-Minnesota Hospitality, con todo tipo de condiciones meteorológicas y turbulentos estados de ánimo, no es que admire el tránsito de Venus de la familia Tran, aunque lo admiro, sino porque, inesperadamente, me he enamorado de una de las masajistas, alguien que me practica semanalmente ardientes exacciones que me devuelven la vida –lo más saludable y normal del mundo– y que, en ciertas muestras de humor ligero y coqueto, parece «corresponderme», lo que para mí es una recompensa.

¡Sí, sí, sí, sí, sí, sí, sí, *sí*! «Lo sé. Lo sé, *lo sé*.» Gran parte de la vida debería llevar comillas.

Mi masajista, la señorita Betty Duong Tran, es nieta del viejo Byron Lo Duc Tran, fallecido hace mucho tiempo, venerado informador de la CIA que desembarcó en Kiester e hizo fortuna, etc.

Betty es una de las seis hijas de Jeff Nguyen Tran (de Bowdoin y de la junta de planificación de Faribault). A sus treinta y cuatro años, es licenciada en Empresariales por la Universidad de Minnesota Rochester y tiene la vista puesta en el sector hospitalario. Estos y otros temas relacionados son de los que más hablamos mientras me da los masajes, que tienen lugar en su «estudio», en el piso de arriba de la antigua granja Amdahl, con vistas a los campos de maíz nevados y helados que hay al sur de Rochester. Ha decorado las paredes con un póster de los Minnesota Twins de Kirby Puckett, un cartel de OOF-DAH, varios dibujos animados de Ole y Lena enmarcados y algunas fotos en color de un Mekong idealizado, la pagoda de Thien Mu y campos de arroz de color esmeralda; hay un ficus sano, un desfibrilador que cuelga de la pared y un gran póster (firmado) de Boris Becker, antigua estrella del tenis, levitando mientras destroza una pelota hasta convertirla en átomos, con una expresión de serena resolución teutónica en su apuesto careto. Además, está su ordenador portátil y un pequeño televisor Toshiba, que mantiene cubierto con un paño de cocina. No pregunto por ninguno de estos elementos decorativos. La propia Betty nació en la cercana Austin, Minnesota; no es una inmigrante. Pero eso no quiere decir que su vida haya sido una fiesta.

Mientras me trabaja –yo estoy siempre desnudo, cubierto por una sábana de seda roja con un dragón–, de vez en cuando charlamos sobre la historia de su familia y su intrépido ascenso, así como sobre los casos prácticos de su curso de marketing, que ya está terminando, como, por ejemplo, la controvertida decisión de Holiday Inn de cambiar de marca y el arco temporal necesario para que la lealtad de los clientes se consolide tras un periodo inicial deambulando por el páramo de la hostelería, mientras Hilton, Marriott, Wyndham y Hyatt experimentaban bienvenidas subidas en su cuota de mercado. Son asuntos que absorben a Betty y que yo conozco un poco porque soy un hombre que admira el comercio. El objetivo de su vida no es la sala de juntas de una empresa, por culpa de un comienzo tardío y un matrimonio mal avenido con un paleto de Kiester que fue un destacado jugador de hockey del estado que los trasladó a Mankato, donde él tenía una beca y aspiraba a jugar en la liga profesional, lo que hizo que Betty perdiera un tiempo precioso. Sin embargo, gracias a su fortaleza, «rompió por completo» con Ingemur –sin descendencia– y fue acogida de nuevo en su familia de Kiester sin prejuicios. Su perspectiva profesional a largo plazo consiste en valerse de su título para trabajar en recursos humanos –en algún «grupo hospitalario de servicios integrales» o en una megacadena de organización de eventos–, para tratar de mejorar la vida de la gente de formas que nunca esperarían. Para ella, esto «suena como un plan», una frase que no me gusta, pero la apoyo de todo corazón en la medida en que nuestras circunstancias lo permiten.

No es tan difícil entender cómo conducir hasta Provender Road a finales de diciembre desembocó en esta versión del amor. El amor puede ser la más esquiva e imposible de rastrear de las galaxias enanas cuando lo que te falta es amor. Pero cuando el amor llega y se instala por sí solo, o tú te instalas en él, es el proyecto humano más simple imaginable –qué fácil es no verlo–, por eso tantos pierden comba y acaban solos.

Cuando mi hijo Paul comenzó sus pruebas experimentales de corta duración con fármacos en la Clínica Mayo y nos mudamos a la casa titulizada de Mike Mahoney en la calle New Bemidji, donde residimos ahora, me encontré sufriendo los nervios totalmente predecibles de un estrés intenso y sofocante. Todos los esfuerzos por llevar una vida casi normal habían resultado inútiles. Me hice un agujero en el segundo premolar, y mis encías y mi pelo empezaron a retroceder. Dormía a ratos. El poco buen humor que me quedaba se lo reservaba a mi hijo. Según una página web de la Mayo dedicada a los cuidadores, el estrés es como tomarse una hamburguesa gigante con triple de beicon en cada comida. El sistema inmunitario te traiciona hasta el colapso orgánico. Si tres mudanzas son el equivalente psíquico de una muerte, el diagnóstico de ELA de un hijo equivale a estrellar el coche contra un muro día tras día, con el mismo resultado.

En los últimos días de diciembre, cuando Paul pasaba largas mañanas en la clínica, yo me quedaba en la sala de espera de Neurología, leyendo las publicaciones que la Mayo distribuye gratuitamente a las familias de los pacientes: folletos sobre los seis signos de alerta del alzhéimer, o los cuatro signos de alerta del dengue, la enfermedad del gusano de

Guinea, la enfermedad del sueño afroamericana, la rabia y la triquinosis. Y, por supuesto, la depresión, que yo no creía tener.

En el periódico que alguien había dejado en el sofá, vi por casualidad el recuadro del anuncio del Vietnam-Minnesota Hospitality. «Los hombres y las mujeres son BIENVENIDOS. Los propietarios son del pueblo, es un lugar seguro...» No sabría decir qué me hizo pensar, en este pequeño y acogedor anuncio –hojas de palmera formando un emparrado–, que eso era algo que necesitaba profundamente, teniendo en cuenta mi miedo a los mafiosos, a salir en televisión arrestado y a los perros policía. Pero, en esa sala de espera de la Clínica Mayo que rebosaba ansiedad y estaba llena de desconocidos con el miedo circulando por las venas enfrentándose a los caprichos de un adusto destino, acabé exclamando por dentro: «¡Vale! Esto está muy bien. De hecho, es excelente. Tengo que hacerlo de inmediato, posiblemente debería haberlo hecho antes». Es un razonamiento que tiene sus viejos orígenes en el desánimo que acecha al más fuerte. Y, por supuesto, puede ser el origen de las mejores decisiones que jamás hayamos tomado.

El 29 de diciembre –un jueves– hacía un frío que crujía, cortaba y te dejaba sin aliento. Llegué a Provender Road con cita previa a las diez de la mañana. Paul estaba en la clínica para su ración de pruebas. Llamé al timbre de la gran casa blanca, que realmente es la típica granja familiar, tal y como estaba el día en que los Amdahl se mudaron a Vadnais Heights, en las Ciudades Gemelas: un silo de ladrillo amarillo levantado a mano en la parte trasera, una tienda de aperos al otro lado del corral. Un granero de postes. Un gallinero. Varios corrales y establos a sotavento, a cien metros de un estanque helado con sauces. Betty dijo que los Amdahl más ancianos nunca han comentado, ni a favor ni en contra, qué les parece que su hogar ancestral se haya transformado en un negocio de masajes regentado por unos asiáticos con los que el viejo Harmon Amdahl luchó en las selvas del Ia Drang para salvar el mundo. Pero para mí todo esto es admirable, el emblema de la nueva economía agrícola con un rebozo étnico, te guste o no.

Aquella fría mañana me recibió la pequeña Betty Tran en persona. Me había «tocado» en la rotación del día, ya que trabaja temprano para poder asistir a sus clases de la tarde. No había más vehículos fuera, ya que las diez de la mañana no es una hora popular para los masajes. En el interior, la casa estaba tal y como la habían dejado los Amdahl: todos sus «bonitos» muebles eclécticos barnizados, sus sofás tapizados de cuadros con albornoces a juego, pantallas planas colgadas de la pared en todas las habitaciones, un comedor de imitación caoba con muchas sillas para los domingos, un universo de alfombras de ganchillo, cortinas de brocados en las ventanas para mantener el calor, mesitas bajas con tablero de cristal, animales de cristal con pastores de cristal cuidándolos, unas campanillas de porcelana y un niño negro de porcelana pescando con su propia caña de porcelana. Además de una Biblia en noruego, una vieja paleta de novato de una fraternidad universitaria y un muestrario de pared que dice: «No todo el que anda sin rumbo está perdido». Todo lo que una próspera granja escandinavo-estadounidense de tercera generación debería tener. También había un gran árbol de Navidad con una estrella en lo alto, con copos de algodón simulando nieve, alegremente iluminado, adornado y, al parecer, permanente.

Desde la entrada noté la luz pálida que salía de un pasillo trasero que conducía a una cocina, donde las voces alegres de las jóvenes, el tintineo de las tazas y el correr del agua del fregadero me hicieron sentir que no era un extraño. Nunca había tenido una experiencia de venta al por menor como esa.

Betty, en cambio, era justo lo que esperaba. Diminuta, sonriente, alegre, con el pelo recogido y los ojos oscuros y despiertos. Medía un metro y medio, ni un centímetro más, y tenía gestos amables, acogedores y seguros a la vez; se sentía feliz de mirarme a los ojos y me hizo un guiño ligeramente inquietante. Iba vestida con un albornoz azul cielo «cortito», posiblemente no mucho más que eso: era su ropa de trabajo. Debía de estar helada, pero parecía dispuesta a ponerse manos a la obra, fuera lo que fuera esa obra. Yo había cargado un «depósito» de doscientos dólares en mi Visa, pero no tenía ni idea de a qué había ido hasta allí.

Cogió mi plumas, que era tan grande como ella, y me dijo que dejara las botas en la alfombra de «bienvenidos». Dije mi nombre: «Hola, soy Frank». «Yo soy Betty.» Sonrió, debo decir que con recato. «Podemos subir a mi estudio, ¿vale?» Fue entonces cuando vi la escenografía de muebles de granja-familia, olí el café de la cocina del fondo, oí las voces tintineantes de las mujeres. No era tan diferente de la funeraria Mangum & Gayden de Haddam. No me habría sorprendido ver un ataúd con lirios y un gladiolo donde colgaba la tele.

–¿Cómo estás, Frank? –Betty me hacía señas para que subiera las escaleras con barandilla, en cuyo final no había luz.

–Muy muy bien –dije.

Me había sentido nervioso en el frío umbral de la puerta, mientras escuchaba el dong-dong del timbre, nervioso cuando Betty abrió la puerta con su escaso albornoz azul. Pero una vez en el cálido aire interior, sin la ropa de abrigo, sin zapatos, subiendo quién sabía adónde, me sentí mejor de lo que me había sentido en meses. Posiblemente en años. ¡Y era algo tan fácil de hacer! Sabía que las sensaciones de bienestar inesperadas e inexplicables nunca debían cuestionarse.

Llegamos a un estrecho pasillo sin luz.

–Ahora ve a la derecha. –Hablaba con ese acento nasal de Minnesota que obliga a los nativos a entrecerrar los ojos cuando dicen ciertas palabras. Encendió un globo de techo en forma de ensaladera que iluminó un cuarto de baño oscuro al final del pasillo–. Y luego ve a la izquierda. –Hacia lo que supuse que sería su «estudio».

He de admitir que en ese momento sentí un repetido trino en el estómago, como si vibrara un teléfono antiguo y llegara hasta la parte baja de las zonas digestivas inferiores, una sensación que no había experimentado últimamente. Si hubiera intentado hablar, lo habría hecho con una voz de bebé. Aunque no menos de mil millones de personas (en su mayoría hombres) estaban haciendo lo mismo que yo en ese mismo momento en todo el planeta.

Con una enorme emoción, entré en la habitación de Betty. Yo sonreía sin querer.

–¡Muuuy bien!

Betty cerró la puerta detrás de nosotros. Dentro, junto a la ventana, estaba su camilla de masajes, una cama sencilla hecha con esmero, además del desfibrilador, el póster de las Ciudades Gemelas y el resto. También estaba la estantería de las fotos de su época escolar: una en color enmarcada de una Betty adolescente y sonriente, vestida de animadora, de pie en una pista de patinaje (sobre hielo de verdad) junto a un chico alto, sonriente, de cabeza cuadrada y cara lozana, en patines, con una camiseta de hockey de los Mankato State Mavericks. El imponente Ingemur, quien, por supuesto, seguiría enamorado de ella. Aunque no había ido allí para hacer ni mete ni saca.

–Cúbrete con esto, Frank. –Betty me entregó la tela de seda con el dragón. Redondeó sus ojos oscuros, unos discos perfectos en un charco de un blanco perfecto–. Quítate la ropa detrás del biombo, por favor.

En la esquina había un endeble separador negro de imitación de bambú de Costco, que no separaba lo bastante para ocultarme entero.

–¿Me desnudo del todo? –pregunté, vacilante.

Betty estaba arrodillada: vertía un líquido amarillo en un platillo de flores rojas y encendía una gruesa vela en un pequeño soporte. Sándalo: el aroma que mis dos esposas habían aprobado para el cuarto de baño, lo que le daba asociaciones no deseadas.

–Como tú quieras.

Había puesto música suave de brisa isleña en su teléfono y se volvió hacia mí como si yo ya estuviera desnudo, que era como me sentía sin estar preparado para estarlo. ¿Era pudor? ¿Remordimiento prematuro del comprador? Lo único que había pasado hasta ahora era que ella había encendido una vela. Quizá eso fuera lo más lejos que todo –y yo– necesitaba llegar. Nada era vergonzoso. No había un patrón para esas visitas. De repente, todo en la habitación se volvió muy silencioso.

–¿Estás bien?

La cara estrecha de Betty adoptó un ceño fingidamente serio, su frente se arrugó, asomó su bonito labio inferior; tenía ambas manos sobre sus muslos desnudos y se arrodilló sobre una pequeña alfombra de oración.

–Sí, eso creo –mentí.

Fuera de la ventana helada se veía un ginkgo desnudo. En sus ramas, tres cuervos rollizos empezaron a graznar y levantaron el pico como cuervos cantores de dibujos animados, como si pudieran ver cómo me quitaba la ropa delante de una desconocida. A Ann siempre le había gustado esta cualidad en mí: mi «pudor». Cuando éramos jóvenes e inocentes, había comentado que yo era «cortés, un hombre con una etiqueta pasada de moda, pero muy necesaria». Como muchas otras cosas que piensas cuando te casas por primera vez, no era del todo cierto.

–¿Hay algo que tenga que decirte primero? –dije.

No sé a qué podía referirme. ¿Alergias a las mascotas? ¿Un marcapasos? ¿Una pata de palo?

–No. –Betty me miró con gravedad, como si estuviera exhibiendo signos preocupantes–. ¿Estás nervioso?

–No esperaba estarlo –respondí con una sonrisa como de muerto viviente.

Tenía mucho calor y me sentía muy grande en su pequeña habitación; con mis calcetines de lana, todavía vestido. Sentía que en cualquier momento podía trastabillar y romperme un dedo. Quería sentarme y quizá no quitarme la ropa. Una imagen mental de luces intermitentes en campos de nieve vacíos. Botas golpeando las escaleras. Uso oportuno del desfibrilador.

–Tal vez deberías sentarte –dijo Betty–. Siéntate en mi cama. Puedo hacer un poco de té para los dos. Eso te calmará. ¿Vale?

–Estoy tranquilo. Pero vale.

Con un gesto resuelto me senté en su dura camita, mientras ella empezaba a preparar el té sobre la llama de la vela. Me sentí asombrosamente aliviado, como si en esos últimos momentos hubiera estado a punto de morir.

Así es como empezó todo con Betty Tran, de forma poco prometedora, desganada, humillante, infructuosa, aunque dulce. Pero no es así como ha continuado.

En ese momento, Betty apagó la música de las brisas isleñas, se metió detrás del biombo de bambú, cogió una bata de tartán y se la puso. Bebimos el té tibio e insípido, y nos reímos de que me hubiera puesto «nervioso», cosa que, según ella, ocurría más de lo que uno se imagina (sobre todo entre los jóvenes). Me dio un puñetazo en el hombro cuando me lo dijo, como si ahora fuera milagrosamente joven. Me preguntó de dónde era; cuando le respondí que de Nueva Jersey, me dijo que sabía que era un lugar precioso y que había hospitales «buenísimos» en los que sus conocimientos de recursos humanos podrían proporcionarle trabajo, aunque nunca había salido de Minnesota, salvo una vez que fue a Fargo-Moorhead, y otra a Madison, para asistir a un taller de animación en un instituto. Nunca había estado en Vietnam, dijo con cierto remilgo, aunque esperaba ir algún día. Yo no sabía, y sigo sin saber, si se parecía mucho o nada a lo que cualquiera esperaría de una joven y sensual masajista vietnamita-estadounidense. Era habladora, propensa a reírse de sí misma y de mí, como si me conociera desde hacía décadas. Era capaz de hacer comentarios bastante incisivos y reflexivos sobre diversas cosas, y sabía escuchar («No sé por qué dices eso, Frank», me contestó cuando le dije que estaba bastante seguro de que nunca volvería a casarme). Le interesó la historia de mi hijo y pensó que los sabios de la Mayo probablemente podrían «curarlo», ya que habían curado la hernia de su padre en 1990. Cuando se acabó mi hora, me dijo que el turno de once a doce estaba libre, si quería quedarme. Y como Paul estaba en la clínica hasta pasada la una, pagué otros doscientos y ella preparó más té y sacó de debajo de la cama una caja de hojalata con galletas de jengibre y limón, crujientes y finas, que eran lo mejor que había probado en mi vida; como Proust, me iré a la tumba con sus sabores densos y extraños recorriéndome los labios. Hablamos de nuestros divorcios; hablamos, aunque no demasiado, de House Whisperers (la verdad es que no lo acabó de entender, y con razón). Hablamos brevemente de la guerra de Vietnam, en la que yo no luché; por lo tanto, podía ser plenamente consciente de la injusticia moral de las cosas que se habían hecho y no se habían conseguido. Me contó que se había casado «demasiado joven» y que eso había ralentizado su progreso, que su familia en Kiester estaba muy unida y era cariñosa y que siempre «estaban ahí» para lo que ella necesitara, pero que esperaba casarse pronto e ir a donde la llevara su marido, tal vez a las Ciudades Gemelas, donde había oportunidades. El negocio de masajes, dijo, era un «compás de espera» hasta que la emprendedora familia Tran pudiera conseguir una franquicia de Hampton Inn y derribar la casa de los Amdahl, o, mejor aún, venderla y mudarse. En su opinión, no había nada turbio o indecoroso en un negocio de masajes, como tampoco lo había en una tienda de piezas de coche NAPA, y resultó que su familia también tenía una en Waseca. Seguimos hablando, sentados en la cama de su «estudio», con las piernas cruzadas, la taza de té en la mano y mi espalda apoyada en el frío alféizar de la ventana, como dos compañeros de universidad el día antes de empezar las clases, un buen momento para conocerse. Varias veces le sonó el móvil –su tono de llamada era el croar de una rana toro–, pero no contestó ninguna, dando a entender que esa hora era toda mía. Hasta que llegó el mediodía y tuve que «largarme». Yo, por supuesto, nunca había ido al instituto con una mujer de verdad, solo con «hombres» de sonrisa torva, vagabundos de mirada penetrante, holgazanes e inadaptados –todos blancos– en el salitroso Lonesome Pines. No obstante, sentarme a hablar durante dos horas con Betty, guapa, excitante, llena de vida e inmensamente simpática, fue como esa fantasía que (me han dicho) los hombres de mi edad se permiten con frecuencia: la chica del instituto a la que deberías haber amado, pero que por mil razones no amaste, aunque sueñas que podrías seguir haciéndolo. Solo que esa chica (si no está muerta) tiene tu misma edad, y no te plantearías amarla aunque pudieras.

Betty Tran, sin embargo, era esa chica, conservada en su juventud y su encanto, sentada estilo acampada en su estrecha cama, riendo, guiñando un ojo, dando codazos, poniendo los ojos en blanco, vestida de tartán y, lo mejor de todo, a mi alcance. No era una fantasía, sino algo más real que la realidad, al menos eso me pareció aquel día.

Al cabo de las dos horas me levanté, no sin ayuda. («Quizá la próxima vez probemos con un masaje», dijo con los ojos abiertos, fingiendo sorpresa.) De nuevo, me sentí una presencia sobredimensionada en su pequeña habitación, aunque ahora no estaba a punto de caerme. Me gimió la espalda y me aullaron las rodillas, los tobillos, las muñecas, la nuca, allí donde se une con la parte inferior del cerebelo, y algo en lo más profundo del trasero. Llevaba demasiado tiempo «sentado en una postura rara» y me había levantado demasiado deprisa. Cuando acabé de ponerme en pie, mi corazón emitió un profundo ca-tunc, y mi cerebro –que se había sentido renovado– volvió a lanzar sus pensamientos hacia las ambulancias, las camillas que subían apresuradamente las escaleras, y yo estaba en el suelo en decúbito supino, con una mirada vacía y Betty arrodillada a mi lado, asintiendo, sonriendo, explicando al equipo de urgencias: «Está bien. Está feliz. Él lo quería así». Así era.

Solo que... mi pobre hijo me esperaba en la Mayo Neuro, enfermo de ELA, preguntándose dónde estaba, mientras intentaba comprender todo lo que significaba y lo que no significaba decir que «seguía vivo».

Pensándolo bien, no es que no pasara «nada» entre Betty y yo, ni que pasara «todo». En realidad no había pasado nada. Sencillamente me sentí muy bien por lo que fuera, porque todo aquello era como la vida, algo sobre lo que Chéjov podría haber escrito y a lo que podría haber dado un profundo significado: el memorable no acontecimiento que consigue serlo todo.

–¿Puedo volver otro día? –dije con, lo sabía, una sonrisa codiciosa y desamparada (confiaba en que no con una mirada lasciva).

–Oh, claro –respondió Betty alegremente, alisando la zona de la sábana de chenilla cuya perfección nuestros cuerpos, sentados el uno cerca del otro, habían deshecho–. Me caes bien –dijo. Aunque añadió–: Casi todo el mundo me cae bien.

–A mí también.

–Vuelve cuando quieras.

Por primera vez detecté la cadencia nerviosa, entrecortada y cantarina asiática, o lo que yo creía que era asiática, en su musical manera de hablar. Eso solo la hacía más atractiva.

–Muy bien –dije sonriendo–. Volveré en cuanto pueda.

Don Impaciente, esa no es la estrategia más adecuada para nada.

–Te daré un besito entonces. –Betty, vestida de tartán, que olía a sándalo y a un lejano toque de sudor, se levantó sobre las puntas de sus pies pintados de rosa, separó sus manos pequeñas y delicadas pero enérgicas para que yo entrara en su medio abrazo, y me besó en la mejilla–. Ya está –me dijo–. Como un beso robado.

Sabía a qué se refería.

Si no me tambaleé, fue solo porque no recuerdo haberme tambaleado. No recuerdo mucho después de eso: solo que estaba en mi Honda, recorriendo a toda velocidad la congelada Provender Road entre los campos de rastrojos blancos como la nieve del mediodía, y descubrí que iba a ciento veinte.

¿Qué voy a deciros? ¿Que la «situación» de mi hijo y el hecho inminente de que voy a sobrevivirle han intensificado y añadido un plus al presente? ¿Que he llegado a un punto en la vida en el que ninguna mujer por la que me sienta atraído se sentirá atraída por mí, así que el cielo es el límite? ¿Que durante mucho más tiempo del que mi hijo ha estado enfermo me he despertado a veces –como siempre, a las 2.46 de la madrugada, la hora exacta de mi nacimiento– y me he preguntado cómo se soportan estos terribles hechos de la vida sin alguna fantasía, un engaño o un disimulo duraderos? En mañanas más soleadas, me preguntaba si no sería plausible iniciar una historia con alguien que no necesitara entenderme, a menos que fuera fácil. Alguien con quien hablara casi exclusivamente de las cosas más mundanas. Alguien a quien no le molestara que yo no «diera» lo suficiente. Alguien que tuviera pocas opiniones pero muchos objetivos. Alguien que no necesitara que la impresionara más que con cortesía y tolerancia. Alguien que quizá no pensara en mí cuando no estuviera delante y nunca jamás se preguntara lo que yo pienso de ella. Alguien con quien no tuviera sexo *per se*, pero con la que ciertamente tuviera algo.

Y ese es el remate en el caso de Betty..., acerca de lo cual y de la cual podría estar completamente engañado. Toca la campana con fuerza. Estoy dispuesto a equivocarme si la recompensa por equivocarme es buena.

Hay que admitir que «amor» no es la palabra en la que coincidiría nuestro grupo de expertos. (Es un grupo difícil.) Pero si admiten que el amor puede ser lo que queda cuando se elimina todo lo que no es amor entonces a lo mejor no voy tan desencaminado. Al menos merece la pena que el grupo lo tenga en cuenta cuando se reúna en Chicago para contrastar mis sentimientos por Betty Tran con el amor verdadero que experimenté con mis dos esposas durante cuarenta años, a trompicones, buscando la «autenticidad» y siempre hablando de «quién da qué a quién y quién solo recibe».

Por supuesto, dos días después estaba de vuelta en Provender Road. Paul tuvo su primer curso de terapias en casa con la enfermera Wanda, una ventaja, ya que se considera un «buen deportista», cosa que es verdad solo a medias.

En mi segunda visita, las cosas fueron diferentes y seguirían siéndolo hasta la cita de hoy, más tarde de lo habitual, hacia la que ahora me dirijo.

No puedo decir si Betty Tran es realmente hábil en el masaje, solo que es ágil y autoritaria, con fricciones rápidas, incisivas y digitales (gruñe y a menudo se ríe), como si siguiera algún protocolo establecido. Sé que despojarme de mi ropa y emerger con la sábana roja y saltar sobre la mesa para que Betty se ejercitara sobre mí parecía algo que *tenía* que hacer y satisfacía la directiva de «establecer objetivos en el presente». Aunque la señorita Duling probablemente consideraría un caso de egoísmo sublimado pagar doscientos pavos a una joven asiático-estadounidense para que me escale como a un K2 y luego aplique ardientemente sobre mí sus manos, rodillas, nudillos, talones, codos e incluso sus bonitas frente y barbilla perfumadas con aceite. Aunque para mí era y sigue siendo un caso claro de: «No hay *fue*. Solo existe el *es*».

Cuando estoy en la mesa de Betty, abierto como un salón (mi desnudez le interesa poco), experimento el éxtasis puro de que nadie me conozca y de no estar a cargo de nada. También dejo instantáneamente de pensar en la muerte, la mía o la de cualquiera. Quitarse la ropa en presencia de una joven bonachona mientras suena una relajante música tropical puede provocar un inconmensurable éxtasis. (A los hombres ya no se nos permite decir que simplemente *nos gustan* las mujeres, no sin un montón de condiciones previas, renuncias, acuerdos de confidencialidad y aclaraciones que requieren más tiempo del que queremos dedicarles.) Durante estas pocas semanas con Betty, me he dado cuenta de que mi propensión al éxtasis gratuito se había apagado sin darme cuenta (la edad también hace eso), mientras que mi tendencia en esta fase anciana de la vida a verme bajo unas luces granuladas y poco favorecedoras había alcanzado unas cotas excesivas. Es parecido a encender la cámara del teléfono y, de repente, verse a uno mismo con cara de caballo, sin sonrisa, con los ojos hundidos, necesitado de un afeitado, mirando hacia atrás sin comprender, como un delincuente.

Esta experiencia tan desalentadora puede provocar un sentimiento personal de fraude. Una sensación de impostura ya había invadido mis deberes de cuidador: una voz interior que ladraba como un instructor: «¡Bascombe! ¡Tú! ¡Imbécil! Nunca estás en todo, ¿verdad? ¿No hay ningún programa que puedas seguir? ¿Tienes que estar siempre y solo rodeado de ti mismo? ¿Qué haces para ayudar realmente a tu hijo? ¿Ni siquiera deseas que se ponga bien?». El fraude se incorpora a la existencia diaria como la hoja de un cuchillo cosida a una camisa.

Solo que. En estas más de seis semanas desde que Betty entró en mi vida y nuestra relación ha florecido, los sentimientos de fraude se han mitigado. Incluso me he convertido en un cuidador más hábil, paciente y sensible con mi hijo, aunque no estoy seguro de que él lo sepa.

Y aún hay más.

Ni que decir tiene que hay mundos relacionados con Betty Tran que no conozco y nunca conoceré. Pero estos vacíos y los pocos datos que ha revelado han adquirido un significado mayor. (Comprender profundamente a otros seres humanos está muy sobrevalorado.) Como ya he dicho, considera que su vocación de masajista es una forma perfectamente práctica e íntegra de financiar su carrera de Empresariales y, posiblemente, encontrar un marido. No sé y no pregunto nada sobre sus otros clientes, cuántos son o cuál es el alcance de sus servicios. Definitivamente, no pienso en ella como una trabajadora del sexo, ni considero que me aproveche de ella de ninguna otra forma que no sea la acordada. Sé mucho sobre su familia y algo sobre su finalizado matrimonio con Ingo. Pero no puedo decir nada sobre cómo me «ve» ella. Si me dijeras que cuando dice que le caigo bien (cosa que dice a menudo) no hace más que expresar su veneración por los ancianos, no me sorprendería ni me decepcionaría del todo. Solo sé con certeza que, cuando llego y después me voy, nunca siento recriminación ni confusión, solo una sensación de mejoría, lo que no puede decirse de la mayoría de las experiencias humanas.

Pero si hay que preguntarse si hay algo serio entre Betty Tran y yo, mi respuesta es la del presidente Clinton cuando se le hizo una pregunta similar sobre una relación amorosa: depende de lo que entiendas por hay.

Desde que las cosas han empezado a avanzar (hace ya más de un mes), un puñado de veces la he llevado «a cenar». Su plato favorito son los langostinos, los de un caro restaurante italiano del DoubleTree; también hemos ido a un restaurante griego que le gusta. Esto sustituye al masaje: sigo desembolsando doscientos euros. Le he dado mi número de móvil, que aún no ha utilizado. Y me he ofrecido a escribirle cartas de recomendación cuando llegue el momento. Incluso la he acompañado –en el cumpleaños de Martin Luther King, un día que su familia venera– a una cena familiar en Kiester, en las praderas de maíz. No estaba en mi elemento, pero me trataron como a un invitado de honor. Aunque, por el tenor de las preguntas que me hizo su padre –sobre el futuro de la venta al por menor en tiendas físicas y sobre si la publicidad pasará a ser cien por cien online–, comprendí que Betty les había dicho que yo era uno de sus profesores de negocios y no un cliente.

En nuestras cenas nos reímos, y Betty se explaya sobre los retos universitarios y lo que era estar casada con un jugador de hockey, sobre dónde espera vivir algún día y acerca de si habrá espacio en su vida para tener hijos. Hablo de Paul, que suena complejo e interesante, y de que fui periodista deportivo e incluso cubrí partidos de hockey antes de que ella naciera, así como de un montón de cosas más que adorno presentando el negocio inmobiliario como una vida de servicio, lo cual le interesa desde la perspectiva de los recursos humanos. Dentro de mi coche, aún helado, en el aparcamiento del DoubleTree, nos hemos besado y abrazado cariñosamente una o dos veces. Una vez, Betty me ha dicho (puede que lo haya oído mal) que me quería, después de que yo le dijera que la quería. Y aunque estoy seguro de que no me ve como carne de matrimonio, más de una vez me he tumbado en la cama, con mi hijo dormido en la habitación de al lado, y he fantaseado con la idea de llevar con Betty una vida sencilla en Eden Prairie o Anoka, donde ella pondría su licenciatura de marketing al servicio de los hoteles Marriott, y podríamos viajar a Hue y al Mekong, pero también a Venecia y París, y a los lugares geniales con los que sueña, y todo sería felicidad. He leído en una revista, mientras estaba en la sala de espera del taller de reparación de coches, que, al elegir pareja, las mujeres contemporáneas buscan maximizar el «efecto Michelangelo»: participar en actos de «esculpido mutuo» con los que alcanzar objetivos de autoexpansión mientras acumulan conocimientos y absorben a otra persona dentro de sí mismas. Esto no es algo que se me dé bien. No me queda tiempo suficiente en la vida. Además, tengo un hijo con ELA, a cuyos cuidados le suelo robar tiempo. Por lo tanto, no tiene sentido entretenerme con estas fantasías en tecnicolor más de lo que tardo en dormirme.

El masaje, sin embargo, sigue siendo el núcleo de lo que nos une. A veces, Betty, por razones que nunca preveo, se desnuda completamente para nuestras sesiones. No es más que un espíritu jovial que la habita o la abandona. No finjo no darme cuenta, pero tampoco hago comentarios al respecto, de nuevo como si desnuda y vestida fueran distinciones sin importancia. Es de una belleza estándar, no un bombón. Sin ropa, es tan menuda como parece vestida, pero tiene curvas y chicha donde uno no esperaría. (Prácticamente no tiene trasero, algo que no me gusta demasiado.) Por suerte, no tiene tatuajes ni piercings, salvo unos pequeños pendientes de color rubí en sus apretadas orejitas. Tiene una cicatriz en forma de flecha en la comisura del ojo izquierdo, producto de un percance como animadora en el instituto, y algunos granos adolescentes en el nacimiento del pelo. Por lo demás, no presenta ningún defecto evidente. En las últimas dos semanas, se ha teñido su pelo corto a lo chico de un amarillo margarita, con lo que parece tener diecisiete años en lugar de treinta y cuatro. A decir verdad, que Betty sea vietnamita es lo que menos me llama la atención de ella (de todos modos, no soy bueno detectando variaciones étnicas; podría ser de Singapur). Sin embargo, a veces, cuando las luces están bajas, la música del océano susurra y todo es cálido y acogedor, sus dedos ágiles, suaves y firmes se aventuran, estoy seguro de que sin querer, en mi zona propicia –el dorso de su mano, el roce de un dedo o de un punto del codo–, un contacto que en un contexto más personal sería imposible ignorar. En esos momentos no digo nada, aunque esté claro que lo he notado. Alguna que otra vez he exhalado un gemido o un suspiro; quizá me he estremecido, o mis ojos se han abierto o cerrado de placer. Betty suele actuar como si no fuera con ella. «Vale, bien», dice. O «Ajá». O «Sí, sí». Aunque una vez dijo: «Bueno, vemos que sigues vivo». Una tumescencia franca siempre puede racionalizarse como parte de una respuesta corporal general, como un caballo de Troya, o un escalofrío cuando un codo se clava en mi columna, provocando temblores de arriba abajo. Sin embargo, si eres *yo*, piensas*: «¡Sí! ¿Qué otra cosa debería estar haciendo y sintiendo en este preciso y menguante momento de mi vida?».* Aunque Betty solo venere a los ancianos por dinero, la gente muere a mi edad (sobre todo los hombres; las mujeres pueden contar con diecisiete años más). Y en los obituarios nunca se acredita que «Bascombe tuvo su última erección bien documentada y plenamente actualizada hace dos, cinco o diez años». Ahora es ahora. Es lo único que existe.

En cualquier caso, dudo que alguna vez intente ampliar la profundidad y el alcance de mi relación con Betty, si es que de eso se trata. Ya sea por miedo a ella que diga «Olvídalo» y lo eche todo a perder, o a que diga «Vale, sí» y lo eche todo a perder. Hay viejos chalados, lo sé, que se obsesionan con que una mujer joven y atractiva como Betty Tran los ame, suspire por ellos cuando no están, piense en ellos constantemente, sueñe con ellos por la noche y de madrugada. Yo no estoy tan chalado. En realidad, resulta problemático imaginar que lleguemos a hacer mucho más de lo que hacemos, tanto en su mesa como en el asiento delantero de mi Honda dentro del aparcamiento que hay detrás del DoubleTree. Para que la pasión prospere, hay que ser capaz de imaginarla. Y a mí, las geometrías mecánicas, logísticas, estratégicas e interpersonales ya me quedan lejos. Uno de los primeros miembros del Club de Hombres Divorciados, ya fallecido, era un profesor jubilado de clásicas de la Universidad de Rutgers, en Carolina del Norte, que tenía la costumbre de cortejar a chicas atractivas hasta bien entrados los sesenta. Una vez, durante el almuerzo, me comentó: «El sexo, amigo, siempre ha sido muy embarazoso. Pero se vuelve mucho más embarazoso a mi edad. *Nemo dat quod non habet*». Fui a casa, lo busqué y descubrí que significa: «Nadie puede dar lo que no tiene». Podría ser un lema para mi vida. Mis dos esposas estarían de acuerdo.

Y sin embargo, al final de cada sesión, cuando estoy tumbado, lánguidamente como un sabueso en un porche del cálido Naugahyde, con el universo de los sentidos arremolinándose a mi alrededor y convirtiéndose durante unos maravillosos instantes en mi universo, y Betty ya está vestida y preparando el té, y nadie habla –los sonidos de la granja se mitigan, las frías llanuras barridas por la nieve quedan tan distantes como la isla Coconut–, creo que hay algo en la dulce solemnidad de su rostro, sonriente y asombrado, mientras me mira, ahora que nuestro tiempo se acaba, que de nuevo, al menos, se parece al amor. Y si no seguramente es uno de los «afectos no clasificados» sobre los que he leído. Su mirada reconoce que he presenciado y aceptado ciertas incongruencias en ella, y que ella ha presenciado y aceptado algunas en mí (aunque me considero el más congruente de los hombres); y que este es nuestro loable logro, tanto si significa que tenemos una relación como si no significa nada y yo soy como cualquier otro idiota que paga por lo que ha venido a hacer (o que le hagan) y al final se va feliz. Puede que haya más logros loables en una existencia más larga. Pero para mí esto es suficiente.

Cuando me desvío de Provender Road y entro en el corral que el Vietnam-Minnesota Hospitality utiliza como aparcamiento para sus clientes, son las cuatro y media. Paul ya ha terminado con la enfermera Stiffler y con su webinar, y está solo en casa, lo cual puede ser peligroso. El cielo está despejado por el oeste, con una luz rojiverde que bruñe los tejados de las casas distantes. La nieve alrededor es mate y está en sombras. Varios ciervos espectrales se paran en el campo bajo la casa. Una luna menguante de buen tamaño se ha detenido en el este por encima de los colores del cielo.

Las luces de la casa de los Amdahl son festivas en el crepúsculo, como si los Amdahl hubieran vuelto para celebrar su tradicional fiesta de San Valentín (aunque, como luteranos, tampoco querrían celebrarla demasiado). Los pequeños coches japoneses de las otras masajistas están aparcados cerca del granero, donde los encuentran mis faros. Un vehículo extraño, un elegante Corvette rojo, está aparcado donde yo suelo dejar el mío, metido entre las estacas que delimitan el patio delantero, donde se alza el ginkgo sin brazos ni hojas que veo desde el interior de la habitación de Betty. Llego doce minutos antes de la hora y aparco junto al Corvette, pero a una distancia discreta. Cuando apago las luces, alguien –que no es Betty– descorre la cortina del salón y se inclina hacia el cristal para ver qué coche ha llegado, y acto seguido se aleja. A esta hora insólita me siento como un forastero.

Ahora, con Paul esperando y solo, no hay tiempo para una sesión normal. He reservado y he venido a toda prisa a última hora del día –poca luz, menos esperanzas– solo para animarme. Cuando he llamado, una voz femenina anónima (no tan diferente de la de una peluquería) me ha dicho que estaba de suerte, que Betty tenía un hueco a las cuatro y cuarenta y cinco. Puede que ya no atraiga a los clientes tanto como antes, y es difícil creer que se entregue demasiado, ya que a veces se distrae mientras trabaja conmigo, se detiene durante intervalos en ocasiones prolongados y se queda mirando el vacío que hay al otro lado de la ventana, sin abrir la boca.

He traído una tarjeta de San Valentín, aunque no sé qué piensan los vietnamitas del Día de los Enamorados. Es posible que se lo crean. También tengo una idea de San Valentín un poco loca –más que disparatada–, que consiste en invitar a Betty al viaje que mañana emprenderemos Paul y yo, un añadido inspirador al escueto asiento trasero de la cabina del Dodge. Es una fantasía nueva, enigmática y, obviamente, imposible. Sin embargo, disfrutaría del placer de su compañía en circunstancias que exceden lo habitual, mientras ella escapa de Minnesota y ve algo más de su país natal. Podría alquilarle una habitación en un Hilton Garden, y ella podría disfrutar de la ducha con abundancia de toallas, ver los quinientos canales, dormir sobre sábanas almidonadas y luego tomar el desayuno gratuito solo para miembros del programa Hilton Honors. Incluso podría hacerle una visita nocturna –quizá casta/quizá no– una vez que Paul se hubiera acostado. Él podría ver a su papá bajo una nueva luz. Además, una vez que pusiera los ojos en Betty, podría sorprenderla con sus técnicas para proyectar la voz, hablarle detalladamente de logística humana, confirmarse como el hombre del Renacimiento que cree ser y no pensar en todo lo que tiene que pensar. A ella le gustaría, estoy seguro.

Mi tarjeta de San Valentín, que llevo bajo la visera, recibiría la aprobación de Paul. (Ya no quedaba mucho donde escoger en el Walgreesn.) Representa a un vaquero con sombrero que rasguea una guitarra a horcajadas sobre un delgado mustang bajo la luna del Pecos. El corcel pone cara de asombro y se vuelve para mirar a su jinete. El mensaje dice: «¡Amor, oh, amor fiel. ¡Sé mía el día de San Valentín!». He escrito con bolígrafo: «Estoy deseando verte. Con cariño, xoxoxoxo, Frank», y he metido doscientos pepinos en el sobre.

Llevo aquí cinco minutos, con el motor al ralentí, la calefacción a todo trapo; en la radio suenan viejas canciones de los setenta. Ya podría estar cómodamente dentro de la acogedora sala de estar, mirando viejos ejemplares de *Progressive Farmer,* en lugar de asfixiarme en este congelador.

Sin embargo, justo cuando apago el motor, me meto la tarjeta de San Valentín en el bolsillo y entreabro la portezuela, se abre la entrada principal de la granja y sale alguien a quien reconozco. El sargento mayor Gunnerson, todavía con sus pantalones de vestir azules, cubierto con una cazadora de piel y su gorra blanca. Sin mirar atrás, se dirige al Corvette con un trote militar, como si no esperara que hiciera tanto frío. No se vuelve en mi dirección. Aguardo a que se meta en el coche antes de moverme. Una vez dentro, lo pone en marcha enseguida. Los faros giran hacia arriba, iluminando la casa. La ignición se traduce en un impresionante rugido glotal y, a continuación, en un inevitable «burrum-burrum».

155

Mete la marcha, retrocede, y, justo antes de que los faros barran el camino de entrada y a mí, la puerta principal se abre de nuevo y aparece la cara de Betty Tran. Sonríe, agita una mano delicada, su delgado brazo está desnudo, sacude su cabeza de pelo amarillo brillante en un gesto que ya me ha dirigido otras veces. «Adiós, adiós. Vuelve, vuelve», palabras que «oigo» como si retumbaran por megafonía. «Adiós, adiós. Vuelve, vuelve.» El sargento mayor Gunnerson hace sonar la bocina con un sonsonete adolescente, «bibibibi-bi-bip» (como el Correcaminos). Posiblemente, ni siquiera la ha visto. Su parachoques trasero tiene una pegatina: «Semper Fi». Dale lo que nunca ha tenido. En medio de una tormenta de nieve y gravilla, se pone rápidamente en marcha. Me quedo sentado con mi sobre: «Sé mía el día de San Valentín».

CUATRO

Y ahora llego tarde, tarde, a una cita muy importante. Mi hijo. En casa. Lleva solo demasiado tiempo, corriendo vete a saber qué peligro del que podría-debería haberle salvado: un fogón del que sale gas sin llama y nadie se ha dado cuenta. Un corte en la yugular provocado por una caída en el baño. Una convulsión: algo que ocurre en los casos de ELA. Cada vez que llego tarde del Vietnam-Minnesota Hospitality, o porque Betty y yo nos besuqueamos en el coche y perdemos la noción del tiempo, me apresuro a volver pensando en qué dirá el auto de acusación: «Comparece ante el tribunal el demandado Bascombe, acusado de abandonar a su hijo minusválido, que se cayó de las escaleras del porche al intentar avisar a los vecinos y acabó con el cuello roto y rígido como una tabla». El público ahoga un grito. «El demandado alega circunstancias atenuantes [...] visita imperativa a un establecimiento de masajes, etc.»

Tener un hijo adulto que probablemente muera antes que tú no es lo que uno había previsto. No se parece a ninguna otra cosa. No hay un vocabulario fijo, no hay tarjeta ni postal que pueda expresarlo. Cuando nuestro hijo Ralph Bascombe estaba a punto de morir y murió, en 1979, su madre y yo nos lanzamos a una catacumba de pavor: pavor no tanto por Ralph, que hizo todo lo posible por hacernos sentir mejor resistiéndose a morir con todas sus fuerzas y diciendo a menudo cosas muy divertidas, sino pavor por los demás y por nosotros mismos. Sencillamente, no podíamos perdonarnos ser incapaces de aliviar el dolor del otro, algo que habíamos prometido hacer en nuestros votos matrimoniales, y lo intentamos. Por eso los matrimonios en los que mueren hijos suelen desmoronarse, como sucedió con el nuestro. Aunque no me juzgues hasta que no te pongas en mi piel.

¿Qué dolor no conseguimos aliviarnos mutuamente? El dolor de quedar expuesto al hecho de que estás solo, solo, solo y desamparado. Nos dice el poeta que lo más cerca de la muerte que alguien puede acompañarnos no es muy cerca que digamos. Por lo tanto, puede que el dilema de Paul y el mío sean in-unificables.

A las cinco y cuarto, cuando regreso, la ciudad se empapa de la palidez de limón del cielo vespertino. El tráfico al final del ocaso se dirige hacia las ciudades del norte. Oronoco. Pine Island. Zumbrota, donde viven las enfermeras de atención primaria, los radioterapeutas, los técnicos de laboratorio y el personal de tercer nivel de la clínica; todos los mandarines del hospital viven enclaustrados en casas de cristal, piedra y secuoya, protegidos por una verja, en las colinas arboladas y de césped perfecto, con Porsches y Jaguars en el camino de entrada.

Paul ha llamado dos veces: una he contestado, y la otra no. Cuando no he contestado, su mensaje (su voz preocupantemente más fina) decía: «Vale, Lawrence, fiasco con la *abdominable* mujer de las nieves». La enfermera Stiffler. «Me amenazó con cortarme el pito si volvía a sacar el tema en la conversación. Lo que duele no es la caída, sino el brusco impacto del final.» *Clic.*

La llamada número dos me pilla conduciendo, el sabor de la perfidia de Betty aún me escuece en las fosas nasales. Mi hijo habla resentido y tenso: «¿Dónde coño estás?». ¿Por qué todo el mundo necesita saber eso? ¿El lugar donde estás determina lo que dirás?

–Estoy de camino a casa –digo–. Le he echado un segundo vistazo a la Windbreaker. Si te apetece, lo hacemos. –Subo el tono de voz para superar su mal humor y el mío.

–¿Hacemos el qué?

–Nuestro viaje al monte Rushmore de mañana. El complejo del Palacio del Maíz de Mitchell, Dakota del Sur, donde todos se llaman Hansen y la tierra no se acaba nunca. ¿Te acuerdas?

–¿Estás teniendo otro de tus episodios? –dice mi hijo–. ¿Qué te pasa, Lawrence?

–No tengo ningún episodio. Todo va genial. ¿Han ido mal las cosas en el seminario?

–Me han elegido presidente de la clase por votación a viva voz. No todos podían hablar, por supuesto. Vamos a abrir los teléfonos y escuchar lo que nuestros oyentes tienen que decir. Aquí Lawrence en Lawrenceville. ¿Por qué esa cara larga, Larry?

Se oye como un golpe. Se le ha caído el teléfono. Su mano derecha no funciona como antes. Espero que no se haya movido de la silla de ruedas, que usa en casa cuando está cansado.

–¿Estás bien, hijo?

En Minnesota hay leyes contra el uso del teléfono mientras se conduce. Otros conductores me lanzan miradas asesinas. Un hombre convierte su mano en un teléfono, se lo lleva a la oreja, luego lo transforma en una pistola y finge dispararme. Su Cherokee tiene una pegatina de Biden.

Más ruidos de algo que cae, luego suspiros de esfuerzo. Acto seguido, una respiración ronca.

–Estoy perfectamente. No me moriré si sigo hablando. Resulta que puedes estar muriéndote y seguir aportando algo. He tenido un gran éxito. –Se refiere al seminario web.

–Bien.

Como me estoy colando lentamente en el tráfico rápido de la ciudad, necesito las dos manos. Pongo el teléfono en altavoz.

Más ruidos apagados.

–¿Cuándo vuelves a casa? Voy en silla de ruedas, supongo que ya lo sabes.

–¿De verdad estás bien?

–Tú lo has dicho. Soy un moribundo, Lawrence. Solo que no voy lo bastante deprisa.

–Sí. Lo siento.

–Inspirado en hechos reales, ¿verdad? Hoy es el aniversario de mamá. No quiero que lo pases por alto.

–No lo he pasado por alto. No.

–Eres un viejo capullo al que se le olvida todo. Admítelo.

–Pero eso me permite estar por ti. –Una de sus expresiones new-age más odiadas, hay muchas. El silencio invade la línea. Paul ha llamado para hacer precisamente lo que estamos haciendo: retomar un tema sin retomarlo–. ¿Quieres ir mañana?

–He leído en internet que el signo de puntuación más popular es el punto y coma.

–Interesante.

–Mi favorito es la elipsis de los puntos suspensivos. Es el más mal interpretado.

–Ya.

–¿Y tú? Estás con el puto altavoz. Me doy cuenta. Solo los gilipollas usan el altavoz.

–Te quiero, Paul...

–Te quiero, te quiero, te quiero. En serio.

Cuelga.

A unas manzanas de casa, ya he emprendido la tarea en la que los viejos se vuelven expertos: eliminar de la mente los sucesos dolorosos. El aniversario de la muerte de mi difunta esposa. La inoportuna sesión de Betty con el sargento mayor Gunnerson, que me hace sentir náuseas y como si me hubieran dejado plantado. Muchas malas sensaciones serían tolerables si no tuviéramos palabras para ellas. Plantado. Nietzsche creía que no se podía alcanzar la felicidad a través del discurso (palabras). El silencio era, para él, la marca del fabricante. La infelicidad es otra cosa.

El pasado noviembre, el domingo en que Paul y yo nos reunimos en el sofá de casa para cenar y ver el partido entre los Chiefs y los Chargers por la tele, la tarde en que yo, en un cambio de rumbo, había planeado introducir el acuerdo de Mike Mahoney que le haría rico y no podía dejar escapar –hasta que me enteré de que Paul estaba enfermo–, sabía que probablemente llegaría un momento en el que mi hijo tocaría fondo y me revelaría su diagnóstico, tras lo cual solo Dios sabía lo que yo diría o haría. De hecho, casi lo había olvidado, tan absorto como estaba en el partido. Justo en el momento en que el quarterback de los Chiefs –el ágil número 15– quedaba desactivado por dos goliats de los Charger (su casco rojo saltó como si fuera su cabeza), Paul me miró como distraído mientras yo terminaba mi vodka con limón y me planteaba tomar otro.

–Por cierto –me dijo. Había notado que su mano derecha estaba inestable. Era la primera vez que lo observaba–. Tengo un problema nervioso. Supongo que Clary te lo contó. –Frunció las cejas detrás de las gafas, suspiró, y luego reanudó su perpleja atención al juego.

–Sí, me lo contó –respondí–. Estoy al tanto. Vamos a ir a la Clínica Mayo de Minnesota para que te vuelvan a examinar. Si quieres.

–Claro. Vale. Súper. Pediré un permiso en el trabajo. Me lo deben. –Contacto visual no requerido. «Un problema nervioso.» «Pedir un permiso en el trabajo.» Sabíamos lo que sabíamos, o al menos parte. Antes de ese momento era un asunto exclusivamente suyo. Ahora era nuestro. El viejo dilema sin solución de quién debería sentirse traicionado: él, por no haberle consultado antes de pedir hora en la Clínica Mayo; yo, por no ser considerado una persona comprensiva con la que se puede hablar. No elegimos ese camino. Tampoco hablamos del plan de Mike para que Paul se hiciera rico rápidamente.

La única forma de saber lo que Betty Tran piensa –sobre mí o sobre cualquier cosa– sería, por supuesto, preguntárselo con palabras, lo que dejaría dolorosamente claro que no hay forma de saberlo. Tampoco es la mejor palabra. Si hay una semana próxima, lo mejor que puedo hacer es conducir de vuelta a Vietnam-Minnesota Hospitality y pagar un masaje como si no pasara nada (ya que quizá no pasa nada). Los negocios son negocios y nada más..., hasta que dejan de ser divertidos.

Serpenteando por las oscuras calles residenciales de Rochester, siento el impulso caótico de llamar a la doctora Flaherty en La Jolla, con el (pobre) pretexto de: 1) hablar del viaje de mi hijo hacia la enfermedad; 2) conversar con ella sobre cómo estoy; 3) preguntarle cómo está; 4) preguntarle si podría haber algún hilo conductor en nuestra relación en algún momento por determinar, posiblemente pronto. Temas, todos ellos, que preferiría tratar bajo una pérgola donde los pardillos y los colibríes compiten por el néctar y donde nos aguarda una bandeja de martinis. Esto, sin embargo, servirá.

Me aproximo a la acera para llamarla. A ambos lados de la calle (calle 10 NO), sobre los céspedes cubiertos de nieve que la luz de las ventanas tiñe de plateado, los carteles se dis-

162

tribuyen de forma bastante uniforme. Trump-Biden. Difícil saber a qué grupo preferiría enfrentarme: a una turba de liberales chillones con sandalias que agitan mantas azules de seguridad, o a una estampida de paletos tatuados y musculosos con rifles AR-15 y ejemplares manipulados de la Constitución. Una mujer alta, espigada y ceñuda que lleva un vestido holgado se acerca a la ventana de su casa, delante de la cual me he parado, y me lanza una mirada. Un adolescente que lleva camisa blanca y corbata y come algo se acerca a ella. Hablan con alguien que no puedo ver, un marido, que acaba de sentarse con una cerveza para ver el primer telediario de la noche. La luz del porche se enciende: las calabazas y los esqueletos de Halloween siguen en la escalera desde el otoño pasado. La puerta principal no se abre, lo que no quiere decir que no vaya a hacerlo. Una conversación por la ventanilla del coche con un marido fuera de sí no es algo que necesite experimentar en este momento. Mi deber me llama, y por desgracia no lo hace en La Jolla. Como viene siendo habitual en este triste compás de espera, no queda más remedio que acudir. Guardo mi teléfono y me alejo.

Los servicios de los que Paul y yo disponemos en la calle New Bemidji no son los habituales en el barrio; son una muestra de cómo ha cambiado la forma en que los estadounidenses valoran, poseen, utilizan, piensan y sueñan la propiedad inmobiliaria. De hecho, la «nueva calle New Bemidji» no existe. Es el nombre que Paul y yo le hemos dado al 171 de la avenida 11 NO porque ambos creemos que las calles residenciales merecen nombres auténticos. La casa que nos ha prestado Mike Mahoney, un clásico rancho grande construido sobre cemento, tiene poco que ver con las casas residenciales más antiguas: casas de madera modulares compradas en Sears, graneros holandeses, etc. Situada en una preciada parcela doble, la construyó a medida en los años ochenta un célebre cardiólogo «estrella» tejano que vino del Centro Médico Baylor para dirigir el departamento de reparación o extirpación de la clínica, y al que le importaba un bledo si la casa de sus sueños encajaba, pues pensaba que las casas antiguas del Medio Oeste debían ser arrasadas para que la calle se pareciera más a Houston. Cuentan que llevaba botas camperas de serpiente cascabel, un Stetson ancho, un revólver niquelado, fumaba Cohibas y conducía un Maserati. No tardó en ganarse la antipatía de todo el mundo en la clínica.

La empresa de Mike compró la casa a la segunda generación de propietarios, los Kalbfleisch, que se habían cansado de los pagos de la hipoteca y del mantenimiento y deseaban mudarse a algo más pequeño en Siesta Key, Florida. Sólida y del tamaño de Texas (350 m²), tiene una sola planta, está acondicionada para discapacitados («lista para morir») y dentro todo funciona. También contiene todos los muebles de los Kalbfleisch: las fotos de sus padres y de su bebé, el caos del desván, cajones de ropa interior, bolsas de agua caliente, facturas de la luz, recibos del cuidado del césped, su anuario de Beloit del 59, incluso sus notas, diplomas y licencia de matrimonio. Yo habría dicho que la gente guardaría como un tesoro esas posesiones tan íntimas. Pero me habría equivocado. Normalmente, los empleados de la empresa de Mike, Himalayan Partners, habrían tirado todos estos trastos a un contenedor y habrían remodelado rápidamente la casa para alquilarla a un ejecutivo. Sin embargo, nuestra repentina necesidad de vivienda llegó en diciembre, justo cuando los empleados de Mike les estaban enseñando la puerta a los Kalbflische. Estamos encantados de aguantar su basura.

En la mayoría de los barrios del centro urbano encuentras estos adefesios tardíos que los vecinos estarían encantados de ver arder para que se construyera algo más «apropiado». Queda a ocho minutos a pie desde la clínica (algo que Paul ya no puede hacer), cuenta con un garaje para tres coches fuera del alcance de las máquinas quitanieves, un corto camino de entrada en el que de vez en cuando hago ejercicio quitando nieve con la pala, un salón de tamaño doble para que Paul y yo juguemos al *cornhole* esas noches en las que casi no tenemos nada que hacer y un enorme televisor Sony con todos los canales. Durante años, bromeé sobre los «ranchos» mientras hacía propaganda para venderlos en las tierras bajas de Nueva Jersey. Pero ya estoy en paz. Techos de mármol desconchados, ventanas hechas de cualquier manera, pasillos mal iluminados que conducen a dormitorios mal iluminados, baños decorados en rosa y azul, suelo radiante (calefacción totalmente eléctrica), armarios con persianas y paneles de yeso... Al fin y al cabo, no tengo que ser el dueño. Aunque Mike me ha asegurado que podría –con un descuento de empleado valioso– mientras él comercializa mi casa de Haddam.

Cuando doblo por la calle New Bemidji en dirección al gran abeto azul que hay frente a nuestra casa, me muero de ganas de beber algo que me prepare para lo que Paul tenga que contarme. Solo que... *Uig-uag, uig-uag, uig-uag.* Un coche de bomberos rojo y un achaparrado vehículo de mando del Departamento de Bomberos de Rochester, ambos con luces intermitentes rojas, tienen bloqueada la calle frente a mi casa. Un enjambre de luces azules de la policía parpadea caóticamente por la acera, los coches patrulla se han subido a los patios y aceras, un ejército de policías con cascos y chalecos antibalas, algunos con trajes protectores y armamento, se ha apostado en los capós de los coches, en el suelo nevado, detrás de los árboles, en el cubo del coche de bomberos, con los ojos y las armas apuntando a la fachada del dúplex de estuco contiguo al centro de acupuntura de enfrente. Un banco de focos digno del Teatro Chino de Grauman de Ho-

165

llywood ilumina la puerta de entrada del dúplex. Creía que esa casa estaba vacía. Medio caído en la nieve, un cartel de la inmobiliaria de Century 21, junto a una pancarta en la que se lee: EL ODIO NO VIVE AQUÍ. El corazón se me acelera en el fondo del pecho. Se me enfrían los muslos y los pies. Solo son las cinco y media, pero está oscuro como a las tres de la madrugada. ¿Dónde está mi hijo de cuarenta y siete años que no sabe andar bien y cree que todas las cosas malas son divertidas? Un blanco fácil para la policía. Aunque la verdad es que confío en que Paul no ande por ahí dando bandazos, soltando una perorata sabia y profesional y basada en su experiencia en logística humana. Para empezar, hace demasiado frío.

Aparco en la acera: nuestra casa está más abajo. Los vecinos están en su patio, a pesar del frío; gente que nunca he visto. Las luces de las casas están encendidas. Otros vecinos están dentro, mirando boquiabiertos lo que sea, algo que no va bien. Un pequeño artilugio gris de aspecto peligroso y con pinta de tanque se acerca a la fachada del dúplex iluminado con luces de colores. Está claro que algo dramático va a suceder o ha sucedido, posiblemente algo violento o desastroso o absurdo o las cuatro cosas a la vez. La desactivación de una bomba. El desmantelamiento de un laboratorio de drogas. Un fugitivo al que van a llevar ante la justicia justo en mi barrio.

Pero si todo va *in crescendo*, ¿por qué están los vecinos merodeando, boquiabiertos y en peligro? Hay barricadas en ambos extremos de la operación, que está grabando la policía. Salgo a la fría noche. Veo a tres ciudadanos de pie en la acera semioscura, cruzados de brazos como si fueran los miembros de un jurado que observaran la escena. Todos llevan trajes de moto de nieve. Uno de ellos, con una gorra de Elmer Fudd de cuadros, es una mujer, bajita, redonda y bien acolchada.

166

–¿Qué pasa? –pregunto con un tono que no utilizaba desde la escuela militar, cuando hablábamos siempre con ademán chulesco.

Los camiones de bomberos emiten sonidos profundos, palpitantes, *grrrr-ing*, que prenden un escozor en el aire nocturno. Una voz, posiblemente de un superior de la policía, también mujer, empieza a hablar en voz alta por un megáfono:

–Vale. Equipo de extracción. Preparados.

Ninguno de los que están en la acera me dirige la palabra, aunque hablan entre sí.

–Esto habrá que verlo –dice la mujer con el gorro de Elmer Fudd.

–Deberían vender entradas para esta mierda –añade uno de los hombres.

Debido a los pasamontañas que llevan, no puedo distinguir qué hombre es el que ha hablado.

–Con el dinero de nuestros malditos impuestos. Que arrimen el hombro –dice el otro hombre.

–¿Todo esto es legal? –pregunto, intentándolo de nuevo.

Estoy de pie junto a ellos, pero claramente no soy uno de ellos.

De repente, surgiendo de la negra noche, un helicóptero –una esbelta y letal avispa de los Vengadores– se materializa sobre las copas de los árboles, enfocando una luz blanca mucho más intensa sobre el dúplex y la escena que se despliega frente a él. Por un momento, toda la actividad se paraliza. La radio de uno de los vehículos de bomberos se activa: «Recibido, ochenta y siete. Ya tenemos el OK. Preparados». Es otra vez la mujer, una voz ronca de inexpugnable seguridad policial. Uno de los tres que están a mi lado saca un teléfono plegable y se pone a hablar. Obviamente, son de Minnesota, porque ni me saludan.

–No puedo oír una mierda. –Es la mujer. Tiene que gritar–. Hay un helicóptero detrás de mi culo. Nos estamos congelando las tetas. Si esto fuera real, todos estaríamos... ¿Qué? No. ¿Cómo voy a saberlo? Dale todo el vaso y a ver qué pasa. ¿Qué? No. No. Idiota. Alégrate de no estar aquí donde estamos nosotros. Hasta luego. –Su teléfono desaparece en un compartimento de su moto de nieve–. La madre que te parió –dice.

–¿Qué ha dicho? –pregunta uno de los hombres por encima del ruido del helicóptero.

–¿Qué dice siempre? –responde la mujer en voz alta–. Bua, no es culpa mía. ¿Te suena? Es tu hija.

–Quizá Trump esté ahí dentro –grita el otro hombre.

–Es demasiado listo.

–Oh, sí. Ya me lo imagino.

La mujer que está al mando utiliza el megáfono debajo del ruido del helicóptero y grita:

–Vale, vale. ¡Sacadla ya! Un grupo de SWAT que se había quedado escondido detrás del vehículo que parece un minitanque se precipita de repente en apretada fila india, agachados, con sus armas como de juguete al hombro, hacia la puerta principal del dúplex, aparentemente preparados para forzar la puerta como si no fuera una puerta. Y en dos segundos esto es justo lo que ocurre: los SWAT desaparecen directamente en el interior, los seis a la vez. Al instante se oyen gritos e insultos, amortiguados por el helicóptero, procedentes del interior de la casa, al parecer. Se oye un fuerte *bum* y las ventanas del dúplex se hacen añicos. Más gritos:

–¡Policía, policía! ¡Al suelo! ¡Al suelo! Agáchense. Joder. ¡Al-suelo!

La mujer que maneja el megáfono empieza a gritar:

–De acuerdo. ¡Sáquenla! ¡Sáquenla!

A través de la puerta destrozada del dúplex salen tres SWAT acarreando a una joven negra con chaleco antibalas. Los hombres gigantescos la levantan por las axilas y, mientras ella mueve los pies y las piernas en el aire, la llevan, su-

168

pongo, a un lugar seguro. Todo esto ha sucedido en treinta segundos. Lo que no había notado antes es que hay un trampolín en el patio delantero del dúplex. ¿De quién?

–Bueno. Ya han montado el numerito –dice uno de los hombres de la moto de nieve.

Los vecinos de la manzana de más abajo, más cerca de la acción, empiezan a aplaudir y a silbar mientras arrastran a la mujer negra que han sacado de allí a través de la fila de policías. Pasan junto a agentes y bomberos, junto a los postes de luz y los vehículos, y la depositan en la parte trasera de un sedán oscuro, cuyo intermitente azul empieza a girar mientras acelera a través del gentío que se congrega en New Bemidji, no sé hacia dónde. El helicóptero, que lo supervisa todo desde lo alto, apaga el foco, hace una rotación lenta y elegante hacia la izquierda, toma altura –puedo distinguir a los pilotos– y se vuelve más pequeño hasta desaparecer en la noche. Los vecinos también lo aplauden.

–Por mí, podrían haberla dejado dentro –observa uno de los hombres que están a mi lado a sus amigos. Ya empiezan a alejarse. Nadie me ha dirigido la palabra ni me ha saludado.

–Si hubiera sido cualquiera de nosotros –dice el otro hombre–, nos habrían gratinado como lasaña...

–Eso sería a ti. A mí no me habrían hecho nada –responde la mujer.

– Ya lo creo que sí. Estarías carbonizada.

–Siempre estoy a favor de la víctima –dice la mujer.

–Nos hemos dado cuenta –apunta el otro hombre.

–Métete el tubo de la estufa por ese culo tan flaco que tienes.

–Vale. Lo haré. ¿Y luego qué pasa?

–Pruébalo.

–¿Y si ya lo hubiera probado?

Los tres van por la acera oscura. Se ríen. Supongo que no conducen motos de nieve, solo les gusta el traje.

–Dos minutos. Sin bajas. Buen trabajo, extractores de rehenes –dice con calma la voz femenina a través del megáfono.

La policía y los bomberos comienzan a descongestionar la zona. El cielo –miro hacia arriba– está tan estrellado como un planetario y promete temperaturas más frías mañana, a la hora en que Paul y yo saldremos. Aún es de noche. Una buena noche para una extracción.

De hecho, ahí fuera, en el frío, con la falsa escena del crimen cerrándose como el circo que abandona la ciudad, hay una sensación interna sorprendentemente optimista que aprecio; una sensación de cosas logradas, aunque no sea a la perfección. Dos largos camiones de bomberos se adentran en la noche, con las luces parpadeando suavemente. Desmontan los focos. Los bomberos, con sus equipos ignífugos, ríen y fuman. Los vecinos vuelven a sus casas. La calle recupera el anonimato familiar que me gusta. Oigo un motor –una motosierra o una moto de nieve– que arranca. Luego otra. Posiblemente, una tercera. Después de soltar un grito ya están lejos. Se enciende una luz en el piso superior de la casa a oscuras que tengo delante. La pesada figura de un hombre, completamente vestido, pasa por el rectángulo y no vuelve a aparecer. Una lánguida nevada comienza a colarse entre los árboles desde el cielo despejado y estrellado. Minnesota es capaz de sacar nieve de un nabo.

La gran casa, del tamaño de Texas, está en silencio cuando entro por la puerta principal: en lo que respecta al bienestar de mi hijo, no es ni buena ni mala señal. La calefacción está alta, y todas las luces, encendidas. El enorme salón, anclado en un extremo con una amplia chimenea de gas de falsa leña, está preparado para nuestra competición de *cornhole*: mi hijo ha colocado los muebles desde su silla de ruedas, y hay puestos de lanzamiento con montones de bolsas preparadas. Los muebles de los Kalbfleische –un sofá modular de piel de cebra, alfombras de ratán, sillas cromadas, una otomana imitación Eames para el hombre de la casa, algunos cactus del Oeste mezclados con miniaturas acrílicas de Nueva Inglaterra de Marya Kalbfleische– retratan tal cutre y adorable mezcolanza que nadie se lo pensaría dos veces a la hora de abandonarla. Bob Kalbfleische, en la flor de la vida, se dedicaba a la atención al paciente en la clínica; Marya era profesora visitante de arte en secundaria. No tuvieron hijos, disfrutaron viajando, hasta que Bob empezó a mostrar ciertos problemas mentales y el dinero se convirtió en un problema.

La casa –silenciosa, demasiado calurosa e iluminada de manera extravagante– me parece estridente. La policía debe experimentarlo todo el tiempo: la hiperconciencia de las habitaciones en las que hay que entrar sin saber lo que vas a encontrarte. Paul, con la cabeza en el horno. Paul, colgando detrás de la puerta del baño. Hago lo que puedo para que esto no resulte inquietante.

Atravieso el comedor y oigo el *cu-chunc* de la gran nevera Kenmore en la cocina al encenderse el compresor. Algo cruje en la casa. Flota un olor a combustible, vagamente gaseoso. Sin embargo, cuando entro en la cocina, hay una pizza, con la tapa de la caja abierta y una porción menos. Poco a poco, Paul está perdiendo el sentido del gusto y ansía combinaciones de sabores cada vez más exóticas. Esta, una «pizza sorpresa» –eso pone en la tapa–, parece tener pepinillos, cerezas, anchoas y una especie de carne enlatada carbonizada que él llama «bistec de vómito». Levanto un trozo –me muero de hambre–, lo huelo y lo vuelvo a poner en su sitio.

Por un momento, en medio del tictac que se oye en la cocina, disfruto de la ensoñación de que puedo tomarme una copa tranquilamente a solas. Al mismo tiempo, escucho la voz de mi hijo en su habitación, sin duda delante de su portátil que mantiene su conectividad –cada vez menor– con el mundo exterior. Le oigo decir en voz alta, como si estuviera hablando con alguien de allí: «¡Ja! Esa te la has sacado de tu culo gordo, ¿no?». Probablemente está hablando por FaceTime con su extraña cohorte de amigos, intercambiando trivialidades sobre Tony Newley. Ya no me preocupa. Está a su bola. Abro el congelador en busca de mi litro de Stoli y vierto tres tragos gordos en un vaso conmemorativo del Parque Nacional, que se escarcha a medida que el líquido entra en contacto con el cristal. Mi vaso tiene una fotografía en color del Gran Cañón: turistas en una plataforma de madera mirando al abismo. Brindo por los Kalbfleisches. Felices floridanos. Su colección de vasos no incluye el monte Rushmore. El Stoli enseguida se adueña de mí y reflexiono sobre el anhelado viaje de mañana. No es la gran excursión que yo habría elegido. Cualquier padre de cualquier hijo preferiría hacer paravelismo en el Eiger, bucear en las profundidades del Blue Hole, emprender escapadas para después poder decir que nos lo hemos pasado como nunca. Morir feliz. No es que nadie muera feliz. La idea de que podemos elegir en casi todas las cosas es, por supuesto, una mentira de la filosofía occidental. Vender casas te lo deja bien claro. Allí, los humanos eligen y no eligen, eligen y se arrepienten de haber elegido, eligen y vuelven a elegir, se resisten a elegir, después eligen mal y aprenden a que les guste. La elección no suele ser una elección, solo lo que te dan. Sé que a Paul le gustaría tener una visión más clara de sus opciones en su situación actual. En uno de nuestros paseos semanales por la Ruta 14 para contemplar la ciudad desde lo alto, me dijo hace poco (sorprendentemente):

–¿Cuántos años crees que tienes cuando estás en el Cielo? ¿Seguiré teniendo la edad que tengo ahora?

–¿En comparación con qué? –le dije.

Estábamos viendo cómo el sol se hundía en el paisaje

nevado de la pradera, tiñendo el cielo de fuego. Yo estaba, como he dicho, sorprendido.

–No seas capullo.

–No sabía que te importaban esas cosas –le dije.

–No puedes controlar lo que piensas –respondió–. Eres un capullo.

–El más allá no es mi especialidad. Para mí, todo es un gran misterio.

–Que sea un misterio no es lo mismo que no saber la respuesta. Olvídalo.

En otra ocasión, veníamos en coche del Rathskeller, su lugar preferido para cenar en Rochester, donde pide schnitzel para poder decir «schnitzel».

–Tengo la impresión de que me estoy volviendo pequeño –dijo. No sonreía, tenía la boca entreabierta y la punta de la lengua en sus labios resecos.

–Lo siento.

–Estoy alcanzando mi yo esencial, es lo que dijo la doctora Oakes.

–Nunca he pensado que tuviera uno –dije, tomando nuestra calle.

–Significa abrazar lo que estés haciendo en un momento dado. Es muy sencillo. Solo que no se te da muy bien.

–Supongo que le tiene que pasar a uno.

–Exacto –dijo–. Y a mí me está pasando. Ahora.

A menudo, cuando está solo en estas semanas que llevamos en Rochester, se enfurece como un futilista ante las nuevas dificultades: abrocharse la camisa, sacar la pasta de dientes del tubo, hacerse una cortinilla en el pelo para cuando va a la clínica y quiere estar guapo. En esos momentos se golpea las sienes (creo), cosa que también hacía de niño. Le oigo a través de las paredes, con su voz delgada: «¡Más pasta de dientes, joder! Puedo elegir despedirte. Sustituirte por un puto supositorio».

Me cago de miedo cuando oigo estos desvaríos; agradezco no estar en su habitación con él y no sentirme más indefenso de lo que ya me siento. Por supuesto, estoy tan frustrado como él por la muerte, por quedar exiliado de la conciencia (algo que apreciamos más que el amor). Por eso, en mitad de la noche, confundido por tales pensamientos, mi mente suele remontarse al sistema solar: sus misterios, su logos y su léxico. Infinito nulo, horizonte de sucesos, nebulosas brillantes y oscuras: todas las formas en que las cosas que no entendemos están consoladoramente contenidas por cosas más grandes que entendemos aún menos. Paul nunca (hasta ahora) se ha tomado la vida tan en serio, nunca se ha dejado engañar por su carácter transitorio, su existencia como ascuas brillantes arrojadas a la oscuridad. Y aunque está decidido a no dejar que ahora la ELA le defina y a encontrar y aceptar una vocación práctica de moribundo, tengo la sensación de que la muerte todavía lo confunde y de que no ha vivido lo suficiente. El hecho de que las cosas terminen puede ser su cualidad más interesante, pero es distinto si eres tú quien termina. Aunque, como siempre, no sería raro que me equivocara.

Con mi vaso del Gran Cañón en la mano, me aventuro por el pasillo enmoquetado hacia los dormitorios. El más cercano es el mío, luego está el de Paul; en el tercero queda la Sony 65 donde vimos la Super Bowl LIV (Kansas City se la llevó; el número 15 fue el MVP). En el cuarto más lejano está el portátil de Paul, con el que se mantiene en contacto con los esrilanqueses que juegan partidas de ajedrez rápidas y visitan sitios web de logística humana donde los usuarios intercambian historias humorísticas sobre dispositivos de inmovilización no letales. Frecuenta salas de chat en las que personas menos sensibles que «estos maricones del webinar» intercambian crudas experiencias e indignaciones res-

174

pecto de la ELA. También hay sitios sobre ventriloquia, avistamientos de Anthony Newley, investigaciones de nuevas enfermedades mortales, morfología corporal, daltonismo (cree que lo tiene, pero no es así) y páginas de contactos para gente a la que no le queda mucho tiempo de vida. «¿Debería reservarme para algo más apropiado?», me ha preguntado. No tengo respuesta.

Las fotos que hay en los pasillos en penumbra revelan ahora a los Kalbfleisches, el uno al lado del otro en un puente que podría ser el Pont Neuf. La feliz pareja en el Machu Picchu. Sobre unos esquís en lo alto de una montaña nevada, sonriendo a un sol invernal. Bob tiene un rostro sobrio frente al edificio de la Clínica Mayo, al principio de su carrera, con una buena mata de pelo. Marya está de pie junto a una fuente ornamentada, al lado de una mujer idéntica a ella, posiblemente su gemela. Luego vemos a Bob, más viejo, en una cama de hospital, con Marya inclinada hacia él, ambos riendo. Atontado por el vodka, comprendo que en estas fotos no hay nada que nos cuente la historia de lo que es ser un Kalbfleische. Si los conociera, seguro que me caerían bien y tendríamos cosas en común. Aunque tener hijos hace que casi todos los parecidos sean irrelevantes.

Cuando me asomo por la jamba de la puerta, Paul está en su silla de ruedas, dormido frente al ordenador, con la luz del techo encendida. Lleva el albornoz Marimekko de rayas rojas y verdes que antaño perteneció a Marya Kalbfleische, así como una camiseta holgada que dice DEPARTAMENTO DE QUEJAS, con una gran flecha roja apuntando a la ingle. Tiene muchas camisetas de este tipo, todas compradas por internet. El GLEN CAMPBELL GOOD-BYE TOUR, con una foto de Glen en días más alegres. CONDUCE A LO ALEMÁN, VISTE A LO ITALIANO, BESA A LO FRANCÉS. Una camiseta vintage de los Chiefs que tiene desde hace décadas y cree que vale dinero. Además de una del Cuerpo de Marines que compró en mi honor –y en contra de mis deseos– en Cedar Falls, en nuestro viaje de diciembre.

Dormido en su silla, parece agotado: con los auriculares y las gafas puestas, la cabeza hacia atrás (sin roncar), la boca agitada, el vientre subiendo y bajando. Lo veo así a menudo. Excepto por la respiración, es el aspecto que creo que tendrá cuando muera.

Me siento en el borde de la cama de la habitación de invitados –cubierta náutica azul y blanca– y observo en silencio a mi hijo, intento verlo entero mientras aún está todo aquí. Como estoy tan cerca de él en el mantenimiento diario, a menudo no lo veo bien. Cuando murió mi madre, en 1965, en Skokie, la noche antes de su entierro visité el tanatorio –Kresge– para hacerle una última visita. Su ataúd estaba abierto en una de las salas más pequeñas. Hacía mucho tiempo que no la veía con vida. Cuando entré en la habitación en penumbra y cogí una silla plegable para sentarme a su lado, me sentí repentina e inesperadamente más vivo de lo que me había sentido desde hacía meses. Estaba desesperado porque ella se había ido y yo estaba solo para siempre (eso parecía). Lo más probable era que en unos meses me dirigiera a las selvas de Vietnam. No tenía nada de lo que alegrarme. Sin embargo, al sentarme junto a su presencia vacía me sentí vigorizado, se me levantó el ánimo. No fue un momento Jimmy Cagney en el que «hablé» con mi madre, le prometí que haría mejor las cosas, le dije lo hermosa que era (no lo era, estaba muerta), me comprometí a una vida de actos más amables y desinteresados. No sé si pensé algo, profundo o no. Pero si dijera que sentí un hormigueo en todo el cuerpo no estaría mintiendo. No «vi» nada nuevo. No decidí saltarme las tristes obligaciones del día siguiente, conducir hasta Grand Marais y alquilar un bote de remos. Nada era diferente. Yo no era diferente. Me puse de pie y miré el rostro sin vida y maquillado de mi madre. Percibí una pequeña cicatriz pálida delante de su oreja izquierda. Noté que su poderosa nariz hacía que, en la muerte, se pareciera ligeramente a un águila. Su boca, cerrada a cal y canto por los pespuntes del embalsamador, tenía en las comisuras el esbozo de una sonrisa leve y traviesa, que supongo que siempre había estado ahí pero que nunca se hizo notar. No puede ser que viera a mi madre de verdad por primera vez solo cuando estaba muerta. Pero la vi, supongo que podríamos decir, como algo separado del resto. Fuera de cualquier contexto que no fuera el mío y el de la muerte. Y me sentí intensamente alerta e intensamente en sintonía conmigo mismo. Y eso fue todo.

La cuestión es que no deberíamos esperar a que sea demasiado tarde para ver a las personas que pensamos que ya vemos.

Paul, en su silla de ruedas, respira rítmicamente, suspira, aspira, resopla, sus dedos verrugosos se agitan. A veces, mientras duerme, se ríe. Lo oigo a través de las paredes. En sus sueños, ¿sabe que tiene una enfermedad mortal? ¿Solo estamos enfermos cuando estamos despiertos? ¿Se ríen de nosotros?

Lo que experimento al observarlo, sin embargo, es una innegable sensación de negligencia. La mía. Y de miedo. Miedo de no haberle sabido dar todo lo que merecía de adulto, de haberle aplacado, infravalorado, olvidado a veces, como si no me pareciera siempre una presencia creíble, siendo quien es: un tipo gordo, medio calvo, con dedos verrugosos, poco empático, que no sabe escuchar, a veces aburrido y dado a soltar peroratas, como tantos cuarentones. Por supuesto, todo eso no son defectos. Simplemente, sucede que de vez en cuando pienso: *¿Cómo puede ser este hombre mi hijo?* Muchos padres deben experimentar este desconcierto. No es un elogio.

Me levanto y doy un paso más. Quiero ver qué hay sobre la mesa. Su teléfono móvil, al que, que yo sepa, solo le llama la clínica. Un folleto de la Mayo sobre las cataratas, una enfermedad que padece. Su diploma y su carnet de la Sociedad de la ELA. Un informe genealógico que confirma que es «inglés» y «europeo occidental» (holandés por parte de madre), sorprendentemente también francés. No lo que él esperaba: como mínimo, «un poco de sangre africana». Tiene una lista impresa de personas importantes que han muerto en el último año: I. M. Pei, Diahann Carroll, Lee Iacocca, Claus von Bülow, Daryl Dragon, uno de los Monkees. Me ha dicho que, cuando piensa en que va a morir, le interesa saber en compañía de quién estará. Hay un tubo de crema para las hemorroides, que también padece. Está el *USA Today* de hoy, su fuente de noticias favorita, que le ha traído la enfermera Wanda. Una kipá negra con lentejuelas que le regaló uno de sus médicos para «los días en que ser judío pueda ayudar» (es lo más cerca que está de ser religioso). También hay una copia impresa de un laboratorio genético de Texas que le informa de otras enfermedades que podría padecer si viviera.

En su silla, a mi lado, mi hijo deja escapar un suave, fragante y susurrado pedo. Un cuesco. De los que matan en silencio. *Eau d'elefant*, los llama. Cuando duerme, se pasa su blanquecina lengua por la boca y suelta como un «hnuff», supongo que de placer. Aquí está su porción de pizza mordido: solo le ha dado un bocado, y después lo ha guardado en un trozo de papel doblado en el que ha escrito algo: notas que debería leer para saber qué le corre por la cabeza. En la oscura, nevada y ahora vacía calle New Bemidji, oigo el amortiguado traqueteo del quitanieves. Posiblemente no ha oído nada de la «extracción de rehenes». Se oye un tictac en la casa. Son las seis. Sé muy bien dónde está mi hijo. Está aquí, conmigo.

También está aquí su «libro del suicidio». *Ser o no ser: ¿cuál es la respuesta?* Lo escribió un tal doctor Romeo Hudspeth, de la Universidad Estatal de Nueva York, en Oneonta, Departamento de Filosofía y Ética Humana (no sabía que hubiera de otro tipo). Paul lo ha pedido en Amazon, pero que yo sepa no lo ha abierto. Yo sí lo he hecho, a escondidas. Se trata de una recopilación de concisas biografías de conocidos suicidas –Charles Boyer, Clover Adams, etc., un centenar en total–, además de detalles de sus muertes prematuras, seguidos de explicaciones de por qué cada uno de ellos debería haber resistido (la ayuda estaba a la vuelta de la esquina; las cosas no estaban tan mal; el mañana habría sido diferente; si hubiera tenido alguien más con quien hablar). Es difícil pensar que los suicidas tengan un programa de estudios.

Paul y yo solo hemos abordado el suicidio de manera indirecta. Todos los pacientes con ELA piensan en él –y tienen buenas razones–, y se sabe que algunos lo han llevado a cabo. Pienso que mi hijo no lo hará, ya que requiere «un compromiso» que no creo que tenga y porque, como he dicho, la vida le sigue interesando. Sin embargo, es consciente de que podría llegar a una situación en la que deseara «comprarse una parcela en el más allá» pero no pudiera hacerlo. Me ha preguntado si le «haría los honores». Le he respondido que no, aunque la verdad es que tendría que llegar ese momento para saberlo realmente, con lo que no sería un suicidio *per se*. Me ha hablado de una amiga de Hallmark que «lo hizo». Era una mujer cubano-estadounidense, sociable y mayor, que trabajaba en el «departamento de tarjetas de atención» (condolencias, recién nacidos, trajes de boda) y no en el departamento de humor, donde trabajan los genios. Esa mujer, dijo, simplemente se cansó de pasarse el día escribiendo tarjetas sensibleronas y fingir que «le importaba», cuando en realidad no le importaba una mierda. No informó a nadie ni puso cara larga. Sencillamente, un día paró su coche en el puente Corazón de América y se tiró al río Missouri. Dejó una nota que decía: «Si al final de tu vida aún te queda un amigo, es probable que seas un lameculos».

Yo mismo he considerado durante mucho tiempo que el suicidio es un asunto completamente personal. No siempre es una debilidad o una «enfermedad» que necesita cura. Para muchos, el suicidio debe de ser tan natural como reservar un crucero en un barco pequeño que te lleve a las Canarias..., solo que no vuelves a puerto. El doctor Hudspeth dice que normalmente es mejor esperar, si se puede esperar; como resistir el antojo de comer un donut. Aunque también es cierto que los expertos en suicidios son, en su mayoría, personas que no han conseguido llevarlo a cabo.

Tengo un amigo en Haddam, con el que de vez en cuando voy a pescar, cuya madre, de ochenta y ocho años, «se quitó la vida»: la declararon muerta, le pusieron una etiqueta en el dedo del pie, el *rigor mortis* ya estaba en marcha, todo el rollo. Solo que, por alguna intransigencia cromosómica, revivió en la morgue y empezó a charlar de béisbol. En cuanto la dejaron salir del ala psiquiátrica (al que mi amigo decía que pertenecía), se enamoró de un hombre más joven (sesenta y ocho años) y se mudó a las montañas Catskills, donde empezó a elaborar quesos de diseño. Se lo pasó en grande hasta que volvió a intentarlo a los ciento tres años, esta vez con éxito. Lo que me lleva a pensar que lo de suicidarse tiene más miga de lo que parece, si es que hay que hacerlo dos veces.

A los setenta y cuatro años, con una modesta lista de achaques y recuerdos dolorosos, pienso en suicidarme al menos una vez al día. Probablemente, yo también carecería de valor, me agobiaría con los aspectos prácticos y dejaría que el momento se me escapara. Probablemente, por eso la mayoría de la gente no consigue suicidarse. No es que no les gustaría estar muertos. Pero hay pequeñas cosas que se interponen en su camino. El mayor misterio, por supuesto, es por qué hay más gente que decide seguir viva.

Alcanzo la página de notas de Paul que está debajo de su «sorpresa» y rozo torpemente una tecla de su portátil, lo que hace que su pantalla cobre vida: como los cielos, que no se abren cuando uno quiere. Doy un paso atrás, intentando no tropezar; percibo un fuerte olor a sudor, a pelo sin lavar, a pizza y a aliento de sueño. Es un aroma *a viejo*.

En su pantalla, el Masters del pasado abril. Tiger, con su camiseta roja marcando músculo y su gorra negra de asesino, fuerte como un estibador a sus cuarenta y tres años, recorre el hoyo 18 con Joe, el caddie, detrás. Tiger pone cara de mala leche, está decidido a acabar con esa mierda, a conservar su ventaja de dos golpes, recoger otra chaqueta verde de campeón del Masters de Augusta (y los once millones y medio), abrazar su destino, reavivar el brillo de su imagen, decir a los periodistas deportivos que le besen el culo. Es uno de los grandes momentos de la historia del golf, junto con la victoria del caddie Ouimet en el Open de 1913 y «el golpe que se oyó en todo el mundo» de Sarazen. No sabía que a mi hijo le gustara el golf.

Paul me mira fijamente cuando por casualidad bajo la vista hacia él. No habla ni parpadea, ni siquiera parece respirar, como si prefiriera quedarse dondequiera que haya estado.

–¿Qué haces? –Su voz es un graznido.

–Nada –le digo en voz baja.

Le pongo la mano en el blando hombro, lo que le hace gemir. En la pantalla, Tiger ya levanta los brazos, el putter en la mano y una zafia sonrisa de triunfo en su poco agraciado rostro. Él también se quedará calvo pronto.

–¿Te duele? –le digo.

Es posible que Paul haya sufrido la caída que yo temía. Se ha quedado solo, sin vigilancia. Negligencia.

Con la mano derecha llena de arrugas, se baja los auriculares del cuello.

–¿Qué?

Oigo un zumbido. Anthony Newley, posiblemente, aunque no es reconocible. Oigo el ruido de la quitanieves, el más triste de los sonidos.

–Tengo la voz rara, ¿verdad?

Sí. Más fina y más joven.

–No me he dado cuenta.

Se queda mirando la pantalla en silencio. Tiger abraza a su hijo pequeño, Charlie.

–Estaba soñando. Tú y yo y mamá y Clary y Ralph estábamos en el monte Rushmore.

–Muy bien. Ya lo tengo todo arreglado.

No quiero hablar de su difunta madre. Mamá.

Se aclara la garganta.

–En el sueño tartamudeaba. Y tenía un perro de servicio que era Mr. Toby.

Nuestro viejo y adorable basset hound de cuando él era pequeño, al que vio cómo atropellaban. Un día que nunca ha olvidado.

–Vale.

–Yo antes tartamudeaba, ¿no?

Se medio vuelve hacia mí. Yo estoy a su lado y detrás de él, mirando la cortinilla que se hace en el pelo.

–Antes hacías muchas cosas.

Desde arriba, distingo la tenue cicatriz en la comisura de su ojo izquierdo, junto al cristal de sus gafas. Una herida de hace treinta años, que le dejó astigmatismo, unas gafas gruesas, unas manchas que ya verá siempre y cataratas (pero no daltonismo).

Mi hijo se retuerce sus gruesos dedos, las manos apoyadas en la tripa y la camiseta del Departamento de Quejas. Tiger avanza a grandes zancadas, gorra en mano, la rampa que lleva a la Cabaña Butler, el primer destino de todos los campeones, donde les hacen la primera entrevista. Todo sonrisas. Es el campeón. Campeón. Campeón.

–¿Te has acordado de que hoy es el aniversario?

–Ya me lo has preguntado.

Vuelve a girar la cabeza. No tiene un color saludable: un poco amarillo y sin lustre a la pobre luz del dormitorio. Su madre no puede verlo, cosa que no está mal. Quizá él también lo piense. Se oye un suave zumbido en su garganta. Es él, satisfecho con este momento. Sus dedos se mueven más deprisa.

–¿Cómo ha estado la enfermera Stiffler?

Sus labios se entreabren de placer.

–Genial. Puede que no vuelva, ahora que mi estudio ha terminado. No está para minucias. –Le encanta decir eso–. Supongo que me las tengo que apañar solo, Lawrence.

–Ya lo haces. Ante todo, mucha calma.

–Mmm.

Mira la pantalla sin sonido: un atractivo presentador de deportes con chaqueta amarilla lo pone todo en perspectiva. La increíble remontada. El triunfo de la osadía. La gloria. La poesía. Paul suspira en señal de gratitud. El vodka crea una realidad acolchada a mi alrededor. Coloco las dos manos en las empuñaduras de la silla de ruedas, negra y brillante. Aún no son las siete, pero debo llevarlo a la cama.

–¿Qué me dices de una partida de *cornhole*? –dice.

Sus ojos se tensan de placer. La hilaridad es su refugio.

–Otro día. Como tu película de la matanza de San Valentín.

–Genial. –Se pone los auriculares que hay sobre el escritorio, se quita las gafas y mira hacia la ventana, donde nos reflejamos la habitación y nosotros mismos. No pasa nada más–. No estoy tan seguro de que esa mierda de reunirse y quejarse por las mañanas merezca la pena. ¿Y tú? Estoy mucho más en forma que las otras víctimas. No quiero hacer que se sientan mal. Es más fácil en un webinar. –Se refiere a la recepción de los Pioneros de la Medicina a las diez, a la que me gustaría que renunciara, ya que quiero que nos pongamos en marcha hacia el monte Rushmore. No digo nada, sin embargo, para preservar alguna posibilidad de que eso suceda–. ¿Crees que tendrán manteles de papel y bizcocho?

Para él esto es un chiste, no sé por qué.

–Sí. Y ponche de frutas y galletas de nueces. Eres el invitado de honor.

–Un zurullo en cada ponchera.

–Una novia en cada funeral. Además de un bonito regalo.

–Un reloj sin números. –Es implacable–. Podemos decidirlo por la mañana. ¿Vale?

–Será la bomba. Bom-ba. Bom-ba. Puuum.

Levanta la vista y sonríe malvadamente.

–Bom-bom-ba –digo–. Puuum.

Empiezo a apartarle de su abarrotado escritorio y no tardamos en irnos a dormir.

A las 23.08 estoy incorporado en la cama, como el muerto del poema de Hardy. Cuando te acuestas a las 19.30, la noche se abre delante de ti como una pena de cárcel. Un ejemplar de *Desgracia* reposa sobre mi pecho; lo he descubierto en la mesilla de noche. El haz de luz de la lamparita de lectura arde sobre su cubierta blanca y satinada. Cuando lo pongo sobre la mesilla, veo una frase que he subrayado: «Con esmerada ceremonia se pone de rodillas y toca el suelo con la frente». Tengo la sensación de haber hecho eso justo antes, esta misma noche, mientras dormía. Alguna reverencia relacionada con el aniversario de la muerte de Ann. Aunque no recuerdo haber soñado con ella. He soñado, en cambio, que buscaba a Paul en un enorme hangar de aviones vacío donde la gente hablaba alemán y se movía en patinete eléctrico. Luego iba a buscar mi coche –el viejo Crown Vic– a un aparcamiento desierto que podría haber estado en Ann Arbor. Como siempre, mi objetivo es olvidar mis sueños lo antes posible, ya que nunca revelan nada más que lo que ya sé. Soy consciente de por qué podría haber soñado con Ann, pero no tengo ni idea de qué significaría ni de por qué tendría que postrarme ante ella.

Me he despertado hambriento como un león, pues se me olvidó comer desde el almuerzo, cuando tomé carne en conserva y galletas Ritz, y llevé a Paul a su sesión de terapia. La pizza «sorpresa» todavía está en la encimera. Pero las luces del pasillo me han despertado: las dejo para que Paul no se caiga cuando va al lavabo. Le ha pasado tres veces. Gran parte de lo que hago es procurar que no le pase nada. Para los cuidadores el mundo es un mundo de asuntos pendientes.

Apago la lamparilla de la cama y busco a tientas en la mesilla dos galletas de la suerte que gorroneé en nuestra última visita a Master Kong's, que a mí no me gustan pero a Paul sí. Las libero de sus envoltorios y las mastico con restos de vodka. Son sabrosas y están rancias; me dejan satisfecho sin tener que salir de la cama. La capacidad de sentirse bien cuando casi no hay nada bueno que sentir es un talento que está a la altura del talento para sobrevivir a la pérdida, que al parecer también poseo, junto con la capacidad de olvidar. Cuando jugaba en las ligas menores y vivíamos en Biloxi, una vez me echaron de mi equipo, el Biloxi Flooring, por una manifiesta falta de habilidades para el béisbol. Fue, con diferencia, el momento más negro de mi vida de once años. Nunca habían expulsado a nadie. Jamás. Si no eras bueno, simplemente no jugabas. Chupabas banquillo con el uniforme del equipo puesto, sin soltar el guante, y nunca te daban una oportunidad. Me pasé días deprimido en casa –un bungaló verde trébol de Back Bay–, avergonzado, sin futuro. A mi madre se la veía preocupada. Mi padre tuvo una charla conmigo sobre cómo afrontar los obstáculos y las injusticias del mundo, charla que a mí me pareció una gilipollez. Entonces, al tercer día de mi exilio, llamaron a nuestra puerta. Era sábado por la mañana. Nuestro día de entrenamiento. Uno de mis compañeros de equipo, Bill Anderson, estaba fuera, de pie en la escalera, con sus guantes Wilson y su bate. Era el *right field* titular de nuestro equipo. Mientras yo estaba allí, acoquinado, me dijo que había decidido ir a un campamento de renovación cristiana en Alabama y que dejaba el equipo. Había una plaza libre para mí si la quería. Debía presentarme en el entrenamiento de esa tarde. Estuve a punto de besarle, pero nos dimos la mano como pequeños adultos. Fue lo más amable que alguien hizo por mí hasta que Pug Minokur me invitó a hacer una prueba para el equipo universitario de Lonesome Pines. Sí, le dije. Iría. Ya lo creo. Mi corazón estaba henchido de gozo. Bill Anderson pareció entenderlo.

Volví a la cocina y les conté a mis padres ese imposible golpe de suerte. Mi padre me dijo: «Yo, en tu lugar, no iría, Franky. No les daría tal satisfacción a esos hijos de puta». Mi madre miró su plato, que contenía un sándwich de queso con jalapeños. Sabía que ella estaba de acuerdo. Para ellos –orgullosos, nacidos en la Depresión–, que les pidieran que volvieran era un insulto mayor que el que los echaran. Debería sentirme peor de lo que ya me sentía.

Sin embargo, lo que sentía –y por eso lo recuerdo ahora en mi fría habitación de Rochester, muy lejos de la vida y la época de Biloxi, en el verano de 1956– era: «Los días felices han vuelto, el cielo está despejado otra vez». Corrí a mi habitación, cogí mi guante, mi gorra naranja de los Biloxi Flooring, «BF», y mis botas con tacos. Salí escopeteado de casa, rumbo al campo de béisbol, que estaba a dos manzanas, aunque el entrenamiento no empezaba hasta las tres. Todos los pensamientos de humillación y cruel exclusión –que me habían llevado a cuestionarme mi propia existencia– se habían desvanecido ante la oportunidad de sentirme bien por algo. Por lo que fuera. Mis padres no volvieron a hablar del tema. Mi madre incluso vino a un par de partidos en los que no jugué o jugué mal. Mi padre nunca apareció por allí. Creí que había visto una debilidad en mí. Yo era un niño que no veía el mundo de la forma severa en que él lo hacía. Y era cierto. Siempre ha sido mi problema: el aisla-

186

miento espiritual de lo demasiado malo y lo demasiado bueno. Mis dos esposas han señalado que no es la forma ideal de vivir la vida. Pero creo que es la forma en que me estoy «adaptando» a mis necesidades actuales. Quizá por eso he soñado con Ann y luego lo he olvidado.

Ahora, en la oscuridad, mientras me siento extraordinariamente positivo y el frío se cuela por mi ventana, con el sabor de la galleta rancia y el vodka caliente en la lengua, rebusco en el cajón de mi mesilla de noche el paquete de Kools que uno de los Kalbfleisches se dejó. También encuentro una caja de cerillas con el sello del hotel Allerton de Chicago. Me acerco a los labios uno de los cigarrillos, seco como la encina, raspo una cerilla y al cabo de un instante estoy aspirando una bocanada de humo mentolado caliente, procurando no tragarlo mal, ya que me haría carraspear. Salgo de la cama con los pies helados, el frío subiéndome por las perneras del pijama, y me dirijo a la ventana apenas abierta, donde soplo un embudo de humo por el hueco que sale a través de la mosquitera. Está muy bien fumar en la oscuridad, en pijama, junto a una ventana fría, más allá de la cual un mundo helado descansa sus huesos cansados para hacer frente a las contrariedades del día siguiente. Nunca he fumado, pero no puede ser tan malo a mi edad. Hay pocos placeres de este tipo.

Fuera, en la calle, pasan cosas. En el resplandor cítrico de las farolas de sodio ya no caen copos de nieve, solo brillan cristales de hielo suspendidos en la quietud. Un coche de policía que pasa al ralentí se detiene frente al dúplex de la extracción: la casa y el patio están rodeados de cinta policial. Se ve al agente en el resplandor del salpicadero, mirando su teléfono. La pista de hielo del parque Kutzky, al otro lado de la calle, está brumosa y aún iluminada. Dos patinadores hablan en el centro de la pista, apoyados en sus palos de hockey. En algún lugar se oyen risas. Un generador lejano zumba. Una brisa que no se siente imita una risa en la rejilla de ventilación del tejado de la casa de al lado. Un coche circula por la calle Bemidji con neumáticos con clavos. En la acera de delante de la iglesia abisinia, donde el tablón de anuncios dice ADORACIÓN EN FACEBOOK, una oscura figura masculina orina contra un árbol, lo que alerta al agente del coche patrulla, que enciende su luz azul y obliga al hombre a subirse la cremallera y a alejarse arrastrando los pies hacia el parque. Calle abajo, nuestro clínica vecina, inmensa, lo preside todo como un trasatlántico con su permanente zumbido. «¡Ven! Te curaremos», promete. «Y si no podemos, te dará igual.»

Le doy otra calada a mi Kool, pero, al ser inexperto, dejo que el humo se cuele por el conducto equivocado, lo que me causa un jadeo, un gorgoteo y un cierre inmediato de todos los esfínteres, y acto seguido una respiración estrangulada para que el humo escape por donde pueda dentro de mí, con lo que acabo viendo manchas: me duele el pecho, la cabeza me da vueltas, la vileza mentolada asalta mi boca. Soy bobo. Otra vez.

Vuelvo a la cama y bebo un último trago de vodka para calmarme. Una parte cada vez mayor de la vida se parece extraordinariamente a todo lo que no es la vida..., al menos para mí. La salud a la enfermedad, el sueño al despertar, la alegría a la pena, la sorpresa a la indiferencia. Esto también es una característica de mi edad, estoy seguro; o, como se dice, «de la vejez». «¿Qué es la vejez? Estornudar, gruñir, toser y preguntar qué hora es», reza un dicho. Otro: «Hombre viejo, saco de huesos». He madurado. He envejecido. He llegado a una gran edad (pero no hay nada grande en mí).

Así que vuelvo a mi fiel mantra de la paz para atraer el sueño. La paz de París. El bono de la paz. El puente de la Paz. El río de la Paz. El Estado Jardín de la Paz. Haz la paz, no la guerra. El fin del arte es la paz. Juez de paz. Oficial de paz. Pipa de la paz. Tratado de paz. Paz. Paz. Paz. Paz. Paz. Paz. Paz. Paz. La paz que sobrepasa todo entendimiento...

Segunda parte

CINCO

Las nueve de la mañana: ya estamos afeitados, duchados y cagados, y nos dedicamos a los asuntos vitales del día. Paul ha necesitado ayuda con todo. A menudo, las cosas que crees que detestarás no te importan en absoluto. No me importan, por ejemplo, mis tareas de cuidador. ¿Qué otra cosa *debería* hacer? ¿Qué otra cosa *podría* hacer? ¿Quedarme sentado en mi escritorio de House Whisperers, mirando por la ventana los robles y moreras sin hojas, preguntándome cómo he llegado a este *ahora* tan jodidamente deprisa? ¿Todo mientras mi hijo languidece cuidado por su hermana? Ni hablar.

Paul se ha vestido con su uniforme de los días de clínica –unos chinos, camisa Oxford abotonada, etc., de la tienda online de Brady's Dad 'n Lad–, sin tener en cuenta que en el exterior hace nueve grados y sopla una ligera brisa capaz de matarte. Ha tenido problemas con su bastón trípode y ha optado por su andador «toallero», que no es lo que quería para su última aparición en la clínica. Le he dado su riluzol, le he peinado para que el pelo le cubra la calva con la máxima honestidad, le he afeitado la cara con mi maquinilla eléctrica, le he ayudado a cepillarse los dientes, le he limpiado las gafas, le he aplicado protector labial, le he puesto un poco de perfume English Leather, todo ello después de apartar el hielo derreti-

191

do de delante de la puerta y arrancar el coche para que entrara en calor. Le he preparado el desayuno, que se ha tomado solo (gachas de trigo, le gusta el feliz chef negro que sale en la caja, que, naturalmente, en estos tiempos que corren están retirando poco a poco). Mientras él estaba en el retrete, he metido en la bolsa de viaje con la «M» de Michigan dos juegos de ropa de acampada con calzoncillos largos, calcetines gruesos, jerséis, pantalones de sport, mukluks, guantes y pasamontañas, además de su parka de los Chiefs y su gorro de lana. Cuento con salir directamente de la clínica, camino del monte Rushmore. Paul se ha despertado animado para «ir al encuentro de los pioneros», «recoger sus cosas y despedirse». Pero soy consciente de que puede sentirse un poco aprensivo –no lo ha dicho– respecto a cómo se comportará cuando ya no tenga su importante trabajo de pionero de la medicina, ni a esos médicos que son sus mejores amigos; cuando solo me tenga a mí para ayudarle a que la vida sea vida durante todo el tiempo que pueda serlo. No puedo culparle.

En el coche está enfurruñado por lo que le ha costado subir los escalones delanteros con su andador y luego acomodarse en el Honda, al que llama mi «Honda Ascetic». Se ha puesto su nuevo abrigo para el coche de Kohl's y unos cubrezapatos de goma negros sobre sus mocasines. No va lo bastante abrigado y se muestra irascible cuando tiene frío, incluso con sus botas de nieve y su gorro irlandés de pata de gallo, que le hace parecer un poco cursi. «Solo los idiotas tienen frío», gruñe durante el trayecto de dos manzanas hasta la clínica. «Además, parece que me estoy muriendo.» Le castañetean las rodillas, ya sea por el frío o por nuevas fasciculaciones. Hoy está peor, quizá por la ansiedad. Aunque con la ELA rara vez se sabe con exactitud qué causa qué, solo que las mejorías nunca duran demasiado.

192

Cuando me he despertado, a las siete –más tarde de lo que quería–, he oído a Paul dando golpes con el bastón, hablando solo. «Pon eso ahí. Pon eso ahí...» Creo que se siente seguro cuando estamos los dos en casa, aunque no pueda verle. Me rechinaban las muelas y había olvidado ponerme mi placa de descarga. También me dolían los hombros y los muslos, lo que significaba que no había tenido un sueño apacible. Las notas garabateadas que anoche cogí del escritorio de Paul estaban sobre mi mesilla. Al ver su letra, de la que solía vanagloriarse, te imaginas que ahora empuña el bolígrafo como si fuera una daga. Pensamos que lo que la gente escribe en sus momentos de intimidad siempre revelará algo importantísimo de su yo más íntimo, pero lo que pasa por la cabeza de cualquiera rara vez merece la pena que vea la luz. Las notas privadas de Paul decían:

Draft de los C #32. Necesitan un buen corredor.

Si eres meteorólogo, ¿te asustan los truenos?

Miro fijamente las entrepiernas de las mujeres. ¡Demasiado!

Oswego. ¿Cuántos lugares hay que se llaman así? ¿Nombre indio?

Hazte un tatuaje.

¿Es mi picha lo bastante grande?

Cosas reutilizables.

Nada muy esclarecedor, salvo que mi hijo no parece muy diferente de alguien que no está gravemente enfermo.

En mi buzón de voz, que escuché en la cama al volver la luz de la mañana, había dos mensajes. Uno de Betty Tran. Otro de Sally Caldwell, que había llamado en plena noche desde dondequiera que estuviera, pues a menudo –pero no esta vez– expresa incertidumbre sobre el proceso de duelo.

El mensaje de Betty era típico: «Frank. Creo que te vi

fuera esta noche. ¿Por qué no entraste? Quería verte. Adiós». Su pequeña risa seductora me dejó medio enfermo del corazón, pero medio aliviado.

El mensaje de Sally era más satisfactorio y más informativo que de costumbre: «Hola, cariño», decía. «Acabo de comer y estoy a punto de echarme una siesta. He pensado en ti. Es casi San Valentín. Que no te gusta mucho. Espero que estés cuidando del bueno de Paul. Debe de estar helado en Minnesota. Recuerdo los inviernos cuando estaba en Chicago y mis hijos eran pequeñitos. Brrrrr. Hoy no sufro mi habitual falta de fe, pero acabo de darme cuenta de que quizá nunca haya nadie que sea perfecto para los demás. Tal vez debería haberlo entendido en relación contigo. Antes te consideraba una especie de clérigo, lo recordarás, porque no parecías necesitar a nadie. También dije que había algo hueco en ti. Ahora no creo ni lo uno ni lo otro. Probablemente, es mejor que no hayas contestado. Me he tomado un vaso de esta bebida increíblemente fuerte, la llaman "Koge". Es como el vino, pero no es vino. Espero que hoy tengas un buen día. Feliz San Valentín el viernes. Por supuesto que te quiero. Adiós». *Clic.*

Ninguno de estos dos mensajes contenía datos relevantes para mis nuevos retos matutinos.

La Clínica Mayo es lo que tenemos a las diez en punto del miércoles, dos días antes de San Valentín. Coches y limusinas de hotel y taxis y furgonetas y Ubers esperan para descargar bajo el pórtico del edificio Gonda. Al parecer, hoy mi hijo no es el único con problemas médicos.

«Clínica» es un eufemismo estándar del Medio Oeste para lo que la Mayo es en realidad: un coloso reluciente, con muchos edificios, muchos niveles, muchas subdivisiones, en el que, un día cualquiera, un enjambre de miles de personas entran y salen seguros al doscientos por ciento de que, si existe una cura para ellos, allí es donde la encontrarán, y de que son unos hijosdeputa espabilados por estar allí. Los hospitales, en su mayoría, infunden pavor. Aquí nadie se va insatisfecho, aunque salga en una caja. Cuando vine en 2001 para que me implantaran unos cilindros de titanio en la próstata –mi hija Clarissa tomaba las decisiones cruciales–, llegué un poco confuso, resignado a haber venido hasta aquí solo para marchitarme y morir. Pero al entrar en el «gran atrio», en el que resonaban los murmullos de la multitud humana que se cruzaba y entrecruzaba como en las grandes rutas comerciales de la Antigüedad, los ojos fijos en el lugar al que debían ir, todos avanzando con seguridad –pacientes, allegados, médicos, enfermeras, gente que practica el turismo médico, ciudadanos en silla de ruedas, con andadores, en camillas, que lleva portasueros y sigue a perros de servicio– me hicieron ver al instante que el cáncer de próstata era poco más que una mierda de afección que se podía resolver fácilmente en el mostrador de recepción. El *clima* de la Mayo era tan reparador que me alegré de que algo hubiera ido mal para poder arreglarlo aquí. El pronóstico de mi hijo, por supuesto, es diferente.

Hoy, Paul y yo no nos registramos como solemos hacer. Esta mañana somos VIP. Un «conserje» de la Mayo –uno de los recepcionistas que la clínica pone a disposición de los pacientes– sale por la puerta giratoria al asfixiante frío como si conociera mi coche. Empuja una silla de ruedas, lleva una parka azul de la clínica y luce una sonrisa de oreja a oreja, como si conociera no solo mi coche, sino todo sobre nosotros dos. Casi todos estos sujetos tienen unos sesenta años, son joviales rotarios de belfos caídos que ríen abriendo mucho la boca, exmilitares o jubilados del gremio de las chapas metálicas, que de otro modo estarían en casa con su mujer viendo la tele.

–Tenemos problemas, tenemos problemas.

Nuestro hombre se pone enseguida con Paul: le abre la puerta del coche, ya que Paul no puede. No nos distinguiría de Frederick Douglass, pero finge que sí, tiene nuestros nombres y mi número de matrícula en una lista. BURT LISTER, dice su etiqueta. La mano derecha de Paul está contraída y agarrotada; con su abrigo de ir en coche y su gorra irlandesa tiene un aire derrotado.

–Aquí está tu amigo –le digo desde el otro lado del asiento. Paul se vuelve y me lanza una mirada feroz. Tiene las gafas empañadas y las manos temblorosas–. Respira hondo. –Le pongo la mano en el hombro–. Lo superarás.

–¿El qué? –responde–. ¿Los nueve metros de los cojones?

–Nos iremos antes de que te des cuenta. –Le sonrío.

–Venga, John Dillinger. Si te pones tonto, irás a la silla –dice Burt en voz alta. Sonríe y bromea mientras saca a Paul y lo sienta en la silla de ruedas. Una ráfaga de invierno helado se cuela en el cálido interior del coche a través de la puerta abierta–. Agarra mi pata de oso, John, y *fueeeeraaaa*. Vale. Lo haré por ti. ¿Quién es este tipo que te hace de chófer? ¿Es tu mayordomo?

–Soy su padre –digo inclinándome hacia la puerta.

–Todos necesitamos un chófer, ¿verdad, papá?

Burt hace palanca para sacar a Paul y ponerlo de pie; luego lo deja caer en la silla de ruedas de la Mayo, extragrande y fabricada (según me he enterado) por la misma empresa alemana que hacía los Messerschmitts. Alguien toca el claxon detrás de nosotros. Empieza a formarse una cola de coches. Los peatones se mueven a nuestro alrededor.

–Ve a aparcar tu carro, papá. Tendré al señor Cupido en la puerta. Seguro que se le ocurre un chiste para mí. Es un bromista.

Agarrado a los brazos de plástico negro de la silla, a Paul lo incomoda que lo manipule un desconocido. Hasta ahora ha sido capaz de moverse por la clínica sin ayuda, pero hoy no. Y eso le asusta. Sonrío, pienso en levantar el pulgar para animarlo, pero no me mira. No mira nada.

–Allá voy –digo.

La puerta del pasajero se cierra mientras Paul es conducido hacia el abarrotado edificio sin que se vuelva hacia mí. De todos modos, levanto el pulgar para que vea que estoy con él.

Cuando entro en el aparcamiento del edificio de la Mayo, me suena el teléfono. Hay señales que indican que todo está lleno menos la planta de arriba; allí apenas hay unos pocos coches, y todo el paisaje invernal de Rochester se extiende por debajo y a mi alrededor. No es mal sitio para comer un bocadillo en un soleado día de verano. La llamada es de Betty, a la que contesto impulsivamente, aunque tengo que darme prisa en volver. Ha estado pensando en mí, que es lo mejor que puedo esperar. Debería pedirle que se case conmigo. Le quedaría mucha vida cuando yo desapareciera.

–Hola.

–Hola. Te dejé un mensaje.

Rara vez hemos hablado por teléfono. Estoy encantado.

–Era demasiado tarde para volver a llamar.

Es mentira, pero da igual porque ahora estamos hablando. A mi alrededor, en el nivel D, se ven las cimas de los edificios de la ciudad, nubes de vapor que se elevan como almohadas; al lado, el gran paisaje médico de la Mayo, repleto de gente. A lo lejos, al este, veo el otero nevado desde el que Paul y yo observamos la ciudad y adquirimos nuevas perspectivas. Es una cerro lleno de toperas.

–¿Por qué no entraste? Te vi –dice Betty, quejumbrosa–. Te estaba esperando. Teníamos una cita. ¿Vale?

–Lo sé. Lo siento.

No hay necesidad de sacar a colación al sargento mayor Gunnerson y su patético Corvette.

Betty dice algo –una sola palabra, «sí»– a alguien que está en la habitación con ella o que pasa por el pasillo. A un primo.

–Te pagaré la hora –digo, y no debería.

–¿Te encuentras bien? Podrías venir ahora. Noto una tensión negativa en tu voz. ¿Todo bien?

–Todo bien –le digo–. Estoy en la clínica con Paul. Ahora no puedo ir.

–Mi seminario de marketing de producto se ha cancelado porque es el día del nacimiento de Lincoln. Nos podemos ver más tarde.

Honest Abe cumple hoy doscientos once años. Lo había olvidado.

–Eso sería estupendo. Gracias –le digo–. Ojalá pudiera. Paul y yo nos vamos al monte Rushmore.

Betty no dice nada. Posiblemente se ha olvidado de Paul o no cree que exista. Puede que ni siquiera sepa que hay un monte Rushmore.

–¿Te casarías conmigo? –digo... porque puedo.

También estoy dispuesto a decir: «Te pagaré los estudios. Podemos comprar una casa en Wayzata. Puedes apuntarte a un gimnasio. Cenaremos fuera todas las noches». En este escenario no está Paul, por supuesto.

–¿Estás pasando una crisis? –pregunta Betty.

Como siempre, no dice mi nombre. Es posible que no lo haya pronunciado nunca. No lo recuerdo. Pero tendría que hacerlo si nos casáramos. Al menos una vez.

–Puede –digo, y añado sobre la crisis–. No muy importante.

–Me gustaría que vinieras ahora –dice Betty con dulzura–. Puedo ayudarte.

–Estoy en el último piso de un aparcamiento. Pero no voy a saltar. No has contestado a mi propuesta de matrimonio. Va en serio.

–Eres la segunda persona que me lo propone en dos días.

Oigo voces femeninas de fondo. Tintineo de platos. Está en la cocina de la casa de los Amdahl, preparando tostadas, hablando por teléfono.

—Eso es genial —digo, aunque no lo es para mí.

—La gente es amable.

—Eso también es genial. Eres una chica muy agradable. Una mujer, quiero decir.

—Ya estoy prometida con alguien —dice con indiferencia.

—¿Con quién?

¿En serio? Sin duda, con el bien dotado y condecorado sargento mayor Gunnerson. Siempre fiel.

—Es farmacéutico en las Ciudades Gemelas. Es vietnami-ta. Es el hermano del marido de mi hermana. —Oigo el te-cleo de un portátil—. Es de Cloquet.

—¿Qué es eso? Quiero decir, ¿dónde está?

—Cerca de Duluth. Al norte. Tiene dos hijos. Su otra es-posa murió. —Sigue tecleando.

—¿Hace poco que lo tienes planeado?

—Oh, no. No hace poco —dice distraída—. Es que lo he ido posponiendo.

—¿Y qué pasa con tu carrera en la hostelería? ¿No te im-porta?

—Oh, claro. Nos mudaremos allí. En Duluth hay un Wyndham Suites con un parque acuático.

—Supongo que entonces no hay ninguna posibilidad de que te cases conmigo.

—Tienes a tu hijo. Eso es como un matrimonio. —Se ríe—. Me gustaría que vinieras hoy.

—A mí también. Pero no puedo.

—Más adelante, entonces. ¿Vale? Y no te preocupes por el dinero.

—Vale. No me preocuparé —digo—. Tengo una tarjeta de San Valentín para ti. Te la enviaré.

—Vale. Puedes poner el dinero dentro. Dos sorpresas.

—Dos sorpresas. Bien.

—Nos vemos, entonces.

Todavía no tengo nombre.

—Sí. Nos vemos.

—Me caes bien de verdad. ¿Vale?

—Tú también me caes muy bien. Vale.

Y ahí, en lo alto de un aparcamiento, se acaba lo nuestro.

Cuando llego al atrio del edificio Gonda, estoy helado hasta el tuétano. El ascensor del aparcamiento no funciona. Todos los que vienen a solicitar algo a la Clínica Mayo entran y salen en tropel por las puertas giratorias. Burt Lister ha colocado la silla de Paul demasiado cerca de la corriente de aire, donde no quiero que esté. Se está muriendo, pero aún podría coger un resfriado.

Con su tres cuartos y su gorra de tweed, a Paul le brillan sus ojos grises; sus pies de goma se agitan nerviosos sobre el reposapiés de la silla de ruedas. De algún modo, una vez más, percibo que este es su sitio: rebuzna y perora con Burt sobre todas las cosas en las que coinciden. Burt tiene un huerto de manzanas en Oslo, Minnesota. Paul tenía (con la supervisión de su hermana) un patio y jardín en Kansas City, donde vendía abetos enanos y cerezos llorones. Burt es seguidor de los Packers, pero respeta las proezas de los Chiefs. Burt es un atleta del curling de toda la vida y ve buenas perspectivas para el curling en silla de ruedas como deporte paralímpico. Burt era tartamudo, pero lo superó. Paul le ha contado un chiste de tartamudos, y han lanzado unas risotadas de coyote.

—Burt conduce una Harley enorme con una bandera confederada en el asiento de la titi —dice Paul.

Burt asiente.

—No todo el mundo entiende el simbolismo, pero muchos sí. —Sus grandes incisivos reflejan un destello de luz.

200

—Supongo que sí —digo.

La multitud se desplaza junto a nosotros hacia el imponente atrio alrededor del cual esperan muchos ascensores. Son las diez y veinte. Llegamos tarde. Paul me mira fijamente. Ha recibido información importante de Burt y quiere que yo sepa que él sabe que yo sé que él sabe que yo sé.

—Muy bien, Houston —dice Burt—. Es hora de subir a Flash Gordon a Neurología 8E. —Burt suelta el freno de la silla, hace girar las ruedas con una sacudida—. Pies arriba. Vamos a despegar.

—De primera —dice Paul, y nos adentramos en la vasta y viva Mayópolis.

El atrio del edificio Gonda es una pecera escandinava elevada, rebosante de luz, de la que sale un zumbido, y en la que nosotros somos tres peces que nadan: Burt empuja con mucha entrega, Paul lleva su tres cuartos y su gorra irlandesa, y yo voy en retaguardia, con el cuello y las caderas doloridos por haber dormido mal, resultado tan solo de estar vivo. No me iría mal un masaje. Delante del ventanal —tres pisos de cristal, fuera de los cuales el retablo de la congelada vida matutina de las calles de Rochester aparece como un bajorrelieve invernal—, un grupo vocal de ancianos con chaqueta roja canturrean «Edelweiss» y «Sunrise, Sunset»; más cerca de los ascensores, en la dirección a la que nos dirigimos, una mujer grande y feliz que se parece a Rosemary Clooney y va vestida de rosa pone a prueba a un perro de servicio, un labradoodle, mientras los transeúntes sonríen como espectadores. Unos amplios pasillos conducen el incesante tráfico peatonal en todas direcciones. Una planta por debajo de nosotros está el «metro», una gran galería comercial tubular donde los allegados de los enfermos, moribundos y convalecientes pueden comprar pizzas, perritos con chile y bocadillos mientras buscan baratijas temáticas de la clínica y arte noruego mediocre para llevarse a Hibbing. Sería perfectamente plausible residir dentro de la Mayo, como Quasimodo en Notre-Dame, y no tener que morir nunca. Aunque la Clínica Mayo está comprometida con los misterios de la curación, también lo está con la gente que se mueve en multitudes, que produce un éter de optimismo cinético y libre de gérmenes que todos pueden respirar. Además, el zumbido anhelante se entremezcla con el tintineo sincrónico de otros idiomas e inflexiones, pacientes de todo tipo y origen de camino a alguna parte que se ríen de sí mismos e intentan no chocar con los demás: alguien estornuda y un perfecto desconocido le dice sin detenerse: «Gesundheit». Se percibe una sensación de alivio y llegada, de que hasta ahora las cosas van bien. Aquí, estar enfermo es más que normal: estar enfermo es bueno. Solo a un imbécil no le gustaría. Y, en mi permanente papel secundario, nada de esto tiene que ver conmigo, es un lujo del que no me canso de disfrutar.

Burt ha parado dos veces para dar a los pacientes-peatones indicaciones completas de cómo llegar a su destino. Todos llevan un papel que detalla su próxima cita y necesitan llegar sin que se les dispare la tensión. Les dice a dos monjes budistas cómo encontrar un restaurante TGI Friday's en la planta subterránea. Indica el camino a la capilla de la serenidad a una anciana pareja de granjeros; el hombre lleva uno de esos tejanos indestructibles. Una familia recién llegada y bien vestida busca el seminario de atención compasiva al que he asistido. Burt, por supuesto, es alguien de seguridad que se hace pasar por samaritano. Posiblemente lleva un arma, hizo unas cuantas excursiones por Tora Bora y ahora busca nuevas formas de aportar algo a la sociedad a tiempo parcial. La sensación dentro de la Mayo es que cualquiera y todo el mundo puede entrar, apuntarse a una ronda de quimio o a un cateterismo cardiaco y estar de vuelta en las Ciudades Gemelas para cenar. Si vendieran pisos aquí, me compraría uno.

Paul le dice a Burt que tiene ELA y que no está tan mal. Burt le habla a Paul de la «excursión de invierno» que su club de Harley va a hacer hasta el Bosque Nacional Superior.

—Demasiado frío para las chicas —dice Burt—. Los demás nos lo tomamos con calma. Muchos exmilitares. Sí.

—En mi opinión, el frío es solo una mala elección de ropa —suelta Paul, dejándonos pasmados.

—Ahí lo tienes —dice Burt mientras lo hace entrar marcha atrás en el gran ascensor hasta Neurología y todo lo que le espera allí.

Paul y yo no hemos vuelto a hablar del Encuentro y Saludo, de adónde nos dirigimos, de si es una idea productiva. A él se lo debe parecer, ya que vamos.

—Viviría en Mankato si Mankato estuviera en Florida —le dice una mujer, alguien que no sube al ascensor porque está demasiado lleno, a una mujer que está dentro con nosotros—: Adiós. —Sonríe mientras la puerta se cierra en un susurro—. No tardes mucho.

Neurología es un hervidero cuando Paul, Burt y yo salimos del ascensor. La amplia sala de espera, parecida a la de un aeropuerto, cuenta con filas de asientos semicómodos —la mayoría ocupados—, paneles no agresivos de murales de escenas al aire libre de buen gusto y casi buenos, y un mostrador de recepción largo y abarrotado, atendido por chicas de Minnesota de buen carácter que llevan un millón de años trabajando en la Mayo y ya no sabrían hacer otra cosa. Encima del mostrador hay relojes que informan de la hora de Londres, Tokio, Moscú, Nueva York y Abu Dabi. Periódicamente, una enfermera con bata aparece por un par de puertas giratorias situadas al final de la sala y, con voz clara, lee el nombre de un paciente en un sujetapapeles. Al instante, alguien sentado en una de las muchas sillas de ruedas empieza a hacer señas con la mano y se levanta con dificultad mientras grita: «¡Aquí!». «¡Hola! Dígame su nombre y el día de su nacimiento», le dice la enfermera, guiándole a través de las puertas. «Imagino que hace un frío que pela», comenta la enfermera, disipando toda preocupación. «¿De dónde venís? ¡De Big Fork! ¡Eso está muy lejos! Supongo que mantienen las carreteras abiertas para los camiones madereros. No tienen más remedio, ¿no?» Las puertas se cierran.

Burt empuja a Paul hasta el final de una fila de sillas de ruedas y luego se dirige al mostrador de recepción para informar a las mujeres de admisiones de que hemos llegado. Nos tratan como a reyes porque Paul se gradúa como Pionero Médico, cosa que le confiere cierto estatus. El final de una fase de la vida, el comienzo de otra peor. Todas las mujeres del mostrador conocen a Burt y se ríen de algo que ha dicho, dejando entrever que es la monda. Mientras vuelve, se da una pasada al pelo con un peine de bolsillo.

–Vale, vosotros dos, escuchad –dice Burt, ya de vuelta, inclinado con las manos sobre las rodillas delante de nosotros con su parka azul de la Mayo y sus zapatos negros de policía con suela de crepé. Su actual atmósfera personal es ese aroma mentolado. Un denso matojo de pelos brota de sus grandes orejas. Nada que atraiga a una mujer–. Cuando terminéis... –Burt siempre habla más alto de lo necesario, lo que hace que los pacientes que esperan nos miren con recelo–, les decís a las chicas de recepción que me llamen. –En algún lugar, bajo su chaqueta, hay un localizador, junto con la parafernalia de seguridad de la que Paul y él han hablado cómplicemente–. Subiré y os llevaré de vuelta. Pan comido. ¿De acuerdo, Catahoula? –Alguna broma de Minnesota.

–De acuerdo –digo–. Gracias. Pan comido.

Burt se acerca a Paul y le da una palmada tranquilizadora en la rodilla.

–No bajes la guardia, Jack Dempsey. Aguanta ahí.

–¿Qué significa eso? –pregunta Paul.

Ahí, con su tonto tres cuartos y su estúpida gorra irlandesa, parece molesto. No estaba aquí, y ahora *está* aquí. No es el protocolo esperado. Burt es alguien que ahora no le gusta demasiado. Paul me mira, intimidado. Probablemente, Burt no es un mal tipo, más allá de lo de la bandera confederada.

–Te llamaremos –digo–. Gracias.

Burt me guiña un ojo, cómplice, mira a Paul con una compasión estudiada y se dirige a los ascensores. Antes no me había fijado en que cojea. Posiblemente, sea un héroe de guerra.

Paul empieza a mirar irritado a su alrededor en busca de alguien que se responsabilice de nosotros y nos dé instrucciones. Frente a nosotros, un par de mujeres con burka negro de la cabeza a los pies charlan en voz baja, mientras un hombre escuálido de aspecto árabe que lleva una mascarilla quirúrgica, y que no habla con ellas, parlotea en inglés por un teléfono móvil, algo que aquí está prohibido. A nuestro alrededor, un montón de parejas mayores, algunas con nietos, conversan en voz baja. Varias personas van en silla de ruedas, algunas entubadas con bolsas de oxígeno. Hay asiáticos con traje, africanos con dashikis y grandes sombreros. Hay veteranos medio camuflados, un puñado de pacientes infantiles con sus padres, un sacerdote católico. Una monja corpulenta. Dos chicos tejanos fornidos con sombreros blancos y botas llamativas. Dos huteritas vestidos de negro llegan juntos. Un musculoso atleta negro –posiblemente una estrella del fútbol americano, en chándal– con su glamurosa esposa blanca. Es la ONU. Todo el mundo es propenso a necesitar que le reinicien el servidor de la mejor manera posible. Dos veces, cuando he estado esperando a Paul, he visto pasar a famosos. Una vez, el famoso doble de Mark Twain, Hal Holbrook. Otra vez, el maestro bateador de los Atlanta Braves, Hank Aaron. Ambos entraron como si fueran los dueños del lugar y cruzaron las puertas dobles sin que los llamaran. En estas largas semanas de invierno, mi principal satisfacción ha sido el esquivo alivio que me produce hacer solo lo que se supone que debo hacer y no tener problemas para hacerlo. Es algo extraño. Pero la visita de hoy se sale de esos márgenes.

Paul se pasa un rato sin abrir la boca, pero me doy cuenta de que está cada vez más irritado. Posiblemente tiene ganas de pelea; así suele responder a la ansiedad. No le gusta que solo yo esté a su cargo aquí. Quiere una autoridad mayor que la mía. Le tiemblan los dedos y se ha quitado la gorra, dejando los folículos pilosos «pisoteados» en la parte superior y mucha calva al descubierto. Su aspecto es tan extraño como siempre.

Mientras esperamos, hojeo el *Post Bulletin* de hoy que ha dejado quien antes ocupaba mi silla. Cuenta dos historias independientes del mismo zorro rabioso que atacó un BMW Serie 6; la propietaria del vehículo, una tal señorita Bingham, se defendió con un cortabordes de césped. Hay un alce suelto en un campo de golf. Cuatro motos de nieve han atravesado el hielo del lago Bamber. Se ha producido un tiroteo por un juguete de Navidad abandonado en la entrada de la casa de un vecino. Una avioneta Cessna privada ha aterrizado (sana y salva) en la Interestatal 90. Y también hay una historia más larga que describe Rochester como una ciudad que ofrece mucho a las personas que ya están aquí, y se pregunta si eso es bueno o malo. (Bueno, diría yo.) Como recién llegado a Rochester con una mentalidad pueblerina arraigada, me interesa saber si el incremento del número de allanamientos de morada se debe al aumento de ciudadanos hispanohablantes y si las cifras mienten. El reportaje de investigación trata de la calidad del agua como vector en la incidencia del Asperger. Y del «olor» que hay en el nuevo campo de Jack Nicklaus que se construyó sobre el emplazamiento de una antigua curtiduría. Las historias de la mayoría de los lugares se parecen a las historias de otros lugares. La diversidad regional es ya una distinción totalmente artificial. Eso hace que me vuelva a gustar Rochester como lugar en el que uno podría vivir en un futuro incierto, ya que no me preocuparía perderme algo en otro lugar, en la medida en que no existe *ningún* otro lugar.

Por un momento, echo una cabezada (o casi) en el cálido susurro de la sala de espera. «Bueno, cuando se ponga en marcha el desfibrilador, te enterarás de una maldita vez», dice alguien detrás de mí. Otro hombre habla con acento subcontinental sobre las cancelaciones de Air India en Chicago. Alguien ronca. Alguien habla de lo buen actor que es Tom Cruise. Todo ello mientras The Carpenters cantan «Close to You», que no ha dejado de sonar desde 1970. «Uaaaaaah...»

Sin darme cuenta, observo a una mujer negra, joven y corpulenta, vestida con un traje de negocios, corbata incluida, que sale por la puerta doble donde se atiende a los pacientes. Exhibe una lustrosa sonrisa de cabaretera y se dirige hacia nosotros. Mujer a la vista: cuidado, no digamos según qué. Es posible que la haya visto antes.

–¿Paul? –canturrea desconcertantemente la mujer corpulenta incluso antes de llegar a donde estamos sentados, los dos encerrados en una lejanía personal–. Hola. ¿No me recuerdas? Meeegan.

Otros pacientes se dan la vuelta: la miran primero a ella y luego a nosotros.

–Sí.

Paul habla de manera casi inaudible desde su silla de ruedas. Los pies enfundados en los cubrezapatos de goma negros empiezan a agitarse. Hago ademán de levantarme, todavía con dolor en los hombros. ¿Es posible que esta mujer sea Meegan?

—No se levante, no se levante, señor Bascombe. Quédense donde están.

A Paul no le queda otra. Vi a esta mujer trajeada y alegre en todos los sentidos (sin saber su nombre) en la angustiosa reunión de familiares de pacientes de ELA de la primera semana, en la que me convertí en el blanco de la ira de todos los demás parientes. Su placa de identificación azul dice que es MEEGAN STOOKS, MSW - COORDINADORA DE EVENTOS, una categoría desconocida por el Departamento de Trabajo de Estados Unidos antes de 1997, pero sin duda un empleo en el que una graduada de talla grande y extrovertida de la Universidad Estatal de Cleveland sin animadversión por los viejos blancos enfermos puede sentirse cómoda.

—Vale. Mira.

Meegan tiene las manos grandes, los pies grandes, un gran tracto posterior, unos dientes perfectamente blancos. Un metro ochenta bien bueno con el pelo rapado, un pendiente de oro en la oreja que es como el de plata de Paul, zapatos cuadrados y medias de hierro. No hay un nombre para el color de su piel, pero es profundamente oscura y sin defectos, suave y hermosa con una mezcla de matices no revelados. Se la ve radiante. En la universidad era la favorita de la residencia, siempre dispuesta a todo, se sabía todas las canciones, sacaba sobresalientes, era mentora de las chicas tímidas, conocía a todos los jugadores de todos los equipos..., pero nunca parecía pescar a ninguno. Delante de Paul y de mí desprende el mejor aroma posible: vainilla dulce con un fondo de naranja. Es perfecta para la Clínica Mayo.

—Solo queremos celebrarlo. ¿De acuerdo, Paul? —Meegan está imponente, de cara a nosotros, con un aspecto algo sobresaltado. Su cuerpo casi hace ruido–. Asegúrate de que todo está como quieres.

Hay algo vagamente sureño en su voz. Posiblemente de la sección Misisipi de Ohio, lo que te garantiza que te convertirá en una estatua de sal si la haces enfadar. Los blancos creen que todos los negros son del sur.

–¿Qué hemos venido a hacer aquí, Meegan? –digo, poniendo mi cara de sincera pero amable preocupación–. Paul no está para demasiadas celebraciones.

Paul ha estado mirando a su alrededor como si Meegan no estuviera ahí, y ahora me observa como si yo hubiera sugerido que es un famoso criminal.

–Oh, no. No-no. –Meegan se inclina hacia mí demasiado animadamente–. Com-pren-di-do. Pensamos lo mismo, señor B. El equipo de Paul solo quiere darle las gracias por ser un colega impresionante en las pruebas y ser un pionero, y darle una muestra de aprecio. ¿De acuerdo? No hay *nada de nada* de que preocuparse.

Señor B.

–¿Te parece bien, hijo? –le pregunto.

–Sí. Me parece bien –dice Paul.

–¿Estás seguro?

–Sí.

–De acuerdo, entonces –dice Meegan. Se endereza, echa la cabeza hacia atrás y le lanza a Paul una mirada socarrona de «te tengo clichado». Solo le falta guiñarle el ojo. Es un deslumbrante espécimen de joven estadounidense–. Solo necesitamos un par de preguntas rápidas. –Saca del bolsillo interior de su traje un móvil bastante grande con el que empieza a jugar, instándole a que coopere. Paul la mira fijamente, ahora que ocupa una zona neutra gris. Se ha fijado en su pendiente–. Bueeeno. Veamos. –Meegan sacude la cabeza, fingiendo frustración por esa estúpida tecnología. Empieza a leer en la pantalla del teléfono–. ¿Alguna alergia alimentaria,

Paul? Creo que hay un poco de bizcocho ahí abajo, y puede que tenga nueces. Y hay ponche de frutas.

–¿Dónde? –dice Paul, que no puede dejar de mover los pies, ni tampoco los dedos, en los asideros de su silla. No ha pasado por alto lo del bizcocho.

–Iremos justo por ese pasillo de ahí. –Meegan desvía la mirada hacia el pasillo y las puertas por donde desaparecen los pacientes, y por donde Paul ha ido cada semana durante casi dos meses–. Tenemos una sala polivalente realmente estupenda donde todo está preparado, y tu equipo y un par de los otros pioneros están esperando. Todo el mundo quiere verte. No los culpo.

Está tecleando algo en la pantalla de su teléfono mientras habla.

Paul no ha comentado nada de las alergias, que no tiene. Tiene cataratas y hemorroides, pero, aparte de eso, solo ELA. Sus ojos se dirigen hacia las puertas, que se abren automáticamente y dejan ver a la mujer de bata blanca que llama a los pacientes; ahora consulta su portapapeles.

–¡Akmed Faisal Atiyeh! –Su llamada se propaga por la abarrotada sala–. ¿Señor o señora Atiyeh?

Nadie levanta la vista. Hay algo lúgubre en ello.

–Vale –dice Meegan, examinando su teléfono. Sus manos son suaves, jóvenes y hábiles; sus uñas, marfileñas e inmaculadas–. Vamos a ver. ¿Te importa si cuando entremos en la sala alguien de Relaciones Públicas te hace algunas preguntas para el boletín? Solo algunas preguntas fáciles.

–¿Qué? –Paul se pasa la lengua por el contorno de la boca en la «e». Es su señal de que está más que agitado. Algo lo está desorientando. Es esta mujer tan agresiva. Un cambio en la rutina. Una miniapoplejía.

–Bueno... ¡La verdad es que no lo sé! –dice Meegan–. Nada intrusivo. Creo que también habrá un fotógrafo. –Agranda los ojos, de un impecable castaño. Está mirando su teléfono, marcando algunas casillas en una agenda digital que solo ella puede ver–. ¿Crees…, crees que necesitarás una silla de ruedas?

Sus ojos encuentran a Paul sentado frente a ella *en* una silla de ruedas. Le devuelve la mirada.

–No.

–¡O-kay! –dice Meegan–. No en silla de ruedas. –Sin levantar la vista–. ¿Puedes caminar quince metros?

–No lo sé –grazna Paul.

–Nooo haaay problema. –*Clic, clic, clic*. Mira a mi hijo y le sonríe coquetamente–. Entonces, ¿estamos listos para la *fieeesta*? Tenemos un gran regalo para ti.

–¿Qué es? –dice Paul.

–Oh, ya lo verá, señor. La gente tiene ganas de juerga.

Paul me mira. Su padre. A su lado. Debo ayudarle. No sé por dónde empezar.

–¿Estás de acuerdo con todo esto, Paul?

Es todo lo que puedo decir. Y lo repito.

–Vale –dice Paul–. Vale, sí.

–Claro que sí –dice Meegan, apartando su teléfono y mirando el reloj, una delicada pulsera de oro hundida en su muñeca al final de la manga de su abrigo–. No podemos detener a este hombre, ¿verdad? Venga usted también, señor B. Venga por aquí.

Se aleja con una sorprendente rapidez, dejándonos el uno al lado del otro en nuestras sillas.

–Tengo que empujarle –digo poniéndome en pie con una dificultad inexplicable, con el hombro haciendo ruidos internos que nadie más que yo puede oír. Dejo caer la gorra irlandesa de Paul en su regazo–. Puedes cuidar de tu propia gorra, ¿verdad?

No dice nada.

–Vengan por aquí, ustedes dos. –Meegan ya está a tres metros, avanzando pero mirando a su alrededor para que la sigamos–. Vale –dice–. Tienes una silla de ruedas. Ya veo.

Otros pacientes vuelven a fijarse en nosotros. (Dos gili-pollas saltándose la cola, aferrándose al estatus VIP mientras nosotros sufrimos. Siempre es así.)

Me abro paso empujando la silla de Paul.

—Levanta los pies para que no estorben —digo con seve-ridad.

La enfermera que llama a los pacientes está de pie en el punto al que nos dirigimos. Sonríe con complicidad a Mee-gan y luego a nosotros.

—Ejner Jensen —llama a través de la habitación llena de pacientes—. ¿Qué ha pasado con el señor o la señora Atiyeh?

—Aquí. Ejner Jensen —grita alguien desde el fondo—. Es-toy aquí.

—Venga por aquí, señor papá —me exhorta Meegan.

No me muevo lo bastante rápido. Nos devuelve su son-risa coercitiva de coordinadora de eventos. Son las diez y me-dia. Siete y media en Abu Dabi. Siento los pies de plomo. El pasillo es una larga calle de elegantes instalaciones médicas iluminadas con fluorescentes. Personal con ropa de sanitario y bata blanca de médico, alguien empujando una camilla con lo que podría ser un cadáver. Dos enfermeras salen de una habitación y empiezan a correr en dirección contraria a la nuestra. Dos hombres de color en bata blanca se pasean riendo. Es como el *largo pasillo* con cortinas flotantes en el que supuestamente entran los que se van y todos los demás esperamos no entrar nunca.

—Es el número dieciséis. Un poco más adelante —dice Meegan, animándonos—. Justo a la derecha. Todo está pre-parado.

Vemos entrar a un par de enfermeras en esa habitación. La doctora Oakes está con ellas. Detrás hay dos médicos más (uno de ellos, el doctor Pommes Frites, al que solo he visto un par de veces y que es tal como me imaginaba). Todos ha-blan por el móvil.

212

El número dieciséis tiene un rombo iluminado en verde sobre la puerta que indica que está *en uso*. No me siento bien aquí. Odio decir que esto es como un sueño, porque nada es como un sueño. Pero este pasillo, bullicioso, impersonal, funesto, es el pasillo onírico de la muerte, y estoy empujando a mi hijo por él. Aquí no hay nada que celebrar, si eres él. ¿Por qué los humanos tienen que celebrarlo todo? ¿Por qué un funeral es una «celebración de la vida»? ¿Por qué los mustios curas «oficiantes»? ¿Por qué los famosos son «celebridades»? ¿Qué le pasa a la gente?

–Paul, creo que deberíamos salir de aquí ahora mismo e irnos directamente al monte Rushmore. –Lo digo cinco metros antes de llegar a la sala 16, donde Meegan nos espera, sonriendo como un empresario de pompas fúnebres. Acaban de hacer pasar a una mujer en silla de ruedas, no en tan buena forma como Paul Bascombe, pero pionera al fin y al cabo–. No creo que esto sea una buena idea. –No puedo evitar decirlo–. No necesitas que te celebren nada.

Paul no ha abierto la boca mientras avanzábamos por la luminosa pasarela de la muerte. Solo mira al frente.

–Se me celebra por estar enfermo –dice. Sus dedos tamborilean sobre los brazos de su silla, los pies golpean los estribos–. Podemos saltárnoslo.

–Vale, vale –nos dice Meegan mientras doy la vuelta a Paul y le empujo a él y a mí hacia las puertas batientes y el mar de caras de pacientes.

La enfermera está llamando a otro peregrino al que le ha llegado la hora: «Babiak. William Babiak». ¡A jugar!

Mientras nos apresuramos a cruzar el atrio inundado de gente y de sol, detecto a Burt Lister: lleva parka y guantes árticos, y va sin gorro; está charlando con un par de enfermeras vestidas con batas rosas, soltándoles zalamerías. Esta es la razón por la que le dedica tanto tiempo al trabajo: para poder hablar con las jovencitas, y su mujer en casa con la pata quebrada.

Nos dirigimos hacia las puertas giratorias de salida, con la esperanza de no atraer la atención de Burt en caso de que haya una «alerta ámbar» –secuestrado por el padre, etc.–, a pesar de que mis intenciones son las mejores. Es raro saber cuándo decir basta. Paul vuelve a observar con atención el ágora médica, buscando una última imagen que guardar en el recuerdo. El grupo vocal de octogenarios del fondo del atrio ha terminado «If I Had a Hammer» con un aplauso cortés; ahora afinan la canción del equipo de la Universidad de Michigan para ganarse una sonrisa de los viejos Wolverines que se dirigen a hacerse una endoscopia o a ponerse una prótesis de rodilla. Paul se da la vuelta y me lanza una mirada maliciosa. Se ha vuelto a poner la gorra irlandesa; cubierto por su tres cuartos, parece un viejo prestamista con gafas al que su sobrino lleva de paseo.

Pero Burt, por desgracia, sí nos espía. Al menos ve a alguien que reconoce. Las enfermeras se han ido. Está solo al lado de una pizarra blanca junto al hueco del ascensor: SEMINARIO SOBRE FATIGA POR COMPASIÓN. Una flecha roja apunta hacia abajo. Una multitud se arremolina entre nosotros –muletas, andadores, sillas motorizadas–, todos llevan documentos y parecen miniaturizados. Burt observa a la multitud como un guardia de prisión, eligiendo a alguien a quien ayudar por la fuerza. Su mirada nos pasa de largo. Lo miro fijamente para que no me reconozca. Pero su cara se ilumina. Ladea la cabeza y levanta ambas manos en un gesto de «no se puede hacer nada, siempre es así». Entonces me da el típico autoapretón de manos internacional de los masones, rotarios y kiwanis del mundo entero. Y así de rápido pasamos junto a él, mientras los octogenarios entonan: «¡Salve! A los vencedores valientes, ¡salve! A los héroes vencedores, ¡salve! Salve».

–Me estoy meando como un percherón –gruñe Paul, mirando al frente, encorvado como si le doliera.

Es el riluzol. Todavía no se ha meado encima, que yo sepa, pero le mortifica la perspectiva.

–Vamos a por ello –digo, y cambio de rumbo hacia el lavabo.

La Mayo tiene servicios por todas partes. Esta, creo, es una misión de la que Paul se puede ocupar solo.

–¿Te las apañarás si te llevo en silla de ruedas y voy a por el coche?

–Así es la muerte –dice–. No paras de mear.

–Tengo algo de experiencia en eso –le digo. La tengo. Todavía la tengo–. No te estás muriendo exactamente.

–Estoy *in*-exactamente muriéndome –dice–. ¿Te gusta más así? Pienso en la muerte en términos más detallados que tú, Lawrence.

Le empujo directamente al silencioso e inodoro servicio de caballeros, justo delante de la hilera de urinarios metálicos, inmaculados como un altar. Aquí no hay nadie más. Paul se retuerce en la silla dando vueltas, con la lengua fuera, mientras le pongo el seguro a la rueda de la silla para que pueda estar de pie sin caerse.

Una vez de pie, gira la cabeza con una mueca de desagrado hacia donde yo agarro el respaldo de la silla. Al otro lado de la puerta del meadero se agolpan ruidosamente los que llegan y los que se van. Un perro ladra. Suenan los móviles. El cuarteto de ancianos ha terminado con «The Victors» y se extasía con «Mi corazón, mi corazón, qué importa cómo me destrozas el corazón».

–Déjame solo, Lawrence.

Paul está luchando con la cremallera de sus pantalones caquis, la cabeza gacha, las rodillas contra el pozo del urinario, su gorra en peligro de caer dentro.

–Ojo con la gorra.

–Ojo con la gorra –dice–. Vale. Ojo con la gorra. ¿Eso me ayudará a mear?

No parece muy seguro de pie.

–Tal vez.

–Haz algo útil. Lárgate.

Deseo ayudarle. En este momento, ese es el tema de mi vida: ayudarle. Pero no puedo. No quiere. Le dejo con sus impresionantes esfuerzos y le deseo lo mejor.

Sacar el coche del gélido aparcamiento no es nada fácil. No tengo ni idea de dónde tengo el tiquet, pues mi conversación con Betty Tran lo ha borrado de mi memoria. Mientras doy vueltas y vueltas por las plantas repletas de coches, me da rabia tener que pagar todo el año por solo una hora de aparcamiento. Aunque, por un golpe de suerte, otro usuario enfurecido se ha enfrentado al mismo obstáculo y ha atravesado el brazo de la barrera, dejando las astillas por el hormigón cubierto de nieve: alguien a quien le han dado malas noticias en cardiología y ha decidido que las normas ya no van con él.

Cuando me paro delante de la entrada de la clínica, Paul es una efigie de todo lo funesto. Aislado en su silla a la intemperie, resoplando un aire frío que corta, con el rostro sombrío mientras los que llegan y los que se marchan pasan a su lado: algo no ha ido como él quería. Es posible que se haya armado un revuelo, y por eso ha salido.

La boca se le dispara antes de que pueda acercarme lo suficiente para salir. Un torrente de improperios. Todos sus favoritos. Levanta los brazos en el aire como si alguien le apuntara con una pistola, mueve la boca sin parar. Otro, un padre menos bueno, pasaría de largo.

Salgo rápidamente a la acera, donde no puedes parar mucho tiempo o te detienen. Empiezo a forcejear con mi hijo y su silla hacia la puerta del coche. Algunos coches nos pasan rozando. Alguien que va en una furgoneta decide que es hora de tocar la bocina. Alguien de Iowa.

–¿Qué ha pasado? –le digo. En la cara de Paul asoma una furia congelada. Le levanto por las dos manos. Huele a cuero inglés y a bálsamo labial–. Solo tienes que dar un paso. Has caminado hasta el coche hace una hora.

Pero ahora me estoy cayendo (de espaldas) en el coche y a punto de arrastrar a Paul encima de mí. La gente se está dando cuenta. Otro de los conserjes de parka azul de la Mayo –no Burt Lister– acude de inmediato para ayudarme. Me agarra el hombro dolorido con una manopla grande, mientras mantiene a Paul firme y erguido con la otra. Somos dos viejos luchadores separados por el árbitro.

–Chicas, creo que dejasteis las clases de baile de salón demasiado pronto, si queréis saber mi opinión –dice ese hombre alto con la sonrisa de alguien muy seguro de sí mismo–. Deslícese bajo mi codo, y yo meteré a Junior en el coche.

Su dicha es nuestro infortunio. Su aliento forma nubes harinosas delante de mí.

–De acuerdo –digo.

De repente, estoy sin aliento, pero todavía puedo agacharme y retroceder hasta hacerme a un lado. Me apoyo en el guardabarros y oigo a alguien detrás de mí decir: «Oh, Señor».

Este corpulento hombre que nos ayuda es el doble del antiguo entrenador de los Vikes, Bud Grant: nunca ganó una Super Bowl, venció a la polio, se ganó los corazones de los minnesotanos de todo el mundo a pesar de ser de Wisconsin. Está masticando Dentyne, que yo creía que ya no se fabricaba. Su etiqueta dice que se llama Fred Durkee.

–Ya está, señor –dice Bud Grant/Fred Durkee, colocando a Paul de lado en el asiento del coche, levantándole las piernas e insertándolas como si se pudieran romper–. Así minimizamos los daños. Será mejor que te pongas el cinturón. Podrías tener un viaje muy bestia con este tipo –dice, y se refiere a mí.

Paul se ha limitado a asentir, sin poner nada de su parte. Es posible que no se haya dado cuenta del parecido con Bud Grant.

–¿Puede conducir, abuelo?

Al igual que Bud, Fred es alto y guapo, un setentón reciente: pelo blanco, rasgos afilados, arrugas en los ojos, manos anchas como una tarta. Le hace la competencia a Burt con las chicas de admisiones. Aunque, en realidad, él y Burt son la misma persona.

–Estoy listo –digo. Respiro los gases de los tubos de escape y necesito volver al coche. También sonrío, no de alegría, placer o gratitud, sino como sonríe la gente cuando no sabe qué más hacer–. Muy agradecido –añado patéticamente, quizá no lo bastante alto entre las revoluciones del motor y los bocinazos como para que pueda oírme.

Abuelo.

Paul me mira con aire sombrío.

–Intente no conducir como conducen en Nueva Jersey –dice el gran Fred–. Una vez estuve allí. Era diferente.

Ha visto mi matrícula. Hace señas a la furgoneta que viene detrás de nosotros. Tengo que ponerme en marcha.

–Sí. Vale. –Sigo sonriendo. Un abrazo varonil o un choque de puños está claramente fuera de lugar–. Muy agradecido, de verdad. –Eso es todo lo que digo..., otra vez.

–Vuelvan a visitarnos. Estaremos aquí –dice Fred Durkee, haciendo señas a los coches que nos rodean.

Y esto es todo lo que tenemos tiempo de decir a modo de despedida.

SEIS

El saldo de la parada en boxes de Paul (cree que le he abandonado) es que se ha empapado los pantalones, y en el coche no hay nada para remediarlo. Como veterano de la próstata, conozco bien estos asuntos y puedo solidarizarme con él. En el caso de Paul, entre las prisas y la torpeza, también se ha enganchado la tierna piel del pito con la cremallera de los pantalones, provocándose una herida que le ha dejado paralizado y que ha empeorado al subirse la cremallera y herirse en el mismo sitio –con el doble de dolor– y perder un reguero de sangre que ha intentado taponar con papel higiénico, pero que sigue goteando.

–Un empleado gordo ha entrado, me ha visto y me ha preguntado si podía ayudarme o llamar a alguien. –Está echando humo en el asiento del coche, con los puños cerrados, los hombros apretados, los codos apoyados en los costados, la cara ligeramente cerosa.

–¿Le has dejado? –Estoy conduciendo.

–Le he dicho que estaba bien. He metido la silla de ruedas en la puta cabina de minusválidos y me he vendado la polla con papel de váter. No es para tanto. Tengo polla de sobra. Solo que me ha dolido de cojones.

–¿Tenemos que hacer algo? ¿Buscar un centro de urgencias?

–Quizá una enfermera podría coserme. –Cierra los ojos para buscar consuelo–. Tengo la polla bien. ¿Hace falta que lo repita?

–¿Adónde vamos? –pregunto.

Conduzco hacia la calle New Bemidji, pero estoy preparado para cambiar de rumbo hacia A Fool's Paradise, tomar el mando de la Windbreaker y ponernos en camino. Nuestra alternativa es quedarnos aquí, enfrentarnos a hechos sombríos en una nada sombría, fuera del tiempo, en el cumpleaños de Lincoln. Como les sucede a los recién graduados, su liberación no es más que una vuelta al presente.

–¿No vamos al monte Nosécuántos a hacer no sé qué cojones? No lo sé. Ahora estoy preparado para la excursión. Me he perdido mi encuentro y las otras chorradas.

–¿Quieres volver?

–¿Cuál crees que era mi *gran* regalo?

–Una rotación de neumáticos gratuita. No sé. ¿Cómo va el garrote?

A esto no podrá resistirse. Hundido en su asiento como un saco de patatas irlandesas, aparta la mirada mientras pasamos junto al ciego de nuestro barrio, que avanza dando golpecitos con su bastón por la acera helada con sus gafas de ciego esperando no caerse del bordillo del mundo. Paul se prepara para una respuesta que lo pete y esboza una sonrisa de oreja a oreja. Así ha sido desde que tenía trece años: un hábil escapista de la monótona vida cotidiana. Ahora, sin embargo, tiene la edad que tiene y está enfermo y sin más compañía que la mía, en Minnesota, rumbo a un lugar al que no quiere ir. No es fácil acertar con las bromas.

–¿Sabes cuál es el mensaje del día, Lawrence? –Mira hacia delante, a la invernal calle Bemidji.

–Más vale que esto sea bueno.

Nos hemos parado delante de nuestra casa. Los vecinos tienen su reciclaje fuera, pero nosotros no.

—Es posible que pueda disculparse el maltrato de los ancianos —dice Paul—. Hay nuevas investigaciones al respecto en la Universidad de Ball.

Las rodillas le tiemblan descontroladamente. Es posible que ya esté contento.

—Tienes que trabajártelo un poco más —le digo.

—Cállate. ¿Cuál es la función corporal más popular? No es tan evidente como crees.

Me repasa de arriba abajo, me lanza una mirada asesina, la lengua entre los labios húmedos y sus pobres ojos cansados clavados en mí tras las gafas.

—El hipo. No sé.

El ciego nos está alcanzando.

—Todo el mundo dice eso. Prueba otra vez.

—Los pedos. Te tiras pedos todo el tiempo. Debe de gustarte.

—Eso es personal. Te lo preguntaré de nuevo cuando estemos en Nebraska.

—No vamos a Nebraska. Donde vamos está en Dakota del Sur.

—Da igual. Es lo mismo.

—¿Necesitas algo de casa? He cogido ropa para los dos.

—Hoy me gustaría estar en otra parte. Cosa rara. Porque estoy en otra parte. —Me mira desde el asiento de al lado, con una cara redonda de desesperación y asombro.

—Hay cosas más raras.

—Sí, lo sé.

Por supuesto, desearía poder llevármelo a un lugar más real, donde todos los chistes fueran divertidísimos y pudiéramos troncharnos como chimpancés, algo que hoy nos supera. Estamos los dos solos y juntos, rumbo a donde vamos. Como un par de bobos.

Paul necesita varios artículos esenciales de última hora para el viaje: su portátil, una selección de sus nuevas sudaderas (NO PUEDO VERTE SI TÚ NO PUEDES VERME; GENIO TLAVAJANDO; ¡ESO NO TIENE GRACIA!). Se deshace de su tres cuartos, su gorro irlandés y sus pantalones ensangrentados y meados en favor de su abrigo y gorra de los Chiefs, sudaderas y deportivas K-Swiss. Incluye sus nuevas bolsas de *cornhole* (seis por caja). También coge su grueso libro de «predicciones» sobre el próximo *draft* de la NFL: Kansas City busca apuntalar la línea ofensiva y la segunda línea. Asimismo se lleva su maletín antiimpacto forrado de terciopelo rojo donde guarda su muñeco de ventrílocuo, Otto. (Tenía la esperanza de que sus mermadas destrezas digitales lo llevaran a renunciar a Otto, pero me equivocaba.) También se lleva la nueva biografía de John Denver. Denver, opina, fue un «gran talento» en el firmamento musical, junto a Tony Newley y Ute Lemper, aunque nada que ver con ninguno de ellos, «por eso es sobresaliente». Son demasiadas tonterías para un viaje de tres días. Pero no pasa nada si nos ponemos en marcha. (Llevo solo lo que hay en mi petate militar más mi Heidegger de bolsillo, que me deja roque en cinco minutos, y es todo lo que le pido).

A las once y media, Paul ha atendido su, ahora, «herida menor». He preparado un sándwich multicapas de pastrami, rábano picante, pepinos dulces, anchoas y un apestoso queso Limburger en pan de centeno, que Paul dice que no puede saborear, pero que se come como un lobo cuando se lo corto. A mediodía estamos de vuelta en el Honda Ascetic, rumbo a 52 North y A Fool's Paradise. Nada especialmente extraordinario, si una persona no tiene ELA y la otra no es su padre.

En el exterior, en la zona comercial de la calle 52, el miércoles se ha convertido en un día de cielo ártico sin nubes, que me recuerda más que nada al verano. Hay un tráfico constante de furgonetas de entrega de UPS y FedEx camino de las afueras. Un número poco frecuente de coches llevan pegatinas de Trump: las elecciones, la destitución, todo este baile a lo Busby-Berkeley a escala nacional no es nada a lo que pueda prestar atención ahora. Cuando estás a cargo de un hijo cuya salud se deteriora, no pasa mucho más. Admito que me siento mucho menos tenso por el mero hecho de estar en marcha. Y Paul, en el coche, está reviviendo. No menciona su percance en el baño de caballeros, ni el haberse saltado la reunión con sus colegas de enfermedad, ni el aniversario de la muerte de su madre. Su hermana ha llamado esta mañana porque sabe que su ensayo clínico ha terminado. Pero he decidido no hablar con ella hoy, pues no aprobaría nuestro viaje. Ella quiere trasladar a Paul a Scottsdale, donde nadie sabe cómo le iría... No mejor que conmigo, que estoy pendiente de él las veinticuatro horas del día.

Paul se fija en la señalización de San Valentín. Insiste en que nunca «trabajó» en las tarjetas de San Valentín. En Hallmark eran una «fiesta excusa», declara, una excusa para gastar dinero en alguna idiotez. De hecho, San Valentín «ha perdido terreno como festividad, demográficamente hablando», afirma. Solo los republicanos se interesan por ella. Durante un rato, habla de sus ideas del reciclaje, dando prioridad a la reutilización de objetos que normalmente se tiran. Recambios de bolígrafos, tiritas, bastoncillos de algodón, chicles, cepillos de dientes, compresas maxi. La tecnología está progresando rápidamente, dice. Pronto nada se considerará basura.

Y entonces llegamos al Fool's Paradise. El solar está reluciente de hielo y recién rastrillado. Un nuevo mensaje en el cartel recuerda a los conductores las ofertas especiales de San Valentín en bombas de sumidero, fosas sépticas y banderas estadounidenses: un faro de optimismo mercantil que promete que «no-lo-necesitas-si-nosotros-no-lo-tenemos». El Outlet para Adultos y la tienda Gunz hacen un gran negocio: juguetes sexuales y un fusil semiautomático AR-15, un combo perfecto para San Valentín. La Windbreaker está aparcada frente a la cabina de la oficina, con un fino humo saliendo de sus dos tubos de escape. También sale humo por la chimenea metálica. El smart amarillo de Krista está al lado, igual que ayer.

—¿Qué es este sitio? —dice Paul. Solo ha estado aquí de noche.

—Es donde vamos a alquilar ese noble corcel de ahí. —La Windbreaker—. Correspondiendo a tus deseos. Qué pronto se olvidan.

—Parece diferente.

Está mirando por la ventanilla el gran Dodge rojo. La caravana tiene un tono aguamarina y beis más descolorido de lo que recordaba. El chasis está más estropeado de lo que pensaba. No he prestado la más estricta atención a todos los detalles.

—No tenemos por qué hacerlo —digo.

—Hemos cruzado una barrera —responde con un aire serio a lo Larry Flynt—. Se trata de si estás a la altura.

—Estoy a la altura. No soy yo el que tiene ELA. Estoy preparado. —Solo una verdad a medias. No estoy seguro de qué barrera hemos cruzado.

—¿Estás a mi altura con la ELA? Puedes encargarte del tullido en Dakota del Sur o adonde cojones vayamos. No soy ni la mitad de hombre de lo que era. Hay una sombra que se cierne sobre mí. Tony lo canta.

—¿No he estado a la altura hasta ahora?

—No. No lo sé. Eres un cabrón raro. —Por alguna razón, suspira como si ya estuviera aburrido de esta conversación.

—¿Quién te crees que eres? —digo, parándonos frente a la oficina.

—Alguien perfectamente normal. Soy el chico del póster de la muerte con dignidad. Podría hacer anuncios en la televisión. Y tú, ¿de qué podrías hacer un anuncio? De padres que sufren mucho. No lo digo.

—De nada, supongo.

—De capullos en el canal de capullos presentado por Dick Clark. —Sonríe, satisfecho de sí mismo.

—¿Esa es tu medida de las cosas? ¿De qué puedes hacer un anuncio de televisión?

—A partir de ahora, así es como serás juzgado. Por mí, al menos.

—Me parece bien.

—Todo te parece bien —dice Paul—. Ese es todo tu problema. Significa que no estás bien con nada. Aprendiz de todo, maestro de nada. Eso es lo que pensaba Ann.

—¿Te refieres a Ann, tu difunta madre? —No es mi día de suerte.

—Creía que serías más feliz después de su muerte, porque ella te recordaba todos tus defectos.

—Eso no es verdad.

—A lo mejor tengo razón. A lo mejor me equivoco. Tal vez encuentre un lugar en este mundo o nunca encuentre mi sitio. Eres un mierda, en mi opinión.

—¿Quieres volver? Cogemos el coche y volvemos a Haddam.

—¿Qué puede pasar? ¿Quieres volver a Nueva Jersey? Yo no. Quiero seguir con esto. Quiero ver el monte Rushmore y morir: ese es mi lema.

—Lo haremos realidad, entonces. Al menos la primera parte.

—Sí. Hazlo realidad, Lawrence. De todos modos, estás cansado de mí.

—No, no es verdad. No estoy cansado de ti en absoluto. Te equivocas. —No debería tener que decirlo, pero lo hago.

225

–Muy bien. –Mira con tristeza hacia la Windbreaker parada–. Haz lo que tengas que hacer. Yo estaré aquí esperando.

–Le pregunté a Pete si volveríamos a vernos –dice Krista desde su mesa de trabajo, con la pared llena de fotos marciales, las cintas de batalla y el muscallonge y el pato disecados que tiene detrás. Entorna los ojos y me sonríe. Dentro vuelve a hacer un calor sofocante. Un juego de llaves espera encima de los papeles del alquiler que he venido a firmar.

–He tenido que negociar ciertas cosas con mi hijo.

–Ya. Cuando haces de enfermero, aprendes a negociar. La gente llega al final y cree que puede negociar ese final. Entonces tengo que explicárselo. ¿Adónde dijo que iba?

Hoy no lleva el uniforme, sino un atuendo de esquí de conejita verde con tirantes de piel blanca sobre un jersey rosa de cuello alto. Un atractivo lote que el gran Pete ha conseguido solo para él. Me ha acercado la documentación del alquiler y las llaves. No me he sentado.

–Al monte Rushmore. –Asiento y sonrío en busca de su aprobación.

–¿El de los presidentes? –Lo está escribiendo en el acuerdo, por si vamos a otro lugar y tienen que arrestarnos. El ejemplar de *Elle* que estaba leyendo ayer no se ha movido de su sitio.

–Ese –digo.

–Probablemente será mejor en verano. –Escribe y niega con la cabeza. Tiene las manos pequeñas y las uñas sin pintar: las enfermeras no pueden pintarse las uñas. En la mano izquierda lleva una alianza de oro sencilla que le puso el pescador Pete.

–Ahora mismo no tenemos elección.

–Es su hijo, ¿verdad? –Utiliza su bolígrafo para rascarse el pelo rubio de enfermera. Es mayor de lo que me pareció ayer.

Sus manos correosas y arrugadas la delatan. Ser enfermera la ha mantenido en forma–. ¿Qué me dijo que tiene? ¿Sida?

–ELA. –Asiento... sin razón alguna.

–Eso no es nada bueno.

–No. No lo es.

–¿Es de la Alianza del Automóvil?

Se refiere a la compañía de seguros. Ya lo creo que sí. Los mejores ciento treinta dólares que gastarás jamás. Tres visitas en un año para hurgarme el Honda, una vez por culpa de la batería.

–Sí.

–Pues hace bien... con *este* tiempo. La bombona de propano está llena. El agua potable está bien. Está lleno de gasolina y anticongelante. Lo limpié con Lysol. No deje que la gasolina baje de un cuarto. Un consejo.

–Perfecto. Gracias.

Podría quedarme aquí todo el día sin mejor destino que este: su seductora presencia, mientras mi hijo se enfría los talones.

–Nuestro número de teléfono está ahí. Estaremos en Mendota con mi sobrina. Pero llámenos si lo necesita. A Pete le gustan las emergencias. Echa de menos Irak, creo. –Levanta la vista con una sonrisa cálida y comercial y me acerca los papeles–. Firme en la parte inferior, don Valiente. Supongo que tiene carnet de conducir.

–Sí, claro. –Saco la cartera.

–Y una tarjeta de crédito de las buenas.

–Por supuesto.

Le entrego las dos cosas. Krista abre su cajón y saca una vieja máquina manual de tarjetas de crédito que maneja como una profesional; coloca mi Visa encima y la pasa con facilidad.

–Le he hecho el descuento especial de San Valentín, por su hijo.

–De acuerdo –digo–. Estupendo.

–No hacemos seguros. Ha de tener el suyo propio.

–Lo tengo –respondo–. ¿Quiere verlo?

–Naaa. –Está mirando mi carnet de conducir–. ¿Le gusta vivir en Nueva Jersey?

–Sí –digo mientras firmo y fecho el acuerdo y el recibo–. Al menos de momento.

Cojo las llaves con el llavero de pez rosa de Florida.

–A Pete lo licenciaron en Fort Dix. ¿No está eso en Nueva Jersey? ¿O es en Virginia?

Introduce nuestro acuerdo en una carpeta de plástico donde se lee, escrito con rotulador negro: ALQUILER DE AUTOCARAVANAS.

–Es Nueva Jersey. Yo no vivía muy lejos de allí.

–A él no le gustaba. Le encaaaaanta Minnesota. Todos los lagos. Su padre trabajaba en las minas de hierro del Lago Superior. Lo único parecido a Colorado que tenían. No necesita una bomba de sumidero, ¿verdad?

–No.

Se levanta.

–Saldré con usted. Quiero conocer a su hijo. ¿Está ahí fuera?

Es una mujer sorprendentemente sólida. Una veterana. Posiblemente alguien que suele ir en moto de nieve. Alguien que echa pulsos. Una Playmate pequeñita. Echo una mirada inquieta por la ventana a Paul, que mueve la boca con el aspecto alterado de siempre.

–Estoy seguro de que a él le gustará conocerla a usted.

–Por decirlo suavemente.

Fuera, bajo el sol esterilizador, todo es uniforme y demasiado brillante: la Ruta 52 con su torrente de coches, las armerías y los sex-shops, el solar lleno de fosas sépticas, las plataformas elevadoras, las lápidas, las filas de autocaravanas de entre las que se ha seleccionado la Windbreaker, ahora con el motor al ralentí... Nada tiene una relación evidente con nada, todo características de lo inefable.

–¡Así que este es nuestro paciente! –Krista grita bien alto en el frío que corta como un cuchillo.

Se acerca a la ventanilla del copiloto como si fuera un policía. Paul la mira escéptico y ligeramente molesto. No tiene ni idea de quién es. Una mujer de belleza discreta como Krista normalmente le impulsaría a emprender una vertiginosa perorata sobre bastoncillos de algodón reutilizables y John Denver. Sin embargo, no puede bajar la ventanilla porque yo tengo las llaves.

–Paul –le digo, servicial detrás de ella.

Lleva puesto su pantalón de chándal rojo y una sudadera con capucha gris con la inscripción MIEMBRO DEL EQUIPO ELA en la parte delantera.

–Supongo que no habla mucho.

Krista sonríe a través del cristal. Los ojos de Paul se desvían hacia mí. Sus labios pronuncian más palabras inaudibles. Se me congelan los oídos. Necesito un gorro y guantes. No había planeado estar mucho tiempo fuera.

–No siempre es un buen comunicador –digo.

Krista le hace a Paul la señal de «te quiero» con dos dedos más un pulgar a través de su ventana. Él parpadea. Ella le hace un gesto con la otra mano.

–Le enseñaré dónde está la rueda de repuesto. –Me acompaña a la parte trasera de la caravana, donde el Dodge sigue produciendo pacientemente un chorro blanco grisáceo de vapor helado–. Está aquí arriba –dice, dando un paso para rodearlo y señalando debajo de la ventanilla de Norm Cepeda: marido, hermano, padre de Lorenza, no muy buen padre y con riesgo de fuga.

La rueda de repuesto está dentro de lo que, en mi juventud, se llamaba un «kit continental». Apogeo de lo que molaba automovilísticamente en el instituto. Nos quedamos un rato mirándola, entre un corchete de óxido en la parte posterior de la Windbreaker.

—¿Cree que podría dejar mi coche aquí unos días? —le pregunto.

Los clientes entran y salen con el coche de los negocios de armas y sexo y vuelven a la 52, ansiosos por llegar a casa y utilizar lo que han comprado.

—Apárquelo junto al mío y deje las llaves. Si no vuelve, Pete lo venderá por piezas.

—Me parece justo.

Krista me mira como si me hubiera traído aquí, a la helada luz del día, para decirme algo importante. Rezo, rezo, rezo para que no sea algo sobre Paul que solo saben las enfermeras y que los médicos no llegan a revelar porque están jugando al golf. No es el *bon voyage* que estoy buscando. Krista me mira fijamente, y me doy cuenta de que es ligeramente bizca. ¿Cómo consiguió entrar en el ejército?

—Frank —dice, cruzando los brazos como una santa. Al menos ha dicho bien mi nombre, que he vuelto a escribir en mi Visa—. ¿Es una persona espiritual?

—No lo creo —respondo—. ¿Y usted?

—Yo sí —dice, frunciendo la boquita color rosa como si hubiera que prestar mucha atención a sus palabras—. No de un modo religioso. Más bien como adivina. Aunque no creo en los adivinos. ¿Y usted?

—Antes creía.

Hace mucho tiempo, cuando mi matrimonio con Ann se había ido al garete y yo estaba sumido en la ensoñación posdivorcio, visitaba a una turbia «señora Miller» en una casita de ladrillo al lado de la Ruta 1, junto a una sucursal Rusty Jones de productor anticorrosión. Por cinco dólares, me leía la palma de la mano. «Usted, en el fondo, es un buen hombre», me decía la señora Miller. «Veo una larga vida.» «Las cosas van a mejorar para usted.» Si le daba más de cinco dólares, las noticias eran mejores. En otoño, cuando me enteré de que Paul tenía ELA, fui a su casa, pero la habían demolido para construir un centro islámico, donde nadie veía un buen futuro para alguien como yo.

–Solo quiero decirle una cosa, Frank. –Me alerta de nuevo con su boca seria y firme mientras se cubre el cuerpo con los dos brazos–. Creo que algo bueno va a pasar en este viaje. Quiero decírselo. Encontrará algo que le hará sentirse recompensado. No siempre tengo una sensación intensa. Pero me llega una impresión muy fuerte y positiva de usted. Lo pensé cuando le conocí, ayer. Se lo dije a Pete anoche. Pero asegúrese de que usted y Paul se arriesgan y hacen cosas que creían que nunca harían.

–Últimamente lo hemos hecho bastante. Pero vale.

–Conoció a Pete.

–Sí. Paul lo tachó de zoquete.

–Tuve esta misma sensación cuando él y yo conectamos en Bagdad, Irak. Pensé que no volvería a verle porque estaba casado. Pero, después de todo lo que pasó con Janelle, vino a buscarme a la clínica, y la sensación fue igual de fuerte. Casarme con él era algo que nunca pensé que haría. ¿Sabe? Y aquí estamos. –Asiente de una manera maravillosa. Nos estamos congelando aquí fuera entre los humos de la caravana. Pero nunca hagáis oídos sordos a las buenas noticias. No muy por encima de nosotros, pequeño en el azul insondable, un helicóptero, con una luz roja parpadeante, pasa disparado, rumbo a la clínica–. Eso es todo, Frank. Se está congelando y yo le estoy largando la historia de mi vida.

Agranda los ojos y mueve la cabeza con una sonrisa burlona, como hizo ayer. Ahora sus ojos parecen normales, como si acabara de enderezarlos de una sacudida.

–Me alegra saberlo.

Un escalofrío.

Otro.

–Soy Krista –me dice, como si no lo supiera. También lo había visto en su licencia de agente inmobiliario–. Krista y Pete Engvall. La extraña pareja.

–Suelen ser las mejores –digo–. Siempre pensé que yo era perfecto para la gente de la que me enamoraba. Tal vez ese sea el problema.

–Podría ser –responde Krista–, y luego el señor Vida tiene la palabra.

–La tiene. Lo está haciendo ahora.

–Ahí lo tiene. Por cierto, yo que usted no intentaría dormir en ese trasto. Se va a congelar las pelotas.

–Vale –digo–. Sí, ya lo había pensado.

–Lo podría hacer en Nueva Jersey. Pero el invierno lo inventaron aquí.

–Ya me he dado cuenta.

Paul, lo sé, está mirando a través del retrovisor. Imaginará que estoy tramando algo, pero ni de lejos. Krista ya está a medio camino por el lado de la Windbreaker. Le hace otro pequeño gesto con el dedo a Paul desde fuera de la ventanilla. Creo que él le devuelve el gesto. Las despedidas son más difíciles a mi edad. Hay algo definitivo en ellas. Basta con decir adiós sin decir adiós.

SIETE

Al llegar a la I-90, toda la extensión de las coordenadas 44N/92O tiene el mismo aspecto: glacial, blanca, inmensa como la ballena de Melville. Los síntomas de Paul son ahora más evidentes para mí, como si hubiera pensado que bastaba con ponernos en marcha para que la ELA desapareciera con una carcajada. Posiblemente sea por estar en un espacio reducido, pero parece más desaliñado y pálido, su voz es más grave. Le cuesta colocarse el auricular izquierdo con la mano derecha, pues tiene los dedos rígidos y propensos a estrujar como si sufriera parálisis cerebral; en esencia, es lo que padece, pero peor. No experimenta fasciculaciones, que yo sepa, pero creo que sus nervios espinales se comunican con los músculos con menos fluidez. Los síntomas nunca son del todo identificables, y a menudo te quieren camelar con la reluciente fantasía de la mejora. Sin embargo, él conoce muy bien los trucos de su enfermedad y no parece darse por enterado. Cuando muera, será el médico más experto del mundo, tan bueno como los suyos. E igual de impotente.

En mi único y ya mencionado episodio de amnesia global –estaba sacando la basura, en Haddam, y de repente no recordaba haberla sacado–, mi neurólogo del Haddam Medical Arts, el doctor Cadwalader, me dijo, mientras me mostraba escáneres de mi cerebro en el ordenador de su consulta, que durante estas fugas la gente se dedica a sus asuntos con total normalidad: saca la basura, hace el amor con su cónyuge, les sacan una muela, y solo después descubren que no recuerdan nada. Nadie a su alrededor se da cuenta de nada extraño mientras ocurre. El *paciente* no observa nada hasta más tarde, cuando tiene que explicar lo que ha hecho y no recuerda nada. Puede que sacar la basura me llevara diez minutos, pero simplemente habían desaparecido. No habían quedado olvidados. Ni mal recordados. Simplemente, no estaban y nunca habían estado. Cadwalader dice que estos errores son inofensivos, no se repiten y ni siquiera aparecen en las imágenes del cerebro. El tiempo perdido puede ser de cinco minutos, una hora, una mañana o incluso más. Nunca es divertido y deja a la mayoría de la gente conmocionada, como me pasó a mí. (Como siempre, hoy en día, hay un sitio web donde la gente cuenta tonterías que no sabían que estaban haciendo hasta que no pudieron encontrar su Subaru o explicar por qué la mujer del vecino de al lado ya no les hablaba.) Hoy, sin embargo, mientras viajo con mi hijo en dirección a Sioux Falls —un lugar que nunca esperé que visitaríamos juntos—, me pregunto si estos tres últimos tumultuosos meses podrían convertirse en uno de esos espacios vacíos interestelares, ya que, en las condiciones adecuadas —o en el caso de mi hijo y mío, en las peores—, ¿quién de nosotros no lo desearía? Salir a través de un cristal empañado y descubrir que no nos hemos traído ninguna de las cosas malas, porque ya no hay nada malo. Una vez más, el poeta escribió que hay otro mundo, pero que está en este. Tal vez eso es lo que tenía en mente.

Durante un rato, Paul se ha quedado en silencio, con el cinturón puesto, contemplando el inmutable paisaje de Minnesota, como el pasajero de un vagón club, con el teléfono y sus auriculares sin usar en el regazo, la cara y la boca apretadas como si estuviera destilando varias líneas de pensamiento en un solo ensayo claro antes de hablar. Hemos guardado nuestro equipo en el compartimento «habitable» de la Windbreaker, que está helado, silencioso como una tumba y lleno de propano: nadie en su sano juicio pasaría allí ni cinco minutos. Desde que le «encantó» hace una semana, ha mostrado un interés nulo, como si alquilar una caravana de nombre hilarante hubiera sido idea mía. Sospecho que si nos fuéramos a Soddy-Daisy, Tennessee, o a Two Dot, Montana, mostraría el mismo desinterés. No obstante, mi plan es llegar a Sioux Falls, alojarnos en un Hilton Garden o Marriott sin estrés y ver cómo se presenta el mundo mañana.

Nuestro gran Dodge Ram resulta ser una bestia aerodinámica, capaz de maniobrar con facilidad por el tráfico de la interestatal. Los grandes retrovisores, el gran volante, el salpicadero y los grandes neumáticos se unen para ofrecer un mando de tipo militar. Los conductores anteriores han recorrido doscientos noventa mil kilómetros, sin duda por autopista. Pero hay pocos traqueteos y vibraciones, y la conducción es realmente suave. En ningún momento me parece que a la caja de la ranchera la siga un semirremolque fuera de control, que era lo que me temía. Puede que en Detroit no estén los mejores fabricantes (eso se lo dejamos a las potencias del Eje y a los suecos), pero lo hacen bastante bien para Estados Unidos. Además, «flipará con la calefacción». Krista ha colgado un ambientador de abeto (no de coco) en el retrovisor, que produce un empalagoso olor a mentol. Lo he tirado antes de llegar a Stewartville. Ahora domina el olor a Lysol, que ha eliminado el tufo a cigarrillo, dejando todo aromáticamente casi neutro.

Paul se ha fijado en las gigantescas y fantasmagóricas turbinas eólicas que abarrotan los campos nevados junto a la autopista: treinta en total. Aquí el viento es la energía, ya que hace mucho. Los grandes propulsores se mueven amodorrados con cualquier fracción de brisa que sople. Lo que es a mí, no me gustaría asomarme a la ventana para saludar al día y encontrarme uno de estos trastos giratorios de Marte girando en mi jardín. Mejor un pozo petrolífero de tamaño modesto.

–Algunos ni siquiera giran –dice Paul–. ¿Están estropeados?

Unos pocos están inmóviles, mientras que la mayoría dan vueltas sin hacer ruido.

–No están conectados –digo–. Alguien tiene que enchufarlos.

No dice nada al respecto; observa en silencio cómo atravesamos los campos azules y fríos, donde en verano el maíz será tan alto como el ojo de un elefante.

–Me siento extrañamente atraído por ellos, Lawrence –dice para burlarse de mí. Con la mano izquierda, frota el brillo del hielo que lamina el interior de su ventanilla–. Me hablan, Lawrence. Me están diciendo algo. Están midiendo mi vida. Probablemente no lo notas, ¿verdad?

–Es la idea que tienen del futuro los liberales –digo.

Un camión de doble eje de dieciocho ruedas nos pasa a toda velocidad, escupiendo nieve e irrumpiendo en el resplandor del sol que lanzan los campos helados. Vamos a unos constantes ciento veinte por hora: me siento cómodo.

–Supongo que votarás a Trump –dice Paul.

–Puedes apostarte los huevos. Y más.

Es una de nuestras rutinas. Jugamos a ser republicanos, superándonos el uno al otro con cosas que nadie en su sano juicio se tomaría en serio. Hacer de Groenlandia un estado. Bombardear Puerto Rico. Pena capital por no llevar armas. Yo lo hago mejor que él. Me ha dicho que votó a Obama las dos veces, pero no estoy seguro de que haya votado siquiera.

El espasmo de su brazo –que ya ha cesado– le ha distraído hasta hacerlo callar. Desde que le diagnosticaron ELA, Paul se ha dedicado a presentarse como una persona que no la padece y a dar buen ejemplo. Se ha dejado grabar en vídeo para el boletín online del instituto de Haddam; durante la grabación, contó chistes sin gracia, hizo hablar a Otto para que dijera cosas sexualmente sugerentes mientras se esforzaba por no mover los labios. Habló largo y tendido de un viaje que tenía planeado al Campeonato Mundial de Cornhole en Carolina del Sur, después del cual «vería qué pasa con lo de la ELA». «Alumno moribundo elige el optimismo» era el titular. Declinó hacer otras entrevistas.

Utilizando solo la mano izquierda, intenta conectar el Bluetooth de nuevo, ladeando una comisura de los labios en una sonrisa ordinaria, con la parte inferior de la lengua asomando a la manera del joven Cassius Clay. Dos veces se le cae el auricular y murmura «serás cabrón». La tercera vez se lo mete con la base del pulgar de la derecha.

–Canales auditivos pequeños –dice–. Por cierto, Lawrence, hay menos que ver aquí que en mi culo.

Acto seguido se echa hacia atrás, cierra los ojos y vuelve a escuchar a Ute Lemper cantar «Alles Schwindel».

En realidad, no hay mucho de valor turístico en el suroeste de Minnesota. La planta de envasado de carne de Hormel, en Austin, y el hogar ancestral del inventor Jacob Mud, a quien se atribuye la invención del zaguán en su casa de Luverne. El Único Palacio del Maíz del Mundo –abierto todo el año–, en Mitchell (Dakota del Sur), será nuestra primera parada mañana: «Elogiado por presidentes, reyes, prelados, estrellas de cine y el emperador Haile Selassie». Esto último lo dudo. «Todo lo que puedas imaginar lo encontrarás hecho con maíz.» Tiene elementos propios de Paul: inanidad autoconsciente, contenido sexual juvenil latente y una chabacanería propia de «la vida en estos Estados Unidos». Una vez más, es difícil de predecir..., lo cual puede ser bueno.

Mientras duerme, sintonizo la tertulia deportiva de Omaha, donde se habla de los fichajes de lanzadores y receptores que se presentan en Bradenton, además de las perspectivas de los Nebraska Huskers, que comienzan los entrenamientos de primavera con un nuevo míster y un jugador de las ligas universitarias traspasado como quarterback que reivindica minutos de juego con el sistema de ataque de la Costa Oeste. Es maravilloso escuchar estas noticias en la vasta y vacía pradera. Nada me haría más feliz que ver el monte Rushmore y luego ir a Port Saint Lucie, sentarme en las gradas con Paul y ver a los Mets y a los Cards bajo el sol acuoso de principios de marzo. ¿Hasta dónde me llevarán estos sueños? ¿Qué distancia hay entre la casilla uno y el séptimo cielo?

A las cinco y media cruzamos la frontera de Dakota del Sur y pasamos en línea recta por las afueras de Sioux Falls, envueltos en una oscuridad sin estrellas: un mantel de luces y comercios que se extiende hacia el sur y el oeste, luces intermitentes azules de policía aquí y allá a través de la ciudad, gigantescas catedrales de coches, kilómetros de viviendas, campos de golf sin iluminar y torrentes de faros que avanzan a zancadas. Ciento setenta y un mil almas (en su mayoría nórdicas). Sioux Falls podría ser Birmingham.

Seguimos su cuadrante norte, sin salir de la I-90, pero entonces me pierdo la señalización para el Hilton Garden y Denny's en la salida 412, y tengo que salir y volver atrás quince kilómetros a través de Hartford, justo cuando Paul se está despertando. Hemos recorrido trescientos ochenta kilómetros. Hasta ahora, nada peor que una salida perdida nos ha amenazado.

–¿Dónde estamos ahora?

Tiene la voz ronca, los auriculares puestos; mira la marea de luces en que se ha convertido Dakota del Sur. A lo lejos, en la noche, un reflector recorre el cielo.

–Aquí Urano. ¿Hay algo que quieras decir a los ciudadanos?

Me siento aliviado de estar aquí.

–¿Qué hay aquí?

238

–Un Hilton. Voy a conseguirnos una habitación. Podemos comer en Denny's.

En mis viejos tiempos de periodista deportivo, nada era más bienvenido y acogedor que un Hilton (cuando eran hoteles de verdad). Un bar de primera. Una buena ubicación, céntrica, a unos pasos del mejor asador y del estadio; a menudo, una solitaria damisela en el bar del vestíbulo que me dejaba invitarla a un sidecar, ambos fingiendo estar interesados hasta que parecía que una cosa podía llevar a la otra, y entonces lo dejábamos. Estos encuentros no siempre son lo que uno piensa.

–¿No vamos a dormir en la caravana o algo así? –Paul gira la cabeza rígidamente, como si evaluara la Windbreaker por la ventana.

–Se te quedaría el culo congelado. Ahí fuera estamos a menos quince. –El termómetro del salpicadero lo certifica–. Por la mañana, tendría que sacarte con un pistón hidráulico.

El pistón hidráulico es una de sus innovaciones favoritas de esta nueva época. Otras son el paracaídas de apertura automática, el túnel de lavado sin contacto y el urinario sin agua.

–Tengo las piernas entumecidas.

–Has estado sentado demasiado tiempo en la misma posición.

Estamos en la carretera de acceso, en dirección al cartel rojo y dorado del Hilton, refugio seguro para viajeros cansados.

–¿Qué vamos a hacer? –Se da golpecitos en la rodilla como para restablecer la comunicación.

Gruesos copos de nieve flotan en la oscuridad. La Interestatal nos queda ahora a un lado, un poco más arriba. Sioux Falls vuelve a estar delante.

–¿Cuándo? –pregunto.

Vuelve la cara hacia mí, con la boca entreabierta. Es de una redondez casi absoluta. El reflejo de sus gafas le hace parecer alguien a quien no acabo de conocer.

239

–Lo que quiero decir es: ¿qué me va a pasar? –Inspira y luego suelta un profundo suspiro.

–¿Estamos hablando a largo plazo?

–A largo plazo. A corto plazo. En el día a día. Cómo saldré adelante. No lo sé.

–Yo tampoco lo sé. ¿Se supone que debo saberlo? Es la primera vez que me pasa.

–Y a mí. –Levanta la barbilla como para respirar mejor, sin inmutarse, y vuelve a suspirar. Su pierna entumecida palpita–. He tenido un bonito sueño. No quería despertarme.

–¿Qué has soñado? Quizá lo soñaré yo también.

–Es una tontería. –Giramos hacia el Hilton, donde ya hay muchos vehículos. Es posible que no encontremos habitación, aunque aún no son ni las seis–. He soñado que estaba casado con Candice Bergen, y que Edgar Bergen era mi padre. Tú no estabas. Otto sí, y era medio real, y yo aún podía trabajar con él. Vivíamos en Hollywood, donde nunca he estado. Mamá también estaba. Era San Valentín. No tenía ELA. ¿Recuerdas que solía hacernos tarjetas de San Valentín? Ella hacía esas cosas.

–A tu madre le encantaba San Valentín.

–Ha sido raro, pero he estado bien. ¿Crees que Candice es atractiva?

–Ya lo creo. Desde luego.

Me meto en una plaza VIP, cerca de la puerta principal. Ya no somos VIP, pero no hay más plazas cerca.

Apago el motor y nos quedamos a oscuras pensando en Candice mientras la nieve se derrite en el parabrisas. En el luminoso vestíbulo del Hilton, los huéspedes pasean, toman un cóctel, acarrean sus maletas, ríen y conversan animadamente con desconocidos sobre el coste del combustible en invierno y el tiempo. Mi visión de la felicidad perfecta.

–¿Crees que voy a pasar el resto de mi vida haciendo esto?

–¿De qué estamos hablando?

Paul se queda mirando el muro de habitaciones iluminadas del Hilton que hay frente a nosotros, donde otros huéspedes están vistiéndose o desvistiéndose, viendo la tele desde la cama, hablando por teléfono, riéndose con los niños. Algunas habitaciones siguen a oscuras. Posiblemente tengamos una oportunidad.

–De cosas que simplemente no quiero hacer. Hasta que, ya sabes...

–No lo sé.

–Hasta que se pare el reloj.

Espero para hablar.

–¿No te parece divertido este viaje?

–Sí, está bien. –Sí y no. Toda la condición humana en dos palabras–. ¿Qué pensaba mamá de mí?

–Siempre quiso que maduraras un poco más deprisa. Le dije que ya habías madurado. Tenías como cuarenta años. Ella pensaba que aún estabas un poco verde y que podías ser difícil. Ella te quería. No eres difícil.

–Siempre me trató como si fuera un adolescente. Eso nunca me gustó. Tú también lo haces.

–Siento que pienses así. Yo no lo creo. Nadie está verde para su edad, por cierto. Siempre eres como se supone que eres.

–¿Piensas en la muerte todo el tiempo por mi culpa?

–Pienso en la muerte todo el tiempo por *mi* culpa. No es tan malo.

–¿Qué piensas? ¿En lo que es estar muerto?

–Creo que es como si se apagara una bombilla –digo–. Espero que sea así.

–La verdad es que no se puede planificar, ¿verdad?

–Se supone que debes pensar en ello como algo liberador. He leído todo eso en un libro. –*Ser y tiempo*, página 263–. ¿Sabes?, estamos haciendo este viaje porque podemos. Pensé que lo disfrutarías. –Resulta satisfactorio hablar con menos oraciones subordinadas.

Alguien, un hombre menudo con una camiseta interior blanca y una cerveza en la mano, se acerca a la ventana de su habitación de hotel; su esposa, rubia y delgada, viene detrás y se saca el vestido por la cabeza para ponerse cómoda. Han pasado la noche aquí. Ella habla. Él se asoma y sacude suavemente su lata de cerveza. Sus ojos parecen posarse en nosotros, aunque no puede vernos. Tenemos la cara en sombra. Le dice algo a su mujer, señala nuestro vehículo con la cerveza y se ríe. Es la matrícula de Florida. Cuánto nos hemos alejado de casa. Cómo nos debe gustar este clima.

–Entonces, ¿vamos a salir? –dice Paul como si llevara esperando una hora.

–Claro. Salgamos.

–No creas que no sé cosas, Lawrence. Sé algunas cosas.

–Lo sé. Seguiré haciéndolo lo mejor posible.

Sonrío a mi hijo. Lo entiendo. Con el tiempo, aún habrá más que decir.

Empiezo a salir a la noche.

Los servicios del Hilton Garden son exactamente los esperados. Una doble «premium» en la planta baja, accesible en silla de ruedas, no junto al ascensor, la máquina de hielo ni la piscina, dos botellas gratuitas de agua Dasani calientes, desayuno gratuito y un *USA Today* de cortesía. La habitación 122 está al final del ala este-oeste, casi junto a la señal de salida, aunque un «grupo religioso» ha alquilado la sala de «grandes eventos» del hotel para una fiesta de jubilación y muchos huéspedes han dejado las puertas abiertas, y las risas y el ruido de la televisión flotan por el pasillo, los niños chillan, corren en equipo arriba y abajo, y sus pisadas retumban en los suelos baratos, con lo que dormir puede ser un problema. Paul empuja el carrito del equipaje, cosa que le permite mantenerse erguido y avanzar mientras yo me encargo de su silla.

La mano derecha se le dobla hacia dentro y sus pisadas son pesadas y forzadas. Cuando vinimos de Nueva Jersey en diciembre, él no estaba así. Solo éramos dos tíos –posiblemente gays– haciendo un viajecillo de invierno. Ahora está impedido y yo soy su cuidador. Los niños de *El señor de las moscas* nos miran muy serios cuando pasamos. Imaginan que es retrasado. Aunque continuamente lo observan enjambres de médicos que ven a las personas afectadas como ovejas saltando una cerca, su sensación de tener un aspecto horrible se ha «contextualizado», lo que no quiere decir que haya dejado de preocuparse por cómo lo ven los demás. Nada, sin embargo, me haría más feliz que arrancarles la cara a mordiscos a esos enanos y ponerme a rugir sobre ellos como un Cerbero.

Sin embargo, una vez en la habitación, después de haber devuelto el carro, todo adquiere enseguida esa perfección de hotel. Paul y yo no encendemos el televisor: nos sentamos en las camas paralelas con los zapatos puestos, hablando poco, mirando fijamente el grabado de Dorset o Devon, estilo Constable, desviando la mirada hacia la ventana por la que se desliza la nieve, y a veces un par de faros se asoman y luego se apagan. Mi espalda dolorida ya no me duele. Por el momento, Paul –medio calvo, gordo, con su fuerte olor, gafas y sudadera con capucha de MIEMBRO DEL EQUIPO ELA– no da señal alguna de estar afectado por nada que no nos aflija a los demás. Como se anuncia, hay un menú Denny's que proporciona la dirección del Hilton. Podemos llamar, enviar un correo electrónico o un mensaje de texto para pedir dos «Grand Slams», que puedo ir a buscar a la puerta de al lado. En mi mochila he guardado mi Stoli rusqui; sin acercarme a la máquina de hielo, Paul y yo compartimos dos vasos de plástico del baño; el mío le sienta a mi lengua, garganta e intestinos como un himno de Brahms a un hombre afligido; casi inmediatamente requiero otros dos dedos, ya que los vasos son pequeños.

Nuestra habitación se vuelve densa, quieta, serena y delicada. Los niños demoniacos se callan cuando sus padres los arrastran a sus habitaciones. Solo un leve zumbido mecánico perturba la pared detrás de mi cabeza –una bomba, un elemento de la calefacción o un ventilador en lo más profundo del edificio–, un ruido de fondo para conciliar el sueño. No es malo, posiblemente sea incluso muy bueno, encajar con tanta facilidad en el nicho que los pensadores más sabios –ergonomistas y antropólogos contratados por el Hilton– han considerado adecuado para mí. Es mucho mejor que estar peleado con el entorno. Es todo lo que cualquiera de nosotros desearía en un momento tan despreocupado o en mil momentos despreocupados. ¿A quién le importa si son realmente despreocupados, ni por cuánto tiempo?

Me sirvo un tercer Stoli, mientras Paul, que no es bebedor, considera las ofertas de Denny's. El medallón dorado de una furgoneta Caddie amarilla se ha acercado a la ventana de nuestra habitación y luego se ha alejado. Oigo el ruido de una pala de nieve y el de los neumáticos sobre el hielo, y luego risas. Un amigo mío del Red Man Club cree que todos los errores graves que ha cometido en la vida han venido después de un par de copas. Y aun así... Este podría ser un buen momento para nuestra «charla». La discusión sobre las «cosas difíciles» que el terapeuta de Paul de la Clínica Mayo, el doctor Bogdan Čilić («el doctor Bugui Bugui»), cree que conseguirá que esa muerte cruel y segura sea mucho más fácil, si somos capaces de enfrentarnos a ella. (¿Qué mejor escenario para ello que un Hilton en Sioux Falls?) La lista de temas difíciles de discutir del doctor Bugui Bugui también incluye (y los dos podemos responder): 1) ¿Tiene la muerte un lado positivo y puede mejorar otras cosas? 2) Morir ¿será triste o divertido? 3) ¿Cuáles son los peores secretos que no querremos llevarnos a la tumba? Posiblemente habrá momentos –cuando yo no lleve tres vodkas de ventaja– en los que estas preguntas me parezcan más oportunas. Aunque mi hijo quizá las disfrutaría si supiera que me ponen los pelos de punta.

Paul se ha quedado dormido con el menú de plástico de Denny's sobre la barriga, las gafas puestas, la pata derecha enroscada como si su enfermedad pretendiera atraerlo hacia sí mismo como una flor que se duerme. No es así como funciona, por supuesto. Aun así, dormido frente a mí en la otra cama, no parece alguien a quien le aguarda un mal destino. Parece dulce y ligeramente preocupado.

–¿Ves algo que te guste? –le digo, suponiendo que me contestará como cuando era niño y yo entraba en su cuarto para darle las buenas noches y apagar la luz, y nos costaba comunicarnos a través de su gasa de casi sueño.

Está en silencio. El agua circula por las tuberías de detrás de las paredes. La voz apagada de una mujer dice algo que suena como: «Rembrandt. Contigo siempre es Rembrandt». Entonces alguien, un hombre, ríe a carcajadas, acompañado de otra persona, una mujer.

–Estoy bien –dice Paul.

Sin abrir los ojos, respira hondo, pero con dificultad, y suelta lentamente el aire, como si fuera la última vez. Su mano derecha experimenta un temblor visible. Su cabeza se balancea como la de un ciego, al compás de algo que solo él puede oír.

–¿Estás bien, Bergie? Deberías comer algo. –Por alguna razón, estoy casi susurrando.

–¿Crees que si viviéramos en una civilización antigua esta desaparecería porque no somos lo bastante inteligentes? –Su voz es fina y aflautada.

–Sí. –Es verdad. Lo he pensado–. Podría conseguirte un gofre de pacanas –le digo.

Una vez me contó un chiste sobre gofres de pacanas. Solo recuerdo el final: «Y que me aspen si no se lo comió todo».

–¿Quiénes te gustaría que vivieran para siempre? –murmura, dejar vagar la mente le hace feliz.

–No lo sé. La mayoría de ellos probablemente ya están muertos.

Exhala una pesada bocanada de aire, ahora sin trabas. Oigo a un perro ladrar fuera; acto seguido, un hombre muy abrigado pasa por delante de nuestra ventana con una pala de nieve al hombro. No nos mira.

–Siento decírselo, señor Bascombe, pero sufre usted un caso agudo de hipocondría –dice Paul–. Poco podemos hacer por usted.

No sé de qué habla, pero no pasa nada, ya que le hace feliz.

–Y Raquel Welch le dice al Papa: «¿Esto son boyas?».

Al instante guiña un ojo. Es uno de sus chistes «clásicos», compartido incluso con su madre, que se partía de la risa. Está muy bien que lo recuerde ahora, cuando casi encaja..., que es todo lo que pedimos.

–Cuando muera, Lawrence, ¿será tras una breve enfermedad, o habré luchado con valentía? –Una sonrisa se dibuja en una comisura de sus labios.

–Eso depende de ti.

Su cuerpo da una pequeña sacudida. Suelta un suave «uuf», como si algo le doliera.

–Auuu..., chico. Eso otra vez. Depende de mí. Voy a descansar la vista un rato.

–Adelante –le digo, y dejo que se sumerja en su bruma de sueños.

Dejamos atrás la cena.

OCHO

En la zona fronteriza del sueño, oigo motores que arrancan, coches que dan portazos, voces en el exterior. «Oh, sí, claro. Pondrá fin rápidamente a toda esa bobería sentimental.» Tengo la cabeza debajo de la almohada, porque Paul ha roncado toda la noche, cosa poco habitual en él. He cerrado las gruesas cortinas para tapar la luz. Los sonidos dicen que es por la mañana. Viajeros poniéndose en marcha, riéndose del tiempo, hablando del presidente de los Estados Unidos, que, como de costumbre, está poniendo coto a algo que yo apruebo. Paul, soy consciente, no está en la habitación, aunque no me preocupa mucho. Si quiere y puede arreglárselas solo, que lo haga. Una vez más, no tengo que vigilarle cada minuto y puedo tomarme mi tiempo para quedarme tumbado en la cama y escuchar. Los niños enloquecidos están levantados correteando por los mullidos pasillos del Hilton, riéndose de algo que «Felicia» ha dicho y no debía decir. Todo encaja con el sueño que he tenido: el sargento mayor Gunnerson viene a nuestra casa de la calle New Bemidji vestido de médico, con bata blanca, y me dice que tengo que cerrar la venta de la casa o alguien me la quitará. Mike Mahoney está en los márgenes de este sueño, haciendo algo que no está claro.

247

Anoche, cuando Paul se hubo dormido, bajé al bar del vestíbulo para tomarme una copa de Pinot Grigio y echar un vistazo al menú del bar; me tomé una tapa de testículos de toro rebozados, lo que debió de hacerme soñar más. Sentado en un taburete, entablé conversación con una guapa abogada negra, más o menos de mi edad, que se dirigía a su reunión de la fraternidad Zeta Phi Beta en Rapid City. Todavía trabajaba de asesora en una importante empresa de Chicago y parecía rica. Ambos coincidimos en que el «servicio» se encontraba en un estado lamentable en Estados Unidos, donde antaño «el huésped era dios». Ambos deseamos que fuera mejor. Aunque ella admitió que tras cuatrocientos años de colonización, más las frecuentes epidemias y guerras mundiales, más una cultura de codicia y desigualdad, quizá algún día pueda volver a haber un buen servicio. Intenté cambiar de tema y hablar de las inciertas perspectivas de los demócratas a largo plazo, pero no quiso seguir charlando conmigo y se marchó sin despedirse. Pagué su metropolitan y volví a la habitación. Hacer siempre lo correcto es difícil.

Nos encontramos a medio camino del monte Rushmore, el más conceptual de nuestros monumentos nacionales y, por tanto, el más estadounidense. Este es el momento previsible en que mi resolución flaquea, en el momento más inoportuno me arrepiento y me resigno, enturbio las cosas y no me implico del todo, pero sin abandonar nuestro plan, lo que solo sirve para estropearlo. Es algo que debo evitar.

Por esta razón, y en un espíritu de economía, adaptabilidad y concentración, debemos tachar la reserva india de los Hunkpati Oyate de Crow Creek de nuestro itinerario. También la moto de Elvis (que probablemente sea falsa). También el Museo de Misiles Minuteman, Wall Drug (un centro temático sobre el Oeste americano), la estatua del faisán más grande del mundo y el Museo del Tractor de Kimball, ninguno de los cuales me interesa. Solo El Único Palacio del Maíz del Mundo sigue mereciendo nuestro tiempo, ya que Paul no podrá resistirse a él, y está a solo noventa y cinco kilómetros de distancia. El mundo andaría mucho más ligero si comprendiéramos que todas las chorradas que hacemos en un día cualquiera tienen mucha importancia a corto y a largo plazo.

Cuando llego al vestíbulo, empujando nuestros bártulos en la silla de ruedas de Paul, la sala está abarrotada: familias enteras, tripulaciones de avión, niños en pijama, camioneros, gente con casco blanco, tipos con pinta de brutotes que trabajan en pozos petrolíferos con dietas lo bastante altas como para ir a un Hilton están tomando el desayuno continental. Paul está desplomado sobre uno de los sillones rojos del vestíbulo, donde los huéspedes esperan el autobús del aeropuerto, que acaba de llegar a la entrada, lleno de auxiliares de vuelo y pilotos. Paul tiene machas en la cara: no se ha afeitado (no puede hacerlo muy bien). El peinado en cortinilla que se hace se le ha apelotonado a un lado, tiene pasta de dientes en la frente y espuma de champú en la oreja derecha. Lleva otra de sus sudaderas –GENIO TLAVAJANDO– con grandes letras rojas. Intenta coger su *USA Today* y le cuesta pasar las páginas grandes.

–Los armadillos son portadores de la lepra, pero no mueren de ella. Supongo que ya lo sabías.

El cable de uno de los auriculares le cuelga del hombro. Su Bluetooth ha dejado de funcionar. También ha extraviado la funda de su móvil y tiene que guardarlo en el bolsillo del abrigo.

–¿Has comido algo? –Quiero que nos pongamos en marcha sin perder más tiempo.

–He comido un parfait de yogur.

Me fijo en la antipática abogada negra de la noche anterior, que está devolviendo la llave en la recepción y arrastra una cara maleta rosa. Me ve detrás de la silla repleta de maletas y a Paul hojeando el *USA Today*. Levanta una ceja, escéptica, pero no da ninguna otra señal de haberme visto antes.

—He leído aquí... —Paul intenta doblar torpemente la página del periódico con el brazo derecho, que le funciona peor, y enseguida se le cae— que existe una empresa de reconstrucción de escenas del crimen. ¿Has oído hablar de ella? Sería un buen negocio para la compañía..., creo.

Se refiere a Gormles Logistics 3.1 Innovations, donde trabajaba antes. Se toca el resto de champú en la oreja, pero no parece darse por enterado. Es una pena que nunca le expusiera a Paul el plan de Mike para obtener información privada del vecindario. Ahora sería una idea brillante.

—¿Estamos listos?

He colocado su parka sobre nuestras bolsas de viaje, en la silla de ruedas. La abogada pasa dando zancadas hacia las puertas automáticas. Lleva un elegante abrigo negro acolchado hasta los tobillos y unas sensacionales botas negras acolchadas con tacones dorados y hebillas doradas. Las azafatas se fijan en ella e intercambian unas palabras de admiración.

—Me he visto en el espejo del baño —dice Paul—. Menuda pinta. Estoy hecho una mierda. Tengo que adelgazar. —Hace palanca con el bastón para levantarse de la silla, medio empujando contra el reposabrazos, sacando la lengua. Respira con dificultad por la nariz—. Es el síndrome de Estocolmo en este puto lugar. No quiero que me dejes aquí. —Medio levantado, mira a su alrededor.

—Vale, pues no te dejaré.

Doy un paso adelante y lo agarro por los antebrazos, flácidos y temblorosos. No quiero que me pase lo de ayer: un espectáculo. Otros huéspedes nos observan de esa misma manera, pero fingen que no. La televisión del vestíbulo está hablando del proceso de destitución del presidente, lo que ha atraído la atención de alguna gente.

–¿Qué hace atractivas a las mujeres? ¿Lo has pensado alguna vez? –dice Paul mientras lo levanto.

–Sí. Lo he pensado mucho. Hazte a un lado, hijo. –Me muevo hacia atrás, chocando con el reposapiés de su silla. Una música (inidentificable) zumba en su auricular colgante. Tiene un poco de yogur en la comisura de los labios–. ¿Quieres caminar o ir en la silla? –le pregunto.

Se levanta, y no está tan tembloroso. Gruñe cuando se da cuenta de que está de pie y semiestable. Cerca de mi oído, dice:

–Anoche dijiste que la muerte era como una bombilla que se funde.

Ahora no está hablando de que las mujeres sean atractivas, sino de morir, pero al tiempo que intenta caminar, lo cual es bueno. Me agarro a su brazo.

–Dije que *esperaba* que lo fuera. Todavía no me he muerto. Tú tampoco.

–Sí, pero no lo es –dice, y clava con fuerza su bastón en el suelo de terrazo del Hilton y se tambalea. Ha dejado caer su *USA Today* donde no puedo alcanzarlo–. Es un puto reóstato. Estoy en un regulador de intensidad. –Nos acercamos a las puertas correderas justo cuando aparecen los tripulantes de una Nissan Frontier, recién llegados de Denver. Se hacen a un lado y nos ofrecen sonrisas comprensivas–. Derrames y escalofríos –murmura Paul.

Así es como llama a sus intentos de caminar, que hoy no están tan mal.

En el sorprendente aire invernal de Dakota del Sur, los vehículos del aparcamiento se mueven, farfullando por delante de sus tubos de escape. La abogada pasa en un Tesla negro (que se parece mucho a un Buick Regal) con el motor al ralentí. No hay nieve acumulada ni viento. Con suerte, el Dodge se pondrá en marcha. El dolor de mi hombro se ha reavivado con una sorda punzada muscular. Me vienen a la mente palabras agoreras: «manguito rotador», «reconstrucción del ligamento colateral ulnar», «sustitución completa de la articulación». Justo cuando mi hijo más me necesita. Paul mira a su alrededor como si oyera algo. Solo con su traje de enfermo, se está congelando. Necesita su parka. No lo estoy haciendo muy bien.

–Entonces –dice–, ¿esto es como *el verdadero Oeste?*

Estoy abriendo el Dodge.

–Supongo –digo mientras lo sujeto por el brazo e intento meter la llave en la cerradura, que posiblemente esté congelada. La furgoneta del Hilton sale del camino de entrada con destino al aeropuerto–. ¿Qué te parece nuestro viaje, de momento?

Paul se agarra a mí como una hiedra a un edificio. Estoy metiendo y sacando la llave como puedo.

–¿No debería decirte lo que echaré de menos cuando no haya mañana?

–Sí, claro. Dímelo ahora.

La cerradura hace un chasquido que me gusta, y puedo tirar de la puerta.

–No será este lugar de mierda –responde, inclinándose a la izquierda–. Te lo dije. No quiero seguir haciendo esto. Es aburrido.

–¿Qué es «esto»?

No puedo mover los dedos de los pies.

–Lo que sea que estemos haciendo aquí. ¿Soy solo una víctima de mi propio éxito, Lawrence? –Coloca el labio inferior sobre el superior, para reprimir una sonrisa burlona.

–Eres increíble.

Lo acerco a la puerta del vehículo, cosa que probablemente podría hacer él mismo.

–Vale. Digamos que soy increíble. –Con la mano izquierda, las rodillas temblorosas y respirando como puede, se levanta–. Hice una promesa –dice con dificultad–. Tengo que ser siempre increíble, si no...

–Vale. –Empujo sus piernas dentro del vehículo–. Pero no te caigas.

–No me caeré si no nos movemos.

–Entonces no serías increíble.

Le pongo el abrigo en el regazo y cierro la pesada puerta pegada a su cuerpo. Ya está dentro. Me giro para ir a por su silla y volvemos a ponernos en marcha.

Cuando entramos en la interestatal, nos adelantan tres coches de la policía estatal de Dakota del Sur, con las luces intermitentes encendidas y las sirenas chillando a pleno pulmón. Acto seguido pasan dos ambulancias blancas y naranjas de las Emergencias Médicas de Sioux Falls, con sus luces estroboscópicas. Recorremos otros cinco kilómetros, y todo encuentra su explicación. Un accidente en la salida 364. Los ayudantes del sheriff desvían el flujo de coches y camiones de la autopista hacia la Ruta 38 y los campos de maíz. Acaba de suceder.

Al otro lado de la autopista a la que nos han desviado se ve un accidente múltiple. Un camión articulado de la empresa Mayflower está volcado sobre un costado en medio de la calzada. Debajo de su remolque verde y amarillo, un turismo ha quedado aplastado, las ventanillas han explotado, los airbags se han abierto, la parte delantera y el motor han retrocedido hasta donde estaría el conductor. La policía ha colocado bengalas y ha colgado lonas azules sobre el coche para que los viajeros que pasan despacio no vean todo lo terrible que hay debajo. En dirección este hay un atasco que llega al horizonte. Por un instante pienso que es el Tesla, que circulaba con el piloto automático hacia la calamidad, pero no estoy seguro. Hay un hombre menudo, con manga corta y sin gorra, de pie en la acera, hablando tranquilamente con los agentes. Es el camionero.

Y entonces, como un telón que se cierra, nos desviamos y en tres kilómetros –en la autopista SD 38– giramos de nuevo hacia el oeste, por donde hay campos y pivotes de riego, y la mayor parte de la nieve ha desaparecido, como si hubiéramos entrado en una nueva dimensión. Si no te gusta el tiempo, espera diez minutos (aunque eso es verdad en todas partes).

Paul, hasta el momento en que nos desviamos, ha estado perorando sobre lo mal que nos atienden nuestros principales órganos informativos. En su opinión, el *New York Times*, en particular, ofrece demasiadas noticias como para permitir formarse opiniones fiables sobre algo. Las crónicas deberían ser más reducidas, como en el *USA Today*, que siempre he considerado un «periódico populachero», pero que él valora. No creo que esté totalmente equivocado. Cita un artículo reciente del *USA Today* sobre un hombre en la India –un intocable– que no puede dejar de estornudar, que ha estornudado al menos diez veces por hora durante los últimos quince años.

–Lo que equivale a veintiocho mil estornudos –dice Paul–. Y me creo que *yo* tengo problemas. Todo en ochocientas palabras.

Mientras observa los campos helados, las granjas vacías, los puestos de fuegos artificiales vacíos, los halcones en los postes de las vallas, una cierva en el borde de la carretera, Paul se queda en silencio, como si algún tema que había procurado evitar se hubiera colado en su cerebro. Le tiemblan la pierna y la mano izquierdas (lo que no parece molestarle) y se queda mirando un turismo que han dejado que se oxide en una elevación sin árboles del vasto campo. Las Grandes Llanuras no son tan llanas como las pintan.

–¿Ha llamado Clary?

–Esta mañana –le digo–. No le devolví la llamada. Quiere que te mudes a Scottsdale. Cree que no estoy a la altura.

—Prefiero mudarme a Libia –dice.

Un alivio. ¿Aunque tienen que ser bienvenidos todos los alivios?

—¿Recuerdas que solíamos ir a Michigan en verano? ¿A ese club de lujo?

—Sí.

—Estaba tratando de recordar algo esta mañana. Sé que Ralph estaba allí. Pero no me acuerdo de él. –Su hermano.

—Se salió del flotador y tuve que salvarle. ¿No lo recuerdas? Después hicimos rollitos de carne en la parrilla.

—Recuerdo que yo salí del flotador y tú me salvaste. Recuerdo a Ralph leyendo un libro, pero eso fue en otro lugar.

—Entonces solo tenías cinco años.

—¿Y cuándo murió Ralph?

—En 1979. Tenías seis años.

Me mira desde el otro lado del asiento como si no me hubiera oído.

—Hay una parte cognitiva en la ELA. ¿De acuerdo? Ahora me está afectando. –Por la ventanilla vemos a un chaval con casco en un cuatriciclo, que avanza a toda velocidad por el arcén de la autopista, medio en la cuneta, como si estuviera echándonos una carrera–. Es una pena que no hiciéramos este viaje antes –dice Paul sin prestar atención al chaval del otro lado de la ventanilla.

—A mí me está bien así –digo.

—Genial. –Ahora mira al chaval del cuatriciclo–. ¿Qué edad tenía Ralph cuando murió?

—Nueve. Tenía nueve años –digo–. 1979.

—Qué raro –dice–. 1979.

—Ya hace mucho tiempo.

—Murió demasiado joven.

Y eso es todo lo que dice de su hermano.

Más allá de Fulton, Dakota del Sur, el faro de un tren amarillo parpadea delante de nosotros, como una nave espacial; una sucesión de vagones de mineral le sigue sin que podamos verlos. La luz se mueve, pero parece no moverse. Paul olisquea igual que mi padre olisqueaba cuando había dicho algo que podía ser una perrería, pero también algo serio.

–Creía que iba a conducir yo –dice–. Supongo que mentías al decirlo. –Mira al frente, pero está evaluando si se puede fiar de mí. De mi palabra..

–Puedes conducir. Cuando quieras.

–El cojo quiere conducir. Deja que el cojo conduzca.

–Que conduzca el cojo. ¿Puede ser tan malo?

–Puede serlo –dice–. Espera y verás. El puente se congela antes que la calzada.

Tomo la siguiente carretera rural, la calle 286 (¿contando desde dónde?), y nos metemos entre los maizales. El tren que ambos vemos cruzará nuestra carretera un kilómetro y medio más adelante, pero más lejos de lo que pretendo que vayamos. Son las once. Una luna solitaria cabalga en el cuadrante norte. Nadie más nos acompaña. Los campos a ambos lados forman un sendero recto por el que Paul puede conducirnos. Me detengo a mitad de camino, me quito el cinturón y salgo a la intemperie, donde el frío es tremendo. La grava del firme está congelada hasta la tierra; la escasa maleza a ambos lados está aplastada por la nieve que la ha cubierto. No hay viento. A lo lejos, un animal –un gran cánido– sale de entre la maleza, mira en dirección a nosotros y trota hacia el campo.

–¿Qué coño ha sido eso? –dice Paul cuando me doy la vuelta y le abro la puerta.

–Un perro. No lo sé. Hace demasiado frío para preguntárselo.

–Saldré sin la parka. –Forcejea con el cinturón y le cuesta tanto que me inclino y se lo desabrocho, aunque sé que no le gusta–. Esto no merece la pena, joder –dice con la boca ya agarrotada por la frustración. Me observa irritado y luego mira por el parabrisas.

–No tienes que conducir muy lejos –le digo–. Basta con dar una vuelta.

–A la mierda con la vuelta. Ni siquiera puedo salir del asiento. Y me estoy congelado. –Se balancea de lado a lado como si quisiera eyectarse.

–Sí que puedes. Te sacaré. –Le agarro del hombro izquierdo y de la holgada pechera de su sudadera de GENIO TLAVAJANDO; tiro de él para girarlo. Fue justo así como ayer me hice daño en el hombro; de inmediato, una daga caliente me sube por el brazo hasta el esternón como un mensaje urgente–. Quizá podrías poner algo de tu parte –digo.

Fuera debemos de estar a menos veinte. No llevo guantes ni gorro, solo mi camisa de leñador Bean y unos pantalones de lana que tengo desde hace cuarenta años.

Intenta salir y yo le agarro con fuerza. Tiene los pies en el estribo. Pero el estribo está a medio metro del suelo, y si lo suelto y caemos hacia atrás, me haré daño y moriremos congelados antes de que nos encuentren.

–Esta es una idea de mierda –dice Paul, todavía esforzándose por bajar, con el pie derecho colgando, buscando el suelo, su cuerpo pesado y como de goma apoyado en mí hasta que ya no lo saco, sino que lo sostengo como un rollo de alfombra–. Vas a matarnos a los dos, Frank. Estoy jodido. Esto es una mierda.

Mi mejilla se aprieta contra la pechera de su sudadera. Su mano izquierda me aprieta el hombro, justo en el centro del dolor. Suena el pitido del tren cuando la locomotora pasa por el cruce a un kilómetro y medio de la carretera. Miro el cielo vacío, buscando algo en lo que concentrarme mientras abrazo a mi hijo. No hay ni una nube. Ni una rapaz planeando. Ni un DC-10 de esos que no saben lo que pasa aquí abajo.

Y eso es suficiente. Más que suficiente. Mantengo el contacto con el suelo helado y empujo con fuerza, aclarándome la garganta, seca por el frío cortante. Los dedos me escuecen, el hombro me palpita como si le hubiera hecho algo malo.

–Vuelve a meterme dentro, hostia.

Y lo consigo, y empujo a Paul hacia arriba y hacia atrás, me resbala el pie y casi caigo de bruces sobre el estribo. Me duelen las mejillas, tengo ampollas en las manos y se me aflojan las rodillas.

–¿Qué harías si vivieras aquí? –dice Paul, con una calma que me exaspera, mientras intento colocarle el cinturón de seguridad para que se lo abroche él mismo.

El brazo derecho le tiembla como si estuviera agitando un martini. Ahí fuera casi me congelo.

–Justo lo que estamos haciendo ahora –digo extendiendo el brazo–. Joderlo todo. Enfadarme.

–¿Qué ha dicho de mí esa idiota?

El tren de mercancías (tres locomotoras diésel naranjas de la BNSF tiran de una hilera interminable de vagones de carbón) suena en otro cruce a lo lejos. Oigo el fascinante traqueteo de las ruedas sobre las traviesas.

–¿Quién?

–Esa barbie de la caravana.

–No hablábamos de ti. Es difícil creerlo, lo sé.

Estoy inmóvil en la carretera, cabreado.

–Mentira. Siempre soy el tema de conversación. Soy fascinante para todo el mundo..

–¿Qué puedo hacer para hacerte feliz, hijo? –Creía que sería fácil. Una obviedad. Pan comido. Debería serlo.

–Nunca más voy a echar un polvo, ¿verdad? Y tengo la polla herida. –Está atrapado en su asiento, mirando furiosamente el parabrisas.

258

–¿Qué?

–Estaba haciendo progresos con esa chica de la biblioteca.

Exhala desconsoladamente. Su mano derecha sigue agitada, con la palma encogida como un cangrejo, el pelo revuelto por nuestro forcejeo. Es un espectáculo lamentable.

–No sé nada de eso. No sé de qué hablas.

–Quiiiizáááá mañaaaanaaa, encontraréééé lo que buuuusco. –Está cantando.

–No hagas eso, hijo. No cantes –le digo–. Me estoy muriendo de frío aquí fuera.

De hecho, estoy temblando.

–Es mi maldito tema musical, Lawrence.

–No me llames Lawrence, imbécil. Soy tu padre, no tu enfermero. Te guste o no.

–¿Qué es lo que no me gusta?

–No lo sé. Dímelo tú.

–Eres la mejor, Alice. Ahora cierra este agujero antes de que cojamos una pulmonía. Si te estás congelando, piensa en cómo me siento yo. Apenas estoy vivo.

–Vale –digo, y luego lo repito–: Vale.

A lo lejos, al otro lado del extenso maizal, el cánido que se ha cruzado en nuestro camino se detiene y nos devuelve la mirada, se rasca la oreja con la pata trasera; luego sale trotando hacia la cima del campo y se pierde de vista. Hasta aquí hemos llegado. Ya no damos para más.

En Mitchell vamos rápidamente a lo nuestro: almorzamos en el Ole Conestoga Chuckwagon, donde los menús son fotografías en color plastificadas de la comida (los favoritos de Paul). El plato del día es la hamburguesa de bisonte, que él pide y luego no puede coger, así que tengo que ayudarle a cortarla, cosa que me deja hacer. Es impredecible lo que le molesta y lo que no. Una vez más, es más capaz de adaptarse que yo y se concentra en lo que tiene delante. Mientras hace lo que puede con su hamburguesa de bisonte y sus patatas fritas, con ayuda de una cuchara que empuña como si fuera una daga, explica lo estupendo que le ha resultado trabajar en logística humana. Alcanzar cierta relevancia personal y pública no es moco de pavo, ya que no tener «un trabajo creativo» conduce a la soledad y a una muerte prematura. Etc. Podría ser un buen momento para quitarle trascendencia al ambiente y hablar de la *antilista* de cosas que hacer antes de morir que nunca haremos porque ambos estaremos muertos: comer poi, hacer un mate de baloncesto, ser un héroe en un vagón de metro, tener un pasaporte francés, sacarnos una foto del culo en una fotocopiadora. Paul, sin embargo, se pone a hablar de la contaminación lumínica y las señales parásitas vehiculares «en el Oeste» y en cómo afectan a la migración de las aves: «El arcoíris hace lo mismo». En ese preciso momento, la abogada negra con la que intenté conversar anoche, pero que me despreció y que temí que hubiera sido aplastada por el camión de dieciocho ruedas –queda claro que no lo fue–, entra por la puerta del Ole Conestoga acompañada de otra negra elegante de la misma edad (sin duda de la misma fraternidad Zeta), las dos en dirección a los buenos tiempos del Oeste. Varios clientes vaqueros y dos policías estatales constatan su presencia y regresan a su tarta de manzana. (Mitchell está en la Interestatal; uno se acostumbra a la gente rara.) Los ojos pequeños y abogadiles de la mujer escudriñan la abarrotada sala en busca de sitio, pasan de largo al verme –sentado delante de mi hijo–, y luego vuelven como si quisieran compartir nuestra mesa o suplantarnos. Esbozo una media sonrisa inútil, pero no hago ningún gesto de bienvenida, y ella sigue su camino sin darse por enterada, por segunda vez en el día, de que existo. Aunque para mí, que ya la había relegado al baúl de los no recuerdos y que no sé ni su nombre, no es necesario nada más.

Los sucesos de potencial trascendencia humana suelen dejarme en la estacada. Marginado.

–Casi todos los insomnes duermen más de lo que admiten... –Oigo decir a mi hijo–. Yo no tengo ningún problema para dormir.

–Eso está bien, hijo. Ojalá pudiera decir lo mismo.

–Sí –dice, elevando con esfuerzo una porción de Bison-Burger hacia la boca, que ya tiene abierta–. Es duro, Lawrence. Realmente, lo es. Sí. Tienes todas mis simpatías.

Y eso es el almuerzo. Pim. Pam.

Mitchell, en sí mismo, tiene poco que ofrecer al viajero empedernido más allá del Único Palacio del Maíz del Mundo. Hacemos un breve recorrido de reconocimiento por la «parte bonita» de la ciudad, que incluye el pulcro, diminuto y bien arbolado campus de ladrillo de la Universidad Wesleyana de Dakota –que formó parte de las primeras universidades metodistas que se crearon–, donde puedo imaginarme fácilmente a mí mismo enseñando (qué, no estoy seguro): la vida no demasiado agotadora de la mente en las praderas, con tardes libres para vodkas, mucha televisión, sin conocer nunca a mis vecinos, mientras me enamoro de alguna divorciada de carácter dulce a la que no le gusta el estilo de vida acelerado de Pierre, la capital del estado. Me seduce, como siempre, la vida densa de otros lugares, aunque soy lo bastante inteligente como para no respirar sus humos demasiado profundamente. Hay razones por las que tan poca gente vive aquí. Los colonos no se llaman así por nada.

–¿Por qué es famosa Dakota del Sur? –dice Paul, observando las viviendas más antiguas y sólidas del profesorado, que rápidamente dan paso a las casas menos resistentes de dos pisos y ranchos levantados sobre cemento, casi todos con un montón de trastos (barcas, bicicletas, máquinas de nieve, caravanas, vehículos todoterreno) abarrotando la entrada. Sin el manto de nieve invernal, su efecto es escaso e insustancial. Los carteles de las elecciones locales salpican todos los patios: VOTA POR NEPSTADT. NO TE ARREPENTIRÁS.

–George McGovern fue a la universidad aquí –digo–. Tienen su museo justo en el campus. –Lo he leído al investigar sobre nuestro viaje.

–Era un bobo, ¿verdad?

–Los dos votamos por él. Tu madre y yo. Pensábamos que ganaría.

–Vota por Bascombe. Te arrepentirás mientras vivas. Paul no puede mantener quieta la rodilla derecha y la agarra con la mano, aclarándose la garganta como distracción.

–Habría sido un buen presidente.

–Basta de chorradas liberales. Construyan más prisiones privadas. –Ha visto estos carteles en la carretera–. Deberías ser profesor de relaciones impersonales aquí, Frank.

–Quizá podríamos hablar más. No solo hacer chistes –digo.

Y me encantaría. Estamos saliendo de esa zona residencial de casas dispares y volvemos hacia el ajetreado centro comercial de Mitchell.

–Nada es divertido, pero tampoco nada es serio, ¿verdad? –Me mira.

–Puede ser.

–No me preocupa morir, ¿vale? No hay mucho de qué hablar.

–Supongo que no.

–No estoy en fase de negación, ¿verdad?

–Puede que yo lo esté –digo–. Lo siento. –Y lo siento de verdad.

–Entonces habla tú. Yo contaré los chistes. Eres patético.

–Okey –digo–. Intentaré hacerlo mejor.

262

Todas las señales nos llevan al Palacio del Maíz. De inmediato, un paisaje urbano que incluye un Mega Wash, un Kwik Phil, un Corn Trust Bank y un Centro de Cirugía Oral Siouxland me recarga los ánimos. El brío expansivo de los negocios la víspera de San Valentín: una fiesta que nació del puro comercio.

–Estoy pensando en hacerme un tatuaje –dice Paul mientras observa a los peatones de Mitchell, congelados a menos doce grados, entrando y saliendo de las tiendas a paso rápido–. Ahora tengo que darme prisa con estas cosas. –Me mira, se pasa la lengua por los labios como si tuviera la boca seca–. Quiero tatuarme una diana en el corazón. Sería genial, ¿no crees?

Con la mano buena se ajusta la kipá de lentejuelas, regalo del médico, que se ha puesto después de salir del Conestoga. Manosearla le obliga a morderse el labio inferior para concentrarse. Hoy es otro buen día para ser judío.

–¿Y una sirena? ¿O un dragón? –le digo.

–¿Y ser un imbécil? No, gracias. Tiene que ser algo práctico. ¿Sabes exactamente dónde está tu corazón? La gente intenta dispararse en el corazón constantemente. Pero fallan, y entonces están jodidos.

–¿Planeas pegarte un tiro?

–No tengo huevos para eso. Así que no.

Giro hacia el aparcamiento del Palacio del Maíz, abarrotado de vehículos y familias que se apresuran a cruzar el aparcamiento para entrar.

–Cuando tengas huevos, házmelo saber, ¿de acuerdo? Quiero estar en otro sitio.

–Tu corazón está en el lugar equivocado, Frank.

Frunce los labios, se limpia la nariz con la manga y mira malhumorado el tráfico del mediodía.

El Palacio del Maíz, cuando siento a Paul en su silla y le empujo hacia la parte delantera del edificio, es tan gratificante como lo recordaba cuando era un niño de diez años que no sabía nada. Aunque también es ni más ni menos que como lo recuerdo: unos primeros recuerdos entrañables avivados por el glamur de la vida que acabas de conocer y apagados por el paso del tiempo. A menudo, no es una desventaja.

Concebido en un principio por los impávidos y melancólicos padres luteranos de la ciudad, que tenían una vena traviesa, como un homenaje festivo (si bien kremliniano) a Deméter en medio de la población, el Palacio del Maíz fue siempre, incluso hace ciento cuarenta años, una curiosidad arquitectónica. (¿Para qué querríamos dos?) Cuando servía de extravagante centro cívico en los días de la expansión al oeste, todo el exterior del palacio –varios muros de quince por treinta metros– estaba literalmente cubierto de «arte» hecho con mazorcas de maíz para crear imágenes gigantescas y rústicas que promovieran temas sólidos de la cámara de comercio, favorables a los negocios y edificantes para el municipio. «Setenta y cinco años de progreso en la pradera.» «El noble piel roja.» «Lewis y Clark.» «La fe de los colonos.» Cuando mis padres me trajeron en el 54, de camino al monte Rushmore, el tema del año era «El regreso del Chico de Dakota», con grandes imágenes de un sonriente Mr. Welk (acordeón en ristre) y su Champagne Orchestra (que, de hecho, actuó mientras estábamos allí y la gente bailó dentro del palacio) y que a mi madre le gustó, y a mí más o menos, aunque mi padre, que tenía a gala no bailar nunca, se quedó en el vestíbulo fumando cigarrillos y contemplando la Amenaza Roja, cosa que a mi madre y a mí no nos importaba demasiado.

De joven, yo consideraba que el palacio era sin duda la más estrafalaria de las maravillas construidas por el hombre:

minaretes de mazorca de maíz, arcos moriscos de mazorca de maíz y tejados de cebolla «rusos» de mazorca de maíz, además de entablamentos de maíz en los que aparecían granjeros bailando con sus zuecos, granjeros cantando, granjeros cultivando y el señor Welk dando vueltas, fingiendo dirigir la banda como Paul Whiteman. Cuando salimos de nuevo a las calurosas vísperas de verano en Dakota, recuerdo que pensé que había tenido un primer contacto con la mágica unión de lo incuestionablemente delirante con lo inescrutablemente maravilloso. Aquí, con materiales encontrados justo bajo sus pies (maíz), los desventurados destripaterrones habían construido un Taj Mahal mejor (pensaban) que el real, ya que el suyo estaba aquí, en la calle Mayor, y nadie necesitaba ir a Agra. Billy Graham podía organizar aquí un desayuno de oración, y lo hacía. Tennessee Ernie podía cantar «Sixteen Tons», Jack Benny podía tocar el violín. Se podía votar a los presidentes Grover Cleveland y William McKinley. La liga de arte podía celebrar su exposición primaveral de genios locales, y los Mitchell Fighting Kernels podían lanzar a canasta. Todo tan americano como el FBI. Por eso mi hijo debía verlo, porque las conexiones entre lo sincero y lo absurdo son su yin y su yang.

A medida que nos acercamos a la entrada que da a la calle, los turistas entran y salen del palacio bajo la vieja marquesina de cine, algunos se hacen selfis, sonríen y bromean acerca de que el palacio es una broma que solo ellos entienden de verdad. El tema de esta temporada es un «Saludo al Ejército»: la enorme fachada del palacio muestra representaciones de nuestros marines en el monte Suribachi, nuestras Fuerzas Aéreas lanzando la bomba atómica en Nagasaki, nuestros marinos en el malogrado USS South Dakota –víctima de la batalla de Guadalcanal–, así como filas de soldados de maíz saludando a un enorme tapiz de estrellas y rayas. Muchos de los presentes son veteranos y permanecen en posición de firmes en la helada acera, saludando a los grandes tapices de maíz y dejándose fotografiar por sus seres queridos. Para ellos, esto ya es lo último.

–¿Qué coño es esto? –dice Paul mientras dirijo su silla hacia el conjunto de puertas exteriores.

–Es difícil describirlo –respondo–. Es mi sorpresa.

–No me digas –dice mientras lo empujo directamente al interior de lo que, en esencia, es un vestíbulo de teatro maloliente y con poca luz de estilo antiguo, que no se ha modernizado desde mi visita hace sesenta y seis años.

El gran vestíbulo sombrío está dichosamente cálido y amueblado con carteles de los muchos actos famosos que han honrado el escenario del auditorio, que queda más allá de las puertas traseras del vestíbulo y tiene unas cortinas de terciopelo rojo, que es adonde se dirigen todos los visitantes. Aquí dentro se tiene una sensación densa y chabacana de algo no muy agradable que se ha hecho público, cosa que me gusta. Paul se queda boquiabierto como si nada le pareciera especialmente extraño, empapándose de las fotos de los hermanos Dorsey, los Three Stooges, Crystal Gayle y Pat Boone, así como del Gran Plebeyo y charlatán de derechas William Jennings Bryan, que pronunció aquí su discurso de la «Cruz de Oro» en 1900, en el que atacó el patrón oro y defendió el bimetalismo. Liberace aparece ante un piano de cola blanco con velas, esmoquin del mismo color y su característica sonrisa venérea.

A pesar de haber tomado un Excedrin Extrafuerte comprado en el Conestoga, me vuelve a doler el hombro, y me parecería bien que nos fuéramos ahora mismo, antes de que el interés de Paul se desvanezca y nos quedemos varados en un traicionero no-lugar/no-tiempo, para el que el vestíbulo del Corn Palace parece de repente un caldo de cultivo. El riesgo de sumergirme en un no-lugar/no-tiempo con mi hijo enfermo es una constante a la que hay que enfrentarse y derrotar. ¿Cómo acabamos donde acabamos, cuando nuestras intenciones son las mejores?

–Quizá deberíamos irnos –digo tímidamente.

Paul gira la cabeza y me mira incrédulo, metido en su parka de los Chiefs, bajo la kipá, que ojalá se quitara. Probablemente sea el único judío que hay hoy en el Palacio del Maíz.

–Ni de coña –dice–. Tú nos has traído. Esto es mejor que Disneylandia, adonde nunca me llevaste.

Empujo su silla hacia las cortinas de felpa y el auditorio del sanctasanctórum que hay al otro lado.

–Siempre te lo propuse –digo–. Nunca quisiste ir.

–No lo decías en serio –replica–. Clary y yo lo sabíamos.

–Mis padres nunca me llevaron a la puta Disneylandia –digo–. Me trajeron aquí.

–Y cuando siento la desesperación, leo a los grandes rusos –dice Paul de forma pseudodramática, con la mano crispada y una pronunciación no muy clara.

–¿Qué se supone que significa eso?

–Significa que *y* y *pero* son lo mismo, Lawrence. Llevas mucho retraso. Sigue empujando.

Conduzco a Paul entre las cortinas de terciopelo hacia lo que hay al otro lado, que posiblemente es traicionero. Sin embargo, para mi feliz sorpresa, el santuario del Único Palacio del Maíz del Mundo ya no es lo que era en 1954, cuando bailé el vals con mi madre junto a ciento catorce dakotanos. En aquella época, la «sala grande» había sido acondicionada como un gimnasio a la antigua usanza, con cancha de baloncesto y ventanas de tela metálica, pero con un escenario en un lado y unas gradas para los espectadores. (Bailamos en el suelo del gimnasio.) Ahora, todo el interior se ha transformado en una tienda de regalos con temática de maíz, aunque el marcador negro y el reloj de partido aún cuelgan en el extremo sur, y los Fighting Methodists y los Fighting Kernels sin duda todavía se inclinan sobre el parqué. Me temía una fantasmagórica sala interior de *memento mori*: como visitar el zoo y descubrir que el rinoceronte blanco ha muerto. Como a mí, no hay nada que entusiasme más a mi hijo que las anomalías del comercio: la empresa de lápidas que vende fosas sépticas, la tienda de mascotas que ofrece entierros en el mar, la zapatería que vende entradas de béisbol. La Boutique del Palacio del Maíz se extiende por todo el estadio/escenario de conciertos/colegio electoral; un Macy's de chorradas cuyo tema es el maíz. Llaveros de maíz de plástico, topes de puerta de maíz de plástico, marcos de fotos de maíz, matamoscas de maíz, rascadores de espalda de maíz. Abrebotellas de plástico de maíz, gafas de sol de maíz, papel higiénico de maíz, billeteras de maíz, sombreros de vaquero de maíz, bolígrafos y cepillos de dientes. Y precisamente para todo eso Paul Bascombe ha venido a la Tierra: para buscarlo, interesarse por ello y quedar fascinado. Yo no podría haber estado más clarividente. Por el momento, estoy salvado.

–Esto es increíble –dice Paul en cuanto entramos, mientras levanto un poco su silla y, empujando con ambas manos, lo acerco hacia las estanterías, islas y expositores repletos de productos imprescindibles para la vida, todos hechos de maíz.

La gran sala está llena de compradores entusiastas: hombres (y mujeres) fornidos y de mediana edad, casados desde hace mucho; moteros de cuero camino del paraíso de las Harley en Sturgis; universitarios de distintas etnias y colores, así como los pasajeros de los autobuses de la excursión «Por la Pensilvania de los amish» que he visto parados en el aparcamiento: todos han salido para una excursión de invierno barata, como si en febrero Dakota del Sur fuera el Caribe.

Enseguida me siento impaciente por apartarme del camino de Paul y colocarme a un lado, contra el proscenio del escenario, para contemplar el bullicio comercial, unos peldaños más abajo de donde Patti Page cantó «The Tennessee Waltz» en 1950. Desde su silla, Paul ha adquirido una percepción instantánea de las cosas y recorre los pasillos apartando a la gente, retrocediendo y colándose como puede, golpeando a algún que otro anciano en el talón de Aquiles, escurriéndose entre dos esbeltas afroamericanas para ver más de cerca sudaderas con motivos de maíz, gorras de tractorista, cinturones de rodeo y marcos de matrículas. No me pierde de vista, y de vez en cuando me enseña una caja de pasta de dientes o de enjuague bucal con sabor a maíz, y yo le devuelvo un gesto cómplice con la cabeza y él me hace un gesto aún más pillo y cómplice. Si todo lo que he admirado en el mundo estuviera en un solo lugar que yo pudiera elegir, ¿querría (me pregunto) algo de todo esto? La respuesta es: posiblemente.

–Si este lugar no existiera, tú no lo inventarías –afirma Paul acercándose en su silla, con un brillo en los ojos tras las gafas y la kipá sobre la calva. Sus dos pies no paran de moverse en los estribos de la silla de ruedas–. Soy el único que va en silla de ruedas –dice–. ¿Te has dado cuenta?

Ha rejuvenecido.

–No estaba prestando atención –digo, aunque lo estaba, y él también.

Estamos cerca de la concurrida caja, atendida por sorprendentes amazonas rubias de Mitchell en horario flexible de instituto, todas con las camisetas amarillas del Palacio del Maíz. Cada una de las cajas registradoras está recaudando de lo lindo.

–Necesito vivir aquí –dice Paul, exultante–. Vendría todos los días. –Ha cogido algo que no puedo distinguir. Posiblemente, un calzador de mazorcas–. No sabía qué comprar –dice–. Tienen un juego de *cornhole*. Pero ya tengo uno. Acabo de comprar esto.

En su regazo, veo una funda de celofán de palomitas caramelizada amarillas, y del bolsillo lateral de su parka saca un marco de fotos de madera plástica con las palabras PALACIO DEL MAÍZ «impresas a fuego» en la falsa madera de su panel inferior, como el viejo kit de pirograbado que tenía en mi infancia. La palabra «Paul» figura en la parte superior, mientras que en uno de los lados verticales del marco se ha grabado la lista de rasgos personales dignos de elogio que se observan en todos los *homo sapiens* llamados Paul. Me lo entrega con la misma sonrisa de zorro astuto. Tras el cristal hay una fotografía en color de papel barato de otro «Paul», que resulta ser un chaval surfero de ojos rasgados, vagamente latino, pelo crespo, labios carnosos y femeninos y una sonrisa lasciva que enseña demasiado los dientes. Este Paul «es capaz de aprender grandes cosas», «es alguien lleno de alegría», «siempre te puedes apoyar en su hombro y se entrega a los demás», «es un persona ilustrada» y «sabe comprometerse».

Los clientes nos empujan desde todas partes. Llega otro autobús turístico. Hace calor y cada vez hay menos aire aquí, donde las cajas registradoras escupen recibos y emiten su *ding* y su *rrrr*.

–No está mal. –Es lo mejor que puedo decir de la foto de Paul.

–¿Te gusta? –Está eufórico porque me ve perplejo–. Es el hijo que nunca te atreviste a soñar.

–Estupendo. Vale –digo.

–Esta lista me describe perfectamente. ¿No crees? «Una persona ilustrada.» Que «sabe comprometerse».

–Supongo. A lo mejor no hace falta que lo compres.

Sus ojos se vuelven rápidamente hacia mí con un centelleo en sus órbitas.

–Es para ti. Es un recuerdo. –Se aclara la garganta de algo que su garganta no quiere soltar.

—Estoy bien solo contigo –digo.

—Lo he comprado. Es excelente –dice.

—No lo quiero. Me da grima. Tú das un poco de grima, de hecho.

—¿Por qué hemos venido a este puto sitio si no querías que me divirtiera? Me estoy divirtiendo. ¿Por qué no te relajas y te vas a la mierda?

—Vale. Sí. Lo haré.

La multitud de compradores está comenzando a resultar un poco agobiante: provoca una mareante sensación de vértigo, un neuropatía, un ataque, otro accidente isquémico transitorio: las cuatro cosas a la vez. Siento que se me enfría la cara. ¿Por qué no? Causa de la muerte: el Palacio del Maíz.

Paul se levanta de la silla, y su boca rosada y húmeda intenta esbozar una sonrisa, pero no lo consigue.

—No te estarás quejando de mí, ¿verdad, Lawrence? No sería justo.

—No –le digo–. Tienes razón. No sería justo.

Ya se me han vuelto a calentar la cara y las manos. Solo ha sido un fallo momentáneo. Posiblemente, tenga episodios como este. Siento la planitud de mis dos pies sobre las tablas barnizadas donde una vez bailé. Todavía me sostienen.

—¿Podemos salir de aquí de una vez?

—Claro –dice Paul.

—No quiero esta mierda de foto.

—Demasiado tarde. Viene con nosotros. No puedes elegirlo todo.

Agarro las asas de su silla de ruedas con ansias de venganza.

—Lo sé –digo, y empiezo a empujar a mi hijo, y después giramos y avanzamos en ángulo hacia las puertas y las cortinas rojas, por las que pasan nuevos visitantes, animadísimos e impacientes por comprobar que todo en el mundo está hecho de maíz–. Lo sé –repito, y lo sé–. No pasa nada –digo, y no pasa nada.

Nos vamos.

Clarissa Bascombe me llama (otra vez) justo cuando llegamos a la caravana en el aparcamiento del Palacio del Maíz. Como de costumbre, quiere saberlo (e imponerlo) todo. Todavía estoy un poco aturdido.

–De acuerdo. ¿Dónde estáis?

Tiene prisa. Uno de los autobuses de Heartland Tours está descargando más alegres viajeros de invierno que no quieren perderse la diversión que se ofrece allí dentro. Preferiría no hablar con ella en presencia de Paul, pero es imposible. En su lado del asiento delantero, sostiene su foto de «Paul», todavía con la kipá y la sudadera de GENIO TLA-VAJANDO, con cara de impaciencia y el brazo derecho tembloroso.

–Estamos en Mitchell, Dakota del Sur, cariño. Hemos visitado su increíble Palacio del Maíz. Es el único que hay, que yo sepa. Ahora estamos en el coche. O en la Windbreaker, para ser precisos. Hoy iremos al monte Rushmore.

–¿Para qué? –Como siempre, de fondo, se oye el ladrido de los perros. Está en la perrera. Luego el sonido de una pesada puerta cerrándose, tras lo cual llega el silencio–. ¿Me has oído, Frank?

–Sí. Para ver a los presidentes. Fue idea suya.

Paul frunce los labios y me mira con malicia. Nuestra conversación le gusta porque es tramposa, irónica y gira en torno a él.

–¿Cuándo podré verle? ¿Está bien?

–Yo diría que sí. Tiene ELA. Así que de primera no está. Pero está bien.

–Dile que tengo sesenta perros y gatos y vivo entre la

272

mugre –dice Paul–. Que tiene que venir a buscarme. Estoy prisionero. –Esto le gusta más.

–¿Lo has oído? –le pregunto.

–¿Qué? No. Te noto raro. ¿Estás bien?

–Hoy es el Día Nacional de Cambiarse el Nombre –dice Paul–. Voy a cambiar el mío a Ted Ramsey. O, posiblemente, me haga llamar Gus Blaine. Sin Gus, no hay gloria.

–Paul dice que va a cambiarse el nombre, cariño.

–No lo estás cuidando nada, eso es obvio. ¿Se toma el riluzol? Esto no es bueno para él. ¿Ya ha terminado en la clínica?

–Sí. Ya ha terminado. Y se está tomando el riluzol. Todavía puede tragar. Lo lleva muy bien.

–No, no es verdad. El estrés es extremadamente peligroso. Ahora necesita todo tipo de apoyo. Tiene la ELA de acción rápida. ¿Ya estáis volviendo a Nueva Jersey?

–A lo mejor vamos a donde tuvo lugar la última batalla de Custer. Está al final de la carretera –digo–. Parece apropiado. Y después tal vez a Kamloops. Tenemos que hablarlo.

Estoy hablando de forma extraña. No sé por qué. A veces, mi hija tiene en mí efectos perturbadores. A decir verdad, no me cae muy bien.

–Tiene que volver a Scottsdale, Frank. Ahora mismo. Puedo ir hasta allí. No está muy lejos, ¿verdad?

–Probablemente, no, no.

–Tenemos acceso a un jet del padre de Cookie. Puedes volver con nosotros.

–Eso sería genial, cariño. Pero de momento estamos bien.

–Ahora sé mucho más del tema, Frank. He hecho un curso online. Es realmente complicado.

–Sí. Lo sé. Me alegro de que hayas hecho un curso. ¿Ha sido en Harvard? Te llamaré en un par de días. ¿Te parece bien?

–Me estáis asustando. Los dos. Suenas extraño. Creo que voy a llamar a la policía.

–Yo no lo haría

Dos hombres que bajan del autobús de Heartland Tours se han fijado en nuestra Windbreaker y se la toman a cachondeo, haciéndonos señas con el pulgar, como si la caja de la ranchera estuviera cargada de payasos de circo.

–Pregúntale si sabe la diferencia entre una corneta y una trompeta –dice Paul.

–Déjame hablar con él.

–Estará encantado de hablar contigo, ¿verdad, hijo? Quiere hablar contigo.

Le paso a Paul mi teléfono. Le brillan los ojos. Sigue sosteniendo su foto del «otro Paul» y tiene que colocarla bajo su mano derecha, que no funciona del todo bien.

–Hola –dice. De inmediato, se pone serio. Se muestra servil. Obsequioso. Pelota. Lameculos. Es a ella a quien anhela complacer–. Muy bien –dice–. Sí. Sí. Está bien. –Su voz ya no es aguda ni alta, su mano mala se agita en el extremo de la manga de su sudadera gris. Con él, ella tiene (y siempre *ha* tenido) el poder de alterar las cosas. Y no siempre para bien–. Ya veo –dice Paul–. No, no lo está. Lo haré. No hace falta que lo hagas. Es lo que probablemente pasará. No, ahora no. Estoy seguro. Sí. Sí. Sí, sí. Vale. –Me pasa el teléfono por encima de la guantera–. Lo he arreglado todo –dice, y esboza una sonrisa de connivencia y disimulo–. Ha prometido que dejará de ser lesbiana.

–Hola –digo de nuevo al teléfono–. ¿Ves?, está bien.

–No está bien –responde Clarissa–. Necesita un nuevo equipo de médicos.

–Los ha tenido en la Clínica Mayo –digo–. No le han arreglado nada. Al menos, conmigo está feliz. Sé más de esto que tú.

Fuera, en el aparcamiento del Palacio del Maíz, alguien

vestido de mazorca de maíz amarillo brillante de Dakota del Sur saluda a los viajeros que bajan del autobús, todos ellos encantados y chocando los cinco con la mazorca, haciéndose selfies y fingiendo bailar con ella sobre el pavimento helado. Paul los observa y luego me mira con profunda consternación. Nada puede arreglar las cosas. Pero aquí hay un recuerdo de cómo era la vida antes. Un poco de alivio. Una mazorca con ganas de jugar.

—Está bien, olvídate de la policía —dice Clarissa—. ¿Me prometes, Frank, que sea lo que sea lo que estéis haciendo, cuando terminéis, me dejarás ir a buscarle e intentar ayudarle? Puedes venir y quedarte. No soy la peor persona del mundo.

—No. Probablemente, no. Aunque preferiría vivir en Libia que en Scottsdale.

—Bien. Pero ¿me lo prometes?

—Dile que espero morir antes de perder todo el pelo. —Paul está fascinado por los brincos y cabriolas de la mazorca de maíz junto a los pasajeros del autobús; baila con ellos mientras doblan la esquina rumbo a la gran entrada y el «Saludo al Ejército».

—No puedo prometerte nada, cariño. Lo intentaré. ¿De acuerdo?

—Soy su hermana, ¿sabes? No importa lo que sientas por mí.

—Me siento genial contigo. Y Paul también. Los dos te queremos. Muchísimo. Hoy estamos en Dakota del Sur.

—No olvides llamarme Ted Ramsey —dice Paul, olvidándose de Gus Blaine.

—Me está costando hablar contigo, Frank.

—Lo sé. Lo siento. Procuraré mantenerte al tanto. —Otra expresión que Paul adora.

—De acuerdo. Dile que le quiero, por favor.

—Tu hermana te quiere, Ted. Me lo acaba de decir.

—Dile que estoy llenando mi nevera portátil en la máquina de hielo –responde–. «Y así la vas manteniendo al tanto. Tanto, tanto, tanto tantoooo....» –canturrea.

–Dice que también te quiere.

Ella ya ha colgado. Sin esperar a oír su respuesta.

Al norte de los límites de la ciudad de Mitchell paramos media hora en una zona de pícnic cubierta de nieve, a orillas de un lago, donde hay una mesa en la que podemos comer nuestro maíz caramelizado y proyectar nuestro viaje a Rapid City, que queda a casi cuatrocientos cincuenta kilómetros; lo he calculado: nos da tiempo a llegar y echar un vistazo a las caras de los presidentes del monte Rushmore antes de la visita *oficial* de mañana –el día de San Valentín–, después de lo cual contemplaremos juntos la cueva de los vientos que es el resto de nuestra vida y cómo lo afrontaremos. Creo en las visitas previas estratégicas. Aunque los planes férreos que uno traza después resulten difíciles de ejecutar, siempre podemos salvar muchas cosas.

Sin embargo, desde que salimos de Minnesota y abandoné mi deber de gestor del tiempo, he calculado mal el diferencial tiempo-distancia. Ahora es la una y media. Si ganamos una hora por el cambio de huso horario, no es posible que lleguemos a Rapid City en menos de cuatro horas, momento en el que se habrá hecho de noche y la montaña estará a oscuras. Aun así, llegaremos.

Más allá del minúsculo merendero, se extiende el «lago Mitchell», de un kilómetro y medio de ancho y el doble de largo, helado y duro como el tungsteno. En verano debe de ser el patio de recreo de los esquís acuáticos, las lanchas motoras y las barcazas para fiestas. Sin embargo, a mediados de febrero, la piel del lago está moteada de chozas de hielo, motos de nieve, coches que han cruzado el hielo, una pista de hockey cerca de la orilla, con patinadores jugando un dos contra dos. Se ven algunos esquiadores de fondo solitarios. Y alrededor, en el cielo, gaviotas, ¿quién sabe de dónde vienen? Unos grandes chalets lacustres salpican la orilla más alejada del lago, creando una especie de Riviera de la pradera para los banqueros locales, los vendedores de coches y los que poseen la franquicia de John Deere. En el extremo norte hay un campo de golf en el que, con poca nieve, unos golfistas de medio pelo hacen los primeros nueve hoyos en unos carritos amarillos. En la autopista, detrás de donde nos hemos detenido, hay un cartel del parque de Kiwanis y una placa conmemorativa del soldado caído Snediker, que murió cerca cumpliendo con su deber. Además, hay carteles de una pizzería, uno que solicita RELLENO LIMPIO, otro de un encuentro de coches antiguos del verano anterior, uno más que dice que estamos en Packer Country y otro que afirma que esto es Trump Country. Y junto a la zona de pícnic, un cementerio desatendido con letras metálicas sobre su entrada en forma de arco. Descanso celestial. Entre las lápidas, hay una escuálida cierva de cola blanca que estudia mi coche.

—¿Crees que enfermé porque soy raro? —dice Paul.

Ha estado observando serenamente la actividad en el lago. Se ha olvidado de Ted Ramsey y Gus Blaine. He empezado a observar a la cierva del cementerio, preguntándome si podría conseguir que me enterraran aquí. ¿O tendría que venirme a vivir aquí? Posiblemente, este cementerio esté cerrado.

—No creo que seas tan raro como para ponerte enfermo.

Es cierto. Tener ELA ha hecho que su rareza sea menos rara. A veces, se comporta de manera un poco extraña, pero en el fondo no lo es mucho.

—Estoy empeorando. —Se ha quitado la kipá. Tiene el pelo pegado al cuero cabelludo como un gorro.

—¿Por qué lo dices?

–Ya no consigo conectar tan bien las cosas en mi mente. Ahora es solo una cosa, luego otra. Tú lo conectas todo. –La verdad es que no. Pocas experiencias me recuerdan otras experiencias. Solo estás pensando demasiado. Ya lo hacía de niño. Pero una enfermedad mórbida es capaz de distorsionar el estado de ánimo de cualquiera.

–Seguro que mi escala de calificación funcional está bajando –dice.

La escala funcional es la escala siempre descendente de lo que está perdiendo. La capacidad de girarse en la cama, de subir escaleras, de escribir con un bolígrafo. Más adelante, de respirar. Cada déficit representa cuatro puntos de cuarenta y ocho, que es el estado perfecto. Definitivamente, su puntuación está cayendo. La mía también. Aunque la aparente congruencia entre la ELA y tener setenta y cuatro años es un buen ejemplo del modo en que las analogías engañan, como sabía Aristóteles. Tener ELA bien podría compararse a cómo una tortuga busca el mar.

–No me he dado cuenta. –Miento sobre su puntuación en la escala funcional.

–Me parece que me pongo más nervioso cuando estoy en público. Antes no me pasaba. Supongo que, si no estoy mejorando, tengo que tomarme mejor lo que es empeorar.

–Es la clave de la felicidad –digo–. La mayoría de la gente nunca lo descubre.

Al otro lado de la oxidada valla del cementerio y la cierva que pace, no he visto –pero ahora veo– la marquesina art déco de un autocine abandonado, todavía con letras de imprenta que rezan CERRADO y PSICOSIS: PRÓXIMO ESTRENO. Quedan algunos esqueletos de carteleras, pero nada de la sala de proyección ni del puesto de comida. Seis vacas negras comen hierbajos y cardos allí donde las parejas de enamorados aparcaban en la oscuridad. En su día, Mitchell tenía planes de expansión en esta zona, pero optaron por dejarla en paz.

Muchas veces, en el juego de los bienes raíces, he sido testigo de cómo algún joven y ambicioso libanés cumple el sueño de su vida y abre un puesto de falafel en la Ruta 1, y de inmediato ve cómo su aparcamiento se llena de coches, para acabar perdiendo hasta la camisa por abrir otros tres y no poderlos regentar tan bien como cuando tenía uno. Un hombre inteligente sabe cuándo es suficiente.

Nuestro maíz caramelizado no parece ahora tan buena idea; llevo el celofán medio vacío al cubo de la basura y lo dejo caer sobre una batería de coche y un paraguas roto. Paul y yo nos sentamos un rato a contemplar las cabañas de hielo del lago blanco, a los patinadores y a los conductores de motos de nieve que salen a dar una vuelta antes de San Valentín y trazan curvas arcoíris sobre el hielo. Dos personas han sacado un catamarán de una casa de la orilla más alejada y lo han equipado con un foque que lo hace resbalar ruidosamente a través de la llanura del lago y lo acerca peligrosamente a un trineo. En nuestro lado no parece haber viento, pero en el lago hay mucho. Dónde está el viento, adónde va y adónde irá después; eso es, de nuevo, lo que uno debe saber.

–Ojalá supiera patinar –dice Paul mientras observa la escena–. Yo podría ser el meta.

Puede que haya querido decir el guardameta, pero puede que no.

–Cuando nos conocimos, tu madre y yo solíamos ir a patinar –le digo–. En el Rockefeller Center, donde yo trabajaba. Se le daba bien. No me sorprende.

No tendría que haber mencionado a su madre. He conseguido eludir el tema más o menos. Pero mencionarla es algo natural.

–¿Qué ganas con todo esto? –Me mira.

–Mucho –digo–. Quería que hiciéramos algo que de otra manera nunca habríamos hecho. –El sabio consejo de la pequeña Krista–. A veces decido no hacer cosas solo para *no* hacerlas. Así que quería que hiciéramos *algo*. La verdad es que no sé cómo relacionarme contigo. O si ni siquiera me estoy relacionando contigo. –Lo que su hermana me ha dicho.

–Entonces, ¿ahora nos estamos relacionando? ¿Es eso?

–Sí. Claro. Bastante bien. ¿No crees?

Lejos, en el lago, el catamarán, que parece una ninfa de las aguas, intenta ejecutar un derrape en curva sobre sus bordes y vuelca; dos de sus pasajeros caen sobre el hielo como si fueran juguetes. Se levantan rápidamente. Los percances forman parte de la diversión.

La cierva que he estado observando sale por la puerta del cementerio hasta la carretera asfaltada y se detiene donde cualquier camión de ganado que pasara la pulverizaría. Otra cierva sigue comiendo tranquilamente en el cementerio, sin saber que ahora está sola.

–Ojalá Clary te cayera mejor.

Sus dos rodillas sufren unos leves espasmos al unísono. Tiene la mandíbula apretada. Puede que estar conmigo sea estresante.

–Tu hermana me cae bien. La quiero. Algo que es más fácil. Ella es republicana.

–No lo sabes.

–Ella dice que lo es.

Se aclara la garganta.

–Probablemente lo sea.

–¿Te molesta que te hayan dejado salir de la clínica?

–¿Por qué? Ya te lo dije: he decidido tomar las riendas de mi vida. ¿No es eso lo que se supone que debo hacer? ¿Por un tiempo?

–Siempre has llevado las riendas de tu vida –digo con calma.

–¿Te preocupa cómo me las arreglaría si murieras?

–¿Por qué quieres saber eso? No.

–Se me acaba de ocurrir. ¿Qué vas a hacer cuando entregue el alma?

–No lo sé. –Poniendo ambas manos en el volante a las doce–. Conseguir mi propia alma, tal vez.

A lo lejos, en el lago, los dos tripulantes del catamarán que han caído sobre el hielo caminan sin ton ni son. Una moto de nieve ha dado la vuelta para prestarles ayuda. Agitan los brazos y ríen. El sol brilla en los ventanales de las espectaculares casas del otro lado. No se ve a nadie entre las cabañas de hielo, dentro de las cuales los Pete Engvalls del mundo se sientan a pescar, beber aguardiente y fumar en silencio.

–¿Crees que es mejor morir rápido o despacio? –dice Paul–. ¿Te lo he preguntado antes?

–Sí.

Diez veces. Todos los pacientes de ELA piensan en ello. En la incierta certeza de sus vidas, es una de las variables que más llaman la atención.

–Okey.

Es como su madre, que decía «okey» para dar a entender muchas cosas. Okey *no*. Okey *Ya te he oído*. Okey *Sí-no*. Okey *Okey*.

El primer ciervo se ha alejado sano y salvo hacia el árido maizal, justo cuando una camioneta blanca pasa a toda velocidad en dirección a Dakota del Norte.

–La alegría de hoy es la risa de hoy, es mi lema –digo, como si eso fuera una respuesta–. Probablemente no vale la pena preocuparse.

–Me gustaría que fuera rápido –responde–. Pero no siempre estoy seguro.

–Quizá deberíamos irnos –digo–. Aquí nos están gaseando.

La caravana está al ralentí.

–En realidad, no vamos a ninguna parte, ¿verdad?

Me mira y sonríe, con la mano derecha temblorosa. Se pasa la lengua por los labios, que están brillantes.

–Vamos al monte Rushmore –contesto–. Con esa Windbreaker de ahí.

–Nunca fui un espécimen físico de primera, ¿verdad? Aparta su lisiada mano derecha del reposabrazos y la coloca en la rodilla, como para demostrar qué espécimen físico no es.

–Siempre fuiste un gran aficionado al atletismo –le digo para complacerlo. Los dos hablamos de él en pasado, aunque sigue aquí.

–¿Sabías que Ann tenía una novia cuando estaba en la vivienda asistida?

Retrocedemos hacia la autopista. Debemos regresar a Mitchell para volver a coger la Interestatal.

–Por supuesto –le digo.

–¿Tienes algún problema con eso?

–Ninguno en absoluto. –No lo sabía y dudo que sea cierto. Se está inventando cosas, que es su manera de mantener una conversación interesante. Yo también me invento cosas porque Ann ha fallecido y no puede oírme. Aunque si, aparte de mí, tuvo una «amiga» en sus últimos días, me alegro. El amor puede llegar muy lejos–. ¿Y tú, tienes algún problema con eso? –digo mientras nos alejamos.

–No –responde casi para sí, como si tuviéramos eso en común–. Es el lado bueno del lado malo. –No tengo ni idea de lo que eso puede significar–. ¿Te he preguntado cuál es tu función corporal favorita? –Sus ojos color pizarra brillan, su mano en forma de garra se agita.

–Sí. Y me diste otra oportunidad de elegir. Yo había dicho el hipo. –Y tirarme pedos.

–Entonces, ¿cuál es? –Está entusiasmado–. Más vale que sea bueno.

–Reír.

Niega enérgicamente con la cabeza.

–La risa *no es* una función corporal. La risa es una respuesta aprendida a un estímulo. Elige mejor.

–¿Cuál es tu elección? –le digo.

–No lo sé –dice–. No tengo ninguna.

–Entonces tendremos que reírnos –le digo.

Y así será.

NUEVE

En cuanto vislumbramos los límites de nuestra existencia, se desvanece el sueño que nos llevó a creer que disponíamos de infinitas posibilidades: la comodidad, la ociosidad, tomarse las cosas a la ligera.

Leí esto de madrugada, segundos después de las 2.46, en el Hilton de Sioux Falls, con mi hijo profundamente dormido en la cama contigua. A menudo, cuando me despierto a esa hora, pienso en lo lejos que estoy de mi primer despertar –2.46, Biloxi, 1945– y me maravillo de la vida transcurrida entre esos dos momentos: llena de comodidad, ociosidad y cosas tomadas a la ligera. El viejo Heidegger solo escribía sobre el ser humano (aunque alemán), pero dio con una expresión bastante exacta de mi situación y la de mi hijo, juntos en la gran franja central del país. Nuestro dilema humano no es tan único como podría pensarse, sino parecido al de todos. Lo que significa que ser viejo es exactamente igual que tener una enfermedad mortal, al menos en la medida en que yo no estoy más dispuesto que mi hijo a renunciar a la comodidad, a la ociosidad y a tomarme las cosas serias a la ligera. En esto, al menos, hemos encontrado una causa común.

Pasada la salida 230, nuestra autopista se abre de repente a unas panorámicas de película del Oeste tamaño cine. Praderas onduladas de trigo y lo que en primavera será heno de alfalfa; cuellos volcánicos de segunda categoría y escarpados afloramientos, tristones grupos de ganado sobre la tierra firme helada, sin árboles ni domos. Animales que han muerto recientemente salpican la carretera: liebres de las praderas, tejones. Un coyote. Un antílope desafortunado. Ahora hay carteles del Wall Drug, la reserva india, el santuario de Elvis, un parque de dinosaurios, un bosque petrificado, el Museo de Misiles Minuteman y las Badlands, cosas que, he decidido, vamos a ignorar.

En Oacoma, donde el río Missouri pasa por debajo de la autopista, nos detenemos a repostar en una gigantesca parada de camiones: hectáreas de camiones de dieciocho ruedas resoplando y gruñendo a través de una vasta planicie de hormigón, cuyos conductores han desaparecido en el interior para tomar un Red Bull que les permita llegar a Chicago. Paul entra solo con su bastón trípode. No me invita. Aunque al cabo de diez minutos vuelve bamboleándose por el asfalto ventoso como un zombi de película, con las piernas rígidas y dando tumbos, declarando que la parada de camiones –Love's– es «mucho mejor» que el Palacio del Maíz por su selección de tentaciones para el comprador. Ha traído un libro de fotos del monte Rushmore: *La historia que hay detrás del paisaje: una experiencia patriótica que te cambia la vida*, cuyos textos han sido escritos por uno de los Ángeles de Charlie. Le parece algo digno de atesorar. Se ha comprado una camiseta nueva que lleva en la parte delantera el lema: ORGULLOSO DE SER APACHE. Por último, saca de su bolsa de Love's una gorra de béisbol escarlata y oro, con unos huevos revueltos en la visera y con un SEMPER FI repujado en oro en la parte delantera.

–Tienes que ponértela ahora –me dice, acercándomela con una sonrisa amarga.

Estamos junto a los surtidores, donde hace menos doce grados. Paul cree que rechazo el mérito que me corresponde por mi «carrera» de un año y medio en el Cuerpo de Marines, alrededor de 1968, truncada por un caso de pancreatitis (diagnosticada erróneamente como enfermedad de Hodgkin) que me llevó a un hospital de la Marina y, al cabo de dos meses, a que me licenciaran y me pagaran un viaje en tren de vuelta a Ann Arbor. Libre de tener que matar o morir, un actor de actos no realizados.

Paul conoce bien esta historia heroica, pero, por alguna razón (perversa), insiste en que yo era un marine genuino, que debería vestir los colores, enarbolar el estandarte, conocer la contraseña y el apretón de manos de la élite combatiente de Estados Unidos, etc. En cambio, no quiero hacerlo, me sentiría aún más fraudulento que de costumbre. Además, hoy me recuerda al sargento mayor Gunnerson, mi némesis.

–Ve a recuperar tu dinero –le digo–. No voy a ponerme esto.

El Dodge está lleno, setenta dólares del ala. Una pasta en gasolina, pero es necesario para llegar a Rapid City.

–Gracias por tus excedentes –dice, tambaleándose sobre su bastón, con su absurda cortinilla levantada por la gélida brisa que azota la explanada del camión–. ¿No es usted un gran patriota? –Se esfuerza para que los músculos de la cara se muevan al unísono.

–No sabes lo que es ser patriota, joder.

Cojo la gorra de Semper Fi (sabiendo que no la va a devolver) y la estrujo hasta que queda hecha un burruño. Es barata y rígida, y quiere recuperar su forma, pero la meto en el cubo de basura del Love's, junto al surtidor, antes de que lo consiga.

–Oorah –gruñe Paul con dificultad–. ¿No es eso lo que decís todos los imbéciles? ¿El grito de guerra de los marines?

–No lo sé.

–¿Qué significa? ¿«Oorah»? –Se tambalea contra el lateral de la Windbreaker–. ¿Es algo indio?

–Sí. Es algo indio. Ahí lo tienes.

–¡Oorah! –Unos camiones nos adelantan, acelerando para entrar en la interestatal. El calor de sus motores nos calienta brevemente–. ¡Oorah! –Paul pone una cara exageradamente seria, aunque está hecho una mierda.

–¿Por qué no entras en la maldita caravana? Te vas a morir ahí fuera.

Se gira, con la cabeza descubierta, para comprobar si tiene a alguien detrás. Para él, ahora es algo instintivo. Un mundo de peligros. Agarrando a la parte trasera de la caravana, dirige sus pies hacia donde quiere que empiecen a ir, todavía sujetando su bolsa de papel.

–Oorah –dice–. El grito de guerra del cretino salvaje. Me estoy congelando las pelotas aquí fuera.

Y partimos de nuevo hacia el oeste.

Paul se duerme al instante, con los auriculares metidos en las orejas, las gafas en el salpicadero y la mano derecha agarrada a la izquierda para protegerse. Me fijo en que se ha mordido las uñas de ambas manos, algo que se me había pasado por alto. En el dorso de la mano derecha también tiene un feo moratón: quizá se lo ha hecho mientras dormía, cuando sus extremidades se mueven solas.

En la salida 163 pasamos de las cuatro a las tres, y no mucho después me detengo en un mirador desde el que el Parque Nacional de las Badlands se extiende hacia el sur en sombras ondulantes y cambiantes. Hacia el oeste, aparece un mural de montañas nevadas, a unos ciento cincuenta kilómetros de distancia; un sol tembloroso que se hunde bajo un cielo verde oscuro, la silueta de picos que se afilan. Ahí está Wyoming.

Salgo y camino hacia la pared de roca que me separa del espacio vacío. Solo estamos nosotros. Paul se ha despertado. Le he invitado a salir para que nos hagamos una selfi con su teléfono y pueda comentar que las Badlands no están tan mal. En el sol que queda, extrañamente no hace tanto frío. Por un momento, abre la puerta de la caravana y se queda dentro, con su sudadera de GENIO TLAVAJANDO manchada de pasta de dientes. Me acerco a él y nos hacemos una foto, él en la puerta y yo inclinado, sonriendo. Él no sonríe. Una foto de dos hombres en una caravana.

–Mentí sobre Candice –dice en cuanto vuelvo a ocupar el asiento del conductor, con la rodilla derecha temblando.

–Era una historia interesante. Los sueños siempre lo son –le digo.

–Ya no tengo que decir la verdad si no quiero –responde, cubriéndose con la parka. Tiene frío–. La verdad tiene que ver con el futuro. Así que puedo decir lo que sea. No importa.

–De todos modos, es un bombón. –Me refiero a la esplendorosa Candice que me robó el corazón desde sus días con Steve McQueen en *El Yang-Tsé en llamas*, 1966.

–Todo el mundo sabe que lo es.

–¿Cómo te sientes ahora mismo? –digo–. ¿Te sientes mal en las Badlands?

–Me siento genial –dice–. Siento que estoy luchando contra el cielo y estoy ganando. Soy un agente del cambio. –Esto, supongo, lo entiendo–. Un tercio de los estadounidenses de más de cuarenta y cinco años padecen soledad crónica, Lawrence. Ese es tu problema. Eres un solitario crónico. Necesitas salir más.

–Esto es lo más que puedo salir ahora mismo –digo, con las Badlands a nuestro alrededor.

–Esto no cuenta –dice–. Este es tu trabajo. Eres el cuidador. Los pilotos de avión nunca piensan que están de vacaciones.

Le sonrío para que vea que soy paciente al tiempo que admito que es un capullo. *Soy* su cuidador y lo seré hasta el final, y no se me da tan mal.

–¿Cuál es mi número mágico? –Aprieta mucho la boca y chupa las mejillas hasta parecer una ciruela pasa rosada.

–No lo sé, hijo.

–Cero. No tengo. No hay mañana.

–Eso no es literalmente cierto –digo–. ¿Okey? Hay uno. Mañana cuenta.

–¿Todos los bomberos son la bomba? –Es uno más de nuestros clásicos de antaño, cuando era un niño raro que algún día crecería y se uniría a las filas de los normales, cosa que no ocurrió.

–¿Los funcionarios siempre funcionan? –respondo yo–. ¿Tienen raíces todos los bienes raíces? ¿Las palomas dejan palominos?

–¿Es el oso el animal más osado?

Eso le hace sonreír, y es maravilloso, sentado aquí, en esta fría caída de la tarde de Dakota del Sur, sin hacer nada y tomándose las cosas serias a la ligera. No siempre es un capullo. Ahora podemos seguir hacia nuestro destino, hacia lo que sea que esté más allá de las Badlands.

El nuevo huso horario nos hace ganar terreno más deprisa, o eso parece. Ahora hay pocos coches y semirremolques. Todo el mundo ha llegado a su destino y puede tomarse un merecido descanso. Pasamos por el paisaje clásico del Oeste: subastas de toros, carteles de SALGAMOS DE LA ONU, puestos indios y cruces de ramos de flores en una intersección que conmemoran algún accidente (como si la interestatal fuera un lugar al que se viene a morir). Apenas hay ciudades: la tierra y el cielo se funden a lo lejos, cosidos por un avión que inicia la ruta polar. Paul duerme con Anthony Newley en los auriculares. Y yo, durante estos momentos, me siento inexplicablemente feliz. En la clínica, a pesar de la vigilancia de los médicos, todo era de una trascendencia desconcertante que requería preocupación. (Aunque nada de lo que yo podía hacer cambiaba nada.) Ahora, aunque –mientras conduzco– mi hijo duerme, hay poco que necesite hacer de verdadera trascendencia; solo pilotar el Dodge al atardecer como si estuviera solo y libre para pensar en mil cosas que nadie me discute, muchas de ellas placenteras: que voy rumbo a La Jolla y a la galería siempre veraniega, junto al acantilado de piedra, de la doctora Flaherty, donde tomaremos una bebida fuerte (dos o tres), nos sentaremos en unas tumbonas y hablaremos hasta altas horas de la noche de la vida que ha pasado y de lo que aún nos queda por vivir. Estas fantasías no tienen nada de fraudulento. Si no, ¿por qué nos entregamos constantemente a ellas?

De vez en cuando, Paul se despierta, agita los párpados detrás de las gafas, observa el paisaje: extrusiones rocosas cada vez más escarpadas, campos flotantes que pronto se sembrarán, granjas, graneros, majestuosos silos; tierra, tierra y más tierra. Es posible que solo haya desconectado para no abordar temas espinosos, que de todos modos no quiero abordar.

–¿Cuánto va a durar todo esto? –Parpadea soñoliento al horizonte. Se refiere a *todo esto* que nos rodea. Donde estamos.

–Hasta que veamos el buque insignia de la armada polaca, supongo.

No responde.

–¿Sabes cuáles fueron las últimas palabras de George Sanders?

–No.

¿Por qué sabe quién es George Sanders?

—«Estoy taaaan aburrido.» ¿Verdad? Lo comprendo. –Y un momento después–: No me gusta que cualquiera pueda tener la matrícula que le da la gana. Hace que la labor policial sea mucho más complicada. –Dicho lo cual, vuelve a alguna versión del sueño.

Pongo un rato la National Public Radio, algo que por lo general nunca hago, porque detesto las voces melosas e insolentes. Solo que aquí, en medio de la nada, no encuentro ninguna tertulia de deportes. Esta tarde hay un programa desde el Centro de Evaluación Sensorial de la Universidad de Pensilvania. Un virus estadísticamente apreciable está siendo observado en el Centro para el Control y Prevención de Enfermedades de Atlanta. Puede causar –si tienes la mala suerte de contraerlo– dramáticas distorsiones del olfato y el gusto en los seres humanos normales. El café huele a ajo; la mantequilla de cacahuete y las heces huelen a goma quemada. Toda la carne sabe pútrida. Hay pódcasts, kits de formación, grupos de apoyo y terapeutas en treinta idiomas que ayudan a los afectados a recuperar la «integridad sensorial». «Daría lo que fuera por volver a oler orina de verdad», dice una mujer de Hershey, Pensilvania. Se rumorea que el virus empezó en Francia, pero no es del todo seguro.

Otra noticia, esta de la Oficina del Censo, hace referencia a que el segmento de población de más rápido crecimiento en el mundo son los ciudadanos de ciento dos años, aunque nadie ha vivido más allá de los ciento quince desde 1968, salvo una señora –también en Francia– que ha llegado a los ciento veintidós. «Las predicciones son», dicen los del Censo, «que el futuro más que nada se parecerá al presente, ya que lo importante es la esperanza de salud, no la esperanza de vida.» A lo que yo exclamo en voz bien alta: «Quien se crea eso no tiene setenta y cuatro años». Paul abre los ojos y sube el volumen de la canción que está escuchando: John Denver. Hay otras noticias. Kirk Douglas –nunca fue de mis favoritos– ha muerto a los ciento tres años. También una de las Chordettes originales. Como ruido de fondo de la autopista, nada de esto es tan apasionante como los resultados de la NBA de anoche.

Mientras pasamos por el Centro de la Pradera Nacional, a ciento sesenta kilómetros de Rapid City (dos horas), empiezo a pensar que el monte Rushmore podría ser solo una «actividad» vacía más, como el Museo Spam o la Harley de Elvis, sin importancia para nadie cuando se trata del verdadero negocio de hacer que la vida compita con la muerte en tiempo real. No son más que trámites. Posiblemente, yo sea un impostor (otra vez) por no darme cuenta y hacer más y mejor, un sentimiento que no me es desconocido.

Cuando vivía en mi lujosa casa de la playa en la costa de Jersey (a mediados de los noventa) –construida sobre la arena, de varios pisos de cristal, tablas y listones, y con la que un arquitecto había cancelado su deuda–, en las cálidas mañanas de verano solía quedarme en la barandilla de la terraza, observando a un padre con sus hijos en la playa; los hijos hacían lo que hacen los hijos cuando están solos con papá en la playa: construir castillos, cavar hasta China, enterrarse unos a otros del cuello para abajo. Mientras, el padre miraba al infinito, leía el periódico, hablaba por teléfono, a menudo con su traje de ir a la oficina. De vez en cuando, los niños lo llamaban para que se fijara en un detalle delicioso de su castillo, construido con una pala diminuta. El padre desviaba la mirada, decía una palabra, se subía un poco los pantalones, se ponía en cuclillas para mirar más de cerca y ofrecía una valoración. Pero enseguida, mientras los niños regresaban a sus quehaceres, volvía a incorporarse y contemplaba la brillante paleta del océano hasta un carguero lejano, un windsurfista, una embarcación anclada, probablemente de alquiler. «Lo que hago *aquí* es un puro trámite. Debería estar *allí*», decían su postura y su mirada. «Ahora podría dirigirme hacia un nuevo horizonte, hacia un amanecer diferente. Sin embargo, estoy aquí, al borde del continente con mis pequeños, haciendo lo que la vida ha decretado. No es triste ni fraudulento en lo más mínimo. Aunque, sí, podría haber más, o tal vez otra cosa.»

Y todo el tiempo yo pensaba, con una taza de café fuerte humeando en la barandilla: «Conozco el hueco del corazón donde reside el anhelo y lo contrario del anhelo: haces el bien porque quieres hacer el bien, y eres un buen hombre a pesar de lo que sabes de ti. Sí. La felicidad aún puede ser tuya, amigo, pues la felicidad no es un elemento puro como el manganeso o el boro, sino una aleación de metales preciosos y básicos, y duraderos».

Aparecen en número creciente unos ostentosos carteles del BÚFALO ADULADOR: CASINO, GOLF Y HOTEL DE LUJO PARA CONVENCIONES, una filial de ocio de la tribu de indios americanos Wahpe-Mippa-Conji, situado en algún lugar de la carretera por la que circulamos. No es un sitio donde se me ocurriría poner los pies, porque odio arriesgar dinero. La gente cree que vender inmuebles es como un juego de azar. Pero, como profesional, puedo decir que no lo es si lo haces bien.

Todos los carteles luminosos muestran la gran cara caricaturizada de un hombre sonriente, de labios carnosos y oscuros, ojos saltones y nariz de Jimmy Durante, que lanza billetes de cien dólares al aire como si fueran confeti. Hay un grupo de tributo, el Rolling Stones All-Native, en el restaurante espectáculo Caravana de Pioneros. Exotic Entertainment en el Counting Coup Lounge. Cada fin de semana concursos del suéter más feo, miss camiseta mojada y miss mejor trasero. Un tobogán acuático interior «gigantesco». Un Bufet Tahitiano «mundialmente famoso». Y, además.

clases para «Enriquecer tu estilo de vida», un taller de escritura, una feria laboral de ciencias funerarias, clases de taichí y un seminario sobre «Cómo vivir el presente» impartido por psicólogos nativos licenciados por la Universidad Estatal de Dakota del Sur. Además, hay «tragaperras amables» y tarifas de San Valentín para enamorados: mi hijo y yo no lo somos, pero podríamos dar el pego. También hay un servicio de transporte gratuito a «Los Monumentos» cada dos horas, lo que me atrae, ya que no estoy seguro de que la Windbreaker consiga llegar hasta arriba si el tiempo se vuelve en nuestra contra, que podría ser.

Desde luego..., el Búfalo Adulador no es una elección inspirada. Ahora para nosotros no hay elecciones inspiradas. Sin embargo, en este momento de casi-llegada a nuestro destino –las llegadas son siempre *partidas*–, lo que yo quiero es que se nos presente alguna elección. En el espíritu de lo que dijo Krista respecto a que mi hijo y yo debíamos hacer cosas que nunca haríamos, una noche en el Búfalo Adulador podría mover nuestra aguja de donde me preocupa que esté ahora: cerca del soporte vital.

Paul se ha despertado y observa en silencio la pampa helada y oscura que pasa velozmente. Son las 17.21. La pradera refleja una luz rosa asalmonada que revela que es una sólida capa de hielo hasta el horizonte, donde el cielo invernal sigue siendo azul en lo alto. Posiblemente, he estado expresando mis pensamientos en voz alta, cosa que ahora suelo hacer sin darme cuenta.

–¿Sabías que San Valentín también es el Día Nacional del Donante de Órganos? –dice mi hijo con calma.

–¿Te estás planteando subastar tus partes?

–No. –Con la mano izquierda tira del cable blanco de sus auriculares, deja caer los dos bastoncillos sobre su regazo y les da unos golpecitos con la mano–. ¿Sabes que no sufro disfunción eréctil? Cualquiera diría que sí. –Engorda las mejillas.

La última luz ha plateado la autopista delante de nosotros.

—Tu polla no está conectada a tu cerebro —le digo—. Piensa por sí misma. La gran literatura trata sobre todo de eso.

—Lo que tú digas. —Carraspea, cosa que hoy ha hecho más veces—. ¿Crees que alguien se casaría conmigo? Lo he estado pensando.

—Siempre hay alguien que se casa con cualquiera. Mírame a mí.

—Yo sería un buen partido, ¿no crees? Me gusta dar guerra en la cama.

—Serías un buen partido, eso seguro —digo yo. Y es cierto.

—Anoche hablaste en sueños. Seguro que no lo sabes. —Me lanza una mirada furtiva. En las sombras, sus lentes captan el último rayo de sol como si fueran pequeños diamantes. Sonríe satisfecho—. No fue muy interesante. Solo fue raro.

—Creo que me lo puedes ahorrar. —No necesito explorar esto ahora.

—¿No quieres saber lo que dijiste?

Declino responder.

—Dijiste: «Esas son unas gafas de sol chinas baratas. Por eso eres un puto liberal». ¿No te parece raro? ¿A qué viene eso?

—Estoy seguro de que no dije eso.

—Lo dijiste. También dijiste: «Mismo número de zapato, mismas cicatrices, misma sobremordida».

—No me acuerdo. No soy responsable.

—¿Dónde estamos?

Mira hacia las montañas lejanas, oscurecidas por la última luz. Rapid City se ha materializado a unos treinta kilómetros por delante de nosotros, una pequeña galaxia de destellos en la noche invernal. He tomado la salida 78 y nos hemos metido en la SD 44, siguiendo las señales que nos llevan hacia el Búfalo Adulador. Es poco probable que Paul haya estado en un casino, y menos aún en uno propiedad de indios. Se supone que la tribu ha creado estos lugares para recaudar dinero de los turistas en pago por los siglos de pillaje perpetrados por mis antepasados contra sus antepasados. No puedo culparlos.

–Vamos a probar algo. Es diferente.

Más adelante, un halo de brumoso oro escarcha el cielo, prueba de que hay un gran cartel.

–Creo que veo la aurora boreal –dice Paul.

–Es un casino. Va a ser genial.

Otro cartel gigante y fabulosamente luminoso, que muestra a un búfalo de aspecto abatido arrodillándose cobarde ante un hombre con poca ropa que podría ser un nativo americano, se eleva por delante con su marquesina gritando: ¡ESPECIAL DE SAN VALENTÍN! TODOS GANAN. LOS ROSTROS PÁLIDOS SON BIENVENIDOS. Kilómetros de aparcamientos, en su mayoría vacíos bajo una elevada iluminación LED, se extienden hacia una estructura como de hotel en la que la mayor parte de las ventanas no están iluminadas, aunque hay una gran entrada con luces que se proyectan en la noche, como la sala de urgencias de un hospital. Una sólida barrera de nieve amontonada por tormentas anteriores rodea la parcela, en cuya parte trasera se ve una hilera de caravanas no muy distintas de la nuestra, donde deben de vivir o dormir los empleados. Veo más autobuses Heartland aparcados delante y una pequeña flota de lanzaderas del Búfalo Adulador que transportarán a los clientes al monte Rushmore por la mañana. No veo ningún campo de golf. El negocio no parece ir viento en popa, aunque por eso mismo entrar aquí es algo que nunca haría, y por lo tanto debería hacer. Por lo menos es más original que un Hilton Garden, que Paul ha asociado al síndrome de Estocolmo.

Aparco en un sitio cercano al resplandor que brota de la entrada. Un grupo de clientes del casino entra y sale, en su mayoría hombres con botas, sombreros y ropa de vaquero que trabajan en las plataformas petrolíferas locales, ansiosos por perder su paga del día.

–El juego es para cretinos. –Paul ha estado esperando para decir esto.

–No tienes que apostar. Se pueden hacer otras muchas cosas.

Los dos nos quedamos mirando la entrada iluminada como si de repente fueran a salir corriendo unos camilleros para llevarnos. Sobre las puertas giratorias hay otro cartel que anuncia lo que está ocurriendo dentro en ese momento. Una «Revista de hombres de pelo en pecho» y «El retorno épico de Midgette el Astillador» en la Sala de Combate. La batalla de las bandas punk kiowa en el miniescenario Little Bighorn. La Asociación para la Gestión del Pasado de Dakota de Sur celebra seminarios de invierno en la sala polivalente J, mientras que en la sala polivalente B podemos asistir a una tribal sesión de tormenta de ideas sobre el indicador financiero «ebitda». El desarrollo de uso mixto es el tema del día, incluso para los indios.

–¿Sabes?, no necesito vivir toda una vida en el tiempo que me queda –me dice Paul.

–No. Yo tampoco.

–Si has jodido tu vida, es cosa tuya.

–No he jodido mi vida. Creo que un casino es una idea novedosa, eso es todo. Es diferente.

–Ahora soy yo quien se ocupa de ti, ¿verdad, Lawrence? Has perdido tu función ejecutiva.

Le cuesta pronunciar «función ejecutiva» y desvía la mirada hacia el mástil del casino para distraerse. La bandera estadounidense y un estandarte de Desaparecido en Combate cuelgan a media asta (no sé por qué, ¿Kirk Douglas?), con el mástil anclado en medio de una fuente de hormigón que en verano muestra «aguas danzantes» pero que ahora está helada.

–No me estás cuidando.

Podría responder que nos cuidamos el uno al otro, pero

298

no es cierto. Estamos prácticamente solos. Ya me siento fatal, y ni siquiera estamos dentro.

–¿Te sientes atrapado cuando estás conmigo, Lawrence? –Consigue pronunciar estas palabras con suficiente claridad. La pérdida del habla puede ocurrir rápido con la ELA mala, pero luego vuelve.

–No. Estoy presto –digo.

«Estoy presto»: otra de sus expresiones favoritas.

–De acuerdo. Yo también estoy presto.

–¿Podemos entrar? Me estoy congelando aquí fuera.

La temperatura de la marquesina de eventos anuncia que estamos a veinte bajo cero.

–Sería mejor hacer esto en verano –dice–. Ya lo he dicho.

–Sí. Supongo. Probablemente.

–Lástima –dice mi hijo–. Entre las otras lástimas.

Y nos metemos en el casino.

Paul necesita su silla de ruedas, su bolsa de lona y su caja metálica con Otto dentro, como si pretendiera que Otto actuara una vez que nos hayamos registrado. Rezo para que no sea así.

Entrar en el gran vestíbulo del Búfalo Adulador no es muy diferente de entrar en la Clínica Mayo, que ha quedado un día y muchos kilómetros a nuestra espalda. El vestíbulo de la rotonda, remodelado con el ambiente de los bosques del norte, está lleno, pero no *mucho*. El escaso número de coches en el aparcamiento es buena prueba de ello. Dentro de un año, todo el edificio podría convertirse en una residencia de ancianos o en un minialmacén vertical, y el gran aparcamiento quedaría cerrado a cal y canto.

El vestíbulo, resplandeciente pero poco concurrido, se abre directamente a una sala de juego cavernosa, turbia y poco iluminada, un mar de tragaperras donde solo un puñado de jugadores con el culo medio fuera de su taburete juegan a las máquinas, beben margaritas gratis y fuman (aquí no se aplican las leyes sanitarias). El póquer, la ruleta, el bingo y las mesas de dados están en la retaguardia e inactivas. Una neblina gris se extiende hasta el vestíbulo, en cuyos laterales se encuentra la Boutique de Regalos Pícaros, con un cartel de neón rojo, y algunas otras tiendas sin clientes: un puesto de preservativos y tatuajes, una panadería exótica, un centro de artesanía con un escaparate de cestas y adornos tribales de imitación a la venta. Pasillos anchos y sombríos fluyen hacia el Bufet Tahitiano, el escenario de Caravana de Pioneros, las instalaciones para convenciones y las salas polivalentes. Ni rastro del tobogán acuático. Aquí nada está a la altura de los carteles publicitarios. Es posible que nunca lo haya estado. Tom Jones canta enérgicamente por encima de todo: «Dua..., dua-dua-dua-dua-dua».

Esta vez yo me encargo del carrito de equipajes y Paul se desplaza en su silla, mirando a su alrededor a lo friqui, como si buscara algo en concreto, una vez más con su parka de los Chiefs y su gorro de lana. No hay botones, y el personal de seguridad, impasible, de ojillos maliciosos, con cuerpos de culturistas (de ambos sexos), americanas de sport doradas con el escudo del Búfalo Adulador y auriculares con una floritura (podrían ser italianos), no nos presta atención. Otros vigilantes, apostados ante las pantallas de vídeo del sótano, sí, desde luego. Mi problema inmediato es decidir, teniendo en cuenta que las perspectivas ya son menos que óptimas, si seguir adelante y conseguir una habitación o plegar velas. El Búfalo Adulador no es lo que esperaba sin saber lo que esperaba. Pero existe la oportunidad –si nos quedamos, no apostamos, llenamos la barriga en el Bufet Tahitiano, encontramos asientos en primera fila para el Astillador, evitamos el taller de escritores y a los Rolling Stones nativos– de que acabemos intercambiando experiencias vitales únicas durante el

300

desayuno con una familia de antiguos gerentes de Aberdeen. Algo que recordaremos y de lo que nos reiremos como monos. Pero quizá esto es ya tan lúgubre que acabaremos lamentándolo, y mi hijo tiene demasiado poco tiempo de vida como para echar la vista atrás. Solo existe el ahora. Lo intento, pero parece que tampoco lo hago muy bien.

El largo mostrador de recepción está construido con gigantescas maderas tratadas con goma laca, con cabezas de alce, castores disecados, enormes truchas y lucios montados en las paredes y techos circundantes. De las rústicas vigas cuelga una canoa de abedul de aspecto auténtico, con capacidad para veinte valientes. Estos accesorios deben de proceder de un casino de Paramus. Por megafonía, una sensual voz femenina interrumpe a Tom gritando: «Otrooo ganadooor». Se oye el sonido de las monedas saliendo a borbotones por un conducto metálico, mientras en el interior de la sala de juego suenan sirenas, las luces parpadean, una multitud virtual empieza a gritar y a exclamar «yuu-juu». Ninguno de los jugadores levanta la vista. Puede que los casinos ya no sean la atracción de antes.

El empleado que atiende la recepción es, inexplicablemente, un sij alto y apuesto, con un turbante azul celeste al que se ha sujetado su barba. Un indio de otra tribu. Mientras me acerco, no estoy seguro de lo que quiero preguntar: instrucciones detalladas sobre lo que se supone que debo hacer ahora, cuando las señales parecen poco prometedoras. Una pregunta mejor sería: *¿por qué hay un sij aquí?*

–Hola. Señor. Bienvenido. ¿Qué puedo hacer por usted?

El hombre me ofrece una enorme sonrisa de incisivos blancos, imperturbable y prometedora. Intuye que mi lugar no es este. Sus largos dedos tienen las uñas perfectamente pulidas y esculpidas. Su uniforme de trabajo es la misma chaqueta con el mismo escudo del búfalo que lleva el personal de seguridad, solo que la suya es verde brillante para dar buena suerte. Posiblemente, duerme en una de las caravanas que hay fuera y se desplaza los fines de semana a casa de su familia en Nebraska, donde a los sijs les va mejor.

–Me preguntaba si tendría una habitación –digo, con cierta reticencia instalada en mi voz–. Somos mi hijo y yo. –Señalo a Paul en su silla de ruedas, abandonado en medio del vestíbulo, con un aspecto un tanto agitado.

–Desde luego. –La etiqueta con el nombre del recepcionista afirma que es, por alguna razón, «Allen». Probablemente, un graduado de la escuela de hotelería de Michigan State–. ¿Serán dos camas dobles? Tenemos un especial de San Valentín para enamorados. Se lo podemos ofrecer. ¿Tiene el carnet de jubilado o el de la Asociación Americana del Automóvil?

–Sí. Los dos.

En la pared, detrás de él, cuelga un inmenso tocado de águila expuesto en toda su gloria plumífera y, debajo, la silueta negra de una Glock 17 con la oscura advertencia: «¡¡¡NO TRAIGAS ESTO AQUÍ!!!». Es bueno saberlo.

–¿Necesitará que sea accesible para silla de ruedas? –Allen pone una sonrisa de disculpa.

–Tal vez. Sí.

–Solo necesito ver su identificación y una tarjeta de crédito de las buenas. Si no le importa. Le puedo ofrecer una suite con dos camas de agua. Son muy bonitas.

–No. Está bien así.

–No supondrá ningún extra. Solo noventa dólares. –Otra sonrisa de disculpa mientras juguetea con la pantalla de su ordenador.

–A mi hijo no le gustaría. Las camas de agua le parecen una chorrada. –O a lo mejor no.

–Oh, sí. Está en su derecho.

–Ya lo creo. Le diré que se ha dado cuenta.

–Por favor. –Otra sonrisa, esta vez de resplandeciente satisfacción.

—Déjame hablar con él antes de firmar los papeles.

—Sí. Mejor consultarlo. Lo comprendo. –Asiente como muestra de interés.

Desde su silla de ruedas, Paul observa una serie de pantallas de televisión colocadas encima de un carcayú disecado que combate con un coyote disecado por hacerse con un conejo disecado. Una pantalla muestra imágenes en bucle de la sala de tragaperras en sus mejores tiempos, con clientes de todas las formas y tamaños que ríen y apuestan y se divierten como nunca. En otra se ve un partido de béisbol de la liga japonesa: los Hiroshima Toyo Carp reciben a los Tokyo Yakult Swallows y les ganan por nueve a cero. Una tercera muestra una ceremonia tradicional en la que jóvenes nativos bailan alrededor de un poste con correas de cuero que les atraviesan la piel. La última exhibe un torneo de *cornhole* en Las Vegas, y esta es la que ha captado toda la atención de mi hijo. Lleva dos días sin afeitarse, y, con su atuendo de los Chiefs y su silla de ruedas, parece de nuevo un indigente al que la seguridad del casino tendría que mantener vigilado.

—Ese flaco de Cincinnati está ganando de calle –dice Paul, exultante–. El tío es un puto artista con el saco de judías. –Un tipo atractivo de brazos largos y rostro adusto, con una camiseta naranja brillante repleta de insignias de patrocinadores, levanta en ese momento su bolsa hacia el orificio y la hace desaparecer en el interior: la multitud de Las Vegas entra en éxtasis, y el tipo flaco mueve los puños como un tigre y sufre unos extraños espasmos en la rodilla–. ¡De puta madre! ¡Se acabó la partida, joder! –Paul me sonríe, con los ojos muy abiertos tras sus gafas, lo que podría malinterpretarse como venganza–. ¡Menuda paliza le ha metido!

La imagen cambia y muestra a una mujer joven con cara como de goma y vestido de lunares que traduce el evento al lenguaje de signos para los aficionados sordos de todo el mundo.

—Nos darán la suite de San Valentín —digo.

La boca de Paul —no puede controlar completamente los labios, que están entreabiertos— se tuerce en un rictus en el que parece bizco, y que obedece solo a su confusión. Todas las configuraciones normales de su cara están ligeramente distorsionadas, y puede que nunca vuelvan a estar normales.

—Aquí apesta —dice.

Y es verdad. El vestíbulo huele a cigarrillo, a lavabo de caballeros y a disolvente, y no lo notas hasta que lo notas. Probablemente, todos los casinos huelan así.

Nada más salir de la sala de las tragaperras veo a tres mujeres de color de mediana edad, todas con chándal de color pastel y elegantes zapatillas de deporte a juego, como si hubieran hecho la compra en Dick's. Llevan el pelo peinado de forma similar, brillante y sin ninguna marca racial, y han estado bebiendo, jugando y riendo, exactamente lo que habían venido a hacer. La del medio es la abogada de Chicago de anoche en Sioux Falls. Si tomamos la suite de San Valentín, posiblemente pueda invitarlas a metropolitans a las tres, mientras Paul usa la rampa para sillas de ruedas en el bar de striptease. De nuevo, no tengo que estar con él cada minuto. La abogada me echa un vistazo —su chándal es de un impoluto rosa pálido— y sus brillantes mejillas se hinchan involuntariamente. No, no, no, no. Nada de copas conmigo. Nada de jugueteos inofensivos. Nada de relajarse. Nada de bromas interraciales. La diversión no lleva mi nombre. Con los brazos enlazados, se dirigen al bufet libre antes de colarse en la «Revista de hombres de pelo en pecho».

Las rodillas de Paul se agitan bajo su abrigo. Es posible que le duelan. Nunca estoy seguro.

—Este lugar es el vórtice de la extinción —dice con expresión amarga—. ¿Cómo coño lo has encontrado?

—Me ha encontrado él. Estaba pensando en un baile privado en el club de striptease. Podría ser divertido. Sería tu gran oportunidad.

Le sonrío, no una sonrisa alegre, sino de asentimiento. Percibo que nos acercamos al fin de algo. Una barrera que quizá no podamos traspasar. Este lugar lo proclama en voz bien alta. Paul lo sabe.

Por megafonía se oye el ruido metálico de más monedas que caen por la rampa. «Ooootroo ganadooor», dice triunfante la voz sexy de mujer. Más vítores y gritos simulados. El sij ha desaparecido tras el mostrador de recepción. Son casi las seis. Posiblemente se ha tomado un descanso para cenar en su autocaravana. Una taza de té fuerte. Un cigarrillo. Se ha registrado en su propia casa.

–Nadie te hará un baile privado en una puta silla de ruedas –dice Paul con rencor, con ese temblor de manos. Las rodillas también le tiemblan–. Además, tengo una herida.

–Apuesto a que te equivocas. Midgette el Astillador podría ser algo creativo para ti.

–Estoy avanzando. ¿De acuerdo, Frank? Es la palabra que significa su opuesto. Avanzo hacia la iluminación espiritual. Y también avanzo hacia la etapa cuatro del cáncer de páncreas. –Está furioso y con ganas de pelea.

–No lo había pensado así, supongo.

–Sí. Es una mierda. Como tú.

–Vale. Pero aún podemos coger la suite de San Valentín. Te pediré un exótico servicio de habitaciones. Seguro que está disponible. –Lo digo en serio.

–Eres un gilipollas.

–¿Por qué soy un gilipollas? La vida es un viaje, hijo. Y tú estás en él.

Estoy dispuesto a cabrearlo, si no puedo hacerlo feliz. Aunque ojalá pudiera. Si lo piensas bien, es un hombre bastante convencional y poco aventurero. Como yo.

–No es un viaje hasta aquí –dice en un tono brutal.

–Okey.

–¿Dónde está el monte de Nuncajamás? ¿Vamos allí o no?

–Mañana. Ya estamos. Casi.

Más monedas cayendo por la rampa, más vítores. «¡Ootroooo ganadoooor!» Tom Jones canta «Delilah».

El apuesto sij ya ha vuelto, con aspecto renovado y sonriéndonos, animándonos con toda su presencia para que cojamos la suite y las camas de agua. No le importa que Paul y yo estemos discutiendo. La paternidad es una batalla en cualquier idioma.

–Creo que deberíamos quedarnos aquí –digo, sabiendo que Paul no querrá.

–Puedes quedarte tú. Yo voy a llamar a una ambulancia.

Sus ojos son amenazadores, su mano en forma de garra se agita en el extremo de su manga roja de Gore-Tex. Le he derrotado sin pretenderlo.

–De acuerdo. –Sonrío... con pena. La otra parte derrotada.

–¿De acuerdo con qué?

La idea de una ambulancia, lo sé, le resulta atractiva.

–Vale. Tú ganas. Podemos irnos de aquí.

–Ya era hora. No dispongo de un tiempo infinito como tú.

Recorro con la mirada el vestíbulo, sucio de humo, con su falsa decoración de los bosques del norte, su hombre alto y educado con turbante detrás del mostrador. En realidad, no es tan cutre ni tan triste. Unas pocas mejoras en la iluminación y en la ventilación, un buen grupo de verdaderos jugadores bebiendo, riendo y comportándose con naturalidad le darían otro aire. Como ocurre con tantas otras cosas, nos mostramos desdeñosos y nos rendimos con demasiada facilidad.

DIEZ

Rapid City –cuando ya oscurece y pasan pocos coches– es una cinta de ostentosas farolas en calles demasiado anchas, semáforos demasiado altos, camionetas demasiado ruidosas y franquicias por cuadruplicado (cuatro Walgreens, cuatro Midas Mufflers, cuatro Wells Fargos). Billy Idol y Billy Ocean (sean quienes sean) encabezan el programa doble de «Ritos de primavera» del centro cívico, seguidos de *El rey león*. La psoriasis y el dolor de espalda son algo que preocupa a los ciudadanos, aquí y en los carteles publicitarios. (¿LA PSORIASIS AFECTA SU VIDA EN MUCHOS ASPECTOS?; ¿DOLOR DE ESPALDA? CONSULTE AL DOCTOR ESPINAZO.) Incluso hay un HoJo's, aunque solo es una «posada» con tejado naranja, no el venerado restaurante económico donde Ann y yo compartimos almejas fritas y un sándwich de atún, además de un plato de helado de mantequilla de cacahuete con cucharas separadas.

Gran parte de la ciudad está dedicada a la marca Rushmore (la montaña y el monumento se encuentran a cuarenta kilómetros por la Ruta 16). Gastroenterología Rushmore. Diálisis Rushmore. Óptica Rushmore. Trituradora de tocones Rushmore. Residuos Rushmore. Rushmore Ford, Chevy, Hyundai. Todo el mundo que puede le saca tajada. ¿Por qué estar aquí si no?

Siempre es interesante saber qué hace que los lugares sean horribles, ya que pueden serlo de muchas maneras, aunque uno lo percibe nada más bajarse del autobús. Nunca es la calidad del aire ni la congestión de coches y camiones, la diferencia de ingresos, la mezcla racial, el número de parques, los kilómetros de carriles bici y senderos pavimentados para hacer footing, un paseo marítimo desarrollado, el acceso al transporte público o un próspero panorama artístico. Una ciudad puede figurar este año en la lista de «los mejores lugares para vivir y formar una familia» –junto con Portland, Maine, Billings, Montana y Rochester– y ser un desastre. Tiene que ver con las calles cavernosas, semáforos mortecinos como un velatorio y el número total de solares donde se amontonan los coches usados. Se trata de si los edificios más grandes son aparcamientos, de si hay un «centro» satélite en las afueras, relegando el viejo centro a un barrio de chabolas. Se trata de la rapidez con que los nuevos proyectos para construir «lofts» cubren de asfalto los antiguos prados de vacas, de cómo les va a los centros comerciales más antiguos y de si los nuevos concesionarios de coches parecen pagodas Ming. Un mes recorriendo las anchas arterias de Rapid City –como estamos haciendo Paul y yo en busca de un Hilton Garden o un Courtyard Marriott– y acabaría comprándome un cuatro por cuatro Isuzu de segunda mano y me iría a cualquier sitio que no fuera este.

Esta noche, sin embargo, no estamos de suerte, incluso para un lugar horrible como este en el que estamos. Tres Hiltons, tres Marriotts, cuatro Holiday Inns, más varios Days Inns, moteles 6s y 8s, y el HoJo's. Todos llenos. Si me hubiera impuesto en el Búfalo Adulador, ahora estaría en el Bufet Tahitiano, con un par de Stolis gratis entre pecho y espalda. Nunca dejes que tu hijo decida las cosas.

Jeff, el joven y cortés empleado en prácticas del Hilton Homewood, me informa de que la ciudad está llena por culpa del concurso estatal de oratoria de secundaria.

–Viene más gente que para el torneo estatal de béisbol y el rodeo.

Familias enteras viajan desde lugares tan lejanos como New Effington para escuchar los discursos memorizados de sus hijos sobre temas previamente establecidos. El de este año es: «¿Por qué creen los estadounidenses en la democracia?». (Una buena pregunta cuya respuesta me gustaría escuchar.) Las cosas se animan por la noche, dice Jeff, cuando los padres de los ganadores y los perdedores aparecen en los bares de los hoteles. Parece que, en el estado del Gato Chamuscado,[1] los ciudadanos se toman en serio la oratoria, aunque no lo dirías por la actuación de McGovern en el 72.

Jeff –que es un joven de cara lozana y nuez marcada, un granjero de la cercana Owanka y antiguo alumno de la Universidad Estatal de Black Hills, en Spearfish– me dice que al menos estamos de suerte en cuanto a monumentos; «los Monumentos» siempre abren la semana de San Valentín..., si el tiempo lo permite. Por razones poco claras que se remontan a los años treinta, cuando se descubrió el rostro de Washington ante un mundo atónito, los turistas suelen visitar el santuario por San Valentín, conscientes, al parecer, de las afinidades astrales entre San Valentín y los cuatro presidentes muertos. Heidegger lo apreciaría, ya que se ocupa de conexiones inesperadas todos los días y a todas horas.

El bueno de Jeff (de apellido Hansen) es lo bastante generoso como para llamar a algunos «hoteles hermanos más

---

1. En 1890, Dakota del Sur estaba en medio de una sequía. El gobernador Mellette hacía lo que podía para que nadie abandonara el estado. En un viaje a Chicago, un amigo suyo periodista le preguntó cómo iban las cosas por Dakota del Sur, a lo que él contestó: «Dakota del Sur es como un gato chamuscado, está mejor de lo que parece».

agradables», incluidos los de la competencia. Pero ni hablar. Los que llegan sin habitaciones duermen en caravanas detrás del TravelCenter of America. (Para nosotros, la Windbreaker no es una opción.) Sin embargo, dice, el hermano de su madre, Harald, es propietario de un «local antiguo un poco alejado de la ciudad» en la dirección de la que acabamos de llegar: el Four Presidents Courts, un antro de mala muerte que vi al pasar y que consideré un punto de encuentro para vendedores de seguros y sus secretarias. También el mismo tipo de motel a donde me escapé con mi novia de la universidad, Mindy Levinson, de Royal Oak, y donde pasamos un buen rato hasta cansarnos, solo por cuatro dólares la noche. Atrás quedaron aquellos días. Atrás quedaron esos sitios y esos placeres..., o eso creía yo.

El joven y sonriente Jeff hace una llamada desde la recepción del Homewood, se pone en contacto con el tío Harald y le dice que hay un «par de buenos chicos» que necesitan un sitio donde «descansar los huesos». ¿Podría ayudarnos? (Ni idea de cómo sabe que somos buenos chicos. No ha visto a Paul.) Mantienen una pequeña charla, después hay asentimientos y sonrisas, seguidos de un pulgar hacia arriba con un guiño de «eso está hecho». Ya tenemos un sitio. No hay necesidad de dar las gracias a nadie: para eso está aquí, todo el mundo trabaja en colaboración en estas situaciones, vuelva cuando esto no sea una puta nevera. Y Paul y yo volvemos a tomar la ancha y vulgar calle hacia el Four Presidents, que está cerca de un Neumáticos, Neumáticos, Neumáticos, el lavacoches Rushmore Auto-Suds, el Rushmore Miniature Golf y un Matadero Rushmore. Por cinco centavos volvería directamente al Búfalo Adulador. Pero esa sería la dirección equivocada, y algo me dice (una urgencia que siento en el vientre) que tengo que ir a donde vamos, y pronto.

Paul, mientras yo estaba en el Homewood, ha rebuscado

–con su mano y media– en su maletín metálico y ha sacado su muñeco de ventrílocuo y lo ha apoyado encima del maletín en el asiento trasero de la cabina del Dodge, donde tengo que ver su cara de madera por el retrovisor, cosa que resulta un tanto perturbadora. Como ventrílocuo juvenil, Paul organizaba «espectáculos» regulares en el salón de nuestra casa, en Cleveland Lane, mientras iba al instituto y su padrastro se recuperaba primero y moría después de un cáncer colorrectal, y al final su madre ya no podía con él. En todas estas actuaciones –al final tuve que obligarle a parar– demostró ser completamente inepto a la hora de no mover los labios; tampoco era muy hábil con la mecánica interna de Otto; en realidad, solo era bueno haciendo que Otto «dijera» cosas que él –Paul– consideraba hilarantes y que a veces eran pullas dirigidas contra mí, su madre o su padrastro moribundo, Charley. (Nunca las dirigía a su hermana porque le tenía miedo.)

Mis ojos están atentos ahora al Neumáticos, Neumáticos, Neumáticos o al campo de golf, mientras en el oscuro asiento trasero las luces atraviesan el reflejo en el retrovisor de la cara lasciva y con ojos de insecto de Otto.

–A Otto le ha dado por los homónimos, ¿verdad, viejo amigo?

Paul/Otto. A veces, Otto es británico. Paul me lanza una mirada guasona y reprime una sonrisa. En un momento inverosímil, cuando tenía dieciséis años, Paul creyó que le esperaba una carrera como ventrílocuo en la que ganaría millones.

–Tienes razón, viejo saco de mierda –«dice» Otto en el frágil falsete de Paul, con el rostro desviado para ocultar sus labios temblorosos.

El asiento de la cabina del Dodge es un proscenio perfecto.

–¿Quieres ir a cenar? –pregunto.

Pasamos por delante del chino Golden Dragon, con vehículos fuera, pero no abarrotado. Paul es un devoto del General Tso. A mí me apetece pupu de cerdo.

—Otto está hablando. Solo come serrín.

—Entendido —digo, y sigo conduciendo.

—¿Cuáles son tus favoritos, Otto? —dice Paul con una voz chillona, refiriéndose a los homónimos. Los grandes ojos azules pintados de Otto me lanzan una mirada espeluznante desde la oscuridad: pelo naranja oscuro, americana de *tweed* y manos de madera de balsa enguantadas que centellean en el tráfico—. Acerbo y acervo. Bello y vello. Bobina y bovina. Maya y malla.

Los labios de Otto no se mueven, solo los de Paul. Paul considera que está «proyectando la voz», pero no es así.

—¿Algo más, Otto? —Paul ya está ronco.

—Indio e índigo —«dice» Otto.

—Ese no vale —respondo—. Además, es racista.

Más adelante, bajo las tenues luces de la calle, veo el Neumáticos, Neumáticos Neumáticos y el campo de golf, al lado del matadero Rushmore.

—Que te jodan —gruñe Paul—. Es real si Otto dice que lo es.

—Rita y frita, Evita y levita, copa y sopa —digo—. Solo participo en la diversión.

—Eres un idiota —dice Paul.

—Peso y beso. Picha y ficha.

—Chúpame la polla y chúpame la polla —dice—. ¿Cuál es el animal más peligroso de Dakota del Sur? No lo sabes.

—El leopardo —digo—. ¿A quién le importa? Un perrito de la pradera.

—El bisonte —dice Paul—. El bisonte mata a más gente que las serpientes de cascabel. Eres un mentecato, Frank.

—¿Y qué me dices de Pene-silvania?

Estamos entrando en el aparcamiento del motel (el Four Presidents Courts), un solitario rectángulo blanco con diez puertas oscuras en fila y la ventana de la oficina poco iluminada en el extremo cercano, donde hay aparcada una camioneta.

—Es el coyote —dice Paul. Los ojos azules de Otto no parpadean. Está contento de que sea Paul quien hable—. Los coyotes matan a más gente en Nueva Jersey que las arañas reclusas pardas. Sabía que no lo sabías. Careces de conocimientos basados en hechos. No ves suficiente televisión.

—Hago lo que puedo.

Nos detenemos detrás de la ranchera, que es una Ford 150 en un estado desastroso, cubierta de óxido, con pegatinas y calcomanías y mensajes que cubren la compuerta trasera, cerrada con un alambre. «El perro es mi copiloto», «Nietzsche tenía razón», «No creas todo lo que piensas», «Jack Mormons Rock», «Biden». Desconfío de la gente que decora sus vehículos con sus creencias. Suelen ser los que interrumpen las reuniones de la junta de urbanismo y siempre están gritando que el sistema está amañado y que hay que fusilar a todo el mundo (menos a ellos), cuando los ciudadanos normales y respetuosos de la ley (yo) simplemente estamos allí para solicitar una variante de zonificación. Estas personas no siempre son republicanas.

—¿Qué vamos a hacer aquí?

Paul habla con un hilo de voz, y al hacerlo expulsa algo repugnante que ha tragado. Ha tenido un día largo. Yo también.

—Tenemos una habitación aquí —le digo—. Piensa que es patrimonio nacional. Te gustará.

Paul se da la vuelta con dificultad, mirando el cartel del Four Presidents, una representación pintada a mano de la famosa montaña con los cuatro rostros presidenciales pintados con poca exactitud. La cara de Roosevelt es más grande que la de Lincoln. Washington mira de frente y Jefferson parece un añadido posterior. El letrero solo está iluminado con unos faros sellados demasiado pequeños que bajan desde la parte superior e iluminan más el suelo helado que las caras.

Es cierto que Mindy Levinson y yo frecuentábamos justo esos cuchitriles en nuestros fines de semana sexuales, pero eso fue hace cincuenta y cinco años. –Esto parece la puerta de la muerte. –Paul agacha la cabeza, con su aspecto demacrado y encogido y ligeramente infeliz–. Es un buen lugar para mí.

–Otto y tú quedaos aquí. –Salgo al frío y a la tenue luz del cartel.

–Otto dice que empiezas con un destino, pero que luego acabas en cualquier sitio.

–Pues que Otto planee nuestro próximo viaje.

–¿Y cuándo será eso?

En el exterior, el aire tiene un fuerte olor a matadero. Un corral metálico se vislumbra entre sombras al otro lado de un callejón. Hay dos vacas de cara blanca juntas en la oscuridad: no me miran a mí, sino al edificio del matadero. Mañana será su día en la historia. El día de San Valentín.

–No me encuentro muy bien, Lawrence. Lo siento.

Paul se asoma por mi portezuela, echándome una mirada inquisitiva envuelto en su parka. Se oye a sí mismo. Parece estar asintiendo, posiblemente experimenta síntomas que no he visto.

–No tienes por qué demostrar que estás bien –digo–. No digas nada. –No se me ocurre nada mejor.

–Para ti es fácil...

Cierro la puerta del Dodge antes de oír sus palabras y arrastro los pies hacia la sombría oficina.

No hay nadie cuando cierro la puerta de la oficina. El interior es cálido, estrecho; está mal iluminado y huele a ropa sucia. Sin embargo, hay algo acogedor en las oficinas de los moteles baratos, como si poseer un bloque de habitaciones para turistas fuera todo lo que una persona necesita.

–Vale. Sí.

Una voz profunda, tusiva (masculino), llega de las habitaciones que hay al otro lado de una puerta abierta. Se oye cerrar otra puerta. Una cámara de vídeo, colocada cerca del techo, me vigila por si he venido a causar problemas. En las paredes hay viejos estantes metálicos con folletos de vacaciones y más carteles de creencias personales: «El alcohol es un buen sirviente, pero un mal amo», «Nada bueno ocurre después de medianoche», «Hoy es el primer día del resto de tu vida». Todo cierto. También hay una fotografía sepia tamaño mural de la orilla del lago Chicago, alrededor de 1955, antes de que el progreso lo destrozara, y un fotograma publicitario enmarcado del cantante de Sheffield Joe Cocker, el rey del meneo, sacudiendo los brazos y con la boca abierta, como si estuviera enganchado a un enchufe. Está firmada por Joe con una floritura.

–Estoy viendo la previa del partido de Winnipeg –anuncia la voz congestionada, sin que aún pueda ver a quién pertenece, moviéndose pesadamente.

–No hay prisa –le digo.

–El hockey es un gran deporte. ¿Ha jugado alguna vez? –No se ve a nadie, pero parece que nos conocemos.

–Nunca. –Sonrío expectante.

Sobre el cristal que remata el mostrador de recepción hay una pila de folletos: «¿Es el hospital para terminales la mejor opción?». Un distinguido caballero de pelo blanco aparece en la foto; tiene en brazos a un niño risueño y querubín, al que sonríe y hace arrumacos. Un nieto al que está a punto de abandonar. Las preguntas más frecuentes se responden sin rodeos: «¿Cuál es la tasa de éxito del hospital para terminales en la gestión del dolor?». Muy alta. «¿Es muy difícil cuidar en casa a un ser querido que se está muriendo?» Rara vez es fácil. «¿Me abandonará el hospital si no hago la transición en seis meses?» Normalmente, no.

Los dejo donde los he encontrado.

–Oh, sí. Claro que sí –dice el hombre que no está aquí, respondiendo a una pregunta que no he formulado–. Los folletos del hospital son gratis, por cierto.

Harald, el tío favorito de Jeff, el de la nuez marcada del Hilton Homewood, se asoma a paso lento por la angosta puerta de atrás (¡PRIVADO! ¡NO ENTRAR!), y es un gigante. Mide casi dos metros y se desplaza con dos bastones de metal que no lo estabilizan lo suficiente, por lo que tiene que apoyar su enorme puño en todas las superficies que se encuentra a su paso. Yo diría que es demasiado grande para jugar al hockey. «Jugó en Brookings. Jugó en los juveniles en Medicine Hat. En la época en que te ponían solo a la hora de atizarse. No como ahora.» La oficina se ha hecho palpablemente más pequeña con la presencia de Harald. Su respiración es audible y profunda. Antes era un James Arness de grandes facciones, de ojos pequeños y castaños, con el pelo de estrella de cine. Su nariz, sin embargo, muestra una ancha abolladura producida por un palo de hockey. No es en absoluto viejo. Con más movilidad y suerte, podría estar detrás del mostrador de Lowe's. Le sonrío esperanzado.

–Muy bien. –Se acomoda en una silla detrás del mostrador de recepción. Se pone los lentes bifocales y manosea la tarjeta de registro. Todo es práctico. Nada de electrónica. Probablemente, la cámara no funcione, aunque me vio leyendo la información del hospicio–. ¿Viene a los discursos?

–No –le digo–. Mi hijo y yo vamos al monte Rushmore. Mañana.

–Ajá. –Empuja una tarjeta sobre el cristal–. Rellene esto.

El puño de Harald podría sostener veinte discos de hockey y seguir atizando golpes fulminantes. O al menos antes podía. Me pongo manos a la obra con el bolígrafo que me ha proporcionado. No se menciona a Jeff.

–Querríamos dos camas dobles –digo.

Un perro blanco y gordo sale por detrás y se detiene en la puerta para mirarme fijamente. Tiene cataratas en un ojo.

–Solo tenemos camas de matrimonio –dice Harald–. Le daré la nupcial. Tiene una puerta en medio. Son cien dólares. –Respira con fuerza. Mi propia presencia en la oficina no ha cambiado nada.

–Eso sería fantástico.

Termino de escribir y le entrego la tarjeta.

–Tiene que volver en verano.

–Lo sé. Pero vivimos unas circunstancias especiales.

El perro se da la vuelta y vuelve por donde ha venido.

Harald le pone el sello de PAGADO a mi recibo, usando una almohadilla de tinta.

–El pago es en efectivo.

–Muy bien.

Ya he sacado la tarjeta de crédito, pero la vuelvo a meter en la cartera. El Búfalo Adulador costaba noventa, incluido el Bufet Tahitiano, el Astillador y el autobús. Ahora no me lo replanteo. Saco billetes de veinte.

Los movimientos de Harald son casi delicados. Saca dos llaveros de plástico de debajo del mostrador y me los entrega.

–Uno es para la puerta interior. Tiene que dejar la habitación a las diez. Mi mujer estará aquí. Son la número nueve y la número diez, al final. Deje las llaves en la habitación.

Quiero preguntar si hay algún lugar decente donde podamos comer algo. Paul no está por la labor de ir al Golden Dragon o a un Applebee's. En un rincón hay una pequeña nevera blanca con un árbol de Navidad en miniatura encima, donde parpadean luces rojas, azules y verdes. Posiblemente, haya algo que se pueda calentar en el microondas.

–¿Se puede comprar algo para comer? –Dirijo una mirada esperanzada hacia la nevera.

–Gusanos de sangre para los que pescan en el hielo. Eso

es lo que guardamos en invierno. Ahí puede comprar Snickers y patatas fritas. –Señala un estante con un pequeño surtido–. ¿Dónde está Haddam...? –Harald coge la tarjeta de facturación–. Nueva Jersey.

–Bajando hacia la pata de perro, a medio camino –A quince centímetros de sus huevos. Eso no lo digo.

–Una vez estuve en Manalapan. ¿Ha estado?

–Vendía casas allí. No solo en Manalapan. En todas partes.

Le ofrezco a Harald mi semblante de cliente cortés, que he ofrecido a través de los años a miles de compradores caprichosos.

–Mi hermana se lió con un tipo ruso. Era una mala pieza. Tuve que ir a buscarla. Se estaba aprovechando a tope de ella. No es que ella no se lo hubiera buscado un poco.

–¿Dónde está ahora? –le pregunto.

–Oh, ella murió. –Me dedica una sonrisa sincera..., también ante lo increíble que resulta. A pesar de sus rasgos de estrella de cine, Harald tiene un rostro dócil y confiado, como si la vida lo hubiera malinterpretado desde el principio–. Heroína. No todas las historias acaban bien.

No parece un hombre de pegatinas ni de gestos ostentosos; más bien un tipo de prioridades infravaloradas. Sin embargo, para nosotros nunca hay nada fuera de lo normal.

–Lo siento –digo refiriéndome a su hermana.

–Por eso tengo todo lo del hospital de terminales. Fueron buenos con ella. –Harald se reacomoda en su silla como si no estuviera contento de estar ahí–. ¿Solo su hijo y usted?

–Sí.

–¿Qué edad tiene?

–Cuarenta y siete. Sufre un trastorno neurológico. No camina muy bien. –Lo añado por si le parece que hay algo raro.

–Solíamos llevar a nuestros hijos. Se tronchaban con las caras –dice Harald–. Ahora está todo preparado para los discapacitados. Tengo que ponerme con eso. Es probable que mi motel no lo esté mucho.

–No pasa nada.

–¿Dónde está su esposa? –Ha pensado en su propia mujer y quiere mencionar a la mía.

–Ya no tengo.

Le sonrío para que vea que no pasa nada. Casi seguro que hay una pegatina para mi situación. No todas las historias acaban bien. En la penumbra se pueden encontrar algunas luces encendidas. En la vida pasan cosas. Harald es un optimista. Un partidario de Biden, a menos que sea una broma.

–Siempre pensé que acabaría solo. Y que no pasaría nada –dice Harald, sacudiendo la cabeza ante lo increíble que también resulta eso.

–Yo nunca pensé que acabaría solo –digo.

Harald empieza, con esfuerzo, a levantarse, agarrando un bastón cada vez.

–Los hombres y las mujeres siempre se equivocan –dice–. Tiene que dejar la habitación a las diez. Mi mujer estará aquí. ¿Ya se lo he dicho?

–Sí. Pero gracias. –Llaves en mano.

–Ya verá como todo le va bien –dice Harald.

–Estupendo. Eso espero.

No tengo ni idea de a qué se refiere, pero cuento con que tenga razón. Luego salgo y estoy de nuevo en medio del frío.

Al final, la cena no es ningún problema. Paul ya está durmiendo cuando entro con las llaves, y Otto está inquietantemente «despierto» en la parte de atrás. Me adentro en la ciudad por la calle principal, a la luz de las farolas, sin saber adónde voy, pero entonces me desvío hacia Walgreens, donde compro salchichas de Viena, galletas saladas, sardinas, un tarro pequeño de pepinillos kosher, galletas Newtons, un paquete de seis Dr. Peppers y dos Coors de cuello largo para mí, la cerveza que mi madre compraba para todos los viajes familiares por carretera. Walgreens ahora vende de todo: desde juguetes sexuales a artículos de pesca, pasando por iconos religiosos.

Con Paul aún dormido, conduzco de vuelta al Four Presidents y voy hasta la última puerta: las dos vacas Herefords nos observan desde su recinto. Parece que somos los únicos invitados. Se ve a un hombre menudo con un gran sombrero de cowboy en la zona del Lavacoches Rushmore, al otro lado de la calle, que le da un repaso a su Silverado con la pistola pulverizadora, con un cigarrillo en la boca; su mujer está dentro, leyendo un libro. El Ford oxidado de Harald, con sus múltiples pegatinas, está donde estaba; aunque el cartel de PRESIDENTS está apagado. Harald ha vuelto a la parte de atrás; ve el partido de los Jets de Winnipeg. Es una noche de invierno sin sobresaltos en Rapid City. Si vivieras aquí, te sentirías medio bien.

Paul se despierta cuando apago el motor, mira a su alrededor la hilera de puertas del motel.

–¿De verdad es aquí donde nos vamos a quedar?

–El Carlyle está reservado. –Tengo que meterlo en la habitación y alimentarlo.

–Soñaba con algo que estaba fuera de mi alcance y que siempre había estado a mi alcance. No sé lo que era. A lo mejor estoy muerto. ¿Lo estoy?

–No que yo sepa.

Otra vez le cuesta pronunciar.

–Ahora selecciono mis palabras –dice–. Por eso hablo tan pausado. ¿Vale? No están fluyendo bien. Y me duele la cabeza. También tengo frío.

–Debes de estar cansado.

Yo estoy cansado, y me voy a tomar una cerveza con un vodka esté como esté nuestra habitación.

—¿Crees que todo esto te importa más que a mí? —Está mirando al frente como si se concentrara.

—¿Qué quieres decir con esto?

—Mmm. No lo sé.

—Creo que te importa más que a mí —digo—. Y debería.

—¿Crees que mis médicos se preocupan por mí?

—Probablemente.

En la oscuridad de la que ahora formamos parte, oigo una sirena lejana, luego el motor de un camión de bomberos. A continuación, un pesado camión acelera, no muy lejos. Alguien está recibiendo ayuda en alguna parte. Ojalá fuéramos nosotros. «No llevo la pluma más fresca de la vida», dijo el poeta. Ahora no puedo engañar a mi hijo. Aunque me gustaría.

—¿Estás decepcionado porque no llegué a águila en los boy scouts? —pregunta.

—No estuviste en los boy scouts. Sea como sea, los scouts son un montón de mierda. Odio acampar.

—Aun así, podrías estar decepcionado.

—Nada de ti me decepciona. —Es verdad.

—¿Y si empeoro muy deprisa?

—Haré venir a un equipo médico para que te evacúe. Vuelo de rescate. Sin reparar en gastos. No pienses en eso, ¿vale?

Cuando Paul tenía quince años y estuvo a punto de perder un ojo en un accidente de béisbol, lo llevaron en helicóptero a Yale-New Haven, después de lo cual estuvo hablando de helicópteros durante meses. Hasta Otto lo comentó.

—No he tenido una gran vida, ¿verdad, Frank? —No me mira.

—No. Pero has estado bien.

Así es como decide que discutamos nuestros temas difíciles: como cosas que no decimos de camino a algún lugar más importante. Nos estamos congelando en el Dodge. No pasa nada.

–¿Te cabreo? –Sorbe por la nariz.

–Ahora mismo no. No. Solo a veces. ¿Por qué?

–Tú sí me cabreas. Todo esto me cabrea.

No acaba de decir bien lo de «me cabreas». Más bien dice: «me cafrea». Ahora no puedo hablar. Solo importan sus palabras. Su situación neutraliza la mía.

–Deberíamos entrar –digo de forma entrecortada.

Me tiemblan hasta los muslos. Aunque Paul, con su parka de los Chiefs, sus guantes polares, su gorra roja y su sudadera de GENIO TLAVAJANDO, no parece temblar, pese a haber dicho que sí. Otto nos observa por el retrovisor.

–¿Te gustan los Eagles? No el equipo de fútbol.

–No están mal.

He levantado nuestra bolsa de pícnic del suelo.

–¿Sabías que Tom Jones fue nombrado caballero por la reina de Inglaterra?

–Sí.

Abro la puerta al frío y al fuerte aroma a vaca.

–Es galés, cosa que no es nada habitual.

–Lo sé.

Hemos de movernos o moriremos aquí y nunca veremos el monte Rushmore, lo cual sería una pena, teniendo en cuenta que ya estamos aquí.

Nuestra habitación –la número diez de diez– no es tan terrible como esperaba. Una cama de matrimonio grande, un escritorio con silla incorporada y una margarita de plástico en un jarrón, por si alguien quiere escribir una carta de amor. Un baño-ducha limpio con una toalla y un rectángulo de Colgate. En un agujero en la pared han instalado un viejo y polvoriento calentador Carrier Super-Weather; lo enciendo porque aquí hace un frío que pela. El suelo es de linóleo verde cámara de gas; cuando enciendo la luz del techo, una lúgubre atmósfera de cámara de gas se extiende por todos los espacios interiores. Es, sin embargo, un facsímil decente del nido de amor que compartía con Mindy Levinson en el Silver Birches de Charlevoix, y, como tal, me ofrece la rarísima sensación de volver a casa, cosa que no habría ocurrido en el Búfalo Adulador.

Meto los petates. La silla de ruedas de Paul es demasiado ancha para la puerta, así que lo llevo a cuestas (cosa peligrosa en la oscuridad), lo que le hace gruñir y decir «uuuf», como si le doliera que lo cargaran. Incluso con su pesada parka, sus brazos y hombros son poco resistentes, de modo que no me cuesta mucho hacer palanca para subirlo a la cama, aunque con el esfuerzo me da otro tirón en la clavícula y, por un momento, me quedo parcialmente inmovilizado.

–No resucites –dice Paul, desplomado en la tosca cama, con las piernas colgando por un lado, la mano buena agarrando la tela, como si eso le mantuviera erguido–. Ese es uno de mis epitafios. «Nada es suficiente» es el otro.

–Estupendo. –Me falta el aire y me duelen los omóplatos. El viejo Carrier ha expulsado una fina niebla de polvo, pero está semicalentando la habitación y esparciendo un malsano tufo a melocotón–. ¿Qué más quieres de la caravana?

–Deja a Otto –dice autoritariamente–. Trae a Paul-dos-punto-cero. Quiero su foto donde pueda verla. Es mi amigo.

–No es mi amigo –digo con desgana.

–Lo será algún día, Lawrence. En esto no tienes voz ni voto, ¿recuerdas?

Mi hijo y yo nos miramos fijamente en esta deplorable habitación; él, agresivo a falta de poder ser otra cosa. Como ya ha dicho, tener razón no cuenta una mierda. Está experimentando tantas cosas que yo no doy abasto.

–Cuando me despierto por la noche –dice–, la mayoría de las veces no sé dónde estoy. Ni quién soy. Es lo mejor que me ha pasado hasta ahora.

Levanta la mano mala y la golpea contra la palma, un gesto, supongo, de aplauso. Yo he tenido la misma experiencia. Es una especie de alivio.

—¿Crees que el Oeste es más auténtico? —pregunta—. ¿O que quizá yo soy más auténtico?

—Solo pensé que podríamos reírnos un poco. Ya te lo he dicho. Eres muy auténtico.

Me mira en medio de esa luz de cámara de gas.

—¿Te refieres a lo que uno se ríe con memes como «¿Quieres patatas fritas con eso?»? «¿Todavía estás trabajando?» «¿Pedimos la cuenta?» «¿Has terminado?» ¿Ese tipo de risas?

—Sí. Algo así.

—Mis nervios me están abandonando definitivamente, ¿no crees?

—Tal vez. Un poco. Ya veremos.

—Aunque todavía me gustaría echar un polvo. —Mira a su alrededor—. ¿Crees que este es uno de esos sitios?

—No lo creo. —¿Qué diría Harald si fuera a llamar a su puerta?—. El casino era tu mejor oportunidad.

—Aunque nunca es demasiado tarde, ¿verdad?

—Esperemos que no.

Mi hijo se recuesta pesadamente sobre la rígida colcha de rosas nupciales descoloridas e inspira y espira superficialmente.

—Oooh..., mierda —dice.

No «Oh..., madre mía». Sus dos rodillas tiemblan ligeramente. Es posible que se duerma antes de que pueda darle de comer. Ya no puedo recordar lo que esperaba de nuestro día.

Paul empieza a respirar de manera más profunda, unos suspiros de la primera fase del sueño como si nada estuviera fuera de su alcance. Sus dedos tiemblan ligeramente, sus rodillas han dejado de agitarse. Parece un fardo de ropa caído del cielo.

Salgo al frío aparcamiento. El vaquero con sombrero ha terminado de limpiar su camioneta y se ha marchado dejando la luz del túnel de lavado encendida. Neumáticos, Neumáticos, Neumáticos tiene una valla ciclónica en todo su perímetro y es, por lo que veo, una tienda de segunda mano. Oigo un semirremolque girando a pocas calles de distancia. Las Herefords, en su corral, se han instalado en una esquina lejana, formando una figura oscura contra los barrotes. En lo alto, el cielo ofrece la luna menguante y un espectacular mapa de estrellas de las que no sé nada. Ann conocía todas las constelaciones gracias a los años que pasó durmiendo al aire libre en el Huron Mountain Club. Cuando éramos jóvenes, no paraba de hablar de Tauro, Acuario, Géminis. Todo eso me parecía un pasatiempo para los que tenían miedo de estar solos. A Paul le gustaba tumbarse en el suelo y «ver» sus propias constelaciones para frustrar a su madre. «La suricata», «La máquina de escribir», «El colinabo», «La molleja de cerdo». Cuando me siento más vacío, puedo perderme en la incomprensibilidad liberadora de todo lo que hay ahí arriba. Aunque, en el fondo de mi corazón, sé que cuando miramos hacia el espacio más profundo lo que esperamos encontrar son sus límites.

Pongo la mano sobre el capó del Dodge, que está caliente pero enfriándose. Este podría ser un momento en el que otro tipo de hombre experimentara una reconsideración –largo tiempo rechazada– de la vida después de la muerte, es decir, que, como la muerte es irreversible, tiene que haber una forma de evitarla. Aunque lo único que se me ocurre hacer es llamar a Betty Tran, invocar su voz desde las esferas. (Apaga el teléfono a las ocho para terminar sus deberes de contabilidad empresarial. No necesito decir nada.)

«Hola, soy Betty.» Un sonsonete, alegre, como corresponde, que me encanta. «Espero que estés teniendo un día súper. Me encantaría hablar contigo. Si quieres concertar una cita, deja tu nombre (si ya eres cliente) y tu número de

teléfono. Si eres un cliente nuevo, llama a Bethany Tran para concertar una entrevista para nuevos clientes», algo que yo nunca he tenido que hacer, «al 507-732-2961. ¿De acuerdo? Peeer-fecto. Cuídate.»
Clic.
Perfecto. Su voz tintineante desde la cúpula azul y negra es todo lo que necesito. Aunque admito que, mientras la escuchaba, la cara que tenía en mi mente era la de la enfermera Krista, la de A Fool's Paradise, no la de Betty.

Paul no se ha movido cuando he vuelto con la foto del «otro Paul». La calefacción ha caldeado la habitación, aunque cuando entro en el cuarto de baño todavía hay una capa de hielo en el agua del inodoro y un exratón de buen tamaño en la bañera. Sin embargo, sorprendentemente, el agua caliente funciona en el lavabo, y dejo la puerta abierta para que se descongelen las cosas.

La habitación número 9, cuando abro la puerta que comunica las dos, resulta ser un almacén frigorífico con viejos muebles y artilugios típicos de motel, grietas en la porcelana, persianas, todo revuelto, gran parte sobre la cama, bloqueando el cuarto de baño y la puerta exterior. De alguna parte sale un olor a cloaca podrida. Aquí no hay nada que hacer. Lo que ahora significa precisamente ¿qué? ¿*No* dormir en la Windbreaker y congelarse? ¿*No* dormir en la caravana al ralentí, confiando en que el tubo de escape eche el humo bien lejos? Ni hablar de volver a la oficina. Necesito estar cerca por si mi hijo se levanta para ir al baño, cosa que hasta hoy ha conseguido, pero que ahora parece arriesgada: salas de urgencias, médicos formados en México, enfermeras filipinas, evacuación médica de verdad. Además de la ELA.

Me siento en la silla de escritorio a los pies de la cama y voy sacando salchichas de Viena y galletas saladas, y bebo una cerveza, lo que tampoco está tan mal y me recuerda a mis padres: los tres sentados en una salida de la carretera a la playa de Pensacola, los dos fumando y mirando malhumorados el golfo sin brillo, hablando en voz baja de sus propios padres, mientras yo bebía zarzaparrilla y calculaba mis posibilidades de alcanzar el estrellato deportivo, que eran nulas.

Parto las galletas Newtons sin higos, sigo sentado mientras como y me bebo la otra cerveza, y simplemente miro a mi hijo, como hice hace dos noches, cuando estaba dormido frente al ordenador y Tiger ganaba su quinto Masters de Augusta. No es que le mire para detectar rasgos que no haya detectado quinientas veces. Lo miro solo para certificar que él está aquí y yo estoy aquí, sus pies todavía calzados a no más de un metro de mí, su respiración tranquila, a pesar de todo lo que está roto por dentro. ¿Qué otra cosa puedo hacer?

Lo que inesperadamente me da libertad para arrastrarme sobre la rígida colcha extendida a su lado, una vez que he apagado la luz del techo. Dejo la luz del baño encendida, la puerta entreabierta y, con una punzada en la escápula, me quito la parka y los zapatos. Hace años, cuando mi matrimonio con Ann se estaba rompiendo tras la muerte de nuestro hijo Ralph y ella me había relegado a nuestro sótano en Hoving Road, en Haddam, hasta que «se concretara» nuestro divorcio, dormía con la ropa puesta todas las noches, como si necesitara estar preparado para enfrentarme a cualquiera que apareciera para oponerse a mi amor y al de Ann. Dormir con la ropa puesta me producía la más gratificante sensación de estar siempre preparado. Los cavernícolas dormían así. Los bomberos. Los fareros. Porteros de coches cama, neurocirujanos y controladores aéreos. Nada me pillaría descuidado en mi puesto: un incendio, un robo, la pesadilla de otro, el llanto de un niño, el llanto de una esposa, mi propio llanto.

Estaría alerta. Mi mujer nunca entendió mi necesidad de estar tan preparado en aquellos días desordenados, entre la legión de hechos a los que decidió no atribuir ningún mérito, aunque podría haberlo hecho. Tumbado, escuchando el Carrier resoplar con una energía seca y constante, sorprendentemente no pienso en nada en particular. Ni en el monte Rushmore ni en los temores que me provoca. Ni en lo que Paul y yo haremos solemnemente después..., o no. Ni en conversaciones difíciles que quizá nunca tengamos. Sin necesidad ninguna, se nos pasan por la cabeza muchas cosas que parecen importantes, una medianoche cualquiera, mientras esperamos instrucciones más vitales.

Aunque en lo que sí pienso mientras estoy tumbado junto a mi hijo en la oscuridad, sintiendo su densa presencia, es en el extraño suceso que me ocurrió justo la otra semana, y que he estado reviviendo como si contuviera un secreto. Había ido a Trader Joe's, en el centro comercial Thousand Lakes, a comprar una caja de cuscús. A Paul le gusta el cuscús mezclado con tubérculos asados y salchicha italiana picante, y ya no le importa si puede saborearlo o no. Cuando franqueé las silenciosas puertas de Trader Joe's, al instante me quedé estupefacto, como siempre, por el aroma de la fruta y la vianda y por el murmullo humano de los compradores que llenaban las cestas con las delicias que deseaban. Nada traza una línea de demarcación entre uno mismo y las penas del día como las primeras y ricas efusiones del megamercado. Sin embargo, no había avanzado mucho más allá de las orquídeas y los nuevos tulipanes cuando perdí por completo el cuscús. Es decir, la palabra *cuscús*. La había tenido veinte segundos antes, mientras avanzaba a trompicones por el aparcamiento helado. Pero al llegar al húmedo clima interior de Trader Joe's, el cuscús se desvaneció como una estrella que se apaga. Recordaba perfectamente un aguacate «para comer hoy», un tarro de arenques noruegos, un recipiente de baba ghanoush especiado, cosas que también había ido a comprar. Pero, de repente, el cuscús había entrado en el espacio profundo. Esto no se parecía en nada a mi episodio de amnesia global, porque la palabra *había estado allí*. Recordaba su existencia, pero no lo que era. De pie, inmóvil junto a un estante de limas todavía verdes, experimenté una sensación gélida..., de cautividad, de estar encerrado tras un muro. Perder una palabra que era tuya solo unos segundos antes contiene lo que debe de ser el aura de la perplejidad absorbente y hueca de la muerte.

Lo que hice, y rápidamente, para escapar de la cautividad fue imitar al pescador que sale al acecho de una lubina que no puede ver pero sabe que está ahí..., aunque lo hice con una urgencia aún mayor. Confié en que si recorría los pasillos de Trader Joe's –con el pánico asomando a los lados de mi serenidad–, en el momento en que pasara por delante de cualquiera que fuera el artículo (y la palabra) que había perdido, al verlo se activaría mi memoria y todo se salvaría.

Transité por los productos enlatados. Acto seguido, las estanterías oscuras de refrescos, carnes congeladas y ofertas de la charcutería. Sabía que lo que buscaba venía en una caja de cartón, era posiblemente un «cereal», posiblemente mediterráneo, probablemente étnico, y por eso estaría en el estante «internacional» o «gourmet». El cuscús no reveló su nombre ni por un instante. Pero de repente me dio un vuelco el corazón. En «italiano». Pasé y me volví rápidamente hacia un estante de cajas de risotto. Una sensación de alivio (errónea, por supuesto) brotó en mí. Risotto. Ahí estaba. No cedí al engaño de haberlo «encontrado» o de haber dado con él porque «sabía» que estaba ahí. Simplemente, había dado con él buscando hasta que solo quedaba eso. Todo ello me había llevado veinte minutos. Mi camisa de viyela estaba sudada bajo la parka. Sabía que mi reacción había sido exagerada, pero me sentía como si hubiera sobrevivido a algo terrible, como deben sentirse los supervivientes que han descendido a sus impulsos animales más irreflexivos. Y no se me escapaba la pura casualidad. No era tanto que hubiera recuperado mis facultades mentales como que hubiera aprendido a llevarme bien con lo que quedaba de ellas.

Cuando volví a la calle New Bemidji con mi bolsa de Trader Joe's (me había acordado de los aguacates, el arenque y el baba ghanoush), decidí no revelarle a mi hijo mi confusión, pues podría desestabilizarse solo con oírlo. Utilizaba su andador y había salido de la sala de los Kalbfleische a la cocina, donde yo estaba poniendo la compra en la encimera. Llevaba su kipá y una camiseta verde en la que se leía: ME MOLA LA TILAPIA.

–¿Se les ha acabado el cuscús? –dijo tambaleándose.

–¿Qué quieres decir?

Lo miré asombrado y luego bajé la vista hacia la caja de risotto Lundberg como si fuera una sentencia de muerte con mi nombre.

–Has traído risotto –dijo–. Siempre es una mierda. Sabe a pasta de papel pintado.

–A mí me gusta –dije. (No me gusta.)–. A tu madre le salía muy bien. –(No es verdad.)–. Seguro que no te acuerdas. –(Imposible.)–. Se les había acabado el cuscús. –Palabra impertinente y empobrecida.

–Cómetelo tú, entonces –dijo–. Voy a pedir General Tso por internet. –Empezó a dar la vuelta con el andador, de regreso por el sombrío pasillo–. ¿Qué hace que un viejo parezca viejo? –dijo, su espalda cada vez más pequeña.

–No lo sé –dije–. Dímelo tú.

–Pelos en la nariz. Pelos en las orejas. Tobillos rojos. Confusión. Eso nunca miente.

–Vale –dije–. De acuerdo. Gracias.

¿Qué otros signos cruciales, me pregunté entonces –y

ahora, en la cama junto a mi hijo, me lo vuelvo a preguntar–, se me pasan por alto a medida que transcurren estos días llenos de acontecimientos?

A través del chirrido del viejo Carrier oigo el sonido de un tren que gana velocidad en algún lugar cercano en medio de la oscuridad del invierno. Son las ocho de la tarde, como muy pronto. Estoy demasiado pendiente de los sonidos. He colocado la deprimente fotografía del «otro Paul» sobre el escritorio, donde la veo con la luz que se escapa del baño y donde Paul la verá cuando se despierte. Me esfuerzo por soltar el ancla del día, dejando que mi mente flote libremente. Buscando-buscando-sij-tahitiano-matrimonio-coloquioram-dodge-psicosis-próximo-estreno-me-gustaría-ser-guardameta. Como siempre, engendra su magia, los pensamientos se liberan de lo que acecha en las sombras. Cuscús. Cuscús. Trastabillar, trastabillar, resbalar, resbalar... Paz, paz, paz, paz, paz...

–Me ha gustado el Palacio del Maíz. Era raro. ¿Vas a preguntarme qué echaré de menos? –dice mi hijo tan llanamente y vocalizando a la perfección, como si no padeciera ninguna enfermedad mortal.

Vuelvo a estar despierto, pero él está profundamente dormido y habla. Su respiración se hace más honda. Se vuelve hacia la ventana, sobre la que he corrido la cortina para bloquear la luz de la calle.

–Eso está bien, hijo –le digo–. Me alegro.

No me escucha.

–Es un resfriado seco, por supuesto –dice.

A lo que yo respondo que no. No molestemos a los perros que duermen. Ni a los hijos.

Hace demasiado calor en nuestra alcoba nupcial. Aunque consigo colocarme encima de la colcha. Me deslizo, otra vez. Su sueño engendra el mío: el éxtasis de hundirnos bajo las paredes que nos rodean. Cada vez más lejos, cada vez más lejos, en un océano de tranquilidad que terminará –o no– con la luz del día, cuando todo sea nuevo.

A las 2.46 me despierto. La habitación es una sauna. Me levanto, apago al calefactor de la pared y me planteo quitarme la ropa, aunque pronto volverá a hacer frío. Oigo ruidos en el aparcamiento: un ruido metálico, voces de hombres que ríen, una vaca que muge, una botella que se cae al suelo. Más risas. Me acerco a la ventana, pero solo veo el armatoste de la Windbreaker entre las sombras y el perro blanco de Harald que pasa caminando, el túnel de lavado aún iluminado, pero no hay nadie. Vuelvo a oír un ruido metálico, pero decido no investigar. No hay nada por lo que alarmarse. Es San Valentín.

A las siete y media, Paul y yo estamos en pie y en movimiento. Es más tarde de lo que esperaba, sin esperarlo realmente. La noche de sueño en la habitación de matrimonio del Four Presidents –completamente vestido, al lado de mi hijo– ha resultado reparadora.

Necesitamos comer. Un desayuno que nos llene la barriga antes de nuestro ascenso. He visto un Big Jack's Rancher's Café en el bulevar de entrada a la ciudad. Paul se ha despertado con más movilidad que cuando se acostó. Se ha quitado la ropa que llevaba puesta sin ayuda y se ha duchado en la bañera, desnudo y de manera maquinal, arrastrando los pies hasta el cuarto de baño, descalzo y cauteloso como un octogenario, con la mano mala extendida para mantener el equilibrio mientras yo me acercaba y le guiaba los hombros desde atrás, le apoyaba en el lavabo y abría la ducha hasta que salía el agua templada –no le gusta caliente– y luego le ayudaba a superar el borde de la bañera con las piernas tambaleantes y le sentaba en el suelo de la bañera con el agua siseando sobre él y, en parte, sobre mí. Hasta ahora esta no ha sido una faceta de mi régimen de cuidados, pero lo es esta mañana. Cuando está vestido con su pesada ropa de abrigo, es posible pensar que no está peor. Pero sentado en la bañera –sin gafas, con el pelo liso y translúcido mojado, casi tan calvo como se quedaría si viviera veinte años más, la carne blanquecina, el pene lastimado, el brazo magullado con la roncha del catéter de derivación, las rodillas arañadas– resulta un espécimen raro. Intenta ignorarlo, como haría cualquiera. Aunque lo que no sabe y no le gustaría oír es que, sentado en la bañera, enjabonándose con concentración, es como si reuniera en una sola imagen la de su madre y la mía: la barbilla y la frente pronunciadas de ella, mi nariz pequeña y mi boca delgada, pero bien formada. Sus ojos color pizarra son de su madre; sus modestas orejas con los lóbulos marcados y su mandíbula llevan la impronta Bascombe. Los padres deberían prestar atención a cómo se emparejarán sus genes en la esfera fisonómica. Pero nosotros dos estábamos demasiado ansiosos por seguir adelante con la vida, pasase lo que pasase. Que acabó pasando.

Desde al lado de la bañera, lo pongo de pie y lo medio rodeo con la toalla rasposa; hace calor en el pequeño cuarto de baño y él no tiembla. Me permite secarle la mayor parte del cuerpo, excepto la parte sensible y lastimada, que se limpia con la mano izquierda mientras yo le sujeto contra el lavabo y él murmura: «Ajá, ajá, ajá». Es pesado y liviano a la vez. Una vez más, su muerte puede estar lejos en el futuro, pero la muerte es nuestra compañera en este pequeño espacio, nuestros rostros el uno al lado del otro en el espejo empañado.

Le seco el pelo y debajo de los brazos, bajo por los muslos hasta los empeines, con mi cuello húmedo por la ducha. Huele a Colgate.

–¿Cómo te sientes? –le digo.

Sus rodillas han empezado a agitarse. Sus labios lechosos forman una línea de concentración.

–Como si estuviera cagando en público.

–Entiendo.

–¿Es mi polla lo bastante grande? Estoy bien dotado, ¿no?

–Lo bastante. Sí.

–Yo también sé tolerar a los tontos, ¿no?

Un estremecimiento recorre su corpachón, que se retuerce. Su mano izquierda me agarra el hombro justo donde me duele. No tengo miedo de caerme, pero él sí.

–¿Pensabas en mí al hablar de los tontos? –le digo, abrazándolo.

–No pensaba en nadie –responde–. Es mi actitud desde que tengo ELA. Me hace no ser patético.

–Me llevas mucha ventaja –digo.

–No le llevo ventaja a nadie. Eso queda claro a simple vista. Preferiría morir de otra cosa.

–Lo sé.

Lo guío a través de la puerta del baño. Se tambalea. En pelota picada, a simple vista.

–Eso sería genial, ¿no? Coger ELA y morir de tétanos.

–Eso sería genial. Sí.

Al lado de la cama se le doblan las rodillas, pero todavía puede gobernarlas.

–Probablemente, te sentirías aliviado –dice con esfuerzo.

–Sí. Piensa en el dinero que me ahorraría.

–¿Hoy es San Valentín? –Se inclina y se sienta en la cama de matrimonio.

–El Día Nacional de la Donación de Órganos –digo–. Te ha tocado el corazón.

–¿Me has comprado una tarjeta?

–Te he comprado una tarjeta.

No es verdad. Solo le compré una a Betty. Pero voy a encontrar una antes de que acabe el día. Tengo que vestirlo y ponerlo de camino a la montaña. No estoy seguro de cómo, pero de alguna manera.

—Yo te he comprado una en la parada de camiones. Es guarra de cojones. Te encantará.

—Estupendo.

Estoy rebuscando en su petate mientras él espera junto a la cama, en pelotas, los pies sobre el linóleo, la cabeza desplomada como si hubiera perdido la esperanza.

—Estaba pensando en las cosas con las que sería imposible vivir.

—¿Tienes una lista?

—Llevo una lista diferente.

Le pongo los calcetines. Tiene los pies húmedos y duros, los tobillos huesudos y sin pelo.

—¿Quieres oír la mía?

—Me muero de ganas.

—Una es una bolsa de colostomía. Eso sería lo peor. Entonces estás en un estado vegetativo permanente. Otra cosa sería ser el Carnicero de Bergen-Belsen. No se me ocurren más. La ELA no está en la lista. Eso ya lo tengo.

—Bien.

Le miro los pies, enfundados en unos calcetines térmicos grises y azules que le llegan hasta las rodillas. Es todo lo que lleva puesto.

—La ELA es pan comido.

—Me alegra que lo veas así.

Tomo sus pies entre mis manos como para calentarlos.

—Okey. Entonces díganos cómo lo ve usted, señor.

Me tiende un micrófono imaginario para que hable. Es Ted Ramsey, el tipo de *News at Six*, que me entrevista sobre mi vida y mis experiencias como cuidador hasta la fecha. ¿Qué me parece la experiencia de tener un hijo con ELA? ¿Qué me pasa por la cabeza cuando pienso en ello? ¿Cómo se lo explicaré a mis otros hijos? Sin gafas, me mira con una intensidad fingida. Él es él mismo, no importa a quién esté imitando. Su cara redonda, sin embargo, es de nuevo una amalgama de la mía y la de su madre. Un rostro que ella amaba.

—Es pan comido —le digo, para confirmarle cómo lo veo. Se queda mirando con su ceño de calculada seriedad. Ahora soy yo quien está desnudo y no entiendo muy bien lo que estoy haciendo. Lo que estamos haciendo. Creo que solo intento vestirle.

—Eso no es muy original. ¿Quieres que cante unos compases?

—No, hijo. No cantes ahora. Déjame ponerte la ropa para que podamos irnos.

—¡Quizááá mañanaaa, todo lo que buscooo se me escapaaaa! No sabes lo que es bueno, Lawrence.

—Lo sé. Es algo que nunca se me ha dado bien.

Rebusco de nuevo en su petate de lona, a ver si encuentro sus calzoncillos largos. Ahora algo se ha vuelto inalcanzable para mí. Ojalá pudiera decir qué es ese algo. Posiblemente así es como te sientes cuando ya no te queda nada en la reserva.

Mientras meto las maletas en la Windbreaker, veo a una mujer delante de la oficina del motel. Sin duda, se trata de la esposa de Harald, que hace el turno de día, sacando a los camioneros que pagan por horas y a sus «novias», que han encontrado en los bares abiertos toda la noche. La señora Harald, que lleva una camisa de cuadros masculina sobre una combinación de vestido y pantalón, mantiene una animada conversación con un policía uniformado cuyo coche, marrón y blanco, tiene los faros encendidos, pero no la luz azul de arriba. No tengo nada que tratar con la señora Harald. Dejar las llaves en la habitación era el trato. También he sufrido un breve pero inoportuno episodio de vértigo después de vestir a

Paul y ducharme. (Casi me doy un cabezazo en la bañera.) He hecho dos minutos de terapia de tumbarme-incorporarme con mi hijo mirando, y los mareos han desaparecido casi por completo. Aunque, como sucede a menudo, ahora veo el mundo como si pasara en una película, todo ligeramente exagerado, saturado de color y fuera de lugar, como si quien lo filmara estuviera también él impedido.

Paul sigue en la habitación, vestido con un nuevo y limpio traje de enfermo: su sudadera de ¡ESTO NO ES DIVERTIDO!, sus pantalones de chándal, su parka, una estúpida gorra roja de los Chiefs con orejeras y unos zapatos ortopédicos suizos. En sus auriculares, Tony canta «I'm the Funny Man». El monte Rushmore (lo he comprobado en mi teléfono) está a media hora del motel en los días buenos. Y, sorprendentemente, hoy es uno de ellos. De la noche a la mañana, ese frío que te irritaba los ojos ha sido borrado por un «frente cálido», atribuible a una corriente en chorro, El Niño, el simún, las manchas solares y otras cosas, incluido el engaño climático certificado por Trump. La luz de la mañana se ha vuelto acuosa y lechosa como un día de abril, y el termómetro se acerca a los cuatro grados, con lo que todo es diferente. Los pasajeros de los autobuses escolares, los comerciantes en sus camionetas, los agentes de seguros que se dirigen a la oficina lo ven todo con una esperanza renovada. El asfalto del aparcamiento está húmedo y encharcado, con costras de nieve color hierro derritiéndose en las cunetas mientras los vehículos hacen cola en el lavacoches. Los conductores aprovechan para quitar la sal y la mierda, ya que mañana probablemente será diferente. Un hombre y su enjuta hija han salido a jugar en el pitch and putt, que oportunamente está abierto. Si no te gusta el tiempo de Rapid City, solo tienes que esperar cinco minutos.

Decido entregar las llaves de mi habitación en persona, para que la señora de H. –suponiendo que sea ella– sepa que la habitación nueve, por la que he pagado, no está operativa. Ya no está conversando con el policía de Rapid City; inmóvil, mira el cielo recién nublado y la actividad de la calle. El perro blanco de anoche está sentado a su lado.

–Hola. –Cruzo los charcos y paso junto a un Cadillac Escalade rojo con matrícula de Minnesota y una pegatina de Trump, aparcado delante del número cinco. El perro me mira, se levanta y da un paso adelante, luego vuelve a sentarse. Una señal positiva–. Estamos en la número diez –le digo–. Mi hijo y yo. Nos vamos. Vengo a devolverle las llaves.

Soy todo sonrisas de San Valentín en la mañana de San Valentín. El vértigo se me está pasando, pero no del todo. Sigo viendo el mundo en tecnicolor. La mujer de Harald –si es ella, insisto– es alta, sonriente, de cara redonda, torso grueso, talle corto y brazos largos, que en algún momento del pasado podría haber elegido entre una beca de baloncesto en Grinnell o el gran Harald de misión en Hastings y Medicine Hat. Su destino es el opuesto al de Betty Tran. Al igual que Harald, no tiene pinta de ser la propietaria de un motel de mala muerte. Más bien, dirías que es una profesora de gimnasia de instituto que sustituye al de matemáticas.

–Estaba pensando en vosotros dos –dice con una música transmitida directamente desde el norte de Alabama (o al menos desde el este de Tennessee). Esto no me lo esperaba; tampoco la gran sonrisa de belleza sureña de dientes considerablemente blancos y grandes. En mi experiencia, la sureñidad va unida a la forma del cuerpo. Y no suele ser una forma musculosa, alta, de brazos largos y cintura corta–. ¿Cómo está su hijo? –Esboza una ensayada mirada «afectuosa» reservada a niños, perros y ancianos. Es un acento alarmante, al que no soy capaz de responder inmediatamente. Me parece que la gente del sur lo finge. No divulgaré nada de mi propio linaje Dixie, de larga tradición, y espero que su acento

338

no avive el mío, ya desgastado. Aunque podría ocurrir–. Harald dijo que usted dijo que se encontraba un poco indispuesto.

La señora Harald lleva guantes de goma verdes y probablemente se dirija a nuestra habitación. Hay una escoba de tamaño industrial apoyada en la puerta del despacho, junto a un cubo de plástico con productos de olor acre, trapos y esponjas. La puerta del despacho está abierta. Veo el árbol de Navidad titilante de anoche. Es mejor salir a su paso antes de que encuentre a Paul, con su gorra de los Chiefs, y de que él se tope con ella.

–No es que estuviera indispuesto ni que haya vomitado –le digo–. Tiene una enfermedad motoneuronal que afecta a su movilidad. Pero está bien.

–Dios bendito –exclama–. Por cierto, Harald olvidó que la número nueve estaba fuera de servicio. Tengo un reembolso de veinte dólares para usted. Espero que no haya dormido en ese desastre.

Saca los veinte dólares del bolsillo de su camisa de cuadros. Quiere que esto se negocie ahora. Como si fuera una cuestión de principios.

–No la he utilizado –le digo–. No tiene que reembolsarme nada.

–Ya lo creo que sí –dice la señora de Harald–. Hay que ser honesto y franco. –Me entrega los veinte dólares con una sonrisa de satisfacción, y yo los acepto con honestidad y sensatez: satisfecho por no haber sido estafado–. ¿Oyó algo anoche? ¿En el aparcamiento? –La señora H. ha puesto los ojos en blanco por lo que pudiera haber sido; quizá algo raro.

–Oí un ruido metálico y algunas risas. Alrededor de las tres. No vi nada.

–Sí, fue más o menos cuando ocurrió. Es posible que se haya producido un arresto. Unos vaqueros trajeron un remolque y metieron dos vacas del aprisco que hay ahí. Pero ese policía indio les sigue la pista. Cree que son chicos con los que jugó al fútbol en la reserva. Toda esa idea le hace mucha gracia: birlar vacas condenadas para hacer una broma. No hay nada que se tome demasiado en serio.

–Lo van a pasar muy bien en el monte –dice la señora de Harald, asintiendo con la cabeza. Lo sabe todo sobre nosotros por Harald–. Al principio, le parecerán demasiado pequeñas, las caras. Pero se acostumbrará. En Tuscumbia, Alabama, donde yo crecí (¡bingo!), no teníamos nada parecido al monte Rushmore. Si querías ver algo, tenías que ir a Stone Mountain y todo eso, algo que hacíamos con frecuencia. –Arruga su gran nariz al pensar en Stone Mountain y en aquellos días luminosos–. Mis hermanas y mis primas son fieles a nuestra tierra. Pero a mí me gusta esto. Me gusta la grandeza. ¿Cuántos años tiene su hijo?

Aún no le he devuelto las llaves.

–Cuarenta y siete –me oigo decir como si no tuviera cuarenta y siete y yo estuviera mintiendo.

La señora de H. parece la mejor flaca que querrías tener como prima. Pero estoy dispuesto a apostar a que, después de un par de whiskies, se pondrá a despotricar contra los inmigrantes, las etnias, los socialistas, las élites, los que creen en la cooperación entre naciones, la ONU, Kofi Annan y yo qué sé..., y contra todo aquel que no crea que el derecho a la propiedad es más importante que los derechos humanos. Si la señora de Harald, de mirada aguda y cejas cuidadosamente depiladas, no se llama Sue o Barb o Bev, me subiré a la Estatua de la Libertad y cantaré ópera ligera. La señora de H. está mirando la Windbreaker, que está al otro lado del aparcamiento del Four Presidents, y ha empezado a pensar –supongo– que tampoco es tan rara. Probablemente, el Cadillac Escalade es suyo. Harald valora la chatarra con pegatinas.

–Hoy es San Valentín. ¿Lo celebran su hijo y usted?

Felizmente, no dice nada de la Windbreaker.

–Ese es nuestro plan.

Saco los llaveros. La señora de Harald viste unos Keds bajos de un tono lima pálido que sin duda llevaba en Tuscumbia, antes de conocer a Harald y fugarse con él. La vida no encierra muchos misterios..., o al menos eso puede llegar uno a creer.

–Solíamos llevar a nuestros hijos a rastras hasta el monte –dice–. Creíamos que era educativo. Pero a ellos les importaba un pepino. Es una pena que no hayan venido en verano. Aunque hoy no está mal. –Pronuncia «no está mal» al más estricto estilo sureño de Alabama: «Nostmal». Me la quedo mirando, olvidándome de responder sobre la calidad del día–. Soy una gran fanática del yoga –continúa la señora de H.–. A veces subo allí, coloco mi esterilla y hago el saludo al sol como un indio. Para ellos era sagrado, claro. Luego vuelvo aquí abajo y reanudo la vida. Es una experiencia más. –Mueve la cabeza de un lado a otro y esboza su sonrisa de instituto, la que hizo que Harald la arrastrara hasta Medicine Hat.

–Seguro que sí –le digo.

–No se sabe dónde acabaremos en el mundo, ¿verdad?

Le entrego las dos llaves, que deja caer en el bolsillo de su camisa de franela.

–No, nunca se sabe.

Nosotros dos somos las pruebas A y B.

La señora de H., con una destreza que solo poseen las mujeres, dobla las manos hacia dentro y tira de las mangas de su camisa de franela hacia los guantes, que posiblemente estén húmedos y helados. El perro blanco se queda mirando la lista de habitaciones del motel como si hubiera oído algo.

–Soy Patti, por cierto. Con i latina. Como ese viejo programa de televisión.

–Frank.

–Como ese otro viejo programa de televisión.

–Exacto. –Le sonrío.

–¿Y de dónde es? ¿De New Hampshire?

–Nueva Jersey.

–Que es donde Harald fue a salvar a la pobre Star. Que es su hermana. O era.

–Eso me contó.

–Estaba loco por ella. Por cierto, si quiere comer algo rápido, el Big Jack's Rancher es bastante bueno. Aunque hoy estará lleno de oradores, me temo. A veces voy a escuchar los discursos si tienen un buen tema. El año pasado fue «Define el coraje». Estuvo bien. No sabía que el coraje se podía medir. Solo necesita tener algo contra lo que actuar. Como el miedo. Fue interesante.

–El coraje ante la nada no parece digno de medirse, supongo –digo.

–Supongo que es eso.

Estamos haciendo lo que hacen los estadounidenses: mantener una conversación que no es una verdadera conversación, pero que consigue forjar una conexión. Es posible que me equivoque con Patti de Harald. Dejando a un lado las cejas y su mirada huidiza, es posiblemente el espíritu de la tolerancia, y nunca en su vida ha pronunciado una palabra que significara otra cosa. Es suficiente, en una mañana primaveral en el aparcamiento de un motel, para mantener un diálogo sincero pero intrascendente con semejante desconocida.

El teléfono de Patti suena bajo su camisa. Antes de que se nos ocurra algo más que decir sobre el coraje y su viejo antagonista, el miedo, ella dice: «Ajá». Ahora tiene su teléfono rosa esmerilado en la mano, pero su «ajá» no es sobre eso.

–¿Ese es su hijo? –dice Patti, que mira con cara de preocupación detrás de mí.

En ese momento, Paul Bascombe sale de nuestra habitación con su chaqueta larga y roja. Debe de ser mi hijo. Aunque salir no es exactamente lo que está haciendo. Está caminando, pero con un brazo levantado y otro hacia delante, en dirección al adorno cromado en forma de cabeza de carnero del capó del Dodge, que he aparcado demasiado cerca de nuestra puerta. Paul lleva consigo la foto de su «otro Paul» –«Le encanta hacer reír a todo el mundo»–, pero no la puede seguir sujetando y la deja caer al pavimento húmedo, luego la pisa con un crujido. Voy hacia él por la acera del motel y le digo (demasiado alto):

–Para. Maldita sea. Para.

Patti está detrás de mí diciendo:

–Deja que te llame luego, cariño.

Paul no ha podido sortear el escalón que baja de la acera de delante de nuestro cuarto y se cae contra la parte delantera de la caravana, chocando casi de bruces contra el parachoques, aunque su mano izquierda recibe primero el golpe y evita que se parta la cabeza.

–Dios mío –oigo decir a Patti–. El hijo de este hombre se ha caído y se ha dado contra el parachoques de una caravana. Pobrecillo.

–¿No puedes esperar, idiota? –le digo, otra vez demasiado alto, arrodillado en un charco de nieve.

Agarro el grueso hombro de su parka, como si pudiera caerse otra vez. Él también está de rodillas, apoyándose con una mano. Se le han caído las gafas y la gorra, y extiende la mano defectuosa hacia la gorra como si temiera dejar al descubierto el pelo que no tiene. Sigo viendo los acontecimientos saturados de color como en una película. Si me levanto demasiado deprisa, podría caerme yo también.

–No –responde Paul a mi pregunta sobre los idiotas que no pueden esperar.

Expulsa aire por la nariz como si estar en el suelo fuera difícil. Ha recuperado las gafas, pero no la gorra.

–¿Te has dado en la cabeza? –Le toco la mejilla y la frente, esperando encontrar sangre.

–No –vuelve a decir Paul–. Me he despellejado la puta mano.

–¿Estás bien, cariño? ¿Está bien? –Patti se acerca con mirada consternada, todavía con sus guantes verdes y el teléfono rosa en la mano.

–Sí –dice Paul con odio–. Estoy bien. ¿Quién es usted? –La mira con desprecio e intenta levantarse.

–No pasa nada, cariño –canturrea Patti–. Te ayudaremos.

–Creo que está bien –digo.

Los guantes de Patti apestan a pino de limpiasuelos y a algo dulce, su perfume. Intento enderezar y poner de pie a Paul desde mis rodillas, pero no consigo hacer palanca. Una de sus rodillas se tambalea y su mano derecha hace el movimiento de un niño que garabatea agarrando un lápiz. Ahora tiene una marca roja cuadrada en medio de la frente, justo donde un musulmán haría contacto con su alfombra de oración.

–Espera, cariño. Yo te ayudo.

Patti se pone en cuclillas y pasa sus largos y fuertes brazos bajo la cintura de Paul y se levanta con él, mientras yo hago lo mismo apoyándome en la parte delantera de la caravana.

–Es una completa mierda –dice Paul.

–Sé que lo es –dice Patti–. Desde luego que sí.

Ahora estamos los dos de pie. Ambos estamos alterados, mojados por la calzada. De mi hombro sale lo que parece un líquido caliente a través de mi proceso escapular (afortunadamente, no el del lado del paro cardiaco).

–He roto la puta foto –dice Paul.

–Tendrá arreglo –responde Patti.

Ella lo sostiene y yo lo sostengo. Paul se tambalea como si pudiera caerse otra vez. Aprieta sus labios pálidos, pero

344

también palpitantes, como si fuera su boca la que hubiera tomado el mando de su cuerpo. La mancha rosa de su frente no sangra. Todavía huele a jabón.

–Creo que deberíamos entrar en la caravana –digo.

Los ojos apretados de Paul, tras sus gafas, me encuentran y me fulminan, rechazando que yo esté al mando.

–¿Seguro? –dice Patti. Las comisuras de sus labios se ensanchan para indicar que piensa que eso es una locura–. Puede volver a la habitación. No le cobraré nada.

–Recoge la foto –ordena Paul. Mira a su alrededor como si tratara de discernir dónde está, todavía inseguro sobre sus dos pies–. Estaré bien. ¿De acuerdo? –le dice a nadie en particular.

–Vale, cariño –responde Patti. Se agacha y, con las manos protegidas por los guantes, recoge lo que puede del marco, cuyo cristal ha quedado pulverizado. La cara del insípido chaval playero del «otro Paul» está manchada y rasgada por los golpes que le ha dado Paul. (Bien.)–. Tropiezo con ese bordillo dos veces al día –añade Patti–. He de conseguir que Harald pinte una raya naranja. Esta foto ya no sirve de mucho, cariño. Seguro que él te conseguirá una nueva.

Me mira (pues yo soy el *él* en cuestión) y esboza una media sonrisa de media certeza. Sus Keds color lima tienen la punta mojada por el charco.

El tráfico se intensifica en la calle principal. Un inmenso camión que transporta balas cilíndricas de heno pasa a toda velocidad. Un coche de policía aminora la marcha, y su único ocupante nos lanza una mirada indecisa. En ese momento, sale por la puerta de la habitación número cinco un hombre alto y muy delgado con un sombrero vaquero de paja, botas, tejanos y una chaqueta de piel de oveja color tostado. Lleva un maletín de cuero y unas gafas de sol de espejo sujetas con una cinta alrededor de la copa del sombrero. Los tipos que llevan gafas de sol de esa manera son siempre gilipollas.

Cuando ve nuestro pequeño grupo delante del Dodge, se vuelve a meter en su cuarto. Oigo una voz de mujer, luego risas, y la puerta se cierra.

–Le compraremos otra –digo refiriéndome a la foto rota. No le conseguiremos otra–. Vamos a meter las cosas.

–Vamos a meter las cosas –dice Paul en un tono brutal.

Le estoy moviendo, con mi mano izquierda bajo su brazo derecho; sus pies actúan con independencia el uno del otro; las rodillas se doblan para intentar dar una zancada, pero se quedan bloqueadas; el brazo izquierdo está extendido como antes cuando chocó con la cara.

–Yo barreré todo esto –dice Patti–. Ustedes dos demuestran mucho valor. Si quieren volver aquí esta noche, será genial. Les daré la habitación número uno, que es más bonita. Estoy preparando delicias de Cupido, que siempre tomamos en San Valentín. Viene nuestro hijo. Se van a divertir con él. Es un payaso de rodeo..., uno de verdad. Vive en Casper. Hoy también es el sesenta cumpleaños de Harald. Nació en San Valentín.

–De acuerdo. Gracias.

Abro la puerta del Dodge y mi hijo la rodea y se gira hacia el asiento. Dentro, el aire está helado. Debería haber arrancado el motor antes.

–Me duele la mano y no puedo controlar mis putos pies –dice Paul, que alcanza el asidero que hay junto al parabrisas.

–Sí puedes –le respondo–. Cambia donde apoyas el peso. Yo te empujaré.

Le empujo; su trasero blando y sus muslos aún musculosos hacen fuerza. La puerta de la habitación número cinco se abre de nuevo. La cabeza del hombre alto, ahora sin sombrero, asoma para evaluar la situación.

–¿Quién es? –dice Paul mientras le empujo.

El hombre vuelve a cerrar la puerta.

–Ya lo conocerás más tarde –le digo.

Con la mano mala, Paul pasa la muñeca por el asidero, consigue subir un pie al estribo, se agarra al respaldo con la mano buena y yo le empujo hacia delante y hacia arriba como un saco de piedras. Temo que se tire un pedo más o menos en mi cara, ya que estoy cerca de él, ayudándole, y al alcance del oído de Patti, aunque eso no importa. Milagrosamente, no lo hace.

Y entonces ya está casi dentro. Con un gruñido, lo vuelvo a empujar, fijándome tan solo en lo que estoy haciendo, y haciéndolo lo mejor que puedo. Y se hunde en el asiento. En ese momento, nada más importa. Podemos irnos. Nuestro equipaje, incluido Otto, está en la caravana.

Patti ha estado mirándonos. Ha observado nuestra matrícula de Florida y me sonríe a través de la ventanilla del lado del pasajero como si no fuéramos realmente de Nueva Jersey, pero a quién le importa. Me estiro para atar a Paul.

—Si van a subir a la montaña, tienen que recordar algo, ¿vale?

Patti se acerca por la puerta abierta, sosteniendo los restos del «otro Paul», cuyo destino es la basura.

—De acuerdo.

Estoy estresado. Paul la mira con el ceño fruncido, como si fuera un extraterrestre y deseara que se evaporara. ¿He oído un deje sureño en mi voz? Espero que no.

—Sé que todos tenemos que hacer lo que tenemos que hacer —dice Patti—. Pero no tenemos que hacer lo correcto por las razones correctas *todo el tiempo*. ¿Verdad, Frank? —Enarca sus oscuras cejas como si estuviera impartiendo verdades sagradas que solo un loco podría ignorar.

—Sí-no —digo, distraído.

Patti cree que su genialidad consiste en interpretar a los demás y conocerlos mejor de lo que tiene derecho a hacer en virtud de su nula experiencia de primera mano. Casi todas las mujeres sureñas creen eso de sí mismas. Hay que evitar a toda costa casarse con una. Pobre Harald. Nacido en San Valentín.

¡Y desde luego está equivocada! ¡Muy equivocada! ¿No ha de importarme hacer lo que hago ni por qué lo hago? ¿Ni cómo lo estoy haciendo? ¿Con mi único hijo? ¿Eso ha sido cierto alguna vez? No preocuparme y no hacerlo lo mejor posible ahora podría implicar una derrota absoluta; en primer lugar, en nuestra ascensión a la montaña de esta mañana, donde mi única baza es mi buena intención. Probablemente, ella también tiene su opinión sobre la «valiente lucha» de Paul. Debería dejar que ella le preguntara si se siente valiente, «combatiendo» a su adversario, la ELA, librando una buena y noble batalla, para que un día no muy lejano, sí, muera, pero solo después de una valerosa lucha contra todo pronóstico razonable. Se reirá en su cara, posiblemente se tirará un pedo, y después inundará sus oídos de ediciones poco conocidas de la discografía de Tony, y de cómo la renovación de la línea defensiva de los Chiefs de Kansas ante el desgaste por la edad está determinando que puedan aspirar al campeonato, aunque por desgracia él no estará para verlo. He hablado poco sobre el tema, pero me conmueve cualquier cosa que mi hijo sea en esta drástica encrucijada de la vida. Debería haber una palabra para eso. Ojalá la supiera: una palabra que pudiera insertarse en todos los obituarios para ayudarlos a decir la verdad sobre la existencia humana. No sé cuál será esa palabra, pero no es «coraje», desde luego.

Me quedo mirando a Patti, que mantiene abierta la puerta de la caravana bajo la brisa matinal, inquietantemente líquida. No habrá delicias de Cupido para nosotros, ni pasaremos la velada con el homenajeado en su cumpleaños hablando del coraje, el río que fluye hacia el norte y que nunca se entiende. No me extraña que le parezca perfecto que su hijo sea payaso de rodeo.

Justo en ese momento, el hombre alto que bebe agua y lleva chaqueta de piel de oveja y sombrero vuelve a salir de la habitación número cinco, seguido de una joven rubia y larguirucha con vaqueros ajustados, chanclas y camiseta de tirantes, que lleva una mochila al hombro y una parka de camuflaje verde y mullida bajo el brazo. El vaquero abre el Escalade con el mando a distancia. Las luces parpadean. No presta atención a nadie y parece no tener ni un segundo que perder. La joven no tiene prisa. Se detiene a aspirar el frío aire primaveral de la mañana, mira al cielo y al cartel del Four Presidents, se pasa los dedos por sus largos mechones, recién lavados y sin peinar. Parece a punto de decir algo para que todos la oigamos, pero apenas suelta una risita alegre e infantil para que sepamos que es joven y que el día le encanta. El vaquero está dentro del coche, diciéndole algo, obviamente a ella, aunque la chica no se da cuenta. Veo que el neumático izquierdo trasero del Escalade es un donut. Paul y yo miramos boquiabiertos a la chica, aunque Patti no se molesta.

–Recuerden, cuando lleguen a los monumentos –dice Patti alegremente–, esas caras de ahí arriba les parecerán pequeñas cuando las vean por primera vez. Pero se acostumbrarán. O ya se acostumbrarán *ellos*.

Es su broma para los curiosos como nosotros. Se echa hacia atrás, sonriente, mientras yo me dirijo al asiento del conductor. Es mi debilidad desear que todos los diálogos terminen con un *bon mot*. Unas palabras de despedida. Pero no tengo ningún *bon mot* para Patti, dispensadora de sabiduría traidora y tóxica. No habrá *mot* que valga.

Patti se vuelve y le dice algo a la chica que se ha reído tan dulcemente al verse sorprendida por ese día: el de San Valentín. Oigo a la chica decir: «Sí, señora». Cierro y arranco ruidosamente el Dodge. Un leve recuerdo de ambientador de coche con aroma a menta flota en la fría cabina.

—¿Quién es esa mujer? –pregunta Paul–. ¿Alguna amiga tuya?

–No. No es amiga mía.

Patti sonríe y nos saluda con un guante verde. Le devuelvo el saludo a través del parabrisas. Y nos vamos.

El Big Jack Rancher's –una cafetería con múltiples ventanas un poco apartada de la ciudad, con un gigantesco sombrero Stetson blanco en lo alto– está abarrotada, como era de esperar. Desayunar en Jack's es una tradición para las familias oriundas de Bowdle y Mobridge. El cartel de la calle recomienda el especial de San Valentín –pastel de carne y harina de maíz con jarabe de arce y *kottbula med cluck*–, infalible para darles marcha a los pueblerinos.

Afortunadamente, Big Jack se ha anticipado a las multitudes con una ventanilla en la parte de atrás para acceder en coche y un menú iluminado para «excursionistas» que ofrece precisamente lo que Paul Bascombe quiere desayunar: una bandeja de gambas. Yo opto por el Tried 'n' True, un sándwich de beicon y huevos fritos con tostadas tejanas. Con nuestras cajas de comida, volvemos al ancho bulevar (la calle Omaha) y aparcamos en una sucursal del Black Hills Bank, listos para hincar el diente.

En su asiento, Paul maneja hábilmente sus gambas con una sola mano y parece haber olvidado su zambullida a lo Frankenstein en el Four Presidents. La marca roja de su golpe en la cabeza ya está desapareciendo. Posiblemente, esté más acostumbrado a las caídas de lo que imagino. También es posible que a cada día que pasa esté menos cualificado –si es que algún día lo estuve– para cuidar de él. Una vez más, puede que me haya acostumbrado a que él sea «así» y no me haya dado cuenta de que sus déficits ya forman parte de él, y de que no hay una manera de determinar con exactitud cómo

350

está ahora... ni de si va a seguir así mucho tiempo. Incluso en esos días en que ha empeorado tan poco que parece estar mejor, está peor. Probablemente debería llevarlo de vuelta a la Mayo para que le hagan un «seguimiento», o no debería haberlo traído. Estos pensamientos provocan una corriente de derrota dentro del vehículo, casi de funeral. La inevitable derrota paternal de todo lo que haces, aunque tu hijo no sufra ELA. Antes de adentrarme en Heidegger, leí por ahí al paternal Trollope, que es realmente divertido. En su *Autobiografía*, Trollope señala que existe en la vida una pena tan grande que la pena se convierte en una aleación de la felicidad. Esta –con mi felicidad sometida a todo tipo de hostilidades en el aparcamiento– es una aleación que conozco.

Paul ya ha terminado con sus gambas, de las que ha dicho que saben «extrañamente a planta». Una gamba ha caído al suelo del vehículo, pero no hace caso. Posiblemente ahora no traga tan bien; y como no puede saborear mucho, comer una cosa es como comer cualquier cosa. Su desayuno, sin embargo, ha convertido el interior del Dodge en una gamba frita grande y floreciente: algo oleaginoso, denso y dominante, el hedor de todo lo freíble del mundo. Se aclara la garganta y arquea su corto cuello para tragar lo que está masticando, luego mira fijamente hacia el banco, en cuya asta solo ondea nuestra bandera, que revolotea y aletea a toda potencia bajo los aires primaverales, con un collar de nieve reluciente en su base. Dentro de un mes, florecerán los azafranes. Rapid City, por lo que he visto, es un lugar peor a la luz del día, salpicado de pequeños centros comerciales sin alma, grúas torre, franquicias de comida, proveedores de coches y nuevos bancos como este en el que estamos desayunando. Antaño solo California era así. Helen Keller podría vender inmuebles aquí, pero al final tendría que marcharse.

–Estoy harto de que la gente me pregunte por qué no soy diferente de cómo soy –dice Paul sin ninguna razón en particular, y vuelve a carraspear, tragándose las últimas palabras. «Cómo soy» le sale «omo oy»–. La gente es estúpida.

–¿Quién hace eso? Yo no lo hago nunca.

–Sí, lo haces. Lo haces constantemente. Siempre lo has hecho. Desde que «ea peeño». –Se aclara la garganta aún más trabajosamente, lo que le provoca cierto alivio.

–Siempre he admirado tu independencia –digo, cerrando con cuidado la tapa ranurada de mi caja de Tried 'n' True–. Pero lo investigaré.

–Es demasiado tarde. –Gran suspiro. Pausa–. ¿Quieres saber en qué nivel estoy en la escala de Kübler-Ross?

–No mucho. Pero vale.

Se interrumpe, con las rodillas palpitantes y la mano derecha temblorosa. Proyecta el fondo de su lengua harinosa, entonces el espasmo le abandona.

–Estoy atascado en la *huida*.

–De acuerdo. Si la huida es un nivel.

–Debería serlo. Tienen que añadir más niveles. Cinco no son suficientes. Yo soy el experto, ¿verdad?

–Vale.

Saluda con su mano derecha lisiada a dos niños –un niño y una niña, ambos menores de ocho años– vestidos con ropa de fiesta de color pastel primaveral, a los que lleva de la mano al banco un anciano con un traje marrón de sarga, sombrero del Oeste y botas. Los niños saludan primero. Van a una fiesta en el banco, organizada por los empleados. El hombre es su abuelo, el presidente del banco. Es San Valentín. Los niños tienen fiesta en el colegio, etc.

–Esta es tu versión de una segunda oportunidad, ¿no?

–Paul me lanza una mirada feroz.

–¿De qué estamos hablando?

–Quizáááá mañaaanaaaa –canta tristemente–. Olvídalooo.

–¿Una segunda oportunidad de qué? ¿Crees que estoy

recuperando el tiempo perdido contigo? No es eso. –Lo fulmino con la mirada–. Pensé que podríamos venir aquí y experimentar lo mismo de la misma manera por una vez. Supongo que me equivoqué.

Estoy librando de nuevo la batalla de las situaciones. La suya y la mía. No son idénticas, aunque a veces puedan parecerlo. Procuro no darme cuenta, pero es difícil... cuando algo es así de raro. Cuidar a alguien tiene ese límite.

–Te gusta darles muchas vueltas a las cosas, ¿verdad, Frank?

Estoy molesto, así que quiere cambiar de tema, cosa que hago encantado.

–No –digo–, la verdad es que no. Confío en el estúpido instinto, y luego añado las razones. Como todo el mundo. –Alargo el brazo y le quito su apestosa bandeja de gambas del regazo. Son las diez–. Soy como todo el mundo, y tú también.

Por un momento, veo a los hombretones del Oeste salir y entrar en el pequeño cubo de cristal del banco. Caminan como impulsados por un resorte, con el corazón henchido por la prosperidad que están aportando a todo lo que tienen a la vista. Pocos se fijan en nosotros. Aunque pronto lo harán: dos hombres solos que pasan demasiado tiempo en el aparcamiento de un banco. Y de Florida. Cuanto más viejo se hace uno, más ve el mundo a través de los ojos de la policía.

El aparcamiento se está llenando. El cartel digital de la concurrida calle Omaha anuncia una cuenta gratuita con solo poner un dólar. Rapid City ha cobrado vida por San Valentín. Entre el aparcamiento y la calle hay cubos de basura con la forma del edificio original del banco: una sólida y seria construcción de estilo neogriego con columnas fechada en «1876». Salgo y tiro las cajas del desayuno. Ha salido el sol, que centellea desaforado en las ventanas del banco.

–¿Quieres que te dé tu regalo de San Valentín ahora? –pregunta Paul cuando vuelvo a entrar, concentrado, como si de nuevo no fluyeran las palabras. Las piensa y luego las dice. Aunque sonríe con su engañosa sonrisa de listillo, que le hace temblar una mejilla.

–De acuerdo –le digo–. Tendré que darte el tuyo más tarde. Está en el petate. –Le daré el que tenía para Betty, menos los doscientos pavos.

Paul ya ha sacado un sobre rosa del bolsillo de su parka. Está prístino, con su insulso rosa, y ligeramente doblado.

–Se ha estropeado un poco cuando me he caído –dice. Por alguna razón, me la entrega con su mano agarrotada, que no puede controlar del todo, de modo que le sujeto la muñeca para poder cogerla. La mano cae como un martillo sobre su regazo–. Ábrela –me dice, con la mejilla aún crispada y la cabeza no muy firme sobre su eje. Carraspea de nuevo y traga saliva–. La compré en la parada de camiones. No es tradicional.

Abro el sobre con un dedo a modo de abrecartas. El exterior de la tarjeta dice «Tarjeta de San Valentín de Dakota del Sur», dentro de un recuadro con el contorno del estado. Cuando la abro, aparece un corazón amarillo brillante hecho enteramente de granos de maíz reales, debajo del cual está escrito: «Puede sonar cursi, pero te quiero. Feliz Día de San Valentín». Paul no lo ha firmado, por razones obvias.

–¡*Uau*! –Por segunda vez, posiblemente por tercera vez, desde que emprendimos nuestra excursión, se me empañan los ojos, aunque no lo bastante como para tener que secarlos–. Es fabuloso. Gracias. –Tampoco es tan atrevida.

–Compré dos iguales –dice, con un rostro intenso de satisfacción–. He perdido una. Iba a enviársela a Clary. –Toma aire y lo retiene.

–Conseguiremos otra para ella. Le encantará.

–A la mierda –dice–. La intención es lo que cuenta.

–Correcto.

A Clary le encantaría, si no al principio, sí más tarde. Lamento que no la reciba. Es muy posible que muchas cosas no vuelvan a suceder, aunque qué sé yo de las últimas cosas, incluidas las mías. Lo que cuenta es la intención. Permanecemos largo rato sentados observando el tráfico de la ciudad que se desliza por el bulevar humedecido por la primavera. Con los ruidos casi silenciados en el interior de nuestra caravana, el tráfico se vuelve relajante; como una película sin elementos amenazadores que eleven el ritmo cardiaco. Camiones y coches, coches y camiones, más camiones, más coches. El cielo guateado. Un remolque de ganado vacío. La furgoneta de un banco. Un repartidor de bollería francesa. Un coche fúnebre (sin cliente). Una quitanieves con la cuchilla levantada. Una casa móvil entera. Benjamín Franklin Fontanero Práctico. Una limusina blanca con globos rosas ondeando al viento. Al otro lado de la calle, junto a un concurrido Jiffy Lube, la biblioteca pública está abierta; su cartel digital, que hace juego con el del banco, nos recuerda: LECTURA DE POESÍA ESTA NOCHE. TRAE A TU VALENTÍN. En la luz difusa, moscas volantes velan mi mirada. Se me han secado los ojos, pero aún me escuecen.

–Supongo que será mejor que subamos –dice Paul, refiriéndose, según entiendo, a nuestro destino. Le tiemblan la mano defectuosa y las rodillas.

–Genial –digo.

–¿Puede ir cualquiera?

–También los que no tienen la ciudadanía. Tengo un pase para jubilados.

–No siempre tenemos que estar haciendo lo correcto, ¿verdad? El objetivo es mantenerme tranquilo.

–Eso no siempre funciona. A veces tenemos que hacer lo correcto.

–Lo que aún no te ha matado no te hace más fuerte, Lawrence –dice–, hace que te arrepientas.

Eso significa algo para él, no para mí.

–Supongo.

Arranco el Dodge, feliz de ponerme en marcha.

–¿Qué vamos a hacer cuando terminemos allá arriba?

–Tendremos que averiguarlo –digo.

–¿Cómo te sientes? Nunca te lo pregunto. Y debería.

–Me encuentro bien. –Le sonrío mientras voy marcha atrás y doy la vuelta–. Gracias por preguntar.

–Eres mi truño favorito, Frank. ¿No lo sabías?

–No –digo, todavía dando marcha atrás–. No lo sabía. Pero me alegra oírlo.

Y por fin casi lo hemos conseguido.

ONCE

Cuando salimos del pueblo, pasamos por el centro cívico, donde se están celebrando las finales de oratoria en un edificio blanco, brutalista y de tejado plano, que recuerda a una cárcel de mínima seguridad. Familias de granjeros y ganaderos de pueblos lejanos merodean por el exterior, esperando a entrar para que sus hijos participen en las rondas de consolación antes de emprender el largo viaje de vuelta a casa. Es inútil quedarse para los grandes premios de esta noche. El trabajo espera.

Una vez pasados los límites de Rapid City, nuestra carretera hacia el sur se vuelve empinada, montañosa y surcada de barrancos, y sigue un arroyo medio congelado que ha vuelto a la vida gracias al repentino calentamiento. Los negocios de esta zona son Rushmore-turistocéntricos. Paseos en helicóptero por Rushmore, el pueblo navideño de Rushmore, aventuras por senderos de burros y jardines de reptiles. Un campo de tiro con mosquete y un ashram con servicio para coches Rushmore. Todos están cerrados, aunque algunos están en venta, con coches cubiertos de nieve abandonados en sus aparcamientos, como si sus propietarios hubieran tenido la intención de volver, pero se lo hubieran jugado a los dados y les hubiera salido *Vete sin mirar atrás*.

La Ruta 16 –la nuestra– comienza a ascender hacia bosques más frondosos, alerces pelados, pinos ponderosa y abetos que se aferran a las escarpadas laderas rocosas. En un momento dado, cruzamos un auténtico aguacero de granizo que golpea el parabrisas –no hay goteras– y, con la misma rapidez, la carretera vuelve a humedecerse como la primavera, reavivando los aromas de la bandeja de gambas. El Dodge avanza sin esfuerzo.

Paul hojea *La historia que hay detrás del paisaje: una experiencia patriótica que te cambia la vida*, que compró ayer: tiene el libro apoyado en el muslo y con la mano buena pasa las páginas. Se ha quitado la parka y se le ve cetrino y tranquilo con sus gafas, su gorra y su sudadera limpia de ¡ESTO NO ES DIVERTIDO!.

Por primera vez desde que salimos de Rochester –hace solo dos días–, no temo que nuestro viaje sea un fracaso, y pienso que quizá todo pueda aproximarse a la normalidad..., cosa que, por supuesto, ya es imposible. De todos modos, al menos de momento, me siento como si me hubiera despertado de una noche de sueño agitado, torturas y suplicios, cuando el futuro era inconquistable, solo para descubrir, cuando se descorren las cortinas, que aún puedo dormir una hora más. He leído testimonios de pilotos de líneas aéreas en los que estos héroes admiten sin ambages que ha habido momentos en los que el morro del gran Boeing se ha autocorregido hacia el suelo; sin embargo, como se han pasado toda la vida haciendo una sola cosa, creen que no pueden equivocarse, literalmente, y que, por lo tanto, pueden actuar sin meter la pata.

Nunca me he sentido así. Siempre puedo equivocarme, y a menudo lo hago. Aun así, lo más cerca que puedo estar de este raro éter psicológico –cuando las decisiones se toman solas y el fracaso no se plantea– es reconociendo cómo me siento en este momento de nuestro ascenso. Una vez más, siento que lo estoy dando todo mientras subo con la vieja Windbreaker por la ladera de la montaña, de una microestación a la siguiente. Solo Dios sabe cuánto mejor me habría ido la vida si hubiera encontrado un camino como este cuando era joven.

Cruzamos la ciudad de Keystone, que parece el decorado de una película del Oeste, donde en verano, cada mediodía, los Marshalls de la familia Earp (más Doc Holliday) vuelven a matar a tiros a los cobardes Clanton para hacer las delicias de los excursionistas (el tiroteo tuvo lugar en Arizona, pero a nadie le importa). La mayor parte de Keystone también está cerrada. El Salón de la Liga Roja, el Taller de Arte de la Motosierra, la Mina de Oro Big Thunder. Solo el todoterreno blanco del sheriff está parado frente al Gripes 'n Grinds, con el ayudante del sheriff dentro tomando un café con leche por cuenta de la casa.

Y luego, quinientos metros más allá de la línea de la ciudad de Keystone, ya estamos. O casi. Cruzamos la verja del monte Rushmore y empezamos a subir la pendiente del diez por ciento, todo arado y cubierto de arena. El gran Dodge —encuentro y conecto la tracción en las cuatro ruedas por si acaso— hace acopio de fuerzas y ruge con un sonido gutural. (¿Por qué no tiene todo el mundo una de estas bestias?) Esta mañana no estamos subiendo solos. Dada la tregua que parece haber dado el mal tiempo, se han materializado otros vehículos. Un remolque que se balancea delante de nosotros luce matrícula azul de Kansas y una pegatina que dice: «¿Kansas es para enamorados?». Detrás de nosotros, veo un monovolumen Chrysler de Michigan. Paul y yo, por supuesto, somos floridanos de toda la vida, de luto por Norm Cepeda.

—«En lo alto de las llanuras del corazón de Estados Unidos, un coloso se eleva para saludar la mirada expectante del viajero.» –Paul me lee *La historia detrás del paisaje: una experiencia patriótica que te cambia la vida*–. «Es un santuario de la democracia. Cuando volvamos a entrar en el mundo indiferente, lo haremos con una plenitud de espíritu y una ligereza en el corazón de las que antes carecíamos.» ¿Crees que es verdad?

Mueve los labios, le tiembla la mano derecha, arrastra los pies, pero no con esfuerzo. Leer en voz alta le permite hablar con claridad. Como los tartamudos que no tartamudean cuando cantan.

–No sabría decirlo. Es posible.

Nos acercamos al quiosco de entrada a Rushmore. Un anciano guardabosques con gorro de excursionista hace pasar a los vehículos y mantiene amenas conversaciones con los conductores. Es un día para honrar el derecho a recrearse, independientemente del género, la orientación o el lugar del país del que provengas. Estoy preparado.

–«No hacen falta palabras para apreciarlo» –sigue leyendo Paul, dirigiéndome su mirada secreta, la que me lanza cuando los carteles rezan LOS NIÑOS COMEN GRATIS, TAZA DE CAFÉ SIN FONDO o VOTADO EL MEJOR PERRITO CON CHILE DEL MUNDO. En un mundo que se nutre de tonterías, él es un estricto intérprete de la letra–. Es una suerte –dice–. Me estoy quedando sin palabras. –Alguna torsión interna le hace curvar la lengua sobre el labio superior, como si fuera a perder el equilibrio justo en el asiento al que está abrochado–. ¿Así que tus padres te trajeron aquí en los años cuarenta?

Los conductores que van delante mantienen largas charlas con el guarda forestal, que reparte folletos sobre el monte Rushmore y les indica el camino boscoso que conduce al aparcamiento. A estas alturas aún no es posible ver las caras de la montaña.

–En los cincuenta –digo–. Tuvieron una tremenda discusión cuando estábamos aquí arriba. Por alguna razón, mi padre le habló a mi madre de una mujer que le había gustado hacía mucho tiempo. Mi madre se puso furiosa. Supuso que había un bebé de por medio. Sería tu tío.

—Los parques hacen que la gente piense que están haciendo algo, cuando no es así. Me encanta. Podría trabajar en LH aquí arriba.

Se refiere a logística humana. No le interesa la historia de mis padres. Tose profundamente, gira la cabeza hacia un lado y luego hacia el otro.

Nos acercamos al guardabosques, que está saludando y estrechando la mano al conductor de una vieja caravana VW de color rosa chillón, cuya puerta trasera lleva una pegatina de Biden *y* una de Trump, por si acaso. Hay un autobús con una matrícula que parece de un país extranjero. Es amarillo brillante, y la mano del conductor que veo extendida por la ventanilla es extremadamente negra. Por alguna razón, creo que son africanos, lo que me parece una buena señal.

—«Las caras de los presidentes fueron esculpidas para que duraran cien mil años» —lee Paul—. «Se luchó contra la hostil naturaleza humana para esculpir un documento que perdure y sirva de inspiración.» Todo tiene que oponerse a algo, supongo.

—No creo que eso sea cierto —digo, acercándonos al viejo guardabosques parlanchín—. Algunas cosas, simplemente, se hacen.

—Me alegro de que por fin hagas algo, Lawrence. No eres lo bastante activo. Esto te vendrá bien. —Le divierte decirlo.

—Hago muchas cosas. —Cuido de mi hijo, que es un tipo complicado, pero no lo digo.

Paul, con su mano izquierda, aún utilizable —lo veo—, se persigna inesperadamente sobre el pecho, como lo haría un meapilas. Aunque lo hace al revés, y luego se pone la mano en el regazo como si yo no lo hubiera visto.

—¿Qué haces? ¿Qué ha sido eso?

–Le das tanta importancia a venir aquí que pensé que sería una experiencia religiosa. La bibliotecaria de casa es católica. Ella siempre lo hace. Así que, si no vuelvo, quiero que me protejan.

–No le estoy dando mucha importancia a esto –le digo–. No seas idiota.

–Oookey. Parece que venís del quinto pinto –dice el viejo guardabosques a través de mi ventanilla, que he bajado. Sus ojos son alegres y sorprendentemente azules, sin manchas en la esclerótica. El resto de su cara se ve demacrada y huesuda bajo su sombrero de guardabosques, con algún corte allí donde su afeitado matutino no ha sido perfecto. Exuda la vacua alegría de un viudo, y probablemente hoy esté haciendo una suplencia. Cree que hemos venido desde Florida–. Feliz día de Cupido y bienvenidos al Campus Rushmore –nos dice.

Lleva en la mano un desplegable del Servicio de Parques que contiene un mapa aéreo, pero no me lo da. Ya tengo listo mi carnet de jubilado.

–Todo es un puto campus –dice Paul.

–Hoy es gratis –dice el guarda en voz alta–. Día de San Valentín. Habéis traído el buen tiempo. Gracias.

Es el guarda Knippling, un viejo sonrisitas que enseña los dientes.

–Estupendo, gracias –digo por la ventanilla.

El aire de la montaña entra a raudales: frío y seco, pero no cortante.

–Deberías conseguir su trabajo –dice Paul–. Dejan que lo haga cualquiera.

–Ahora solo tenéis que seguir a ese Titanic hasta la rampa Lincoln. –Es el comentario tronchante del guarda Knippling sobre el remolque «¿Kansas es para enamorados?». Se le ocurrirá alguno sobre la Windbreaker para el próximo coche–. Hoy solo tenemos abierto hasta la avenida de las Banderas. Pero podéis disfrutar de la magnífica vista de los presidentes.

–Estos tipos no van armados –dice Paul.

–Muy bien, adelante –dice el guarda Knippling, aún en voz alta, cruzando sus uniformados brazos de manera falsamente oficial.

–Ahora me cae bien. ¿Dónde encontraste a este tipo? No ha oído nada de lo que ha dicho Paul. Sus grandes y escamosas orejas llevan un audífono Beltones del tamaño de una bellota, que, como todos los audífonos, funciona como el culo.

–Lo encontré debajo de una piedra –respondo, empezando a subir la ventanilla.

–Eso me parecía. Bueno es saberlo.

El guarda Knippling me dedica otra sonrisa.

–Me recuerda a ti. Mucho –dice Paul–. No nos ha dado el mapa.

–No lo necesitamos.

Nos alejamos rugiendo por la carretera asfaltada, acercándonos a los kanseños y al VW rosa de los africanos. Hay mucha nieve en la carretera, pero se han invertido un buen número de horas de trabajo en dejar el campus abierto a todos. El Dodge ha empezado a emitir unos sospechosos chirridos que suenan a eje y un olor a aceite caliente por la rejilla de la calefacción, lo cual es preocupante. Tendré que consultar a Pete Engvall. Alquilar en Hertz o National habría sido más inteligente. El principio de conveniencia siempre acaba ahorrándote dinero.

Paul periscopia a nuestro alrededor mientras nos cruzamos con robustos ciudadanos que vienen andando desde Keystone con bombachos de excursionista, jerséis alpinos y botas sofisticadas, y algunos con bastones de esquí. Paul no se ha vuelto a persignar. Muy pocas cosas, en verdad, le inquietan. En su estado actual, todas las cosas son poca cosa.

–¿Todavía te preocupa que todo esto sea una cagada? –Saluda a los excursionistas y se muerde una verruga del dedo.

–Ahora estoy bastante contento –digo.

–En serio, quiero que estés bien. ¿De acuerdo? Me clava los ojos. Lo dice en serio y no lo dice en serio: la mejor de las modalidades.

–Sí. Gracias.

Y entonces llegamos al final del camino de entrada –la rampa de aparcamiento Lincoln está justo delante, la rampa del Washington queda más adelante–. La verja está cerrada y hay muchísima nieve amontonada. Paul mira a su alrededor, pero no encuentra lo que busca. Desde aquí, tampoco se ven las caras de los presidentes.

Esto es un campus. Moderno, de cemento y sin vida. El campus de un colegio comunitario suburbano o de un complejo hospitalario, donde todo gira en torno al aparcamiento, el flujo de tráfico, la entrada y la salida: los únicos añadidos son los presidentes. Podríamos estar paseando por el Ocean County Mall en Toms River.

–No veo nada –dice Paul, arrastrando ligeramente las palabras «veo» y «nada», con la boca entreabierta como si estuviera saboreando el engaño.

–Para el carro. Esto no era así en 1954 –digo.

–Es como un puto aeropuerto. No necesito ver un aeropuerto en una montaña. –Le tiemblan las piernas. Una parte de él, sin embargo, está disfrutando de todo esto.

Sigo conduciendo hasta el estacionamiento Lincoln, donde hay vehículos aparcados y gente apeándose. Estaciono delante del microbús rosa con matrícula amarilla. Sus puertas se abren y los niños de color se bajan, todos elegantemente vestidos con chaquetas de plumas de vivos colores, botas, guantes y gorros nepalíes sacados de un catálogo. Igual que mamá y papá, que hablan y ríen y hacen que los niños –cuatro en total– empiecen a andar en la dirección correcta. El padre es un entusiasta; un orondo y diminuto negro con una parka rojo brillante, exactamente igual que sus hijos. Se fija en la Windbreaker –me he detenido al otro lado del pasillo del aparcamiento– y dice algo que hace que su mujer, alta, esbelta y guapa, con un largo abrigo de lana, nos mire. Ambos se ríen, intercambian unas palabras y se marchan, con los niños corriendo delante. En su matrícula amarilla pone Alaska. No Costa de Marfil.

En un santiamén, saco a Paul y acomodo su mole en la silla –recuperada de la caravana–; vuelvo a ponerle su abrigo de los Chiefs, sus guantes y su gorra Stormy Kromer. Hace más frío aquí arriba, y aún más en el aparcamiento, donde el viento se cuela entre las filas de coches estacionados. En su silla, con el abrigo puesto, Paul parece más pequeño, ligeramente femenino, no como su madre, sino más bien como una mujer que acaba de convertirse en hombre.

–¿Celebrabas San Valentín cuando eras niño? –me pregunta mientras le empujo.

Tiene la mano mala bloqueada sobre el reposabrazos. Le he atado con correas. Le gotea la nariz, pero puede limpiársela sin ayuda.

–No –le digo–. Una vez le regalé una tarjeta de San Valentín a una chica de sexto, pero escribí una estupidez y nunca volví a hacerlo. –Me doy cuenta de que cojeo, aunque no tengo motivos para hacerlo.

–En Hallmark lo llamábamos «fiesta excusa» –dice (otra vez)–. Una excusa para malgastar el dinero. No es una cosa que celebrarías por iniciativa propia. –Se aclara la garganta y del pecho le sale un ruido espantoso que le hace apretarse contra el respaldo de cuero de la silla.

–¿Estás bien?

Salimos al frío, cruzamos una plaza hacia una columnata de hormigón inspirada en algo de Berlín Este, hostil e hiriente. Un saludo del arquitecto al patriotismo estadounidense. Los visitantes del monte Rushmore se mueven entre los arcos de la columnata, no muchos, pero los suficientes como para podernos sentir parte de algo. Para San Valentín, han transportado en camión una hilera de nuevos baños portátiles –Sodak Convenience– y la han alineado a ambos lados de la columnata. Mujeres a la izquierda, hombres a la derecha. Se utilizan porque los baños del Rushmore no están abiertos.

–¿Tienes que ir? –pregunto, esperando que no.

–No voy a tatuarme una diana en el corazón –dice sin hacerme caso.

–¿Por qué no?

Le empujo y cruzamos el portal de la columnata. Los de Alaska están muy por delante entre la multitud.

–Ahora no lo necesito. –Sin más explicaciones.

Más adelante hay otra entrada más pequeña con columnas –accesible en silla de ruedas–, flanqueada por más edificios alargados de hormigón con aspecto de la Guerra Fría, donde en verano debe de haber pantallas de vídeo para ver montes Rushmores *virtuales* en lugar del real (muchos estadounidenses lo prefieren). Paul y yo salimos con nuestros compañeros del Rushmore a otra plaza barrida por el viento; el cielo está más bajo y grisea, el aire se vuelve húmedo y huele a cloro, y presiona mis mejillas. Todos nosotros –varias monjas con medio hábito, un par de curas con alzacuellos, algunos indios de pedigrí, un par de visitantes en silla de ruedas, una clase entera de primaria– pasamos por el segundo grupo de columnas hacia lo que supongo que es la avenida de las Banderas, desde donde disfrutaremos de una vista magnífica. Hay algunos participantes en el concurso de oratoria, junto con parejas de ancianos, un contingente de enjutos asiáticos con mascarillas y un montón de fornidos granjeros con novias de talla pequeña. La Familia Negra se ha adelantado y está en la zona de observación. Una adolescente rubia con una sudadera roja que dice ¡HABLA! ¡HABLA! mira a Paul con los ojos como platos, posiblemente al ver su mano inútil, que no deja de moverse, aunque él intenta ocultarla, metiéndosela bajo el otro brazo y mirando a su alrededor como si todo fuera normal. De repente, vuelvo a experimentar una sensación punzante que por un momento me detiene: pienso que, desde algún pinar cercano, alguien –un empleado del parque descontento, un adolescente solitario– se dispone a abrir fuego contra nosotros (siempre es un hombre), tras haber escalado la montaña y haber ocupado una posición desde la que domina todo el paseo y a todos los que en él se encuentran. La verdad es que *no* me lo creo. Aunque, ¿por qué cualquier ciudadano en su sano juicio no iba a pensarlo? Antes, nada me hacía sentir tan cívicamente comprometido y respaldado como un lugar público. Un parque urbano arbolado. El autobús M4 a The Cloisters. La plataforma de observación sobre el rocío de agua de las cataratas del Niágara. Ahora tengo menos propensión a ir a esos lugares, y cuando lo hago siento una atracción hacia las salidas, el impulso de no acercarme al borde (de nada), de vigilar todos los sitios desde los que alguien me pueda tener en el punto de mira. Una vez más, no estoy legítimamente asustado, solo soy consciente de que más me vale estarlo. Si buscas una característica de la vejez, es esta: no olvidarte de lo que sabes y de que tienes poco o ningún control sobre lo que ocurre. En este caso, la *vida en la esfera pública* ya no es lo que era.

–Oh, uau –oigo exclamar a mi hijo, inesperadamente, lo que me libera: creo que nunca le había oído esa expresión.

Le he empujado (sigo cojeando, ¿por qué?) hacia la amplia avenida de las Banderas, que –con sus astas vacías– es una explanada larga, espaciosa e inconfundiblemente marcial –como un patio de armas–, más allá de la cual (dice un cartel) está la Terraza Gran Vista, y más allá, el «anfiteatro», donde actúan el Coro del Tabernáculo Mormón y la Banda de los Marines, y donde en verano los visitantes pueden relajarse y tararear «Ol' Man River» y «El Capitán» mientras contemplan el coloso de granito y se sienten, supongo, colosales. ¿A quién le importa que no todo esté abierto y disponible? (El acceso al anfiteatro está cerrado, bloqueado por barreras New Jersey como la salida 8A de la autopista de peaje.) Desde aquí, sea cual sea su estado físico –y a nuestro alrededor hay muchas variedades–, todos pueden estar de pie o sentados y maravillarse ante la gran montaña que es Rushmore y admirar los rostros granitudinalmente blancos de los cuatro presidentes mirando al vacío.

–Esto es genial. Me encanta –dice Paul Bascombe..., *nuestro* Paul Bascombe.

Está inclinado hacia delante en su silla, tocándose con los dedos su pendiente de plata, con los ojos clavados, como todos nosotros, en los cuatro rostros cincelados. De izquierda a derecha: Washington (el padre), Jefferson (el expansionista), Roosevelt I (el histrión, que parece haberse colado allí como un impostor) y Lincoln (el emancipador de cara imperturbable, aunque hay nuevos interrogantes al respecto). Ninguno de estos candidatos conseguiría ni un voto hoy en día: esclavistas, misóginos, homófobos, belicistas, embaucadores históricos, todos jugando con el dinero de la casa.

No puedo creerme que haya llegado a este momento tan improbable y que pueda estar aquí, donde estoy con mi hijo. ¿Cuántas veces salen bien los planes mejor trazados? ¿Con qué frecuencia se cumplen las promesas y se alcanzan los destinos? Os lo diré. No muy a menudo. Los budistas aseguran que lo importante es el viaje. Abjuran de la llegada. Pero ¿qué sabrán ellos? Esconden algo, como todas las religiones.

Y sin embargo. Hay algo en esos cuatro-presidentes-en-una-montaña que no acaba de convencerme. No fue esta mi experiencia en el 54, cuando mis padres dejaron de hablarse y yo asumí el papel de pacificador/animador, y todo se volvió tan monumental como se esperaba e impresionante. Pero a mí, ahora –aunque desde luego no a la mayoría de los que están aquí, quinientos metros por debajo, mirando boquiabiertos–, a mí, definitivamente, las caras me parecen demasiado pequeñas (Patti dijo que uno se acostumbra). Las fotografías, por supuesto, están hechas con drones, así que parecen más grandes. Pero, en cuanto a grandeza, no tienen nada que envidiar a las cataratas del Niágara ni a los valles de Bierstadt, ni al poderoso Misisipi en Nueva Orleans, ni tampoco a las dunas de Seaside Heights, en Nueva Jersey, que nunca defraudan. Las cabezas se parecen más al facsímil del Partenón de Nashville o al falso Monticello de Connecticut. O la Space Needle de Seattle. En ellas hay algo decididamente insignificante, que no está a la altura del bombo que se les da. El espacio vacío entre nosotros y ellas es, para mí, más impresionante que las caras. Además, los grandes hombres mismos parecen distantes, sin ningún rubor, como si me hubieran visto y yo fuera demasiado pequeño. Me hacen sentir un poco incómodo.

Pero no necesito compartir nada de todo esto con mi hijo. Porque ¿me arrepiento de haber venido aquí? No si a él le gusta. Me acostumbraré.

A nuestro alrededor, los espectadores, con su positividad, personalizan y conmemoran su condición de espectadores. Los alaskano-africanos con chaqueta de plumas (podrían ser perfectamente de Dallas) llevan un lujoso equipo de vídeo listo para grabar y con el que apuntan a las caras, como si Lincoln pudiera guiñar un ojo o Jefferson fuera capaz de sonreír. Otros echan mano de sus teléfonos. Los asiáticos con mascarilla posan para hacerse selfis en grupo y se ríen de todo. Muchos están de pie, mirando fijamente como si esperaran algo: una señal, que retumbe la montaña, que caiga un rayo, que los envuelva una luz blanca. La mayoría, sin embargo, se conforma con detenerse, mirar, volver a mirar, pasear por la amplia avenida un tanto cohibidos, dejando vagar la mirada, conversando en voz baja con los demás, mirando con recelo hacia las laderas de la montaña, preguntándose por qué no está abierta la tienda de regalos y si hay algún aseo, aparte de los malolientes retretes portátiles. Su incomodidad, creo en silencio, es prima de la mía, ya que cualquiera se cohíbe cuando todo lo que hay que hacer es mirar. En la Gran Muralla se pueden seguir los pasos de los emperadores Ming; se puede ascender a la torre Eiffel (si se tiene valor) hasta su cimbreante pináculo. En el Niágara, se puede tomar un barco en el canal y emocionarse con la idea de verse arrastrado por el agua. Pero *solo mirar* tiene sus límites emocionales. «Es un auténtico legado», oigo decir a alguien. «Vengo todos los años», responde otra voz. «¿Hacen algo?», dice una joven novia, claramente escéptica. «Lanzan la flecha de Cupido», responde su joven maridito con una carcajada. «No entiendo por qué me has traído aquí. Creo que es una enorme nada», dice ella.

Delante, donde la gente se detiene en el murete bajo de hormigón, veo al vaquero del Escalade, alto y espigado, con la cinta de sus gafas de espejo alrededor de su sombrero de paja como un vendedor de coches. Ni rastro del maletín. La chica rubia está a su lado con su parka de camuflaje, tan encantada como en el motel, señalando a los presidentes y riendo. El vaquero se muestra lo más masculino posible. Ahora los acompaña una mujer mucho mayor –tanto como yo–, con un abrigo fino azul y una boina también azul, botines de goma y un gran bolso de charol. Habla con el vaquero, y una o dos veces le da unas palmaditas en el brazo para mantener su atención. Acerca del vaquero y de la chica, obviamente he imaginado conexiones que no son correctas, y no lamento decirlo. Los humanos siguen siendo humanos, en gran medida impenetrables para el resto.

–La cabeza de la Esfinge de Egipto no es tan alta como la nariz de Washington –dice Paul. Está embelesado y sonríe, mirando hacia arriba. Es una sonrisa en la que detecto un destello de nerviosismo. No sé por qué. Le he perdido de vista durante un minuto. Aunque no se ha ido a ninguna parte. Sigue en su silla–. Pusieron las caras tan arriba para que nadie las desfigure –dice–. Originalmente, el escultor quería mostrarlas hasta la cintura. Como en una sastrería para hombres. Pero creo que queda mejor solo con las cabezas. –Sigue inclinado hacia delante y, únicamente durante este momento especial, se le ve despreocupado, sin problemas para hablar–. Ni siquiera murió nadie construyendo el monumento –dice–, cosa sorprendente, ya que usaron dinamita. Todo esto lo he leído en el libro.

Mira a su alrededor para detectar si mi silencio quiere decir que me cachondeo un poco de lo que dice, cosa que no le gustaría. Tiene las mejillas sonrosadas por la humedad y el frío, la boca cerrada, casi apretada por la excitación y el placer. Gran parte de lo que no dice bulle en su agitado cerebro. Detrás de sus gafas, sus ojos son brillantes y están alerta. Me alegro de haber hecho algo aparentemente correcto por una razón aparentemente no errónea. Cualquier viaje puede ser peligroso una vez que te comprometes con el destino, como hemos hecho nosotros.

–¿Crees que es mejor que Sopchoppy, Florida, y Whynot, Misisipi? –El viejo Holandés Errante que nunca voló.

–¿Sabes por qué es tan grandioso, Lawrence? ¿Por qué nunca podré agradecértelo lo suficiente?

Paul se aclara la garganta con un gruñido gutural, como un viejo, y luego echa la cabeza a un lado. Eso hace que le tiemblen las rodillas. Todo lo que está pasando no le ha curado.

–Dímelo.

–Es completamente inútil y ridículo, y es grandioso. –Sus ojos tiemblan y brillan–. No hay nada en el mundo

que sea intencionadamente tan estúpido. –Sonríe beatífica-
mente, como si hubiera experimentado un descubrimiento y
una sorpresa extraordinarios. Una confirmación. Simplemente, me alegra creer que por una vez vemos lo mismo de
la misma manera, más o menos. No tiene sentido y es estúpido. Y si bien verlo no puede curar a Paul, sí puede aliviarlo
un poco–. Tenemos un vínculo –dice Paul socarronamente,
aún sonriendo, observando concentrado a los presidentes.
Soy su zurullo favorito.

–Supongo que sí.

Tengo las manos en las asas de su silla de ruedas y me
escuecen. Me he dejado los guantes en la caravana.

Alguien cerca de nosotros –una corpulenta joven, una
granjera pelirroja de cara amable, con una sudadera azul que
anuncia CLUB DE ORATORIA TOLSTÓI en su amplia delantera– le dice a su padre: «¿El monumento está aquí abajo o allí
arriba?».

Tiene razón.

–¿Por qué no damos la vuelta? –digo.

–Adelante –responde Paul–. Yo solo te acompaño.

Y así lo hacemos. Le empujo por la avenida de las Banderas, más cerca de donde la gente se congrega en el límite
temporal de la Terraza Gran Vista mientras habla y ríe, gra-
ba vídeos y saca instantáneas, comenta lo que significa estar
aquí. Una vez más, hay poco que hacer, salvo mirar y *estar*, y
no cansarse ni entristecerse. El hombre del Escalade y sus
acompañantes se han escabullido cuando yo no miraba. Los
africanos de Alaska han sacado bocadillos y bebidas enlata-
das y se reúnen alegremente en el extremo más alejado del
muro. Otros visitantes hablan con ellos, sonríen y asienten,
señalan a los presidentes como si quisieran explicarlo todo.
Todos son educados. La novedad del día y el tiempo son
más que suficientes para que todo compute como una aventura. Y a los dos nos viene bien formar parte de algo alejado

del tema que nos acucia; un San Valentín positivo, de bajo impacto, fácil de aprovechar, ya que no tiene por qué salir perfecto. Aunque no me he librado del todo de la sensación de que algo está a punto de ocurrir, como si la gente pudiera dejar sus sillas de ruedas y ponerse a caminar cantando. Posiblemente es lo que se siente al cruzar una barrera. Nunca somos plenamente conscientes de lo que es ni de cuándo ocurre. Pero. Si algún tirador sigiloso oculto en lo alto de esa fortificación de piedra me elige entre los inocentes para cazarme como a una cabra montesa, no habrá errado del todo el momento. He hecho lo que vine a hacer.

En ese momento, como impulsado desde la misma montaña, un helicóptero –diminuto– se materializa desde el cielo jaspeado, con la cola alta y aspecto de insecto, y para todos nosotros, a lo largo de la pared de observación, silencioso. Pasa como un hilo por el aire granulado, se inclina a estribor, parece detenerse por un momento, luego se aleja, cambia de rumbo y pasa como en un sueño cerca de las fisonomías presidenciales; se acerca de nuevo, balanceando la cola, pasa en sentido contrario, para que quien esté dentro pueda verlo lo mejor posible. Yo no lo haría ni que me pagaran, pero me impresiona la osadía, mientras el pequeño zumbador gira hacia el norte, con el bulbo de la cabina acristalado y el morro hacia abajo, y luego desaparece por donde ha venido.

–Algún maldito ruso megamillonario –afirma un hombre cerca de mí–. Tenía que demostrarnos quién manda. Seguramente lo habrá comprado.

–¡Trump ya lo ha comprado! –dice alguien.

Ese comentario provoca aprobación, algunas risas, aplausos intermitentes, además de alguien –hay gente así en todos los grupos– que se ve obligado a decir:

–¡A por ellos, oeeee! ¡A por ellos, oeeee!

Ahora me ha entrado mucho frío. Nubes como ostras, medio turbulentas, han descendido como niebla sobre la avenida de las Banderas. Muchos de los nuestros se alejan hacia el aparcamiento Lincoln por no haberse abrigado lo suficiente, lo que indica que muchos no son de por aquí.

Paul sigue sonriendo de forma extraña y poco habitual, con las comisuras de los labios inmóviles. Puede que simplemente tenga frío, incluso con su parka de los Chiefs. Sus rodillas se mueven por encima de los reposapiés, y la mano mala agarra la buena. Le he visto persignarse de nuevo con la mano izquierda, como para solemnizar algo que solo él sabe. Está mirando las cuatro caras distantes en lugar de mirar a su alrededor como haría normalmente.

–No se parece a ningún otro sitio, ¿verdad? Es monumental sin ser majestuoso. –No hay rastro de decepción ni de doble o triple sentido.

–La majestuosidad de una persona es la mamarrachada de otra, supongo.

–Son como grandes marionetas. –Se queda pensando un momento–. ¿Sientes fascinación por ellas o algo parecido?

–No –admito. La Familia Negra pasa a nuestro lado, de vuelta a su VW rosa. Solo quedan unas cuantas personas al aire libre. Una brisa como de ataúd ha bajado (o subido) desde algún reducto frío. Si la avenida de las Banderas tuviera banderas, estarían ondeando–. Deberíamos ir volviendo –digo.

Le doy la vuelta a la silla y nos ponemos en marcha. Llevamos aquí veinte minutos. He conducido dos días y medio para estar aquí menos de media hora. No podría ser mejor.

–¿A qué altitud estamos? –pregunta Paul como si fuera un piloto. *Altitud* (la palabra) le plantea un pequeño desafío.

–No lo sé.

Se medio vuelve en su silla, pero al estar bien atado solo gira su cabeza, que lleva cubierta. Se muerde la comisura de los labios con un placer no reprimido.

374

–¿Crees que revelo virtudes ocultas, Lawrence?

–Sí. Te las enumeraré cuando no se me estén congelando las pelotas.

Casi se me están congelando. Ha empezado a soplar un viento que se arremolina y cambia de rumbo; de repente el aire y el cielo que hay entre nosotros y la montaña casi invisible se llenan de danzantes partículas de nieve. Pasamos junto a dos asiáticas con mascarillas rosas que se hacen un último selfi. Están hablando. Quién sabe lo que dicen.

–¿Qué opciones tenemos ahora? –pregunta Paul.

–¿Opciones para qué? –Sigo cojeando y cojeando.

–Oh, oh, oh, eee, eee.

Las asiáticas han pasado trastabillando con sus tacones altos. Necesito una parada en boxes. Probablemente, los dos la necesitamos. La nieve me forma una costra en los ojos y me escuece en los oídos.

–No lo sé –dice Paul. Algunos copos quedan atrapados en los cristales de sus gafas–. ¿Qué vamos a hacer ahora?

–Bueno. –Tengo el dorso de las manos enrojecido, rígido y con aspecto envejecido–. Está el concurso de oratoria. Hay una lectura de poesía. Está *El rey león*. Puedo llevarte al Búfalo Adulador y ver qué pasa. Yo sé lo que elegiría. –Lo empujo más rápido, secándome los ojos con el hombro–. Ya veremos. –Qué remedio.

–Ver el monte Rushmore, ¿y luego qué?

–No lo sé. –Empujando, cojeando, empujando–. Siempre pasa algo. Solo que no sabemos lo bastante de ese algo.

–Conozco ese algo –dice. Está temblando, puedo verlo, y un poco ceniciento. Su respiración es superficial, tiene la cara tensa–. También te conozco perfectamente a ti, Frank. ¿Verdad?

Su gorra Stormy Kromer se balancea de un lado a otro frente a mí, como si estuviera escuchando una canción en su cabeza, lo que quizá sea el caso.

—Es posible –le digo–. A lo mejor no es muy difícil. ¿Todavía te duele la cabeza?

La mueve arriba y abajo, después hacia arriba, después hacia abajo, para expresar que está de acuerdo conmigo. Continuamos, como si todo lo que parece ser así en este momento *fuera así*.

—¿Qué estarías haciendo si no estuvieras haciendo esto?

—Estaría haciendo esto –digo.

—Vale. Es bueno saberlo.

—Aún no te he dado tu tarjeta de San Valentín –le digo–. Pero te la daré.

La nieve nos rodea: se apelmaza sobre su gorro rojo y en mi pelo. Los coches se alejan. El cambio de tiempo hace que todo se detenga aquí arriba.

—No debes olvidar mis virtudes ocultas –dice Paul–. Yo te contaré las tuyas. Y los dos nos reiremos.

—Lo haremos –le digo–. Tienes muchas virtudes.

—¿Soy un agente del cambio?

—Sí. Yo diría que sí. ¿Sigues luchando contra el cielo y ganando?

—Sí. No me preocupa *nada* –dice–. Nada de quejas, ¿vale?

—Vale. Eso está bien –digo–. También es bueno saberlo.

—Por si te lo estabas preguntando.

—Me lo estaba preguntando.

—¿Crees que se acordarán de mí en la clínica?

—Estoy seguro de que sí –digo.

—Sigo siendo una presencia, ¿no crees?

—Una gran presencia. Sí.

—Eso está bien –dice Paul–. Esperaba que lo fuera.

Y seguimos adelante.

FELICIDAD

En realidad, dice el gran maestro, las relaciones nunca terminan. Pero es tarea del narrador trazar –mediante una geometría propia– el círculo dentro del cual, felizmente o no, parecen concluir.

Mi hijo Paul Bascombe murió en Scottsdale el sábado 19 de septiembre (Día Internacional de Hablar como un Pirata, un hecho que le habría gustado). Uno de sus últimos deseos era no morir al anochecer, y por suerte no fue así, sino a primera hora de la tarde.

Tras nuestra ascensión al monte Rushmore, nos quedamos una noche para que arreglaran el Dodge en un taller Tire-Rama, pero no lo consiguieron, por lo que hubo que llamar a Pete Engvall para que lo recuperara, cosa que puede que hiciera, puede que no. Todavía me cuida el Honda. Al día siguiente alquilamos un coche en el National del aeropuerto, solo ida, pasamos una noche en el Búfalo Adulador y después no nos dirigimos a Kamloops, sino a Little Bighorn; Paul estaba de acuerdo en que debía verlo, y allí le di su tarjeta de San Valentín con un día de retraso y ya sin gracia. Después nos dirigimos hacia el sur, para ya no volver juntos a Rochester ni a Nueva Jersey en vida de mi hijo. No fue el Periplo del Holandés Errante, pero fue lo mejor que pude hacer.

Para su sorpresa y la mía, no murió de ELA, sino de una enfermedad completamente nueva de la que apenas habíamos oído hablar cuando primero visitamos la Clínica Mayo y después emprendimos nuestra periplo sin victorias a través de las grandes extensiones de Estados Unidos, hasta llegar a la asombrosa majestuosidad del monte Rushmore, que le encantó y le pareció que representaba que había superado una importante barrera en su vida. La verdad es que no sé mucho al respecto, ni cuál era esa barrera ni qué separaba..., aunque puedo hacer mis conjeturas. En cualquier caso, estas palabras son metáforas, y muy personales.

Yo no estaba literalmente con mi hijo cuando murió, ni tampoco su hermana, aunque nos encontrábamos cerca. Yo estaba en el coche de mi hija, aparcado delante del hospital, a cuarenta y dos grados, con el aire acondicionado a tope, escuchando cómo los Yanquis derrotaban a los Red Sox en Fenway. Y aunque no puedo decir si mi hijo demostró un coraje extraordinario al enfrentarse a su némesis, la muerte –intubado, demacrado, cadavérico, lívido, con un miedo atípico en él, posiblemente presa del pánico–, su muerte no fue del todo distinta de como habría muerto en otras circunstancias, con los músculos ya sin capacidad para respirar, con los pulmones congestionados, estrangulados en sus fluidos. No creo, como dirían algunos, que tuviera «suerte» de que la muerte le llegara como le llegó –relativamente rápido–, solo que posiblemente no fue tan horrible como morir de ELA, cuyos pacientes pueden vivir durante años, perder todas sus facultades, excepto las cognitivas (que no necesitan músculos), y luego perecer de manera tan triste e igual que si hubieran vivido un año, como mi hijo. Como ya he dicho, no me permití desear ni esperar una cosa ni otra. Muchas veces, cerca del final, cuando Paul quería saber mi peor secreto (no se lo dije), pensé que habría sido ese, que no deseaba que no muriera, pues tal deseo era inútil. Muchas veces intenté de-

378

cirme a mí mismo que Paul demostraba una poderosa «fuerza vital». Pero ni siquiera creo que eso fuera verdad. La fuerza vital es solo otra metáfora, un eufemismo para el mismo tipo de deseo. Mientras que la existencia continuada tiene que ver sobre todo con la suerte. O con los genes. O es algo que descubriremos dentro de cien años, si seguimos aquí.

Diré en favor de Paul que, aunque murió en un «centro», igual que murió su madre y como sin duda moriré yo (a menos que me atropelle un camión lleno de carritos de golf), murió siendo básicamente el de siempre, dedicado a ser él mismo y a reconocerle a la vida todo lo que tiene de bueno —no era escéptico, aunque lo pareciera—, como el chaval guapo de antaño que guardaba palomas en un gallinero detrás de nuestra casa de Haddam y las enviaba todas las noches con la esperanza de que transmitieran mensajes a su hermano Ralph, que creía que vivía en Cape Cod, mensajes sobre cómo iban las cosas en la menguada vida que había dejado y en la que todos estábamos tristes.

Durante su última semana en el Ala Klaus y Helga Simmonsen del Carefree Medical Center (era consciente de dónde estaba), Paul me enviaba notas a través de su equipo médico. En una de ellas me decía que, pensándolo bien, no había sacado mucho provecho de nuestro viaje por el país, pero que habíamos conseguido algo que nos habíamos propuesto, lo que ya era bueno de por sí, aunque era una pena que el monte Rushmore no hubiera estado más cerca. También me preguntaba si yo tenía una definición práctica de lo que era *el bien*: me sorprendió, pues nunca me pareció una persona absolutista en sus opiniones (algo que consideraba envidiable); aceptaba que la vida solo ofreciera contingencias, desconciertos, miradas furtivas, y que todo lo que tenemos es un camino que no hemos investigado: en el mejor de los casos, una protección momentánea contra la confusión. Reflexioné un rato sobre esta cuestión y le di la definición en la que sigo creyendo, la agustiniana: el bien es la ausencia de mal, la felicidad es la ausencia de infelicidad. Añadí que el poeta Blake creía que el bien solo era bueno en lo concreto, que es lo que habíamos experimentado y disfrutado juntos en nuestro viaje. Detalles. A su pregunta de qué era lo que más temía, le dije la verdad: que mi mayor miedo no era un miedo real, sino un miedo más antiguo, un miedo a no haber hecho todo lo que en realidad había hecho, con él y por él; miedo a que todo hubiera sido un sueño, cada día y cada acto, un sueño del que despertaría para encontrarme con... ¿qué? No lo sabía. Posiblemente solo que le había sobrevivido, aunque no se lo dije. Escribí todo esto en la hoja amarilla de un documento legal que hubo que desinfectar antes de poder leérsela, ya que para entonces no podía sostener una página. Sus enfermeras me dijeron que era capaz de levantar un pulgar.

En su última pregunta —no todas fueron igual de interesantes—, me volvió a decir si creía que poseía virtudes ocultas. Y aquí puede que le defraudara, porque le habría gustado una lista de actitudes desmelenadas o profundamente serias: que tenía una tranca más grande de lo que sus manos, altura y número de calzado hacían presagiar; que podría haber sido un gran ventrílocuo si sus padres le hubieran animado más; que poseía el raro don de mejorar el ambiente de cualquier lugar al que llegara. Es posible que me faltara la alegría necesaria en el momento en que tuvimos este diálogo virtual, porque solo le dije que era una persona paciente e independiente, que no se quejaba, aunque no sufría en silencio; que tenía un sentido del humor estupendo e inusual, que era ingenioso, que posiblemente era mejor ventrílocuo de lo que se le reconocía; que una vez había sido un buen nadador. Y que yo le quería, lo cual no era literalmente una virtud.

El sábado que murió, los Wolverines no jugaban, pero los Chiefs se enfrentarían a los Chargers al día siguiente y ganarían, algo que él, por desgracia, se perdió. Aquella mañana, su hermana me dijo –los dos habían mantenido conversaciones «increíbles» durante los meses que estuvo en su casa– que la muerte de Paul, que nos habían dicho que era inevitable, reflejaba el declive de la moral y la influencia de Estados Unidos en el mundo, y que su muerte era un síntoma significativo. Me parecieron unas palabras detestables, pues parecían robarle su muerte. Se lo dije. Ella forma parte del grupo Republicanos en Favor de los Derechos LGBT+ (¿qué podría haber peor para un padre?). Incluso si me hubiera puesto a pensar en lo que dijo (la verdad es que no lo entendí), no habría podido estar de acuerdo con ella. Que alguien muera no es un síntoma de nada.

Todo ello estaba en mi mente, allí, en el coche, esperando a que Paul muriera: un coro inconexo de fantasías, la mayoría inspiradas en la muerte, pero para nada resueltas por ella. Me preguntaba si morir era un medio para comunicarse, algo que leí en una novela. Y si era así, ¿qué se comunica? ¿Y si morir libera algo en nosotros? Paul había insistido en que no. Me preguntaba si la proximidad de la muerte acelera el presente durante un tiempo mágico. Posiblemente. ¿Y si morir ilumina la esencia de uno mismo? Sigo sin creer que haya en mí un yo esencial, aunque si lo tengo siempre está a la vista. Me preguntaba, egoístamente, si la muerte revelaría inevitablemente lo que Paul pensaba de mí –su padre–, que cuidé de él hasta el final. Pero nunca lo sabré. Sentado en el Rover rojo de mi hija, con una mascarilla puesta, en el aparcamiento de un hospital repleto de eucaliptos, escuchando a los Sox perder contra los Yanks y brindando por mi hijo con una petaca de plástico comprada para tal propósito y momento, decidí que, si la muerte es un medio para comunicarse, el mensaje es sobre la vida; que lo más importante de la vida es que terminará, y que cuando lo haga, estemos solos o no, moriremos cada uno a nuestra manera. Cómo sea ese

381

camino es el precioso misterio de la muerte, un misterio que quizá nunca podamos desentrañar del todo. Una vez más, todo lo que creo saber es que cuando Paul dejó su vida, yo no dejé la mía.

Al final, Paul no donó su cuerpo a la ciencia ni a la Clínica Mayo, ni eligió que lo convirtieran en abono ni que lo rociaran desde una avioneta ni que lo enterraran en el mar frente a Sea-Clift (Nueva Jersey), opciones que había barajado. Sus instrucciones previas no mencionaban cómo debía comenzar la fase de reconstitución. Su hermana y yo, ante las dificultades que entrañaba su cuarentena, acordamos incinerarlo de forma impersonal pero respetuosa (por novecientos veinticinco dólares) en la cercana Surprise, Arizona, junto a un crematorio interreligioso regentado por unos simpáticos vascos, una formalidad a la que no se nos permitió asistir, pero que podíamos conservar grabada, si así lo deseábamos (yo dije que sí, su hermana que no), en Zoom; tengo un enlace en mi portátil, pero aún no he entrado. Me resulta imposible no ver el mundo en términos de lo que a Paul le habría parecido hilarante y lo que le habría parecido aburrido. Puede que para mí este sea su legado. Aunque la incineración probablemente no habría sido su primera opción, creo que le habría encantado descender por los raíles, atravesar las puertas del Hades y llegar a las llamas, visto desde la comodidad de un portátil, conservado para siempre como un recuerdo.

Clarissa y yo hemos acordado que llegará un día en el que llevaremos juntos la mitad de las cenizas de Paul al cementerio de Haddam y las enterraremos junto a su madre y su hermano. Sin que suenen las gaitas, como era su deseo; epitafio por determinar; un pequeño anuncio en el *Haddam Packet*. Lo que quede de él lo trasladaremos al Huron Mountain Club (Clarissa heredó la afiliación familiar, pero nunca me lo dijo) y, con más ceremonia que la que concebí para su madre hace un año –posiblemente, una verdadera celebración de la vida–, entregaremos la otra mitad de Paul a las aguas danzantes y morrénicas del lago Ives. Todo esto suponiendo que llegue ese día para alguno de nosotros. Hasta entonces, conservo las cenizas de Paul en una caja china lacada que los vascos me proporcionaron como parte del «lote».

Clarissa ha observado, muy poco compasiva –muestra muy pocos detalles compasivos, aunque en los largos meses de la peste, cuando Paul estaba vivo, tiene claro que pasé demasiado tiempo cerca de mi hijo–, ha observado, digo, que la vida de Paul acababa de empezar cuando tristemente empezó a terminar, lo cual, le dije, también es un error, ya que lo mismo puede decirse de cualquiera que muera deseando poder disfrutar de un día más de vida. Cuando mantuvieron sus increíbles charlas, ella dijo que por fin había «descubierto» quién era Paul, y que era «una persona completa, sorprendentemente real y compleja». Como si durante cuarenta y siete años no hubiera sido del todo una entidad plena, como si hubiera esperado a que ella se diera cuenta para hacerlo creíble. Para ser una mujer inteligente –tiene cuarenta y cinco años– a menudo piensa y habla con clichés, y casi siempre se deja engañar por las cosas deslumbrantes de la vida. Estas cualidades, por supuesto, funcionan bien en el mundo de los negocios y, posiblemente, en el psicoanálisis, al que ella se ha entregado con generosidad. Pero dejan gran parte de la vida sin revelar. Por otra parte, es republicana y cree que se gana más dinero haciendo la vida menos interesante.

Desde el fin de semana anterior al 12 de octubre, el Día de Colón –ahora conocido como el Día de los Pueblos Indí-

383

genas, una festividad que me celebra como nativo americano tanto como a Cochise y Jay Silverheels–, he estado viviendo como huésped temporal en el alojamiento de invitados (el elegante sótano) de la Casa del Acantilado de la doctora Catherine Flaherty, una vivienda privada, discreta, de piedra no canteada italiana y tejas, que en su día fue propiedad del actor Leo G. Carroll, que interpretó a Topper en televisión. La casa de Catherine está en lo alto de unas rocas escarpadas sobre el Pacífico, tiene amplios porches, pérgolas con flores de la pasión y muros de contención de piedra frente al mar –es más o menos como yo la imaginé hace casi un año, la mañana en que me enteré de que mi hijo tenía ELA y ella movió algunos hilos para que lo admitieran en la Mayo–. Le dije en aquella conversación telefónica –yo estaba en el abarrotado aeropuerto de Detroit– que la amaba y que esperaba cruzar algún día su umbral, dispuesto a respaldar mis largamente pospuestos actos con palabras. (O, como habría dicho más simplemente mi hijo, a «dejar de hacer el panoli».)

Catherine (a quien, de hecho, le gusta que la llamen Kate) tiene exactamente el mismo aspecto que yo recordaba y que esperaba que tuviera; un poco más ancha que cuando la conocí y era periodista deportiva en prácticas en Dartmouth, pero con la piel aún dorada, el pelo color miel (no natural, me asegura), dientes y uñas brillantes, propensa a sonreír abiertamente y a agrandar sus ojos oscuros como si yo siempre estuviera diciendo algo chocante cuando en realidad rara vez lo hago. La verdad es que la mujer a la que amaste hace muchos años pero con la que de algún modo no acabaste de concretar nada, aunque has seguido imaginando que llegaría un día resplandeciente en el que volverías para cumplir mil promesas incumplidas..., esa mujer no te ha esperado, si es que te ha dedicado un pensamiento siquiera. Catherine (Kate) tiene un admirador totalmente aceptable con el que compartir ocasionalmente la cama y las noches (no con el que *vivir*: «Dios, no necesito ese estorbo»). Llevo un mes residiendo en el sótano, y su admirador y yo nos llevamos bastante bien, como náufragos supervivientes en una balsa demasiado pequeña. Cuando me invitan a tomar una copa, él y yo nos lanzamos sin problemas a conversaciones serias e intrascendentes sobre deportes, el mercado inmobiliario, la perspectiva a largo plazo del bitcoin en la zona euro..., cosas de las que él sabe lo suyo, y yo un poco. Y todo va bien. Es un setentón larguirucho y vigoroso, con una mandíbula poderosa, una boca pequeña que expresa seguridad en sí mismo y un flequillo rubio inmortal. Es un hombre de Williams (Arsen *Tap* Tapscott) retirado del Departamento Legal de Adquisiciones del Museo La Brea Tarpit. Sigue compitiendo en regatas de alta mar, conduce un Cayenne verde y es el fiel guardián de su esposa, Mazie, que padece demencia frontotemporal y no sabe quién es desde hace una década. Conoció a Kate a través de sus contactos católicos de recaudación de fondos, y se escabulle los fines de semana, cuando su hija viene desde Oxnard para quedarse con la madre en Pacific Palisades. No tengo ningún deseo (ni esperanza) de suplantar al bueno de Tap en su envidiable posición. Kate y él son como alegres compañeros de cena que flirtean mientras comen caviar y blinis, y luego se van a casa por separado: un equilibrio frágil pero sólido, basado no en el viejo mete-saca, sino en una visión de la vida fundamentada en la responsabilidad hacia los demás, convicciones republicanas moderadas y una apreciación tardía de que la misa en latín «en realidad, tiene cierto sentido». Nunca le he hablado de Paul, aunque estoy seguro de que Kate sí lo ha hecho, lo que explica, hasta donde hace falta, mi persistente presencia en este lugar. «Oh, no es más que un hombre interesante que conocí hace mucho tiempo.» El destino de muchos.

De mi estancia aquí no hay mucho que decir. Después de haber cuidado de mi hijo moribundo durante diez meses llenos de acontecimientos, me siento tranquilo con la pregunta vital que me ha quedado: «¿Cuál es mi proyecto ahora? ¿Qué estoy haciendo realmente?». Nunca es una pregunta inoportuna, pues la respuesta casi siempre te sorprende.

Catherine me ha proporcionado una gran ayuda en este extraño momento de mi vida, aunque no el interés amoroso con el que había soñado. Ha conseguido llevarme a ver al periodoncista, el doctor Yih, ya que al final tenía un agujero limpio en la pulpa de mi premolar, lo que requiere un implante, que puedo dar fe de que es casi indoloro y una buena solución. También se ha encargado de que pueda leer para los ciegos en La Jolla, como hice durante décadas en Haddam. Siempre se necesitan lectores experimentados, y hay ciegos de sobra para todos. Catherine cree, como «médico con fe», que esta es una forma mejor de devolver algo a la sociedad que unirse a un triste «grupo de duelo» de quejicas y plañideras. Estas personas suelen declarar que padecen trastorno de estrés postraumático, en lugar de admitir que simplemente buscan el compañerismo de un grupo de enfermos solitarios en un sótano de la Iglesia de Cristo. Es como si los entrenadores personales de Planet Fitness afirmaran ser trabajadores esenciales.

Lo de leer para ciegos –en mi caso, los martes y los viernes– lo hago en un búnker de falso adobe y estilo colonial mexicano, un lugar de apoyo a la comunidad, a veinte minutos a pie de la casa de Catherine, en el 1830 de Spindrift Drive. La lectura consiste sobre todo en repasar las principales noticias del *Union Tribune* de la mañana, excluyendo los editoriales de derechas y las necrológicas. A veces, esto puede llevarme unas tres horas. De todos modos, el director de la emisora me ha invitado a traer lecturas personales para su sección «El rincón del libro», donde podría leer fragmentos literarios. Hasta ahora he incluido un «clásico», el divertido comienzo de *Casa desolada*, en el que la niebla lo cubre todo, pero también algunos fragmentos de novelas contemporáneas que he empezado a leer últimamente, como hacía cuando era un joven escritor que tanto estaba en la cresta de la ola como en el fondo del mar.

Estas opciones de la narrativa más reciente son las que admiro y disfruto leyendo a ciegos que de otro modo nunca sabrían nada de ellas. He descubierto que todos estos jóvenes escritores son brillantes, muy astutos a la hora de saber y decir con precisión *qué* causa *qué* en la vida. Qué causa nuestra lujuria. Qué causa nuestras culpas. Qué causa nuestras inquietudes y desesperaciones. Qué causa la alegría. Qué hace que la tragedia sea trágica y la comedia cómica, y cómo se unen ambas. Si lo pensamos bien, ¿no es eso lo que cualquiera quiere aprender de la literatura, pues tener esa información puede iniciarte en la comprensión práctica de la verdadera felicidad?

Este fue el truco que nunca conseguía llevar a cabo en mi periodo de emborronacuartillas, a finales de los sesenta, aunque en mi defensa diré que nunca creí que necesitara escribir sobre estos temas. La causa de la mayoría de las cosas era bastante obvia, pensaba. La lujuria era natural y la culpa la causaba la lujuria, que a su vez provocaba inquietud y desesperación, y nada de eso tenía gracia. Lo único que tenía que hacer era interesarme por lo que yo podía hacer que ocurriera después –después de la lujuria, después de la inquietud, después de la desesperación– sin preocuparme lo más mínimo por la causalidad. Una vez leí en un libro sobre escritura que, en las buenas novelas, cualquier cosa *puede seguir a cualquier cosa,* y nunca nada *sigue necesariamente a otra cosa.* Para mí fue una revelación y un alivio inestimables, ya que así es precisamente la vida: hormigas moviéndose caóticamente sobre una magdalena. No me pareció que tuviera que especular sobre la causa de cada cosa. Y la verdad es que lo sigo creyendo. Prueba de ello es el implacable ataque de la

387

ELA al que se vio sometido mi hijo, que, por lo que entiende la ciencia médica más competente, plantea un misterio casi absoluto. Sí, vemos que ocurre. Pero nada lo causa específicamente o no lo causa específicamente. Simplemente, ocurre.

No he vuelto, debería aclarar, al viejo nazi de Heidegger, y no voy a hacerlo ahora. Hay algo que decir en favor de leer libros largos y densos que no entiendes para aislarte de la mezquindad y la injusticia arbitraria del mundo. De vez en cuando, en Heidegger, vislumbraba algo interesante: por ejemplo, en qué consiste realmente la existencia humana. Pero luego mi mente se nublaba como el Támesis en *Casa desolada* y me iba a dormir..., aunque a menudo muy consternado. Me he dado cuenta de que Heidegger hace que la vida –que ya es bastante difícil– sea un poco más difícil, al plantear siempre algo restrictivo e incognoscible justo cuando deseo sentirme libre durante un momento de aireada y bien ganada tranquilidad y lucidez. Es decir, no aislado de los demás. Ya no estaré aislado, nunca más. Mi hijo, estoy seguro, es lo que querría para mí.

En mis paseos hasta las afueras para ir a la emisora de radio (mi cojera ha desaparecido misteriosamente) tengo tiempo e inspiración de sobra para pensar en mi proyecto de vida. Infravaloramos las afueras de las ciudades, incluso las más ricas y poco acogedoras, al creer que no pueden facilitar tales indagaciones y, al hacerlo, acelerar el vuelo del espíritu. Disfruto plenamente de mis paseos por las curvilíneas y cuidadas aceras bordeadas de palmeras y buganvillas, junto a las viviendas de clase acomodada ocultas tras bojes, muros de ladrillo y densas cortinas de bambú. El lado izquierdo de Spindrift Drive está construido unos metros más alto que el derecho, para preservar la importantísima vista del cristalino Pacífico. Es una versión ostentosa y costera de esos barrios centenarios de piedra rojiza y de gente muy pudiente que se encuentran en Cleveland y Pittsburgh, pero que en California se traducen en casas que solo aguantan cincuenta años, pues luego son derribadas y sustituidas por obra de unos ciudadanos de una nueva generación con valores diferentes y que le dan otra importancia al dinero, empeñados en hacer volar sus propios espíritus. Todo ello significa que el valor no reside en las personas ni en las casas, sino en el suelo y en la fe que inspira. Me parece un estímulo para el futuro de una forma ozymandiana que quizá solo entiendan los agentes inmobiliarios.

En estas reparadoras semanas no conyugales de vacaciones en casa, en las que me he dedicado a lo que he querido, he descubierto que mi relato, para mi sorpresa, no es el relato de un hombre triste ni resignado, a pesar de los acontecimientos. Duermo como un tronco, como con mesura, soy gastrointestinalmente fiable, mantengo una presión sanguínea decente para mi edad y casi no tengo preocupaciones. Cuando, una tarde de otoño, Catherine baja a mi guarida con una botella de Stoli helado y algo que ha preparado para picar, y nos sentamos juntos en su sofá de buey almizclero islandés a ver Netflix —las investigaciones policiales suecas son las mejores–, me siento tan satisfecho y casi tan feliz como siempre. (En realidad, me gustaría que cambiara de opinión, echara a los pretendientes —o al pretendiente– y considerara mi candidatura más seriamente. Pero no lo hará.) Si hace mucho tiempo yo hubiera conseguido el anillo de oro y nos hubiéramos ido juntos para siempre, de modo que todo lo que pasó y lo que no pasó en el tiempo real intermedio se borrara y la vida solo fuéramos nosotros, casi con toda seguridad habríamos acabado en un sofá parecido en algún sitio, bebiendo un vodka parecido y dándonos atracones de tres episodios de *algo*, antes de irnos a cubículos separados para dormir nuestras horas, sin sobresaltos y sin sueños. Del mismo modo, cuando contribuyo con mi pequeño «pago del alquiler» y paseo a sus dos lurchers –bolsas ecológicas de plástico verde metidas en el cinturón– hasta el mirador del Pacífico para que puedan hacer sus necesidades y olisquear los escalones vallados, ahora considerados peligrosos, y donde a veces veo un arcoíris en el cielo, me doy cuenta de que incluso en esa deseada vida alternativa esto es también lo que estaría haciendo. A veces miramos la vida demasiado de cerca. Mirar de lejos y con prudencia es toda la inmersión que puedo soportar. Terminar es difícil, le oí decir a un presentador de la PBS la semana pasada. No se refería al final que sufrió mi hijo –sobre el que no puede haber desacuerdo–, sino a la manera táctica y artística de cruzar el paisaje que tenemos por delante, una vez superada la penúltima barrera. De acuerdo. Terminar es difícil, pensé. Pero no tiene por qué ser *tan* difícil.

Esta tarde, solo en la terraza de Catherine, con sus ladrillos italianos deslucidos por el sol y esmaltados a mano –pensando, como siempre, que no estoy de cara al oeste, sino al este, y tomando una copa de rosado North Coast–, creo que he experimentado mi segundo episodio de amnesia global. A los humanos solo se nos permite uno de estos episodios en la vida, así que tómenselo como quieran. Acababa de plantearme si iría a reclamar mis pertenencias a Rochester (o no) y viajaría de vuelta a Nueva Jersey, que ahora me parece un lugar extraño, aunque vuelva a mi trabajo, deje que Mike Mahoney ponga a la venta mi casa y me mude a (no sé qué más decir...) otro lugar. Oigo voces en la casa: Catherine provoca a los perros y se burla de ellos. Los vasos, los cubiertos y el hielo tintinean. Pero me doy cuenta –igual que cuando en casa fui a sacar la basura y ya la había sacado– de que ha pasado un intervalo de tiempo en el que he estado ausente. Aquí el tiempo es casi siempre el mismo: el sol poniente es una bola líquida que se desploma en el horizonte, y en California nunca se echa de menos y nunca cambia. Pero el sol ya no está. El aire es más frío. Hay estrellas pálidas. Una pizca de luna opalescente. ¿Adónde me he ido? ¿Y durante cuánto tiempo? ¿Cinco minutos? ¿Una hora? Recuerdo lo que pensaba. Pensaba en Rochester. Y en Haddam. Y en la vida de mi hijo Paul y en su muerte, y en si esa combinación de pensamientos podría atribuirme algún nuevo derecho sobre el presente, aunque el presente no parezca un lugar tan seguro. Pienso en otras cosas que podrían ser importantes para mí y sobre las que podría haber estado reflexionando: ¿se puede vencer el dolor, o solo superarlo? ¿Cómo puedo lograr una inmersión total en la vida terrenal? ¿Cuál es la mayor felicidad? Me di cuenta de que era incapaz de recuperar lo que había estado pensando durante ese lapso de tiempo que, claramente, he perdido. No está olvidado, sino enterrado, como antes. Desaparecido. Pero reflexionar más sobre esto es, creo, como anhelar una vida después de la muerte solo porque gran parte de la existencia cotidiana pueda ser drástica. Oigo que me llaman. «¿Dónde estás, Frank? Voy para allí. Tengo algo que te va a gustar. Algo nuevo y muy diferente.» Me giro para ver de quién se trata. El tiempo vacío que me he perdido se ha cerrado en silencio por ambos lados. «Vale», digo, «estoy listo para algo diferente.» Sonrío, impaciente por saber quién me habla.

AGRADECIMIENTOS

Kristina Ford me ayudó a escribir este libro con su entrega total. Sin su sabiduría, inteligencia, paciencia, perseverancia, ingenio, brillantez y amor de principio a fin no habría sido posible.

Muchas muchas otras personas —estimados correctores, agentes, editores, traductores, médicos, profesores, colegas y amigos— desempeñaron un papel crucial en la escritura de este libro. Celebro vuestra generosidad con gran gratitud. Vosotros y yo sabemos quiénes sois.

RF

ÍNDICE